Herbst der verlorenen Spuren

Ricarda Konrad

Herbst der verlorenen Spuren

*Bibliografische Information der Deutschen Nationalbibliothek:
Die Deutsche Nationalbibliothek verzeichnet diese Publikation
in der Deutschen Nationalbibliografie; detaillierte bibliografische Daten sind im Internet über http://dnb.dnb.de abrufbar.*

© 2015 **Ricarda Konrad**

Illustration: **Yasmin Poppe**

*Herstellung und Verlag: BoD – Books on Demand, Nor-
derstedt*

ISBN: 978-3-7392-1916-5

Kapitel 1

Der Himmel war grau, ganz untypisch für einen frühen Herbstmorgen. Gerade im September konnte man sich für gewöhnlich auf überwiegend schöne Tage verlassen. Was nicht ist, konnte noch werden, denn immerhin hatte der Monat gerade erst begonnen. Aber zunächst machte er da weiter, wo der August geendet hatte. Fröstelnd zog Daniel O'Keefe die dünne Jacke fester um seine gedrungene Figur. Nur gut, dass er nicht im Freien arbeiten musste. Nach vielen Jahren Arbeitslosigkeit war er seit fast einem halben Jahr wieder in einer festen Anstellung. Wahrlich ein Glücksfall! Zum einen natürlich, nach einer so langen Zeit überhaupt wieder Arbeit gefunden zu haben. Noch mehr wog für ihn jedoch die Tatsache, dass es ein guter Job war. Als Wachmann in einem großen Dubliner Einkaufszentrum hatte er es trocken und warm. Die Schich-ten störten ihn nicht, dazu trug auch sein Kollege bei, mit dem er in der Regel ein Gespann bildete. Jack Bergman hatte ihn herzlich aufgenommen und sehr bald waren aus Kollegen Freunde geworden.

Trübsinnig trottete Daniel durch die Straßen. Obwohl er es verhindern wollte, wanderten seine Gedanken immer wieder zu seiner Mutter und seinem Vater. Durch seinen Arbeitgeber hatte er unverhofft erfahren, nicht bei seinen leiblichen Eltern aufgewachsen zu sein. Inzwischen jedoch verstorben, konnten sie ihm keine Auskünfte mehr geben.

Ein kurzes, emotionsloses Gespräch mit seiner vor einiger Zeit gefundenen, leiblichen Mutter hatte ihn wissen lassen: sein Vater verschwand, noch bevor er geboren wurde. Entsetzt über die Kälte seiner Mutter hatte er jedoch völlig versäumt, nach dem Namen des Mannes zu fragen. Um das herauszufinden, würde er nochmals zu dieser verbitterten Frau müssen, obwohl er ihr versprochen hatte, nie wieder in ihrem Leben aufzutauchen. Nachfragen bei seiner Tante Charlie hatten leider nichts ergeben. Nicht, weil sie es ihm nicht sagen wollte, sie wusste es schlicht und einfach nicht. Dennoch war es stetig ein Thema, wenn er sie besuchte. Noch ahnte er nicht, dass es bald weit ernstere Vorfälle mit ihr zu besprechen geben würde. Ereignisse, die sein ganzes Leben als Hauptverdächtiger in einem Vermisstenfall komplett ins Chaos stürzen würden.

Resigniert sah er nach oben und ein Regentropfen landete direkt in seinem Auge. Der Himmel lieferte jetzt ab, was er die ganze Zeit über durch dunkle Wolken versprochen hatte. Er beschleunigte seinen Schritt, um noch halbwegs trocken im Einkaufszentrum anzukommen.

Dort wartete Jack im Aufenthaltsraum, die obligatorische Kaffeekanne auf dem Tisch, eine Tasse dampfenden Kaffees vor sich. Den Kopf mit dem dunklen, mit grauen Strähnen durchzogenem Haar in die Hand gestützt, ruhte sein schon fast massiger Körper auf einem der Stühle.

„Regnet es?" fragte er völlig überflüssigerweise, denn mittlerweile tropfte das Wasser aus Daniels Haar.

„Es schüttet wie aus Eimern", bestätigte der. „Erst fing es langsam an, aber kurz bevor ich hier war, wurde es schlimmer."

Er schüttelte den Kopf und Wassertropfen flogen umher. Jack wischte sie sich aus dem Gesicht.

„Hey, ich dusche zwar immer erst nach Feierabend, aber so nötig habe ich es auch nicht. Ich habe gestern erst", lachte er.

„Sorry", entschuldigte sich Daniel verlegen. Er öffnete seinen Spind und nahm ein Handtuch heraus. Dort war immer etwas zum Abtrocknen deponiert, denn zu Fuß war er nun mal dem Wetter ausgesetzt. Dann begann er, sich umzuziehen. Manchmal konnte er sich noch wie ein kleiner Junge darüber freuen, in diesem Raum zu sein und eine eigene Uniform zu besitzen. Er schloss die Tür des Spinds wieder und setzte sich zu Jack. Sie hatten noch einige Minuten Zeit, bevor die Schicht beginnen würde.

Er hatte sich gerade aus seiner eigenen Thermoskanne eine Tasse Kaffee eingeschenkt, als die Kollegen der Nacht-schicht den Raum betraten. Keine besonderen Vor-kommnisse. Etwas anderes hatten die beiden Männer nicht erwartet, es passierte selten etwas in der Nacht. Eher am Tag, wenn Taschendiebe die Gelegenheit nutzten, im Gedränge der Geschäfte und Passage in die Taschen der Kunden zu greifen. Oder aber in die Regale der Händler.

Die Kollegen verabschiedeten sich und das war für Daniel und Jack das Zeichen, den Aufenthaltsraum zu verlassen. Sie wechselten in das kleine Büro des Wachdienstes und begannen von dort aus ihre erste Kontrollrunde.

„Hast du eigentlich inzwischen deine Kellerbar?" erkundigte sich Daniel.

Jack strahlte über das ganze Gesicht. „Ja, sie ist fertig. Ein Schmuckstück, kann ich dir sagen! Müssen wir unbedingt demnächst einweihen, wenn das Wetter zu schlecht zum Grillen wird."

Daniel hatte in der letzten Zeit einige Grillabende mit der Familie Bergman verbracht. Für seinen Partykeller hatte Jack eine komplette Bar von einem Schreiner anfertigen lassen, der etwa zwei Stunden von Dublin entfernt Einzelstücke entwarf und herstellte. Auf diesen Schreiner war er nicht von ungefähr gekommen, vielmehr hatte sie das Schicksal zusammengeführt.

Als angenehmer Effekt kam jedoch hinzu, dass er wirklich sein Handwerk verstand.

Meistens redeten die beiden Wachleute nicht viel, wenn sie ihre Runden machten. Nachmittags hatte Daniel einen Besuch bei seiner Tante Charlie geplant. Scott befand sich wieder einmal auf einer seiner zahlreichen Geschäftsreisen und sie freute sich jedes Mal, wenn er während dieser Zeit vorbeischaute. Die Ehe war kinderlos geblieben und Charlie hatte ihm anvertraut, dass sie sich dadurch doch immer wieder recht einsam fühlte, wenn Scott unterwegs war. Sie hatte auch ihrer Hoffnung Ausdruck verliehen, dass Daniel möglicherweise eine Familie gründen könnte. Ihrer Meinung nach bekäme sie dadurch einen Enkelersatz.

Daniel konnte ihr diesbezüglich nicht so viel Hoffnung machen. Er lebte immer noch in einem sozialen Randgebiet, weil er sich nicht so recht traute, die billige Wohnung zu verlassen. Zudem wirkte er eher grobschlächtig: Ein breites Gesicht, schmale Lippen, kleine Augen, graublondes Haar. So wirkliche Vorzüge konnte er an sich nicht erkennen. Die ihm eigene Schüchternheit, wenig Fantasie und fehlende Schlagfertigkeit bewirkten auch nicht gerade, ihn zu einem interessanten Menschen zu machen. Zu allem Überfluss war er nicht allzu groß gewachsen und gut im Futter. Daran hätte er etwas ändern können, zumindest an seiner Figur, aber ihm fehlte der Antrieb dazu. Charlies Einwand, dass es auf die inneren Werte ankam, von denen er zuhauf gute besaß, hatte er mit einer Handbewegung zur Seite gewischt. Welche Frau würde sich noch für diese Werte interessieren, wenn sie ihn sah? Natürlich war es sein Wunsch, eine Partnerin zu finden, mit der er eine eigene Familie gründen konnte. Mit Anfang dreißig kein ungewöhnlicher Gedanke. Es würde aber wohl ein Traum bleiben.

Bei Geschäftsbeginn füllte sich das Einkaufszentrum mit Kunden. Daniel hatte lange Zeit keine Gelegenheit mehr, seinen Gedanken nachzuhängen.

Nach Feierabend verabschiedete er sich von Jack und sah vorsichtig nach draußen in der Hoffnung, trocken nach Hause zu gelangen. Offenbar würde er Glück haben, momentan zumindest hielt der Himmel dicht. Wie lange das so bleiben würde, sei dahingestellt, denn er war immer noch mit dicken, dunklen Wolken bedeckt. Um die Möglichkeit auf eine weitere unfreiwillige Dusche einzugrenzen, legte er fast einen Dauerlauf ein, um nicht so lange für die Strecke zu benötigen.

Unversehrt atmete er erleichtert aus, als er den Hausflur des Mehrfamilienhauses betrat, in dem er wohnte. Gemütlich stieg er die Treppen hinauf und spazierte gelöst in seine kleine Wohnung. Sie war übersichtlich, ein Zimmer mit einer kleinen Kochnische und einem winzigen Bad. Für ihn allein reichte es und die günstige Miete sprach für sich. Trotzdem spielte er jeden Tag mit dem Gedanken, sich endlich nach einer Zweizimmerwohnung umzusehen, die in einer etwas besseren Gegend von Dublin lag. Es nervte ihn inzwischen, dass er im selben Zimmer schlafen musste, in dem er zuvor gerade noch ferngesehen oder am Computer gespielt hatte. Aber noch unangenehmer fand er die ungepflegten Häuser und Hausflure. Abgebröckelte Stufen, die Wände schmutzig und ständig hing der Gestank von altem Essen und ungewaschenen Körpern darin. Manchmal hatte er das Gefühl, diese Gerüche bahnten sich auch ihren Weg in seine Wohnung und das fand er am Schlimmsten. Das allein war für ihn ein Grund, hier zu verschwinden. Der Ausblick kam als weiterer hinzu. Die Häuser in der Gegend wirkten trostlos, wie von einem dunkelgrauen Schleier überzogen.

Auf dem Heimweg hatte er eine Zeitung mitnehmen wollen, denn heute gab es wieder Wohnungsinserate. Doch wegen des möglicherweise bevorstehenden Regens in Eile, war diese Absicht in Vergessenheit geraten. Dann eben, wenn er zu Charlie ging oder auf dem Rückweg, beschloss er.

Er zog sich aus, um kurz unter die Dusche zu springen. Es war ihm immer ein Bedürfnis, nach der Arbeit zu duschen. Warum, vermochte er nicht zu sagen, es war einfach so. Das saubere Gefühl auf der Haut und frische Kleidung gaben ihm erst endgültig den Eindruck von Feierabend und Freizeit. Nachdem er sich wieder angezogen hatte, entnahm er dem Küchenschrank eine Packung geschnittenes Brot und öffnete den Kühlschrank, um sich eine Sorte Wurst auszusuchen, mit der er dieses Brot veredeln würde. Seine Wahl fiel auf eine Mettwurst, die bereits angefangen war. Da er grundsätzlich alles abgepackt kaufte, musste er sich immer an bereits geöffnete Packungen halten und den Inhalt zuerst aufbrauchen. Stehend aß er seine Mahlzeit und fasste den Entschluss, abends etwas Warmes zu kochen. Über den Nachmittag konnte er noch überlegen, was das sein sollte und zusammen mit der Zeitung die Zutaten einkaufen. Dank seines nun regelmäßigen Einkommens waren solche Pläne zum Glück wieder möglich, darüber freute er sich. Während seiner Arbeitslosigkeit hatte es meistens nicht die Wahl gegeben und er hatte froh sein können, wenn er überhaupt satt wurde. Und sei es von einer Scheibe Brot mit billiger Butter oder Marmelade.

Noch kauend machte er sich wieder auf den Weg. Einen Regenschirm besaß er nicht, aber diesmal wählte er eine andere Jacke. Sie verfügte über eine Kapuze und würde Nässe durch ihren Stoff abhalten. Wie sich herausstellte, brauchte er sie nicht, denn der Regen ließ auf sich warten, bis er am Gartentor seiner Tante klingelte.

Die Häuser in dieser Gegend waren vornehm, auf großen Grundstücken erbaut. Und verschlossen. Ein Gartentor konnte hier nicht einfach so geöffnet werden, sondern bereits um auf das Grundstück zu gelangen, musste man eingelassen werden. Als er das Rauschen der Sprechanlage hörte, sagte er nur: „Ich bin's." Das genügte.

Erst vor einem halben Jahr hatten sie den Kontakt wieder aufleben lassen, bei der Suche nach seiner leiblichen Mutter. Dennoch befand er sich in diesem Haus inzwischen so oft, dass Charlie ihm nur die Haustür geöffnet hatte, aber nicht dort stehengeblieben war. Ihre schlanke, gepflegte Gestalt mit dem hochgesteckten, blonden Haar verschwand sofort wieder. Mit über fünfzig hatte sie sich sehr gut gehalten, bemerkte er wieder einmal.

Er fand sie in der großen, modernen und doch gemütlichen Küche, wo sie mit einer Kuchenform kämpfte.

„Hallo Daniel! Kannst du mir mal erklären, warum Backformen entgegen ihrer Bestimmung den Kuchen immer festhalten, als wenn im Teig Sekundenkleber enthalten wäre?"

Charlie und Backen, er kannte diese Schauspiele inzwischen.

„Du bist aber schon sicher, dass du keinen Kleber drin hast?"

Er erntete einen vorwurfsvollen Blick und mit gerunzelter Stirn dachte sie scheinbar ernsthaft über seine Frage nach.

„Im Rezept stand keiner, das weiß ich genau. Deshalb gehe ich mal zu meinen Gunsten davon aus, dass auch keiner drin ist. Wobei das Verhalten dieses Kuchens…"

Sie hielt ihm ihre Wange hin, auf die er einen Kuss drückte.

„Charlie, wann wirst du es aufgeben, Kuchen backen zu wollen?"

„Wenn es mir mal gelungen ist."

Es machte „Klong", als der von ihr mit einem Brotmesser bearbeitete Kuchen auf den Tellerrand fiel und dieser wie eine Wippe an einer Seite hochschlug. Daniel sprang auf den Tisch zu, um wenigstens den Teller zu retten. Es gelang ihm, aber der

Topfkuchen klatschte zu Boden und zerfiel rettungslos in seine krümeligen Einzelteile. Resigniert starrte Charlie das Häufchen teigigen Elends an.

„Tja, soviel dazu, dass ich dir zum Kaffee einen selbstgebackenen Kuchen servieren wollte."

Daniel verbiss sich ein Lachen.

„Du hast doch sicher noch irgendwo ein paar Kekse aus dem Supermarkt oder vom Bäcker?"

Auch als sie bei ihrem Kaffee saßen, hatte sich Charlie noch nicht so ganz mit ihrer Schmach, wie sie es nannte, abgefunden. Daniel kam eine Idee.

„Wann kommt Scott zurück?"

Verdattert sah sie ihn an.

„Morgen im Laufe des Tages. Fragst du aus einem bestimmten Grund?"

„Ja, dann könnten wir beide nämlich noch zusammen einen Kuchen für Scott backen, wenn wir ausgetrunken haben. Du musst ihm ja morgen nicht verraten, dass es eine Gemeinschaftsproduktion ist."

Charlie verzog verächtlich die vollen, zartrosa geschminkten Lippen.

„Scott ist seit über dreißig Jahren mit mir verheiratet. Er weiß, dass ein gelungener Kuchen nicht von mir stammen kann."

„Umso mehr kannst du ihn überraschen", zwinkerte er ihr zu. „Was hältst du von dem Vorschlag?"

Sie stand wie elektrisiert auf.

„Den Kaffee können wir auch nebenbei trinken."

Da hatte er etwas angeleiert! Also erhob er sich ebenfalls und sagte ihr an, was sie brauchen würden. Charlie bugsierte alles aus den Schränken auf den Tisch, zum Schluss stellte Daniel die Waage dazu. Er sagte ihr Schritt für Schritt, was zu tun war und sie folgte seinen Anweisungen aufs Wort. Kichernd und sich neckend stellten sie auf diese Weise einen Kuchenteig her.

„So", gab Daniel weiter Anleitung, „jetzt fettest du die Form ordentlich ein und gibst ungefähr zwei Drittel von dem Teig rein."

Misstrauisch sah sie ihn an. „Und was ist mit dem restlichen Drittel?"

„Warte ab. Wir wollen Scott schließlich keinen nullachtfünfzehn Kuchen vorsetzen."

Sie tat wie ihr geheißen und als Daniel sie anwies, Kakao mit einem Schuss Milch in den übrigen Teig zu geben, ging ihr ein Licht auf. Ihre Wangen glühten durch die Begeisterung, mit der sie bei der Sache war. Als sie den Schokoladenteig in die Form gegeben und allem mit einer Gabel ein Marmormuster verpasst hatte, schob sie den Kuchen in den Ofen. Mit einem drohend erhobenen Finger schlug sie die Backofentür zu.

„Und wehe, das wird nichts!"

Die Backzeit warteten sie bei weiterem Kaffee ab und als die Uhr am Backofen das Ende der Zeit vermeldete, sprang Charlie erneut wie von der Tarantel gestochen auf. Sie holte den fertigen Kuchen, legte den Teller obenauf und drehte das ganze Gebilde. Mit einem leisen Ton rutschte der Marmorkuchen ordnungsgemäß aus der Form. Ungläubig erstarrte sie mit weit geöffnetem Mund. Dann warf sie die Form in hohem Bogen in die Spüle, vollführte einen kleinen Luftsprung und umarmte Daniel. So viel Tante habe ich selten um den Hals gewickelt, dachte er amüsiert.

„Wir müssen ihn anschneiden um zu sehen, ob er auch innen in Ordnung ist", verlangte sie atemlos.

Er wehrte ab.

„Lass ihn erst ein bisschen auskühlen, so zwanzig Minuten. Dann kannst du dein Werk auch von innen bewundern."

Widerstrebend gehorchte sie, wartete aber keine Minute länger. Nach exakt der von Daniel vorgegebenen Zeit holte sie ein Messer aus der Schublade und schnitt den Kuchen an. „Daniel und seine verborgenen Talente", kicherte sie.

Einen Teil ihrer gemeinsamen Backkunst hatte er in einer Plastiktüte bei sich, als er auf dem Rückweg nach Hause in einen kleinen Supermarkt einbog. Charlie hatte darauf bestanden, dass er sich etwas davon mitnahm. Wenigstens konnten sie in dem Geschäft nicht denken, er hätte den Kuchen gestohlen. Aber er sah sich einem anderen Problem gegenüber. Noch immer wusste er nicht, worauf er Appetit hatte. Es sollte nichts Aufwändiges sein, aber einfach nur ein Fertiggericht aufwärmen wollte er auch nicht. So streifte er unentschlossen durch die Gänge, bis sich in seinem Kopf aus den gesehenen Artikeln ein Auflauf zusammenstellte. Den Kuchen zusammen mit seinen Zutaten im Einkaufs-wagen gelagert, steuerte er die Kasse an. Verflixt, er hatte die Zeitung vergessen! Ungehalten zog er den Wagen wieder zurück und musste selber einen Schritt nach hinten machen, um ihm auszuweichen und nicht über seine Füße rollen zu lassen. Dort, wo er hintrat, stand aber schon jemand.

„Also jetzt mal ehrlich, Daniel, du musst mir keine Plattfüße verpassen, die habe ich von Geburt an."

Erschrocken drehte er sich um und sah in das lachende, sommersprossige Gesicht von Jacks Frau. Die kurzen, blonden Haare wirkten wie frisch frisiert, die Grübchen in den Wangen tanzten.

„Entschuldige, Ruth. Mir ist nur gerade eingefallen, dass ich die Zeitung vergessen habe."

Sie lugte in seinen Einkaufswagen.

„Was gibt es heute?"

„Eine abenteuerliche Eigenversion eines Nudelauflaufs. Kreativ und hoffentlich genießbar."

Abschätzend nickte sie.

„Doch, kann man bestimmt essen. Lass es dir schmecken!"
Damit drängelte sie sich an ihm vorbei zur Kassiererin und er
konnte seine vergessene Lektüre holen.

Die Zeitung schlug er auf, als der Auflauf bereits im Backofen
war. Überregionale Meldungen sah er täglich im Fernsehen, daher
ließ er diese aus. Den örtlichen Teil über-flog er und anhand der
Überschriften fand sich nichts, was ihn genügend interessierte,
um den ganzen Artikel zu lesen. Also nahm er sich den
Wohnungsmarkt vor. Es gab drei Anzeigen mit
Zweizimmerwohnungen, aber nur eine davon würde er sich
leisten können. Sofort griff er zu seinem Prepaid Handy und rief
die angegebene Nummer an. Zu seiner Erleichterung erfuhr er,
dass die Wohnung noch nicht vermietet war und, noch besser, in
einer ruhigen und sauberen Wohngegend nicht sehr weit von
seiner Arbeitsstelle entfernt lag. Das klang bis hierher zumindest
optimal und flugs vereinbarte er einen Termin zur Besichtigung
am nächsten Tag nach Feierabend. Verdienstbescheinigung sei
mitzubringen, erinnerte ihn der Vermieter. Ihm sollte es recht
sein, seit einigen Monaten besaß er wieder eine.

Begeistert erzählte er Jack am nächsten Morgen von seinem
Vorhaben. Der sah die Sache etwas kritischer.

„Du weißt aber schon, dass es dann wieder knapper für dich
wird? Es ist mehr Miete als jetzt."

Daniel nickte, natürlich wusste er das.

„Aber nicht so knapp, dass ich auf irgendwas verzichten
müsste. Das passt schon, glaub mir. Ich bin lange Zeit mit viel
weniger ausgekommen und die Miete ist wirklich kein Problem."

Das schien Jack zu beruhigen.

Kapitel 2

Erin Namara glaubte es nicht. Konnte man nicht von den Kindern etwas Benehmen erwarten, während man seiner Arbeit nachging? Von ihren offenbar nicht, denn die Küche sah aus wie nach dem Einschlag einer Bombe. Über den Tisch waren zwei leichte Wolldecken gelegt, mit großen und schweren Töpfen fixiert. Die Decken hingen seitlich herunter und bildeten so unter dem Tisch eine Höhle. Dass dieses Gebilde für ihren Sechsjährigen gebaut worden war, lag auf der Hand. Ein Blick in das Innerste zeigte ihr jedoch, der Vogel war ausgeflogen.

Mühsam richtete sie sich wieder auf. Ihr Rücken machte ihr wieder zu schaffen, nachdem sie den ganzen Vormittag Ware für die Bestellungen aus den Regalen geholt und verpackt hatte. Es war gut, diesen Teilzeitjob bei einem Onlineshop zu haben, aber auch sehr anstrengend. Sie konnte nicht in Abrede stellen, dass ihr Übergewicht mitschuldig an den gesundheitlichen Problemen war. Ihr Hausarzt legte ihr immer wieder nahe, einige Kilo abzuspecken. Solange sie aber nicht zum Quadratmeter mutierte, sah sie dazu keine Veranlassung.

Sie sank auf einen Stuhl, ließ ihren Blick weiter durch die Küche schweifen, entdeckte neben der Spüle die Reste des Frühstücks und auf dem Herd den Schlafanzug ihres Jüngsten. Spuren von Schokocreme an den hellen Schränken aus Kiefernholz vervollständigten das Bild. Resigniert fuhr sie mit der Hand durch ihre lockigen, dunklen Haare. Dank des kurzen Schnitts richtete sie damit keine Verwüstung an, sondern sie fielen wie frisch frisiert wieder an Ort und Stelle. Hatte sie Susan nicht eigens gesagt, sie solle sich um Finn kümmern? Sie war die große Schwester und mit fünfzehn hätte sie in der Lage sein sollen, dieses Chaos zu verhindern. Und wo war Finn eigentlich?

Sie fuhr vom Stuhl hoch, um die Küche zu verlassen. Am Fuße der Treppe rief sie nach ihrer Tochter, doch erwartungsgemäß kam keine Reaktion. Auch der Ruf nach Finn blieb unbeantwortet. So blieb ihr nichts anderes übrig, als hinauf in den ersten Stock des Reihenhauses zu steigen. Manchmal sehnte sie sich nach einem Bungalow, in dem es keine Treppen gab. Oder sogar nach einer ganz einfachen Mietwohnung im Parterre.

Oben war es ruhig und bei der Anwesenheit Finns wirkte das mehr als verdächtig. Erin öffnete die Tür zu seinem Kinderzimmer, in dem er auf dem Bett saß. Um den Mund hatte er ein ähnliches Muster von Schokocreme wie ihre Küchenschränke und strahlte sie damit freudig an.

„Mum, du bist schon zuhause!"

„Schon ist gut, wir haben es nach zwei. Wie war dein Tag?"

Sie setzte sich neben ihn, so viel Zeit musste sein. Der Junge lehnte sich kurz an sie, wie um sich zu vergewissern, dass sie tatsächlich zurück war.

„Ganz okay. Ich habe mir unten eine Räuberhöhle gebaut, aber allein ist es langweilig darin."

„Die habe ich gesehen. Warum hast du sie nicht abgerissen und alles weggeräumt?"

Er zuckte die Schultern.

„Weiß nicht", kam die unwillige Antwort.

Erin fuhr ihm kurz durch sein ebenfalls dunkles, lockiges Haar und stand seufzend auf. Zeit, nach ihrer puber-tierenden Tochter zu sehen.

Bei ihr hatte sie sich inzwischen angewöhnt, vor Betreten des Zimmers anzuklopfen. Susan legte Wert auf ihre Privat-sphäre, in der Pubertät nicht ungewöhnlich. Auch ihre schwankenden Stimmungen führte Erin auf das Alter zurück. Mal gab sie sich

17

gut gelaunt und fast überdreht, dann wieder versank sie in eine Welt, in die andere keinen Zugang hatten. Sowohl daheim als auch in der Schule zeigte sie im Gegensatz dazu manchmal ein recht aggressives Verhalten, das sich jedoch zum Glück nicht in körperlicher Gewalt äußerte. Noch nicht. Diese Entwicklung war Erins größte Sorge.

Um Susans Antwort auf das Anklopfen zu hören, musste sie ihr Ohr an die Tür legen. Sie verstand das Murmeln als Einladung und trat ein.

Hätte sie das allererste Mal das Heiligtum Susans betreten, wäre sie sofort rückwärts wieder hinausgegangen. Inzwischen kannte sie die Unordnung. Getragene und saubere Kleidung lag auf dem Bett, da in dem Sessel kein Platz mehr war. Erin wusste, wenn Susan abends ins Bett gehen würde, landete alles in einem hohen Turm auf dem Schreibtisch oder dem Boden. Auf die Idee, die saubere Wäsche in den Schrank zu legen, kam Susan nicht. Erin sah aber nicht ein, dies selbst zu erledigen. Sie wusch und bügelte, auch wenn sie sich im Hinblick auf diese durcheinander geworfenen Kleidungsstücke regelmäßig fragte, wozu. Dann legte sie alles ordentlich auf Susans Bett, von wo aus diese es nur noch einzuräumen brauchte. Sie wusste, wie es immer wieder endete: Alles flog auf den Teppich oder woanders hin, damit das Bett frei wurde. Susan bevorzugte es, alles von einer Ecke in die andere zu schaufeln, anstatt es einmal richtig aus dem Weg zu schaffen. Die Logik von Teenagern würde sie in ihrem Leben nicht mehr verstehen lernen.

Damit war es aber nicht genug. Es fanden sich ebenso gebrauchtes Geschirr und Besteck, manchmal mit Essens-resten, an. Immer, wenn Erin den Eindruck sich leerender Küchenschränke hatte, startete sie bei Susan eine Sammelaktion. Danach war alles wieder vollständig. Wie viele andere Eltern hatte sie es aber aufgegeben, dagegen anzukämpfen. Man konnte wohl nur warten, bis das Backfischalter vorbei sein und der Nachwuchs erwachsen wurde. Der Himmel sollte sie davor bewahren, dass ihr dasselbe mit Finn auch noch bevorstand!

Ihre Tochter saß an ihrem Schreibtisch, den Laptop aufgeklappt, und haute kräftig in die Tasten. Es gab immer etwas Elektronisches, mit dem sie sich beschäftigte – sofern sie nicht einfach nur vor sich hinträumte. Das zweite Gerät, das sie ständig im Gange hatte, war ihr Handy. Aber in der heutigen Zeit war das offenbar normal.

Erin tippte ihr auf die Schulter, damit sie den Stöpsel ihres Musikplayers aus dem Ohr nahm. Auch wenn das andere frei war, wollte sie doch ihre ungeteilte Aufmerksamkeit und diese nicht mit Beschallung auf dem anderen Hörorgan teilen. Ungeduldig drehte sich Susan zu ihr um. Die blonden Haare hatte sie zu einem Pferdeschwanz gebunden, wodurch ihre klaren Gesichtszüge betont wurden. Zumindest wäre es so gewesen, wenn sie ihr apartes Gesicht nicht mit Schminke zu sehr zugekleistert hätte. Susan bemühte sich mit wenig Erfolg, auf diese Art erwachsen zu wirken.

„Wie kommt es, dass in der Küche das absolute Chaos herrscht, während du dich um Finn kümmern solltest? Ich habe dich extra in der Schule entschuldigt, weil Finn sich nicht wohl gefühlt hat und wir müssen arbeiten. Da ist es wohl kaum zu viel verlangt, wenn du dich um deinen Bruder kümmerst."

Susan warf ihr einen genervten Blick zu.

„Der ist ja wohl alt genug, um sich selber um seinen Kram zu kümmern. Ich habe ihm gesagt, er soll aufräumen."

Erin verschränkte die Arme und wippte mit dem Fuß.

„Du weißt genau, dass das nicht reicht. Hast du die Küche mal gesehen?"

„Ja, und? Ist doch nichts weiter", gab ihre Tochter schnippisch zurück.

19

Jetzt reichte es Erin. Sie packte Susan am Oberarm und zog sie vor ihrem Laptop weg.

„Dann wirst du ja im Handumdrehen Ordnung gemacht haben, meine Liebe. Und wenn du fertig bist, kannst du weiter im Netz surfen."

Susan dachte gar nicht daran, einfach so nachzugeben.

„Das geht jetzt nicht, ich bin mitten in einem Gespräch."

„Dann sag Bescheid, deine dusslige Mutter möchte, dass du deine Aufgaben erfüllst und du bist erst mal nicht verfügbar."

Ihr Gesichtsausdruck duldete keinen Widerspruch und schließlich gab Susan nach. Sie löste sich von ihrer Mutter, tippte einige Buchstaben, schickte sie mit einem Druck auf die Enter-Taste ab und folgte Erin nach unten.

Dort war der Machtkampf noch nicht zu Ende. Susan lehnte sich gegen die Arbeitsplatte der Einbauküche und besah sich zuerst das Desaster. Auffordernd schaute Erin ihre Tochter an und wedelte mit der Hand, um ihr zu verstehen zu geben, dass sie in die Kontakte kommen sollte. Endlich gab der aufmüpfige Teenager auf und machte sich daran, Finns Räuberhöhle abzubauen. Strafe musste sein, die Schränke würde sie auch noch putzen.

Erin hatte gerade das Abendessen fertig, als sie die Haustür hörte. Sie wohnten etwas außerhalb Dublins in einer ruhigen Wohngegend. Kleine, gepflegte Häuser auf bepflanzten Grundstücken. Das hatte jedoch gegenüber aller Idylle den Nachteil eines längeren Anfahrtswegs zur Arbeit. Rhys hatte seinen gerade geschafft und sie registrierte, wie er seinen Mantel an die Garderobe im Flur hing. Im nächsten Moment betrat er die Küche und begrüßte sie mit einem knappen „Hallo". Sonst nichts, keine Umarmung, keinen Kuss. Erin hatte sich damit abgefunden. Sie wohnten in netter Umgebung, nach außen ein normales, biederes Ehepaar. Kein Nachbar käme auf den

20

Gedanken, dass die Stimmung im Haus derart frostig war. In Gesellschaft, und sei es nur bei einem Plausch über den Gartenzaun, gab sich Rhys ganz als der liebende Ehemann. Erin argwöhnte manchmal, er könnte eine Geliebte haben. So ganz konnte sie das aber nicht glauben, denn bei Rhys siegte die Bequemlichkeit. Auch sein Aussehen war nicht gerade das, was die Damen anzog. Wie sie selbst war er eher klein und untersetzt. Das blonde Haar lichtete sich bereits zu einer extrem hohen Stirn, obwohl er erst Anfang vierzig war. Die Augen wirkten froschartig, das Gesicht etwas aufgeschwemmt. Wieder einmal ging Erin der Frage nach, warum sie ihn ausgewählt hatte. Damals hätte sie es gewusst, heute nicht mehr.

Rhys verschwand wieder und kam wenig später in seinem Schlabberlook zurück. Nichts gegen bequeme Kleidung zuhause, es konnten auch ruhig Jogginganzüge sein. Was er jedoch trug, gehörte schon längst in den Müll. Mehrmals hatte sie es entsorgt und er hatte es immer wieder gerettet und in den Schrank zurückgelegt. Nach ein paar Versuchen hatte sie aufgegeben und nahm es in Kauf, dass er mit einem Sweatshirt herumlief, das breiter als lang war. Die Bündchen der Hose hingen nicht mehr in Höhe der Knöchel, sondern bereits an den Waden.

Er setzte sich und demonstrierte damit seine Absicht zu Abend essen zu wollen. Wie üblich kam er nicht auf den Gedanken, den Tisch zu decken oder die Kinder zu rufen. Das übernahm wie gewohnt Erin, indem sie von unten die Treppe hinaufbrüllte. Mit etwas Glück würde das Wort „Essen" die Gehörgänge der Kinder öffnen, ohne dass sie wieder nach oben müsste.

Das Schicksal meinte es gut mit ihr und ihrem geschundenen Rücken, beide Nachkommen betraten wenig später die Küche und setzten sich auf ihre angestammten Plätze. Selbst mit seinen Kindern führte Rhys kein Gespräch, man schwieg sich an. Erin hasste diese Atmosphäre und eine Zeitlang hatte sie versucht, selbst die Unterhaltung zu bestreiten und den Rest der Familie dazu zu animieren. Aber da der Erfolg ausblieb, hatte sie bald keine Lust mehr dazu.

Schweigend nahmen sie ihre Mahlzeit ein. Rhys mochte keine Möhren, aber etwas anderes als ein Eintopf war kurz vor den Gehaltszahlungen nicht mehr drin. Er galt als Verkäufer in einem Möbelgeschäft nicht gerade als Groß-verdiener, sie selbst wurde auch mäßig entlohnt und das Haus fraß ihnen langsam die Haare vom Kopf. Zinsen und Unterhaltskosten stiegen immer höher und Erin hatte die Nase gestrichen voll – von allem! Wortlos räumte sie nach der Mahlzeit ab, stopfte alles in den Geschirrspüler und stellte ihn an. Dann überließ sie ihre Familie sich selbst und verzog sich mit einem Buch ins Schlafzimmer. Schlimm genug, dass Rhys nachher wieder schnarchend neben ihr liegen würde. Jetzt brauchte sie Zeit für sich.

Ihre Gedanken konnten sich aber nicht auf den Roman konzentrieren. Gerade heute wirbelten sie wieder durch-einander auf der Suche nach einer Lösung für ein besseres Leben. Erin beneidete Frauen, die den Mut aufbrachten, aus einem frustrierenden Dasein auszubrechen und einen Schlussstrich zu ziehen. Was würde ihr eine Trennung aber bringen? Natürlich wäre sie Rhys los und bräuchte nicht vor seiner Anwesenheit ins Schlafzimmer flüchten, sondern könnte ebenso gut eine Sendung im Fernsehen anschauen, gemütlich auf dem Sofa oder in einem Sessel. Den Kindern fühlte sie sich allein jedoch nicht gewachsen. Auch wenn sich Rhys nicht an den täglichen Querelen beteiligte, war er für die Kinder doch eine zweite Person, die etwas zu sagen hatte. Erin wusste, Susan würde ihr auf dem Kopf herumtanzen, wäre sie mit ihr allein. Finn war noch nicht so kompliziert, dennoch würde er sich an seiner Schwester orientieren und früher mit seinen Machtspielchen anfangen. Darauf konnte sie dankend verzichten.

Sie brauchte mal wieder dringend jemanden, bei dem sie sich ausheulen konnte. Dafür kam nur ihre Schwester infrage, die aber an einem anderen Ende von Dublin lebte. Heute Abend verbot sich deshalb ein Besuch von selbst. Doch morgen würde sie ihr gleich nach Feierabend einen Besuch abstatten, das nahm sie sich fest vor. Völlig egal, ob ihre Kinder während der Zeit das Haus dem Erdboden gleichmachten.

Erin blieb bei ihrem Entschluss und fuhr am nächsten Tag von ihrer Arbeitsstelle aus direkt zu Rebecca. Zur Vorsicht hatte sie sich telefonisch angemeldet um sicherzustellen, dass sie anzutreffen war. Ihre Schwester bildete den einzigen festen Punkt in ihrem Leben, bei ihr fühlte sie sich verstanden. Obwohl Rebecca selbst eine glückliche Ehe mit ihrer Sandkastenliebe führte, konnte sie Erins Situation immer nachvollziehen. Als Sozialarbeiterin hatte sie täglich mit Menschen zu tun, die in ähnlichen Situationen oder noch schlimmeren waren. Manchmal hatte Erin ein schlechtes Gewissen, denn mit ihren Besuchen forderte sie Rebecca auch beruflich heraus und die hatte ihren Feierabend ebenso verdient wie jeder andere. Rebecca selbst sah das nicht so und dafür war Erin ihr dankbar.

Die beiden Frauen umarmten sich, als Erin das kleine Eigenheim betrat. Ironischerweise hatte ihre Schwester mit Kevin keine Kinder, die das Haus füllten und sie kamen so wesentlich besser über die Runden. Auch, weil Rebecca mehr Stunden in der Woche arbeitete als Erin. Mit ihren Rabauken wäre das für sie nicht möglich, spätestens dann würde ihr alles zu viel werden.

Rebecca war das komplette Gegenteil ihrer Schwester. Das lange Haar blond gefärbt, groß und schlank. Das ließ sich jedoch nicht auf ihre Gene zurückführen, sondern auf regelmäßige Stunden im

23

Fitnessstudio. Von Erin wurde sie immer wieder für das Aufbringen dieser Energie bewundert.

Sie setzten sich ins Wohnzimmer, das hell und gemütlich anmutete. Ein hohes Bücherregal gab Aufschluss darüber, dass in diesem Haus viel gelesen wurde. Bunte Kissen überall verteilt zeugten für den Wunsch nach Behaglichkeit, auf die Rebecca sehr viel Wert legte.

Sie hatte bereits den Tisch mit einer Kanne Tee, Zucker, Milch und Tassen gedeckt und schenkte ihnen ein. Dann lehnte sie sich zurück, strich ihrer Schwester beruhigend über die Schulter und ermunterte sie, ihr Herz auszu-schütten. Sie kannte das Thema, weil es ein Dauerbrenner war. Nur der Grad von Erins Verzweiflung gestaltete sich unterschiedlich. Ständig zweifelte sie an sich selbst, würde gern ausbrechen und fand nicht den Mut dazu.

Rebecca versuchte jedes Mal, Erin zu einer Trennung zu überreden. Ihrer Meinung nach hatte jeder Mensch das Recht auf ein glückliches Leben und wenn man das selbst in die Hand nehmen konnte, sollte man nicht zögern. Dass Erin ohne Rhys besser dran sein würde, stand für sie außer Frage. Darin waren sich die Schwestern auch einig. Es ging nur um die Kinder, die mit einer Trennung und der sich dadurch veränderten Lage nicht zurechtkämen und dies mit ihrem Verhalten negativ zum Ausdruck bringen würden. Diese Angst konnte sie ihr nicht nehmen, denn sie war nicht von der Hand zu weisen. Susan machte ohnehin im Moment eine schwierige Phase durch, die Erin schwer zu schaffen machte. An das Mädchen war kaum noch ein Rankommen, sie hatte es schon am eigenen Leib erfahren müssen. Trotzdem sie darauf geschult war, Zugang zu Menschen zu finden, gelang es ihr bei ihrer eigenen Nichte nicht mehr.

„Erin, es gibt Hilfe für alleinerziehende Mütter. Insbesondere, wenn das Verhältnis zu den Kindern schwierig ist. Wobei bei dir ja nur Susan ein Problemfall ist, Finn ist relativ pflegeleicht." Wie oft hatte sie ihr das schon vorgebetet? Was ihre Schwester aber jetzt von sich gab, war auch für sie neu. „Am liebsten würde ich einfach meine Sachen packen und allein gehen. Ich fühle mich so restlos überfordert und das liegt doch nicht an Rhys. Er ist ja fast nie da und es ist deshalb schon so, als ob ich allein wäre. Klar widert er mich an, wenn er die paar Stunden daheim ist. Aber im Großen und Ganzen ist er nicht allein das Problem."

Rebecca musste erst einmal hart schlucken. Es war nicht so, dass sie diese Gedanken nicht verstand. Sie würde es sogar unterstützen, wenn sie die Kinder bei Rhys gut aufgehoben wüsste. Davon konnte aber keine Rede sein, sie würden bei ihm endgültig den Bach hinuntergehen. Stimmungsschwankungen und Aggressivität von Susan würden sich steigern, befürchtete sie. Aber wie brachte sie ihrer Schwester bei, dass in ihrem Fall Verantwortung vor Eigenständigkeit gehen sollte oder sogar musste?

„Kann ich nachvollziehen. Aber stell dir mal die Kinder allein bei Rhys vor. Erstens ist er von morgens bis abends nicht zuhause und zweitens hat er überhaupt keinen Bezug zu ihnen. Der schafft es ja noch nicht mal, Finn nach seinem Lieblingskuscheltier zu fragen."

Erin sah im Geiste ihren Kleinen tief schlafend im Bett liegen, die Beine angezogen und den grüngelben Stoffdino-saurier eng an sich gedrückt. Ihn würde sie keinesfalls bei Rhys lassen können, das würde ihr das Herz brechen. Aber wie stand es mit Susan? Sie glaubte sich erwachsen, also sollte sie doch mit ihrem Vater in einem Haushalt leben können? Sie teilte ihre Überlegung mit

Rebecca, die wieder einen Moment nachdachte, bevor sie antwortete.

„Es wäre auf jeden Fall eine Option, nur mit Finn zu gehen. Susan ist meiner Meinung nach alt genug, um anzufangen, ihr Leben selbst zu regeln. Und Rhys wäre da, sie müsste nur ein wenig mehr Verantwortung für sich selbst übernehmen. Im Notfall bist du ja erreichbar. Vielleicht wäre das doch gar nicht so übel für ihre weitere Entwicklung…", revidierte sie ihre Ansicht.

Wie elektrisiert packte sie ihre Schwester an den Oberarmen, als sie fortfuhr.

„Überleg dir das, das wäre eine Möglichkeit. Du bist doch nicht allein auf der Welt und mit Finn könntest du mal richtig entspannt und harmonisch leben. Du hast das genauso verdient wie jeder andere."

Erin starrte an Rebecca vorbei in das Aquarium, ohne das Geschehen darin wahrzunehmen. Plötzlich fasste sie den Entschluss, genau so zu handeln.

Rebecca konnte ihr eine kleine Wohnung besorgen. Sie und ihr Mann würden ihr dabei helfen, tagsüber umzuziehen, wenn Rhys im Möbelgeschäft war. Idealerweise vormittags, damit auch Susan keinen Alarm schlagen konnte. Finn würde sie nachmittags direkt von der Schule ins neue Heim holen.

Gleich am nächsten Tag kümmerte sich Rebecca um die Wohnung. Dank ihrer entsprechenden Beziehungen zu einem Eigentümer stand Erin sofort eine freie, teilweise möbliert zur Verfügung. Es war kein Palast, betonte Rebecca, aber ein Dach über dem Kopf. Das bedeutete, bereits am kommenden Montag könnte sie ihren Plan in die Tat umsetzen.

Kapitel 3

Der erste Eindruck der Wohngegend war gut. Daniel hatte sich eigens früher auf den Weg gemacht, um sich zuvor schon etwas in der Umgebung umzusehen. Wenn er umzog, dann sollte es das wirklich Richtige sein und keine Über-gangslösung, aus der heraus er bald wieder auf die Suche gehen würde. Die Häuser wirkten nicht vernachlässigt und waren sauber. In vielen Fenstern der Mietwohnungen gab es Pflanzen auf den Fensterbänken, überall luftige Gardinen. Hier herrschte nicht die Hoffnungslosigkeit, die Daniel aus seiner bisherigen Straße und von den Nachbarn kannte.

Auf der Suche nach der richtigen Hausnummer schritt er die Gebäude ab. Einige hundert Meter entfernt sah er einen kleinen Supermarkt und einen Imbiss. Vermutlich gab es noch weitere, kleine Geschäfte im näheren Umkreis. Das waren ebenfalls gute Voraussetzungen hier zu wohnen.

Inzwischen hatte er das Haus mit der Nummer sieben erreicht und betrachtete es ausgiebig. Im zweiten Stock gab es keine Gardinen vor den Fenstern, das würde die zu vermietende Wohnung sein. Für ihn kein Problem, Treppen hielten fit und in seine jetzige Unterkunft musste er ebenfalls zwei Etagen hochsteigen. Ungeduldig trat er von einem Fuß auf den anderen und wartete, bis die restlichen fünfzehn Minuten bis zu seinem Termin vorübergingen.

Er schaffte fünf Minuten, dann zog es ihn zur Haustür. Dass diese verschlossen war und nur mit einem Schlüssel oder einem Summer aus den Wohnungen heraus geöffnet werden konnte, verbuchte er als weiteren Pluspunkt. Nicht nur das, es kam Daniel schon vor wie Luxus. Er überflog die Namen an den Klingeln und versuchte auszumachen, welcher zu der leerstehenden Wohnung gehören könnte. Schließlich gab er auf und drückte einfach beim untersten Namen.

Als sich neben ihm ein Fenster öffnete, trat er zurück und erblickte ein junges Mädchen um die zwanzig. „Ich habe einen Besichtigungstermin in der freien Wohnung. Können Sie mir sagen, wo ich dafür klingeln muss?"

Sie nannte ihm den Namen, er bedankte sich und versuchte sein Glück. Der Summer ertönte nur wenige Sekunden später und ermöglichte den Zugang. Während er die Stufen hinaufstieg, schaute er sich ausführlich um. Auch hier wirkte alles sauber und gepflegt. Da er es gewöhnt war, mehrere Treppen zu steigen, kam er kaum außer Atem vor der Wohnung an. Hier klopfte er nur.

Ein Mann in Anzug, blankgewienerten Schuhen und grauem Haarschopf öffnete ihm die Tür.

„Sie müssen Mr O'Keefe sein. Kommen Sie rein."

Er trat zur Seite und Daniel folgte seiner einladenden Handbewegung. Der Flur war klein und düster, bekam er einen ersten Eindruck. Da die davon abgehenden Türen aber bis auf eine geschlossen waren, konnte kaum Licht hereinfallen. Der Anzugträger stellte sich als sein mög-licherweise zukünftiger Vermieter vor und ging voraus in ein Zimmer, das der Eingangstür geradewegs gegenüber lag.

„Das wäre das Wohnzimmer", erklärte er.

Auch hier zog er sich einen Schritt zurück, damit sich Daniel umsehen konnte. Der Boden war mit billigem Laminat ausgelegt, die Wände frisch gestrichen. Der Raum war nicht riesig, aber mit den Fenstern gut aufgeteilt, sodass seine Einrichtung nicht auf Probleme stoßen würde. Sogar einen kleinen Balkon gab es, stellte er fest.

Er nickte und das fasste der Vermieter als Aufforderung auf, ihm den nächsten Raum zu zeigen. Hierbei handelte es sich um das Schlafzimmer, das ebenfalls nicht besonders groß war. Aber es reichte. Die Küche war klein, trotzdem konnte man sogar einen Tisch mit Platz für zwei Personen aufstellen. Das Bad war dann schon richtig winzig. Toilette, Dusche und Waschbecken quetschten sich aneinander, dazwischen gab es kaum Gelegenheit, sich einmal um die eigene Achse zu drehen. Doch wer wohnte schon im Badezimmer? Schlimmstenfalls würde er seine Badewanne vermissen.

Daniel ging noch einmal abschließend durch alle Räume, bevor er sich entschied. Das eine oder andere könnte besser sein, aber es war eine deutliche Verbesserung zu seiner jetzigen Behausung. Die Frage war, ob der Fortschritt gut genug war, um dies als endgültige Lösung anzusehen oder war es nur die Unruhe, aus seiner jetzigen Wohnung herauszuwollen, die ihn über manches hinwegsehen ließ? So ganz sicher war er sich seiner Sache nicht und das gab den Ausschlag. Von Beginn an hatte er nicht das Gefühl gehabt, das wäre der große Schlag. Kein Gedanke, dass er diese Wohnung unbedingt würde haben wollen. Deshalb entschied er sich dagegen, denn er befürchtete, sich in absehbarer Zeit über die Anmietung zu ärgern. Höflich bedankte er sich und verließ geknickt das Haus. Eigentlich hatte er sich von diesem Termin sehr viel versprochen.

Um sich selbst zu trösten, kehrte er auf dem Rückweg nach Hause in ein Café ein, das auf dem Weg lag. Trotzdem es schon spät am Nachmittag war, bestellte er einen Kaffee und ein großes Stück Käsetorte. Mit Enttäuschungen musste man leben und letztendlich war es seine Entscheidung gewesen. Es würden wieder andere Wohnungen in der Zeitung stehen, die er besichtigen könnte. Irgendwann wäre die richtige dabei, er hatte es nicht eilig, versuchte er sich selbst zu versichern. Dabei wusste er, dass das nicht so ganz stimmte. Seitdem er in seine jetzige Wohnung eingezogen war, hatte er sie als Übergangslösung gesehen. Die ganzen Jahre über gab es bereits den Traum, umziehen zu können. Da jedoch keine seiner zahlreichen Bewerbungen erfolgreich gewesen war, hatte er ihn nicht in die Tat umsetzen können. Jetzt gab es die finanzielle Möglichkeit dazu und er wollte es wahrnehmen. Er war einfach ungeduldig, aber auch unsicher. Immerhin hatte er schon mal erlebt, dass sich eine vermeintlich sichere finanzielle Lage drastisch verändern konnte. Er sollte Recht behalten mit seiner Vorsicht. Das Café war nur zur Hälfte besetzt, um diese Tageszeit jedoch kein Wunder. Viele waren schon wieder auf das Abendessen eingestellt oder sogar dabei, es zuzubereiten. Er ließ seinen Blick über die anderen Gäste gleiten und überlegte sich, was das wohl für Menschen waren und wie sie lebten. An diesem Spiel verlor er aber mangels Fantasie schnell das Interesse. Nachdem er seinen Kuchen und den Kaffee verdrückt hatte, bezahlte er und verließ das Lokal wieder. Es würde ihn ein einsamer Abend daheim erwarten, aber besser allein einsam als unter anderen Menschen.

Daniel hatte keine Eile, war aber doch froh angekommen zu sein, als er die Wohnungstür aufschloss. Draußen verdun-kelte sich der Himmel wieder und er knipste das Licht an. Träge entledigte er sich seiner Kleidung, beließ es nur bei einem T-Shirt und der Unterhose. Mit einer schnellen Suppe setzte er sich schließlich vor den Fernseher. So sollte der Rest seines Lebens keinesfalls aussehen. Aber wie stellte man es an, einen Partner zu finden, der zu einem passte und mit dem man seine freie Zeit verbringen konnte? Erzwingen konnte man das nicht, soviel war Daniel klar. Wie hieß es immer so schön? Auf jeden Topf gibt es einen passenden Deckel. Folglich musste es auch für ihn jemanden geben, er war dieser Frau nur noch nicht begegnet.

Mit dem leeren Teller in der Hand ging er nachdenklich in die Küche und stellte ihn ab. Sollte er es doch einmal im Internet versuchen? Chaträume waren so gar nicht sein Ding, aber es gab auch genügend Websites, die Partner-vermittlung anboten. Entsetzt schlug er die Hand vor die Stirn. Herrje, er war Anfang dreißig! Hatte er das nötig? Er hatte offenbar.

Entschlossen fuhr er den alten, gebraucht gekauften Computer hoch. Da der dafür wieder gefühlt bis ins nächste Jahrhundert brauchen würde, nutzte er mittlerweile fröstelnd die Zeit, sich eine ausgeleierte Jogginghose überzuziehen. Die Symbole auf dem Desktop begannen gerade sich aufzubauen, als Daniel zurückkam. Nun wäre es eine Herausforderung, Websites zu finden, auf denen man gratis die entsprechenden Dienste in Anspruch nehmen könnte. Bereit, dafür zu zahlen, war er keinesfalls. In dem Fall würde es zwar keine professionelle Partnervermittlung werden, aber eine Seite, wo sich Singles trafen, würde schon ausreichen.

Nach über einer Stunde fand er eine Seite, die ihm vielversprechend vorkam. Ein Treff für Singles, die ihr Leben nicht weiter allein verbringen wollten. Man konnte sein Profil hinterlegen und so viel erzählen, wie man bereit war über sich preiszugeben. Außerdem gab es diverse Chaträume, die nach Themen aufgebaut waren, damit sich Gleichgesinnte in Hobbys und Interessen zusammenfinden konnten. Hatte man einen Gesprächspartner gefunden, konnte man in beiderseitigem Einverständnis in einen privaten Chat wechseln, den niemand anders verfolgen konnte. Daniel mochte gar nicht weiter überlegen, zu welchem Zweck diese Privatchats sicherlich manchmal dienten. Das war nicht sein Ziel, er hatte zwei gesunde Hände. Nein, ihm ging es tatsächlich darum, jemanden zu finden, mit dem er seine Zeit verbringen konnte.

Er durchlief den Registrierungsvorgang, vermerkte Alter, Beruf und Interessen. Bei der Beschreibung seiner Eigenschaften kam er jedoch ins Stocken. Was war er für ein Mensch? Schüchtern, ohne Vorurteile, tolerant, humorvoll. Welche Charakterzüge hatte er im negativen Sinn? Ihm fielen keine ein, wie jeder andere Mensch auch hatte er natürlich welche, vermochte sie nur nicht für sich selbst herauszu-filtern. Also ließ er diesen Teil aus. Brachte sowieso nichts und würde andere nur abschrecken.

Vor ein weiteres Problem stellte ihn die Wahl des Nicknamens. Mangelnde Erfahrung im Internet und ebenso fehlende Fantasie machten das für ihn zu einer echten Herausforderung. Fiel ihm einer ein, war er schon vergeben. Diverse Zahlen hinter dem Namen wollte er nicht, er sollte schon einzigartig und unverwechselbar sein. Schließlich starrte er trübsinnig in die Pfützen auf der Straße und das Wasser brachte ihn auf den Namen Poseidon. Hastig gab er das Pseudonym ein und hatte Glück, es war noch nicht vergeben. Das war also geschafft.

Nun konnte er sich auf der Seite besser umsehen und überflog die Themen der Chaträume. Kino, Filme? Konnte er nicht mitreden, er hatte seit Jahren kein Kino von innen gesehen. Kinder und Erziehung? Bei ihm etwas, worauf er erst noch zusteuerte. Computerspiele? Dazu könnte er eher etwas sagen, aber da er in der Regel Ego-Shooter spielte, wäre das wohl keine Basis für das Zusammentreffen mit einer Frau. Krimis. Das passte. Als Stammkunde in der Bücherei hatte er während seiner Arbeitslosigkeit so manchen Krimi verschlungen.

Er loggte sich in den Chatraum ein und begnügte sich erst mal damit, das Geschriebene mitzulesen. Mittendrin erschien die Nachricht: „Wir haben einen Neuzugang, hallo Poseidon!"

Daniel las diesen Satz zunächst ohne eine Reaktion, bis er begriff, dass er damit angesprochen worden war. Schnell tippte er eine Antwort. Natürlich wusste er, dass viele im Internet nicht ehrlich waren. Genau das würde Daniel aber sein. Er war ein gradliniger Mensch und würde es auch bleiben. Eine positive Charaktereigenschaft, die ich vergessen habe einzutragen, dachte er.

„Hallo an alle. Ich bin wirklich ganz neu und habe keine Erfahrung mit so was. Deshalb lese ich einfach erst mal mit, worüber ihr euch unterhaltet."

„Kein Problem", kam die Antwort eines „Terminator" zurück. „Wenn du Lust hast, schreibst du einfach mit."

Lust verspürte Daniel schon, aber er traute sich nicht. Die anderen Chatter warfen mit Abkürzungen und Symbolen um sich, die er weder kannte noch verstand. So würde seine Anwesenheit erst einmal dazu dienen, diese Geheimsprache zu entschlüsseln. Recht bald erkannte er, dass er den Krimi tatsächlich gelesen hatte, um den es gerade ging. Nun juckte es ihm doch in den Fingern, sich in die Diskussion einzuschalten und er gab der Versuchung nach. Während er seinen Beitrag eingab, entdeckte er am unteren Rand auch eine Reihe der Symbole, die er nicht verstanden hatte. Schnell fand er heraus, dass die Bedeutung angezeigt wurde, wenn er seinen Mauszeiger darauf legte. Das war praktisch und schnell begann er, diese Möglichkeiten zu nutzen.

Bevor er sich versah, war er mitten in der Unterhaltung. Sie wurde sachlich geführt, immer wieder durch einen Scherz des einen oder anderen Mitglieds aufgelockert. Es begann, ihm Spaß zu machen. Eifrig las und schrieb er, wurde immer sicherer im Umgang mit den Teilnehmern. Erst als sich einer nach dem anderen verabschiedete und die Debatte dadurch erlahmte, bemerkte er seine verspannten Schultern und brennenden Augen.

Flüchtig sah er zur Uhr unten rechts in der Ecke seines Bildschirms und fuhr erschrocken hoch. Es war fast ein Uhr nachts, das konnte doch gar nicht sein! Fast panisch verabschiedete er sich und sprang ins Bett. Voraus-gesetzt, er würde sofort einschlafen, blieben ihm keine vier Stunden Schlaf mehr.

Am nächsten Morgen sah man es ihm deutlich an. Das Bedürfnis, den piependen Wecker gegen die Wand zu werfen, war übermächtig. Aber er beherrschte sich, drückte ihn aus und quälte sich aus dem Bett. Mit verquollenen Augen betrachtete er im Badezimmer sein Spiegelbild. Den Impuls, sich krank zu melden, noch einige Stunden zu schlafen und direkt wieder in den Chat zu gehen, unterdrückte er. Nach Feierabend blieb ihm genügend Zeit zu beidem und außerdem war Freitag. Samstag und Sonntag würden die dafür vorgesehenen Kollegen die Schichten übernehmen, er hatte frei. Wichtig war nur, den heutigen Tag zu überstehen, ohne dass ihm die Augen zufielen. Er ertränkte sein Gesicht förmlich in eiskaltem Wasser, putzte sich die Zähne und schlich in die Küche. In der Regel munitionierte er die Kaffeemaschine bereits abends und drückte morgens nur auf den Schalter, bevor er ins Bade-zimmer ging. Diesmal hatte er beides vergessen. Murrend und mit sich selbst unzufrieden holte er es nach und wartete ungeduldig auf die erste Tasse, damit er einen Koffeinschub bekam. Aber auch der half diesmal nicht. Womöglich würde er sich am Computer demnächst den Wecker stellen müssen, um seine Schlafenszeit nicht zu verpassen.

Jack sah ihn forschend an, als er in den Aufenthaltsraum trat.
„Schlecht geschlafen?" hakte er sofort nach.
Daniel setzte ein schiefes Grinsen auf und erzählte von seiner nächtlichen Erfahrung im Chat. Warum er sich dort angemeldet

hatte, verschwieg er allerdings. Jack war ein Freund, aber das war ihm dann doch zu peinlich.

„Ja, das kenne ich", bekannte Jack. „Wenn wir unsere Kids nicht regelmäßig von ihren Laptops und Smartphones wegziehen würden, würden die ganz ohne Schlaf großwerden, glaube ich. Ich hab's selber mal erlebt, die Zeit verfliegt, das ist Wahnsinn."

Insofern brauchte sich Daniel dann wohl keine Sorgen zu machen, als Einzelfall im Internet die Zeit aus den Augen zu verlieren. Bei Computerspielen kannte er das nicht, bisher hatte ihn nie eins so gefesselt, dass er erst Stunden später wieder auf die Uhr gesehen hatte.

Ungeduldig nahm sich Daniel entgegen seiner Gewohnheit nach Feierabend noch nicht einmal die Zeit, etwas zu kochen. Er holte eine fast vergessene Dose Fertiggericht aus dem Schrank, schüttete alles auf einen Teller und stellte ihn in die Mikrowelle. Während diese lief, fuhr er den PC hoch. Im Laufschritt ging er zurück in die Küche, entnahm einer Schublade einen Löffel, schnappte sich den Teller, verbrannte sich die Finger und fluchte. Mithilfe eines Topflappens schaffte er es schließlich, seine Mahlzeit unfallfrei vor den Computermonitor zu balancieren. Noch bevor er den ersten Löffel aß, loggte er sich auf der Website und in den Krimi-Chatraum ein.

Eine Unterhaltung war bereits in vollem Gange und erkannte einige Namen vom Abend zuvor wieder. Auch der Terminator war dabei, der ihn so freundlich empfangen hatte und sofort wieder begrüßte. Daniel schrieb zurück und hielt sich zunächst heraus. Seine Reissuppe essend, las er mit. Der leere Teller stand schon lange verwaist auf dem Tisch, als er sich das erste Mal beteiligte.

„Von welchem Buch redet ihr gerade?"

Als die Antwort kam, musste er bekennen, es nicht gelesen zu haben. Ein Hindernis war das jedoch nicht, denn er bekam Pro und Kontra des Buchs berichtet mit der Empfehlung, es zu lesen. Enttäuscht stellte Daniel fest, dass ihn der Chat heute langweilte. Halbherzig las er weiterhin mit und plötzlich tat sich ein kleines Chatfenster am unteren Bildschirmrand auf. Terminator hatte es eröffnet.

„Was ist los mit dir?" schrieb er.

Daniel überlegte ausgiebig, bevor er eine Antwort formulierte.

„Ich kann nichts über ein Buch sagen, das ich nicht kenne."

„Stimmt, das ist doof", gab Terminator zu. „Aber du kannst die Diskussion doch auch auf ein anderes Buch lenken. Frag einfach nach einem, das du gelesen hast, ob das jemand kennt."

Auf die Idee war Daniel noch nicht gekommen, er schob dies auf seine mangelnde Chaterfahrung.

„Und wenn niemand darauf eingeht?" gab er zu Bedenken.

„Egal, dann versuchst du es eben noch mal. Aber wir sind schon so lange bei diesem Schmöker, dass die meisten sicher gern über was anderes diskutieren würden."

„Ich versuch's", schrieb Daniel zurück und setzte es gleich in die Tat um.

Und wirklich! Wie Terminator vorausgesagt hatte, gingen die anderen gern auf seinen Krimivorschlag ein. Nun konnte er wieder ausführlich mitreden und die Zeit verflog. Mit der Gewissheit, dass er ein ganzes Wochenende Zeit hatte, ließ er sie fliegen.

So ging er erst im Morgengrauen zu Bett. Ihn quälten unruhige Träume bezüglich des Krimis, über den sie zuletzt geschrieben hatten. Eine vermummte Person hatte ihn auf einem Stuhl gefesselt und schickte sich an, ihm die Zunge herauszuschneiden. Mit einem erstickten Schrei und schweißgebadet wachte Daniel auf. Es war schon verrückt! Das Buch selbst hatte ihm nicht solche Albträume beschert, aber ein bloßer Meinungsaustausch darüber mit fremden Menschen.

Er stand auf, warf sich in der Küche einige Hände kaltes Wasser ins Gesicht und füllte dann ein Glas, das er in einem Zug austrank. Es war halb acht, eigentlich die geeignete Zeit zum Aufstehen. Da er aber sicher war, tagsüber kaum jemanden von der Truppe im Chatraum anzutreffen, wusste er nichts mit sich anzufangen. Also ging er wieder ins Bett. Ihm kam gar nicht in den Sinn, dass er noch zwei Tage zuvor sehr wohl etwas mit seiner Zeit anzufangen gewusst hätte.

Das Klingeln seines Handys holte ihn das nächste Mal aus dem Schlaf.

„Wer stört?" nuschelte er in einem Anflug von Größenwahnsinn, nachdem er abgenommen hatte.

Zuerst kam gar keine Reaktion. Ein herzliches, helles Lachen suggerierte Daniel, dass die Anruferin entweder Ruth oder Charlie sein musste, so ganz konnte er das noch nicht definieren. Ein anderes weibliches Wesen rief nicht bei ihm an.

„Sag bloß, du hast noch geschlafen? Ich bin mir ganz sicher, dass ihr keine Nachtschicht hattet", gluckste es am anderen Ende. Also Ruth, ohne Zweifel.

„Ich hab so einen Chatraum entdeckt, da war ich fast die ganze Nacht", erklärte Daniel.

„Oh ja, das kenne ich von unseren Ablegern. Wenn die erst mal zugange sind, sind sie nur mit Gewalt aufzuhalten. Worüber habt ihr euch unterhalten?"

„Krimis, die wir gelesen haben."

Daniel setzte sich im Bett auf und schielte auf den Wecker. Es war inzwischen nachmittags. Zeit, sich wieder einzuloggen.

„Bestimmt interessant", stimmte sie ihm zu. „Aber weshalb ich anrufe: Jack und ich haben uns überlegt, dass wir nächstes Wochenende die Kellerbar einweihen könnten. Laut Wettervorhersage soll es draußen ziemlich ungemütlich werden und das wäre doch ein idealer Zeitpunkt."

Daniel wartete ab, aber sie sagte nichts mehr. Schließlich musste er doch nachfragen, weil seine grauen Zellen noch nicht ganz ihre Arbeit aufgenommen hatten.

„Warum erzählst du mir das?"

Er hörte ein entrüstetes Schnaufen.

„Warum wohl, du Schaf? Natürlich erwarte ich, dass du dabei bist. Nächsten Samstag um sieben Uhr abends. Das passt dir doch? Jack hat ja nächste Woche Urlaub, sonst hätte er dir auf der Arbeit Bescheid gesagt."

Richtig, das hatte er vollkommen vergessen! Er würde in der folgenden Woche mit jemand anderem zusammen seinen Dienst verrichten müssen. Bei dem Gedanken wurde ihm etwas flau im Magen. Schnell sagte er zu, natürlich war sein Kommen keine Frage!

Kapitel 4

Nach einer Katzenwäsche und einem Abstecher in die Küche, um sich einen Kaffee zu kochen, loggte sich Daniel im Chat ein. Terminator war da und auch einige andere, mit denen er inzwischen mehrfach geschrieben hatte. Gleich zu Beginn erschien Terminator in seinem privaten Fenster.

„Ich mag dich und würde dich gern treffen."

Hoppla, was ging denn bei dem ab? Daniel überlegte, ob er mit irgendetwas den Eindruck erweckt haben könnte, homosexuell zu sein. Wie sollte er jetzt reagieren? Zum Glück fiel ihm eine Erwiderung ein, mit der er auf den Busch klopfen konnte.

„Zu einem Männerabend inklusive Saufgelage?"

Mit den Fingern auf die Schreibtischplatte trommelnd, wartete er auf Antwort. Warum dauerte das so lange?

„Wohl eher nicht – ich bin weiblich."

Das hatte gesessen! Wer sollte bei dem Namen „Terminator" auf eine Frau kommen?

„Das hast du aber geschickt verborgen. Ich dachte, du wärst ein Mann."

„Habe ich absichtlich so gemacht, damit ich nicht immer sofort angebaggert werde. So kann ich die Auswahl treffen."

Clever, dachte sich Daniel. Er hatte das erreicht, was er gewollt hatte, wenn auch nicht als treibende Kraft: Ein Treffen mit einer Frau. Und einem zwanglosen Kennen-lernen in einem Lokal stand schließlich nichts im Weg.

„Woher kommst du? Vielleicht wohnen wir zu weit auseinander."

Die Antwort abwartend, presste er angespannt die Fingernägel in die Handflächen.

„Ich wohne etwas außerhalb von Dublin. Und du?"

Daniel stieß den angehaltenen Atem aus. Was für ein Glück!

„Direkt in Dublin. Ich bin Daniel und Anfang dreißig."

„Susan, unter dreißig." Dieser Aussage folgte ein lachendes Smiley.

Das waren doch beste Voraussetzungen! Sie verabredeten sich bereits für den nächsten Tag in einem Café und kehrten dann in den offenen Chat zurück.

Im Laufe des Abends wurde Daniel immer nervöser und loggte sich ungewöhnlich früh aus. Gerade jetzt am Wochen-ende, wo er nicht auf die Uhr schauen musste, fehlte ihm die Lust zu chatten. Seine Gedanken richteten sich nur noch auf den kommenden Tag und er hatte Mühe, der Diskussion zu folgen. Wie würde sie wohl sein? Ebenso aufgeschlossen wie im Chat oder im realen Leben zurückhaltender? Viele Menschen verstellten sich im Internet ins Gegenteil und spielten ein Rolle, die sie sich selbst zugedacht hatten. Soviel war Daniel mittlerweile bekannt und er wusste, dass er mit allem rechnen musste. Er surfte noch eine Weile durch das Netz und machte den altersschwachen PC dann aus. Die beste Ablenkung wäre, wenn er sich mit etwas völlig anderem als dem Computer beschäftigen würde. Deshalb zog er sich aus, legte sich ins Bett und nahm den Krimi zur Hand, den er in den letzten Tagen sträflich vernachlässigt hatte. Es wurde Zeit, dass er zusammen mit den Ermittlern den Mörder dingfest machte.

Nervös durch die Wohnung tigernd, nutzte er am nächsten Morgen seine Unruhe, um aufzuräumen und den Staub von den Möbeln zu wischen. Insofern hatte das Ganze wenigstens etwas Gutes. Viel zu früh machte er sich dann am Nachmittag auf den

Weg in das Café, das ihren Treff-punkt darstellen sollte. Sie hatte ihm gesagt, er würde sie an der roten Jacke und zu einem Knoten aufgesteckten, blonden Haaren erkennen.

Als er das Café jedoch betrat und sich umsah, entdeckte er sie noch nirgends. Das war kein Wunder, denn er war viel zu zeitig dran. Es blieb ihm nichts anderes übrig, als schon mal Platz zu nehmen und einen Kaffee zu bestellen.

Während er trank, behielt er die Tür im Auge und sah immer wieder auf die Uhr seines Handys. War es nicht eigentlich üblich, erst ein paar Mal zu telefonieren, bevor man sich traf? Andererseits schien Susan eine recht direkte Person zu sein, warum also alles unnötig in die Länge ziehen? Zehn Minuten vor der vereinbarten Zeit hatte er seinen Kaffee ausgetrunken und beschloss, dass ihm alles zu schnell ging. Er zahlte und verließ fast fluchtartig das Café, um ihr nicht doch noch zu begegnen. Schnell ging er die Straße entlang und um die nächste Ecke. Dort verlangsamte er sein Tempo wieder und schlug den Weg nach Hause ein.

Während des Nachhausewegs schimpfte er mit sich selbst wie ein Rohrspatz. Er war feige, ganz einfach feige! Da wollte sich eine Frau mit ihm treffen, also genau das, wozu er sich auf dieser Website angemeldet hatte, und er kniff! Es war echt nicht zu fassen!

Missmutig kickte er einen Stein auf die Fahrbahn, der unschuldig auf dem Gehweg lag. Und überlegte, ob er wieder umkehren sollte. Sicher würde sie noch warten in der Annahme, er hätte sich nur verspätet. Er hatte sich schon halb umgedreht, als er die Drehung vollendete und doch wieder in die Richtung nach Hause ging. Nein, er würde ihr im Chat sagen, dass ihm kurzfristig etwas dazwischen gekommen war. Was, würde er sich bis dahin noch ausdenken.

Daheim angekommen, entledigte er sich seiner Jacke und ließ sich auf das Bett fallen, um für einen Moment die Augen zu schließen. Seinen Gedanken nachhängend lag er lange so da. Die gerade noch vorhandene Fantasie spielte ihm Szenarien vor, wie sich das Treffen hätte abspielen können. Jedoch würde er nie erfahren, ob eine dieser Versionen zutreffend war.

Sein Blick wurde immer wieder von dem Computer angezogen und schließlich stand er auf, um ihn wieder anzuschalten. Wenn sie sich einloggte, würde er da sein und sich entschuldigen. Das war das Mindeste. Er überlegte sogar, ob er nicht einfach ehrlich sein und ihr schreiben sollte, dass er sich schlicht nicht getraut und kurz vorher Torschlusspanik bekommen hatte. So brauchte er sich keine Ausrede einfallen zu lassen und konnte seinem Grundsatz, auch im Internet nicht zu lügen, treu bleiben.

Die aktuelle Teilnehmerliste überfliegend stellte er fest, dass sie noch offline war. Hoffentlich saß sie nicht immer noch dort und wartete auf ihn. Vorstellen konnte er sich das jedoch nicht. Vielleicht würde sie eine halbe Stunde warten, aber viel länger sicher nicht. Der Weg nach Hause musste auch einberechnet werden und er hatte keine Ahnung, wie weit sie von Dublin entfernt wohnte und wie lange sie deshalb nach Hause brauchen würde. Es war also noch alles im grünen Bereich.

Zwanglos diskutierte er mit den anderen, aber umso später es wurde, desto unruhiger wurde er. So lange würde sie nicht benötigen, immerhin hatte sie geschrieben, sie würde in der Nähe von Dublin leben. Oder war sie etwa so sauer auf ihn, dass sie ihn blockiert hatte? Dann könnte sie schon längst online sein, für ihn unsichtbar. Das wäre außerordentlich schade. Um dem zuvor zu kommen, schrieb er ihr eine Nachricht ins Postfach in der Hoffnung, sie würde diese trotzdem bekommen und lesen. Darin erklärte er sein Verhalten und bat sie, ihn zu kontaktieren.

Er würde sie den ganzen Sonntag über nicht sehen und auch keine Antwort von ihr bekommen.

Entsprechend niedergeschlagen ging Daniel am Montag zur Arbeit. Er hatte es vermasselt! Die Hoffnung, dass sie sich noch melden würde, hatte er fast aufgegeben. Aber vielleicht schmollte sie auch nur ein paar Tage, versuchte er sich zu trösten. Dass er nicht mit Jack seine Schicht schob, war außerdem nicht gerade hilfreich für seine Laune. Er blieb wortkarg und blockte alle Versuche des Kollegen, eine entspannte Atmosphäre zu schaffen, ab. Nicht, weil er etwas gegen Michael hatte, ganz im Gegenteil. Er mochte ihn. Aber er war an diesem Tag nicht in der Lage, sich auf jemanden einzulassen.

Erst zum Feierabend wurde ihm sein nicht sehr nettes Verhalten bewusst.

„Hör mal", setzte er an. „Ich bin heute einfach mies drauf, das hat nichts mit dir zu tun. Ich würde mich freuen, wenn wir morgen noch mal bei null anfangen könnten."

Michael sah ihn abschätzend an und nickte dann zögernd.

„Klar, kein Problem. Morgen machen wir einen Neustart."

Erleichtert klopfte Daniel ihm kurz auf die Schulter und schloss seinen Spind ab. Zum Abschied die Hand erhoben, verließ er den Aufenthaltsraum.

Heute würde er noch etwas einkaufen müssen, in seinem Kühlschrank liefen sich die Mäuse Blutblasen auf der Suche nach etwas Essbarem. Natürlich bot es sich an, das gleich hier im Einkaufszentrum zu erledigen. Die Preise waren unschlagbar im Gegensatz zu den kleineren Supermärkten, die auf seinem Weg liegen würden. Zu verschenken hatte niemand etwas, auch er nicht. Die feste Arbeitsstelle hatte ihn in dieser Hinsicht nicht übermütig werden lassen, im Gegenteil. Bevor er etwas von seinem Geld ausgab, überlegte er, ob es auch wirklich sein musste. Auch bei gelegentlichen kleinen Extras, die er sich im Ausnahmefall mal gönnte.

Er zog seine Einkaufsliste aus der Jackentasche und machte sich auf den Weg durch die Regale. Stur legte er nur das in den Einkaufswagen, was er sich notiert hatte. Das führte dazu, dass die Ware darin relativ verloren aussah. Auch so eine Verkaufsstrategie, dachte er. Möglichst große Einkaufswagen, damit der Inhalt wenig aussah und die Kunden noch mehr hineinlegten. An der Kasse käme dann die böse Überraschung. Auf dem Weg dorthin überlegte er, ob er sich etwas zum Naschen mitnehmen sollte. Vor dem Computer wäre es gar nicht so übel, ab und zu einmal in eine Tüte mit etwas Süßem greifen zu können. So fanden zwei Tüten Weingummi den Weg in den Wagen, die nicht auf seiner Liste standen. Aber Ausnahmen bestätigten die Regel und hätte er zuhause daran gedacht, stünden sie mit drauf.

Mit zwei Einkaufstüten bepackt machte er sich auf den Heimweg. Das war der Fehler im Plan. Im Einkaufszentrum war es zwar günstiger, aber er musste auch alles den ganzen Weg nach Hause schleppen. Schwitzend stieg er schließlich damit die Treppen hinauf, betrat den Flur seiner Wohnung und ließ seine Einkäufe einfach fallen. Dabei dachte er nicht an den in den Tüten befindlichen Joghurt, von dem jetzt zwei Becher aufplatzten. Soviel zu dem Spareffekt, der nun dahin war.

Er versuchte, noch einen Teil aus den Bechern mit einem Löffel zu retten und kratzte den Joghurt in eine Schale. Den würde er später als erstes essen, so wäre er nicht ganz verloren. Nachdem er seine Einkäufe weggeräumt hatte, kochte er sich eine Kanne Tee und schob eine Tiefkühlpizza in den Backofen. Es wäre wirklich vernünftiger, regelmäßig richtig zu kochen. Für sich allein fehlte ihm aber die Lust dazu. Unschlüssig stand er in der Küche, während die Pizza brutzelte. Am besten würde er die Zeit überbrücken, indem er schon mal duschte. Nie würde er sich eingestehen, das Einloggen im Chat hinauszuschieben. Wenn Susan heute auch nicht online war und es keine Reaktion auf seine Nachricht gab, nahm die Wahrscheinlichkeit zu, dass er es endgültig verbockt hatte. Diese Erkenntnis wollte er so lange wie möglich hinauszögern, denn sonst säße er schon längst am Computer.

Sein Timing war gut. Frisch geduscht konnte er die Pizza aus dem Ofen nehmen und verspeisen. Aber dann hielt ihn nichts mehr, er fuhr den PC hoch. Sie war nicht da, um diese Zeit unüblich für sie. Er fasste sich ein Herz und fragte die anderen Teilnehmer, ob sie seit dem vorigen Tag etwas von ihr gehört hatten. Aber auch sie verneinten und waren eben-so verwundert, da sie sie in der Regel täglich dort sahen. Langsam breitete sich in Daniel ein mulmiges Gefühl aus. Was, wenn ihr etwas passiert war? Ein Verkehrsunfall oder ähnliches. Niemand konnte ihm auf Anfrage jedoch sagen, wie er sie außerhalb des Chats erreichen konnte, es gab keine Telefonnummer, keine Adresse, gar nichts. Noch nicht einmal einen vollständigen Namen.

Gegen Abend gab er die Hoffnung auf, verabschiedete sich und schlüpfte in seine Jacke. Ein wenig Bewegung würde ihm guttun und er wanderte zunächst ziellos durch die Straßen. Wie an einer unsichtbaren Schnur gezogen fand er sich aber letztlich vor dem Haus von Charlotte und Scott Masters wieder. Eigentlich sollte er den beiden einen Besuch abstatten, wenn er schon mal hier war. Es entsprach aber andererseits nicht seiner Art, ohne Ankündigung einfach aufzutauchen. Zumal er erst vor kurzem dort gewesen war. Aber nun befand er sich sowieso vor ihrem Grundstück und die Sehnsucht war stärker als die Bedenken. Beherzt drückte er auf den Klingelknopf am Gartentor. Diesmal dauerte es einige Zeit, bis er das Rauschen der Sprechanlage hörte.

„Ich bin's, ich bin eher zufällig hier gelandet. Wenn ich ungelegen komme, braucht ihr es nur zu sagen. Kein Problem", schob er vorsichtshalber noch hinterher.

„Nein, natürlich kommst du nicht ungelegen", vernahm er Scotts angenehmen Bariton.

Es summte leise und Daniel drückte das Tor auf, um einzutreten und die Haustür anzusteuern. Scott, ein attraktiver, schlanker Mittfünfziger mit grauem Haar, hatte die Tür bereits einladend geöffnet und war zur Seite getreten, damit Daniel an ihm vorbeigehen konnte.

„Störe ich wirklich nicht? Ich wollte eigentlich nur ein bisschen laufen und war in Gedanken, plötzlich bin ich hier gelandet. Da dachte ich, es wäre schon blöd, wenn ich dann einfach so tue, als wäre ich nicht hier gewesen."

Scott legte die Hand auf seine Schulter.

„Nein, du störst wirklich nicht. Möchtest du es schriftlich und notariell beglaubigt?" neckte er ihn lachend. „Charlie sitzt im Wohnzimmer und bastelt."

Erstaunt drehte Daniel sich zu seinem Onkel um. Er lernte doch immer wieder neue Seiten der beiden kennen.

„Was bastelt sie denn?"

„Weihnachtsdekoration. Sie meint immer, man kann nie früh genug damit anfangen."

Verschwörerisch mit den Augenbrauen wackelnd, schob er Daniel den Flur entlang ins Wohnzimmer.

Bei Charlie auf dem Esstisch sah es wild aus. Berge von Schleifenband und Bastelpapier in allen möglichen Farben boten ein buntes Bild. Am Couchtisch sah es im Gegensatz dazu schon fast steril aus. Dort stand ein Glas mit einer bernsteinfarbenen Flüssigkeit, in der Daniel einen Whisky vermutete, daneben lag eine aufgeschlagene Zeitung.

Charlie sah kurz über die Schulter und winkte dann heftig.

„Du kommst genau richtig! Dieser Kunstbanause von Mann ist nicht in der Lage, sich an der Gestaltung unserer künftigen Weihnachtsdekoration zu beteiligen. Da kommt mir deine Hilfe gerade recht."

Ihr amüsierter Blick wanderte hinüber zu Scott, der bereits wieder im Sessel Platz genommen hatte und einen Schluck aus seinem Glas trank. Bei Charlie stand im Gegenzug ein Glas mit einem kleinen Rest Rotwein.

Daniel kannte inzwischen den zwanglosen Umgangston des Paars und wurde wie selbstverständlich in die Unterhaltungen auf dieselbe Weise einbezogen. Hatte er anfangs noch überlegen müssen, was von ihren Bemer-kungen ernst gemeint war und was nicht, spürte er den Unterschied inzwischen deutlich. Wenn er ehrlich war, hatte er noch nie eine ernstgemeinte, böse Bemerkung in diesem Haus gehört.

Er setzte sich ihr gegenüber, hob aber entschuldigend die Arme.

„Ich fürchte, ich bin eine ähnliche Niete wie Scott in dieser Beziehung. Beim Basteln in der Schule habe ich immer komplett versagt."

Sie schob ihm eine Schere und Papier zu.

„Das macht gar nichts, kümmere dich einfach um das Zuschneiden, den Rest erledige ich. Was möchtest du trinken? Du wirst fürchterlich viel Flüssigkeit während dieser schweißtreibenden Arbeit brauchen."

Zwinkernd stand sie auf und sah ihn auffordernd an.

„Wenn es dir nicht zu viel Mühe macht, vielleicht einen Tee. Ich nehme sonst aber gern was Schnelles, Kaltes."

Sie war bereits auf dem Weg in die Küche, als sie über die Schulter zurückrief: „Das kommt gar nicht infrage. Wenn du einen Tee möchtest, dann bekommst zu einen."

Sein Blick wanderte zu Scott, der vielsagend die Augen verdrehte.

„Du kennst sie doch. Und wenn sie den Tee erst noch ernten müsste, würdest du ihn trotzdem bekommen. Es würde halt nur etwas länger dauern."

Ja, so war sie. Manchmal hatte Daniel das Gefühl, sie wolle das Verhalten seiner Mutter kompensieren, indem sie Daniel wie ihren eigenen Sohn behandelte. Dabei hatte Charlie überhaupt gar nichts mit seiner Geschichte zu tun. Wenn man einmal davon absah, dass sie die Schwester seines Ziehvaters und mit seiner leiblichen Mutter ebenfalls verwandt war.

Ihre Art bewirkte sogar von Zeit zu Zeit bei ihm ein schlechtes Gewissen. Aber als er ihr dies vor längerer Zeit angedeutet hatte, wurde sie fast wütend. Die Tirade, die ihm um die Ohren flog, konnte man in etwa so zusammenfassen:

„Mein lieber Junge! Von diesem Gedanken verabschiede dich mal ganz schnell. Ich oder auch wir haben keinen Grund, das Verhalten deiner Mutter wieder gutzumachen. Das können wir auch gar nicht. Aber du bist trotz der widrigen Umstände, in denen du aufgewachsen bist, ein anständiger junger Mann geworden. Der für sein Geld arbeitet, ehrlich ist und seine Werte hochhält. Das finde ich beeindruckend und bewundernswert. Außerdem mag ich deine Art, dein Wesen. Scott genauso. Und wenn wir dich gern hier haben und gern Zeit mit dir verbringen, sind das die einzigen Gründe, dass wir so zu dir sind, wie wir sind. Haben wir uns verstanden?"

Daniel hatte danach nie wieder gewagt, die Gründe von Charlie und Scott zu hinterfragen.

Sie kam mit einem Tablett aus der Küche zurück, auf dem zwei Tassen, ein Milchkännchen, eine Zuckerdose und eine Warmhaltekanne standen.

„Ich habe gerade beschlossen, dass ich auch auf Tee umsteige. Ich nehme an, du nicht, Scott?"

Ein Kopfschütteln ihres Mannes war die Antwort, er hatte sich schon wieder in seine Zeitung vertieft.

Sie stellte alles auf den Tisch und schenkte ihnen ein, dann setzte sie sich wieder. Konzentriert nahm sie ein ausgeschnittenes Stück Bastelpapier zur Hand, um es an ein bereits halbfertiges Gebilde zu kleben. Ihre Hand blieb dabei völlig ruhig.

Das war das Schöne bei den beiden, dachte Daniel. Man konnte einfach herkommen und auch mal etwas zusammen machen, ohne ständig reden zu müssen. Er war kein Mensch, der das Herz auf der Zunge trug und Smalltalk konnte er schon gar nicht. Daher war es für ihn oft ein schönes Gefühl, entspannt beieinander zu sitzen ohne den Zwang zu verspüren, ein Gespräch führen zu müssen.

Bis spät in den Abend saßen sie zusammen, hin und wieder eine Bemerkung oder einen Scherz in den Raum werfend. Dann verabschiedete sich Daniel, um sich auf den Heimweg zu machen.

Zuhause im Bett überlegte er, warum er nichts von Susan erzählt hatte. Wahrscheinlich hätte ihm Charlie aber in ihrer direkten Art den Kopf gewaschen. Dass er keinen Grund gehabt hätte, vor der Verabredung zu kneifen und es nicht fair Susan gegenüber gewesen war, einfach nicht aufzutauchen, nachdem sie die Anfahrt auf sich genommen hatte. Woher auch immer. So oder ähnlich hätte sie sich dazu geäußert.

Das wusste er aber alles auch ohne ihre Hilfe und konnte sich selbst nicht ausstehen, wenn er an sein Verhalten dachte. Irgendwann würde er Charlie alles erzählen. Aber erst, wenn er sich selbst verziehen hatte.

An diesem Abend ging er nicht mehr ins Internet.

Kapitel 5

Händeringend und übernächtigt wartete Erin Namara in der steril aufgeräumten Küche des Reihenhauses auf Schwester und Schwager. Beide hatten sich eigens heute freigenommen, um ihr beim Packen und Tragen ihrer persönlichen Sachen zu helfen. Die wichtigsten Möbel würde sie als Spenden bekommen, davon brauchte sie nichts mitnehmen. Sie spähte aus dem Fenster und lief sofort zur Tür, als sie den Kombi ihres Schwagers samt Hänger am Straßenrand parken sah.

„Rebecca", rief sie bereits, noch bevor beide ganz ausgestiegen waren. „Susan ist weg!"

Mitten in der Bewegung erstarrte ihre Schwester kurz, Kevin schaffte es noch, in Zeitlupe auszusteigen. Er war ein großer, schlanker Mann mit markanten Gesichtszügen. Wie Rebecca hatte er blondes Haar, das aber seine natürliche Farbe war. Es fiel über den Kragen seines Sweatshirts, er hasste kurze Schnitte.

„Was heißt das, sie ist verschwunden?", fragte Rebecca nach, während sie die Autotür schloss. „Ist sie nicht in der Schule?"

Erin konnte sich nicht mehr zurückhalten und stürzte sich weinend in Rebeccas Arme. Diese hielt sie zunächst fest, ohne etwas zu sagen. Erin wusste, Rebecca würde abwarten, bis sie von sich aus redete. Sie schniefte, nahm das dargebotene Taschentuch von Kevin und schnaufte tüchtig hinein.

„Sie ist gestern Mittag weggegangen und seitdem nicht mehr nach Hause gekommen", berichtete sie mit erstickter Stimme.

Entsetzt blickte Rebecca zu Kevin, der nur ratlos die Schultern hochzog. Sie nahm Erin am Arm und zog sie zur Haustür.

„Lass uns mal wieder reingehen, den Nachbarn gönne ich kein Live-Frühstücksfernsehen."

Sowie sie die Küche erreicht hatten, übernahm Rebecca das Kommando. „Lass uns erst mal einpacken und einladen. In deiner neuen Wohnung können wir uns dann in Ruhe Gedanken machen, wo sie sein könnte." Erins gesamte Körperhaltung drückte Verständnislosigkeit aus.

„Ich kann doch jetzt hier nicht ausziehen, wenn ich nicht weiß, was mit Susan ist!"

„Warum nicht? Sie wäre doch sowieso nicht mitgekommen." Aufgebracht drehte sich Erin zu ihr um.

„Das hat doch damit nichts zu tun. Ich kann hier jetzt nicht weg."

Hilfesuchend sah Rebecca ihren Mann an, aber der sprang seiner Schwägerin bei.

„Ich denke, an ihrer Stelle würde ich in dieser Situation auch nicht gehen wollen. Nicht, bevor Susans Verbleib geklärt ist."

Wenn Kevin auch diese Ansicht vertrat, dann musste Rebecca das akzeptieren. Obwohl sie es für einen Fehler hielt, die Gelegenheit nicht beim Schopfe zu packen.

Seufzend hakte sie nach: „Hast du alle Freunde und Mitschüler angerufen und bist du sicher, dass sie nicht in der Schule ist?"

„Ja, verdammt noch mal! Alle, die mir einfielen, gestern Abend schon und in der Schule heute Morgen. Sie ist nirgends."

Erin fiel in sich zusammen, Kevin stützte sie und verfrachtete sie auf einen Stuhl.

Leise bot er ihr an: „Wir können dich zur Polizei begleiten, wenn du magst."

Dankbar schaute sie zu ihm hoch.

„Das würdet ihr machen? Es wäre mir eine sehr große Hilfe. Rhys ist nicht der Meinung, dass wir uns Sorgen machen sollten und meinte, sie käme von ganz allein wieder. Aber trotz aller Schwierigkeiten, das hat sie noch nie gemacht!" Diese Tatsache durften sie nicht außer Acht lassen. Eher könnte man Susan als Stubenhocker bezeichnen als jemanden, der sich herumtrieb. Rebecca strich ihrer Schwester sanft über den Rücken. „Dann komm, lass uns fahren. Die Wohnung werden wir schnell an jemand anderen los." Zerplatzte Träume. Die Freiheit so nah, im letzten Moment hatte Susan dafür gesorgt, dass alles scheiterte. Ob Erin noch mal den Mut zur Abnabelung aufbringen würde, wagten sowohl Rebecca als auch Kevin zu bezweifeln.

Das Schweigen im Auto wurde nur gelegentlich durch ein leises Schniefen von Erin unterbrochen. Alle drei hingen ihren trüben Gedanken nach. Rebecca war wütend auf ihre Nichte, dass sie noch mehr Kummer verursachte als ohnehin schon und trauerte um Erins verpasste Chance. Das tat auch Kevin, aber wie seine Schwägerin hatte er eher Angst um Susan. Pubertät hin oder her, so etwas sah ihr nicht im Geringsten ähnlich.

Erin dagegen steigerte sich langsam in eine Panik hinein. Sie begann unkontrolliert zu zittern, erst fast unmerklich, bald stärker. Besorgt sah Kevin nach hinten auf die Rückbank und tauschte einen ratlosen Blick mit Rebecca. Sie war die Fachfrau, was tat man in einer solchen Situation?

Es war eine Erleichterung für ihn, als sie das Polizeirevier betraten. Gleich konnten sie die Verantwortung zumindest vorübergehend an jemand anderen abschieben. Ihm war unwohl. Hilflosigkeit war etwas, mit dem er nur sehr schlecht umgehen konnte. Ein Beamter, der an ihnen vorüberging, stoppte und fragte, ob er ihnen helfen könne. Nachdem er sich ihr Anliegen angehört hatte, verwies er sie an einen Kollegen. Rebecca und Kevin nahmen Erin in die Mitte, um das angegebene Zimmer zu suchen. Sie klopften kurz an und traten dann ein.

Der Beamte hinter dem Schreibtisch wirkte auf Kevin mutlos und phlegmatisch. Das war keine gute Voraus-setzung, um Susan schnell zu finden. Womöglich stand es in den Sternen, wann dieser Polizist die Suche überhaupt in Gang setzen würde. Er schielte auf das Namensschild, darauf stand Breen. Kevin fragte sich, warum ihm der Name dieses Polizisten so wichtig erschien. Sie erklärten, was sie hergeführt hatte und Breen bot ihnen Platz an. Vor seinem Schreibtisch standen zwei unbequeme Holzstühle, die noch nicht einmal gepolstert waren. Er entschuldigte sich, verschwand und kam mit einem dritten zurück. Als nun endlich alle saßen, ließ er sich die Fakten berichten und fragte nach einem Foto der Vermissten. Kevin schlug sich innerlich auf die Schulter, vor ihrem Aufbruch noch daran gedacht zu haben, eins herauszusuchen.

Breen hackte mit seinen Zeigefingern auf der Computertastatur herum. Wie ein Adler, befand Kevin, Umkreisen, Fixieren und Zuschlagen. Auf diese Weise dauerte es seine Zeit, bis alle Daten aufgenommen waren. Insbesondere der Tagesablauf am Tag des Streits interessierte Breen sehr.

Erin war sich sicher, dass er keine Kinder in dem Alter hatte. Denn dann würde er den täglichen Kampf als normal empfinden. Wie hatte sich Susan nach dem Streit verhalten? Wie hatte sich das Verhältnis am Wochenende entwickelt? Hatte sie etwas angedeutet, das auf ihr Verschwinden hätte schließen lassen können? Waren alle Freundinnen und Schulkameraden abtelefoniert worden? Kannte Erin überhaupt alle Bekannten ihrer Tochter?

Entrüstet fuhr sie von ihrem Stuhl hoch.

„Natürlich kenne ich alle Bekannten von meiner Tochter! Wobei", gab sie kleinlaut zu, „mit wem sie im Internet so chattet, weiß ich nicht."

Der Beamte hob ruckartig den Kopf.

„Wissen Sie denn, wo sie sich im Netz so aufhält?"

Errötend schüttelte Erin den Kopf.

„Wir brauchen den Computer", stellte der Beamte fest. „Möglicherweise ist sie bei jemandem, den sie im Internet kennengelernt hat."

Kevin revidierte seine Meinung. Offenbar steckte in Breen mehr, als sein Aussehen vermuten ließ. Darüber war er mehr als froh.

Sie brachten Erin wieder nach Hause, Finn würde bald aus der Schule kommen. Auf dem Weg in ihr eigenes Häuschen lieferten Kevin und Rebecca noch Susans Laptop bei Breen ab. Er versprach, sich sofort zu melden, sowie es etwas Neues gab.

„Das ist echt zum Kotzen!" tobte Rebecca sich aus, als sie ihre eigene, mit bunten Kleinigkeiten dekorierte Küche betraten. „Endlich ist sie soweit, ihr Leben richtig in die Hand zu nehmen, und dann das."

Kevin sah seine Frau abschätzend von der Seite an.

„Du siehst das Ganze irgendwie aus der falschen Perspektive, fürchte ich. Geh mal davon aus, dass Susan tatsächlich was passiert ist. Solche Flausen sehen ihr nicht ähnlich."

Der Mann, den sie liebte seit sie denken konnte, stand angespannt an die Fensterbank gelehnt. Die Helligkeit von draußen ließ seinen muskulösen Körper als Silhouette erscheinen und ließ keinen Aufschluss über sein attraktives Äußeres zu.

„Du hast Recht. Ich habe im Moment nur Erins Wohl im Sinn und das war halt ihre Chance. Können wir sie so allein zuhause lassen?"

„Sie ist nicht allein, Finn dürfte inzwischen da sein. Der lenkt sie genug ab, keine Sorge. Wenn sie uns brauchen sollte, weiß sie, wo sie uns findet."

Langsam nickte sie und ließ sich schwer auf einen Stuhl fallen. Kevin nahm neben ihr Platz und legte seine Hand auf ihre. Sanft streichelte er die Bögen der Knöchel, die sich durch ihre geballte Faust stark abzeichneten. Sie lehnte sich an ihn und ließ sich von ihm in den Arm nehmen. Einen solchen Mann hätte sie auch Erin von ganzem Herzen gewünscht.

Diese hatte jedoch momentan gar keine Ambitionen überhaupt über Männer nachzudenken. Noch nicht einmal über den ihr Angetrauten. Sie schob Finn die Tiefkühlpizza auf den Teller, die sie soeben aus dem Ofen genommen hatte. Diese Art von Mahlzeiten gab es bei ihnen für gewöhnlich nicht, schon allein der Kinder wegen legte Erin Wert auf gesunde Ernährung. Finn freute sich deshalb umso mehr über dieses unerwartete Fastfood, auf das er meistens verzichten musste.

Erin setzte sich ihm gegenüber und versuchte, sich an seinem Eifer aufzumuntern. Der Junge sollte nicht merken, wie groß ihre Sorge war, seiner Schwester könnte im schlimmsten Fall etwas zugestoßen sein. Aber sie hatte nicht mit der Intuition gerechnet, die Dreikäsehochs manchmal besaßen.

„Warum ist Susan weg? Ist sie ausgezogen, bist du deshalb traurig?"

Erin schrak aus ihren Gedanken hoch.

„Ich dachte, du hast gar nicht mitbekommen, dass sie gestern nicht nach Hause gekommen ist."

„Ich bin doch kein Baby mehr", erklärte er im Brustton der Überzeugung.

Erin strich ihm lächelnd über den Kopf.

„Nein, das bist du nicht."

Sie überlegte, was sie Finn sagen konnte, ohne ihn zu ängstigen. Trotz all der Meinungsverschiedenheiten, ihrer oft ruppigen Art und des Altersunterschieds liebte er seine Schwester, wie es nur ein unschuldiges Kind bedingungslos tun konnte.

„Susan ist schon sehr selbstständig", begann sie. „Sie hat nicht Bescheid gesagt, dass sie über Nacht nicht nach Hause kommt und so wissen wir auch nicht, wo sie ist."

Mit der Gabel in der Luft herumwedelnd, verteilte Finn kleine Tröpfchen Tomatensoße auf der gelben Tischdecke, während er überzeugt feststellte: „Die ist heute Abend wieder zuhause, spätestens wenn sie Hunger hat."

Das sah Erin anders, aber selbstverständlich ließ sie ihren Sohn in dem Glauben. Auf diese Weise hatte wenigstens er eine Gnadenfrist bis zum nächsten Zeitpunkt, den er für ihre Rückkehr festlegen würde. Funktionierte das bei Kindern so? Schaukelten sie sich von einem Punkt zum nächsten, um die Realität auszublenden, solange sie sie nicht ertragen konnten? Aber was passierte, wenn die schlimmsten Befürchtungen real würden? Erin beschloss, sich ein Beispiel an Finn zu nehmen und sich von einem Tag zum anderen zu hangeln.

Sie räumte den leeren Teller ab, erstaunt über das Fassungsvermögen eines Kindermagens, wenn es ein solches Gericht zu essen gab. Mit einer ganzen Pizza hatte selbst sie Probleme. Sie spürte, dass Finns Blick forschend auf ihr lag, aber als sie sich zu ihm umdrehte, verließ er die Küche. Nun war sie wieder allein mit ihren Gedanken und Ängsten. Kaum hatte sie dies festgestellt, hörte sie den Schlüssel in der Haustür. In einem Satz sprang sie in den Flur, um dann enttäuscht in sich zusammenzusinken. Nicht Susan war gekommen, sondern Rhys. Verächtlich schaute sie ihn an.

„Was führt dich so früh hierher?"

„Die haben mich wegen Susan nach Hause geschickt."

„Wieso? Du bist doch der Meinung, sie will uns nur ärgern und taucht in den nächsten Tagen wieder auf."

Er rieb sich mit der Hand über die kahle, hohe Stirn. Den Kopf gesenkt, antwortete er.

„Mittlerweile mache ich mir auch Sorgen. Du hast Recht, das passt nicht zu ihr. Wobei ich mich frage, warum du es nicht verhindert hast."

Vor Entrüstung riss Erin den Mund weit auf.

„Was heißt hier verhindern? Wie soll ich was verhindern, von dem ich keine Ahnung habe, dass es passiert? Außerdem ist Susan nicht nur meine Tochter, sondern auch deine."

„Du bist die Mutter, du musst doch wissen, was in ihr vorgeht."

„Ach, und du als Vater nicht? Stell dir vor, es gibt sogar Väter, die mit ihren Kindern reden! Ziehst du dich nicht allzu leicht aus der Verantwortung?"

Ärgerlich schüttelte er den Kopf. Seine gesamte Körperhaltung drückte Abwehr aus.

„Ich bin schließlich den ganzen Tag nicht da, du schon. Zumindest zu den Zeiten, an denen die Kinder zuhause sind."

„Schöne Ausrede. Was glaubst du…"

Finn rief laut „Hört auf!" vom Treppenabsatz im ersten Stock und unterbrach Erin damit.

Beschämt schaute sie zu ihrem Sohn hinauf in der Hoffnung, er hätte nicht den ganzen Streit mitangehört. Sie stieg etwas mühsam die Treppe hoch, hockte sich vor ihn und nahm ihn in die Arme.

„Du hast Recht, wir sollten uns nicht anschreien. Manchmal ist man eben unterschiedlicher Meinung und regt sich dann auf. Es ist alles gut."

Er riss sich los, rannte in sein Zimmer und warf die Tür hinter sich zu. Bevor sie ins Schloss fiel, hörte Erin noch: „Gar nichts ist gut!"

Sie sank einfach zu Boden, dort wo sie sich gerade befand. Mit ihrem Mann konnte sie kein anständiges Wort mehr wechseln, für ihren Sohn hatte sie keinen Trost, ihre Tochter war spurlos verschwunden. Was war das für eine Familie, was war sie für eine Mutter?

Rhys hielt es nicht für nötig, nach seiner Frau zu sehen. Sie wusste, vom Hunger getrieben, inspizierte er den Kühl-schrank. Das war für ihn zunächst vorrangig. Er würde hoffen, sie regte sich wieder ab und kochte für abends etwas Warmes. Die Bequemlichkeit ging Rhys über alles, das bezog sich sowohl auf sein Arbeitspensum im Möbelhaus als auch auf seine Aktivitäten zuhause. Er verdiente das Geld, von dem sie lebten und ihre Rechnungen bezahlten. Deshalb konnte er verlangen, dass sich zuhause andere kümmerten, einschließlich um ihn. Diese Einstellung hätte sie rückwärts erzählen können.

Als Erin in die Küche zurückkehrte, drehte er noch nicht einmal den Kopf.

„Warst du heute nicht einkaufen?"

„Nein, ich war bei der Polizei und habe Susan als vermisst gemeldet", informierte sie ihn.

Er fuhr herum.

„Warum?"

In welchem falschen Film war sie eigentlich gelandet?

„Du hast doch vorhin selber gesagt, dass es Susan nicht ähnlich sieht, einfach so zu verschwinden. Deshalb."

„Deshalb muss man doch aber nicht gleich zur Polizei rennen."

Seine Stimme triefte vor Verachtung.

„Man vielleicht nicht, ich schon. Sieh zu, woher du was zu essen kriegst, von mir nicht."

Sie verließ die Küche wieder und dabei entging ihr, wie Rhys ihr verblüfft nachschaute. Wurde die jetzt auch schon aufmüpfig?

Erin ging wieder nach oben und klopfte an Finns Tür. Ein ersticktes „Herein!" ließ sie eintreten. Normalerweise öffnete sie seine Zimmertür einfach so, aber im Moment schien ihr auch Rücksicht gegenüber ihrem Sohn angebracht. Der kleine Kerl hatte Unmengen zu bewältigen und sie wollte, dass er sich als eine von ihr respektierte Persönlichkeit sah. Vielleicht würde er sich so weniger ausgeschlossen von den Geschehnissen fühlen.

Er lag bäuchlings auf dem Bett, den Plüschdinosaurier fest im Arm. Das von ihm so geliebte Stofftier wies am Kopf dunkle Stellen von seinen Tränen auf. Langsam ging sie auf ihn zu und fragte zaghaft: „Darf ich?" Um ihre Absicht klarzumachen, deutete sie mit der Hand auf seine Bettkante.

Er nickte und schniefte. Seine Nase lief und Erin reichte ihm ein Papiertaschentuch, das sie aus ihrer Jeans zog.

„Nicht mehr ganz frisch, aber erledigt noch seine Arbeit", lächelte sie ihn an.

Der Junge nahm es, schnäuzte sich lautstark und stopfte es unter sein Kissen. Dann drehte er sich um, richtete sich etwas auf und kuschelte sich an seine Mutter. Sie legte die Arme um ihn und sog seinen kindlichen Duft ein. In der Vergangenheit hatte es solche Momente auch mit Susan gegeben, aber die waren lange her. Sehr lange.

Kapitel 6

Am nächsten Morgen nahm sich Daniel fest vor, aufgeschlossener auf seinen Kollegen zuzugehen. Schon deshalb machte er sich mit besserer Laune als am Tag zuvor auf den Weg zur Arbeit. Der Regen hatte sich verzogen, der Tag würde wieder wärmer werden. Bevor er das riesige Einkaufszentrum erreichte, betrat er einen kleinen Zeitschriftenladen, um die Tageszeitung zu kaufen. Vielleicht wäre diesmal ein Wohnungsangebot dabei, das ihm zusagen würde. Er stellte sich Charlie vor, wenn sie von seiner Absicht die Wohnung zu wechseln, wüsste. Noch ein Grund für sie, ihm die Ohren langzuziehen. Es wäre nur ein Wort von ihm nötig und er könnte eine schöne Wohnung zu einer günstigen Miete beziehen, das wusste er. Mit Scotts verzweigten Geschäftsbeziehungen wäre das Finden einer solchen Unterkunft gar kein Problem. Genau das wollte Daniel aber nicht. Es lag ihm absolut fern, das gute Verhältnis zu Onkel und Tante auszunutzen und so machte er sich lieber selber auf die Suche. Nur etwas Geduld, dann würde sich schon das Richtige finden lassen.

An diesem Morgen traf er als Erster im Aufenthaltsraum ein. Die Nachtschicht war noch in dem kleinen Wachbüro und Michael offensichtlich noch nicht da. Er öffnete seinen Spind und zog sich um, bevor er sich am Tisch einen Kaffee eingoss. Diese Minuten vor der Arbeit zusammen mit Jack liebte er, wenn sie sich in trauter Einigkeit anschwiegen.

Sein Becher war noch nicht einmal zur Hälfte geleert, als Michael eintrat und ihm auf dem Fuße die Kollegen der Nachschicht folgten, ein „Guten Morgen" murmelnd. Zwei Absender davon waren wieder müde, der dritte noch. Michael sah aus, als ob er in der Nacht nicht besonders gut geschlafen hatte. Alle drei zogen sich um und während Daniel und Michael vor der Tür des Aufenthaltsraums nach links abbogen, schlugen die Kollegen die Richtung zum Ausgang auf der rechten Seite ein.

Daniel wagte einen zaghaften Vorstoß.

„Du siehst aus, als wenn du nicht besonders gut geschlafen hast."

Michael wandte ihm sein Gesicht zu und aus der Nähe wirkte er noch übernächtigter als bei seiner Ankunft.

„Das sieht nicht nur so aus", erwiderte er. „Unser Kleinster kriegt seine Backenzähne und findet das überhaupt nicht toll. Deshalb ist er der Meinung, dass Mum und Dad an diesem zweifelhaften Vergnügen teilhaben sollten. Zu jeder Tages- und Nachtzeit. Meine Frau läuft langsam echt auf dem Zahnfleisch und ich auch."

Das waren für Daniel böhmische Dörfer, von denen er nichts verstand.

„Kann man da nichts machen?" fragte er unbedarft.

Ein klägliches Grinsen zog über Michaels Gesicht.

„Doch, sämtlichen Nachwuchs über das Wochenende bei den Schwiegereltern parken, damit wir mal wieder richtig schlafen können."

Darüber musste auch Daniel lächeln.

Sein Interesse an Michael erwachte und auf Nachfrage erfuhr er, dass dieser kleine Schreihals ein Junge und das zweite Kind des Zweiunddreißigjährigen nach einem inzwischen vierjährigen Mädchen war.

„Sie war damals pflegeleichter", schloss Michael das Gespräch ab. „Bei ihr gab es kein älteres Geschwisterchen, das verhinderte, dass man sich zwischendurch mal seinen Schlaf holt."

Sie hatten während des Gesprächs ihre Kontrollrunde beendet und betraten das Wachbüro. Hier würden sie sich nun aufhalten können, bis das Einkaufszentrum öffnete. Bis es soweit war, erzählte ihm Daniel seiner Art entsprechend vertrauensselig aus seinem Leben.

Sein Ziehvater hatte lieber getrunken als zu arbeiten, was dazu führte, dass er keine Arbeit lange behielt. In erster Linie war seine Ziehmutter verantwortlich, dass niemand zu hungern brauchte. Sie hatte mit mehreren Putzstellen das Geld für Lebensmittel und sonstige wichtige Bedürfnisse herangeschafft. Dennoch blieb sie eine warmherzige Frau, die bei Bedarf immer ein offenes Ohr, eine herzliche Umarmung oder ein tröstendes Wort gefunden hatte. Voraussetzung dazu war natürlich, dass man sie zuhause antraf.

Daniel war mit zwei älteren Geschwistern aufgewachsen, einem Bruder und einer Schwester. Beide hatten den Lebensstil des Vaters mehr oder weniger kopiert. Der Bruder hatte dies sogar noch zur Perfektion gesteigert, indem er sich permanent um ehrliche Arbeit drückte. Dafür bevorzugte er das schnelle Geld, welches ihn nach einem Überfall sogar ins Gefängnis brachte.

Seine Schwester hatte es nicht besser gemacht. Sie bewegte sich zwar innerhalb des Gesetzes, hatte sich aber bei der Wahl ihres Ehemanns nach den Eigenschaften des Vaters gerichtet. Daniels Schwager versoff das Geld, das er durch Gelegenheitsjobs verdiente. Dies alles hatte zum kompletten Kontaktabbruch zu seiner Familie geführt.

Oft hatte sich Daniel gefragt, warum er so anders war. Schlug er im Gegensatz zu seinen Geschwistern tatsächlich nur so extrem nach seiner Mutter? Er hatte immer ein geordnetes Leben in einem hübschen Haus mit einer kleinen Familie gewollt, deren Einkommen er mit seiner Arbeit sicherte. Ohne Alkohol und Prügel für ein Familienmitglied.

Erst vor kurzem hatte er erfahren, dass der Grund woanders lag. Er war noch nicht einmal mit seiner Mutter – oder vielmehr der Frau, die er dafür gehalten hatte – verwandt. Sein jetziger Job, den er nach dreizehn Jahren Arbeitslosigkeit endlich gefunden hatte, brachte dies ans Licht. Sein Arbeitgeber hatte ihn überprüft und festgestellt, dass er gar nicht als Sohn dieser Leute geboren worden war.

Daniel hatte das zuerst völlig verunsichert. Wem würde es auch nicht so gehen, wenn er erfahren würde, nicht der Mensch zu sein, der zu sein er bislang geglaubt hatte? Da seine vermeintlichen Eltern inzwischen verstorben waren und er den Kontakt zu den Geschwistern nicht wieder hatte aufleben lassen wollen, musste er eine andere Möglichkeit finden. Jack brachte ihn dann auf den Gedanken, nach anderen Verwandten zu suchen. Da war ihm seine Tante Charlotte eingefallen und nach vielen Jahren hatte er einfach vor ihrer Tür in einer guten Wohngegend gestanden.

Sie hatte ihm nichts erzählt, aber ihm einen Namen und eine Adresse gegeben, wo er mehr erfahren würde. Wie sich herausstellte, hatte sie ihn zu seiner leiblichen Mutter geschickt. Da sie bei seiner Geburt erst sechzehn Jahre alt gewesen war, hatte sie ihn einfach in die Obhut ihres Vetters gegeben und sich nie wieder für ihn interessiert. Niemand hatte es je für nötig befunden, ihn über seine Herkunft aufzuklären, bis er selbst nachgefragt hatte.

Seine Mutter kannte er nun. Auch wusste er, dass sie eine kalte, unzufriedene Frau war und er in seiner Ziehfamilie wahrscheinlich noch das bessere Los gezogen hatte. Nach dieser Bekanntschaft hatte er sich bis jetzt nicht danach gesehnt, die Identität seines Vater herauszufinden und schon gar nicht, ihn zu kontaktieren. Der hatte seine Mutter damals noch vor seiner Geburt im Stich gelassen und damit vielleicht diese Verbitterung ausgelöst. Aus welchem Grund sollte er das Bedürfnis haben, einen solchen Menschen kennenzulernen?

Michael hatte ihm schweigend zugehört und schaute ihn mit müden Augen an.

„Interessiert es dich wirklich gar nicht, wer dein Vater ist?"

Daniel dachte nochmals darüber nach.

„Bisher nicht. Aber ich bin mir nicht sicher, ob ich mir das nicht vielleicht auch einrede. Um überhaupt eine Spur zu haben, müsste ich noch mal zu meiner leiblichen Mutter. Ich habe ihr aber damals versprochen, dass sie mich nie wieder- sieht, wenn sie mir alles erzählt. Wobei ich zugeben muss, dass ich auch geschockt war, weil sie selbst meine Mutter war. Ich war in der Annahme dahin gefahren, dass sie mir nur entsprechende Auskünfte geben würde. Nicht, dass sie es selbst ist. Alice heißt sie. Ich nenne sie immer nur Alice. Mit dem Wort ‚Mutter' verbinde ich die Frau, die mich großgezogen hat."

Langsam nickte Michael.

„Das würde mir wohl genauso gehen. Aber was hindert dich daran, da noch mal aufzutauchen? Du bist dieser Frau nichts schuldig, noch nicht mal die Einhaltung der Zusage, sie würde dich nie wiedersehen. Sie hat sich nie um dich gekümmert, nicht umgekehrt."

Nachdenklich knetete Daniel sein Ohrläppchen. Vielleicht hatte Michael gar nicht so Unrecht. Und wenn er es wirklich objektiv betrachtete, würde ihm seine väterliche Herkunft auch nie Ruhe lassen, solange sie nicht geklärt wäre. Das musste aber bald geschehen. Denn wenn auch Alice mal nicht mehr leben würde, war es wohl zu spät. Ob Charlie seinen Vater kannte? Selbst wenn, würde sie ihn wahrscheinlich doch wieder zu Alice schicken, wie auch damals. Seiner Tante war es völlig egal, was Alice über sie dachte, das wusste er. Dennoch vermied sie es, sich in Dinge einzumischen, die sie im Grunde nichts angingen. Einen Versuch würde er aber trotzdem wagen und sie fragen, das nahm er sich fest vor. Am besten noch am selben Tag würde er sie anrufen. Ob er sie persönlich fragte oder telefonisch, machte keinen Unterschied. Entweder sie würde ihm die Auskunft geben können und wollen oder nicht.

Das Einkaufszentrum hatte inzwischen geöffnet. Daniel und Michael mischten sich unter die Kunden, um ihre Präsenz zu zeigen und den Einkaufenden Sicherheit zu bieten. Zuerst plätscherte der Tag wie gewohnt träge dahin, aber plötzlich kam Bewegung in die vielen Kunden, die zwischen den Geschäften hin- und hereilten. Einige riefen, andere kreischten. Die beiden Wachmänner sahen, wie ein paar Läden entfernt alle Menschen vom Eingang des dort befindlichen Elektronikhändlers zurückwichen. Sie bildeten einen Halbkreis um die Eingangstür, als ob sie etwas beobachten würden. Aber sogar von ihrem Standpunkt aus konnten Daniel und Michael erkennen, dass Entsetzen auf ihren Gesichtern stand.

Beide Männer tauschten kurz einen Blick und liefen los. Es kostete sie viel Mühe, sich durch die Menschenmenge zu drängen. Alle wirkten wie versteinert, bereit zur Flucht, aber zu keiner Bewegung fähig. Als sie sich schließlich durchgekämpft hatten, sahen sie den Grund dafür. Durch die gläserne Eingangstür beobachteten sie einen Mann, der mit gespreizten Beinen und einer Pistole in der Hand vor dem Verkaufstresen stand. Er hatte sich der Menge draußen zugewandt und die Waffe angelegt. Diese Tatsache brauchte einen Moment, bis sie sich in den Köpfen von Daniel und Michael geformt hatte. Sie wichen zurück und stellten sich seitlich der Tür, um außerhalb der Schusslinie zu sein.

„Du treibst die Leute hier weg und sorgst dafür, dass sich keiner in der Nähe des Ladens aufhält. Ich gehe hinten rum und versuche, den Kerl von da zu fassen." Entsetzt sah Daniel seinen Kollegen an. Sie waren beide nicht bewaffnet, wie wollte er den Kerl denn kriegen? Seine Zweifel an diesem Plan sprach er auch aus.

„Mike, das geht nicht. Wenn er dich sieht, knallt er dich womöglich ab. Der Verkäufer hätte das bestimmt schon längst versucht, wenn es möglich wäre. Das kann eine scharfe Knarre sein"""

Michael ließ aber nicht mit sich reden, sondern wandte sich entschlossen zum Nachbargeschäft um. Er würde dort Bescheid geben, dass jemand die Polizei benachrichtigte. Dann würde er die Boutique durch den Hinterausgang verlassen und den Elektronikladen hinten herum betreten. Zum Glück hatten sie einen Generalschlüssel für die ganzen Notausgänge, den er in diesem Fall nutzen würde. Daniel musste einsehen, dass er seinen Kollegen ziehen lassen musste. Er war der Dienstältere, Daniel dagegen noch ein Greenhorn. Wahrscheinlich wüsste Michael besser, was zu tun war.

Also trat er vor, achtete aber darauf, dass der Mann in dem Laden ihn nicht treffen konnte. Von seiner Position aus rief er den versammelten Kunden zu, sie mögen sich langsam seitlich von dem Geschäft zurückziehen und in die Läden daneben flüchten, besser noch die Passage verlassen. Er versuchte, sie zu beruhigen, damit sie sich überhaupt bewegten. Damit hatte er Erfolg und war sehr erleichtert darüber. Wenigstens konnte keinem Kunden mehr etwas passieren. Vorsichtig beugte er sich vor und spähte um die Ecke in den Laden. Der Kerl stand immer noch da und schien etwas irritiert, niemanden mehr zu sehen. Daniel ahnte Fürchterliches. Natürlich würde sich der Typ nun umdrehen, um den Verkäufer ins Visier zu nehmen. So würde er aber geradewegs auf die Tür blicken, die in den hinteren Teil des Ladens führte und wo auch Michael auftauchen würde. Ihm war klar, dass er das verhindern musste. In seinem Kopf arbeitete es fieberhaft. Sich direkt vor das Schaufenster zu stellen, war eine schlechte Idee. So sehr er Michael auch helfen wollte, aber sich als lebendige Zielscheibe zur Verfügung stellen, ging zu weit. Die einzige Möglichkeit war, den Kerl abzulenken, ohne sich selbst in Gefahr zu bringen. Das würde nur durch Zurufe funktionieren oder wenn er es vielleicht sogar schaffte, ein kleines Gespräch in Gang zu bringen. Wie wurde das immer in amerikanischen Krimis gemacht? Mit dem Geiselnehmer kommunizieren, ihn zum Aufgeben überreden. Eine utopische Vorstellung, aber es war die einzige Chance, die Daniel für Michael hatte.

Er trat einen Schritt vor, um in das Blickfeld des Kerls zu kommen. Von dieser Position aus sprach er ihn laut genug an, um gehört zu werden.

„Ich möchte gern wissen, wie ich Ihnen helfen kann."

Als der Mann ihn sah, ging er wieder in Deckung. Es reichte, wenn der wusste, wo er war. Es kam keine Antwort. An seiner sicheren Position stehend, rief er erneut.

„Hören Sie, irgendwas ist doch schiefgelaufen. War ein hier verkauftes Gerät nicht in Ordnung? Oder hat es gar nichts mit diesem Laden zu tun? Wenn Sie mir sagen, wo das Problem ist, kann ich Ihnen bestimmt helfen."

Er wartete ab. Schon als er nicht mehr damit gerechnet hatte, kam eine Antwort.

„Du kannst mir nicht helfen und das will ich auch gar nicht. Verzieh dich!"

„Das kann ich nicht. Es ist mein Job, mich jetzt um Sie zu kümmern."

Ob das klug gewesen war? Zu Daniels Erstaunen ging der Kerl auf seine Antwort ein.

„Du hast zumindest eine Arbeit, mehr als ich habe. Und ohne Geld haut dir sogar die Frau mit den Kindern ab. Rede also nicht von Dingen, von denen du keine Ahnung hast!"

Wenn du wüsstest, dachte Daniel. Und ich muss dich dazu bringen, dass du weiter in meine Richtung siehst und abgelenkt bist, damit du Michael nicht bemerkst. Deshalb weihte er den Kerl ohne Hemmungen in sein Privatleben ein.

„Ich weiß tatsächlich, wovon Sie reden. Ich war dreizehn Jahre lang ohne Arbeit und Perspektive, alle Bewerbungen wurden abgeschmettert. An manchen Tagen wurde ich noch nicht mal richtig satt, weil Monatsende war. Aber ich habe nicht aufgegeben und deshalb wieder einen Job gefunden. Sie dürfen nicht aufgeben, das ist das Wichtigste! Glauben Sie mir, dann klappt es auch bei Ihnen wieder."

Schweigen. Dachte der Mann nun darüber nach oder hatte er einfach keine Lust mehr? Oder noch schlimmer: Fühlte er sich durch Daniel gemaßregelt und kritisiert? Vorsichtig beugte er sich vor, um einen Blick um die Ecke werfen zu können. Der Kerl stand immer noch ihm zugewandt da, die Pistole hatte er inzwischen sinken lassen. Auf was hätte er auch zielen sollen? In dieser Richtung gab es nichts mehr, was ihm genützt hätte. Er trat von einem Fuß auf den anderen, als wenn er lediglich auf den Bus warten würde und warf dabei die Pistole in den Händen hin und her. Offenbar war er hochgradig nervös. Daniel wagte einen neuen Vorstoß.

„Machen Sie sich doch nicht alles mit dieser Aktion kaputt. Glauben Sie mir, das macht es nur noch schlimmer statt besser. Legen Sie die Pistole weg und lassen Sie mich reinkommen. Ich bin nicht bewaffnet."

Niemals hätte Daniel damit gerechnet, dass dies tatsächlich eine Option wäre. Zu seinem Erstaunen jedoch bückte sich der Mann und schob die Pistole mit Schwung in Richtung Tür. Sie blieb kurz vor der Schwelle liegen. Nun musste sich Daniel in Bruchteilen von Sekunden entscheiden. Sollte er wirklich hineingehen? Tat er es nicht, lief er Gefahr, dass der Mann wütend werden würde. Dann würde er die Pistole wieder aufnehmen und nicht mehr so leicht zu besänftigen sein. Es gab also keine Wahl.

Daniel trat aus seiner Deckung hervor und ging zur Ladentür. Gerade als er sich nach der Pistole bückte, nahm er das lautstarke Öffnen einer Tür im Hintergrund des Ladens wahr. Der Mann stürzte sich auf die Pistole, aber Daniel war schneller. Er hatte sie bereits in der Hand, als der Kerl bei ihm ankam.

Hektisch warf er sie hinter sich, sie schlitterte auf dem glatten Boden bis zu dem Geschäft schräg gegenüber. Dann nahm er all seinen Mut zusammen und warf sich auf den Mann. Beide fielen zu Boden, Daniel thronte obenauf und fixierte die Arme des Unterlegenen mit seinen Beinen. Tatsächlich kam ihm sein Gewicht hierbei zu Gute. Michael tauchte in dem Moment vor ihm auf, als ihm bewusst wurde, was er getan hatte. Entschuldigend sah er zu ihm auf.

„Tut mir leid, das hat sich einfach so ergeben."

Nicht lange danach kam auch die Polizei. Stur blieb Daniel auf dem Mann sitzen, während Michael ihn stehend sicherte. Die Gefahr war vorüber, aber trotzdem waren beide froh, die Verantwortung nun abgeben zu können. Erst jetzt merkte Daniel, dass er zitterte wie Espenlaub. Er sank erneut auf die Knie und legte das Gesicht in seine Hände.

„Was habe ich mir nur dabei gedacht?" murmelte er.

Ein Polizeibeamter trat neben ihn und legte ihm eine Hand auf die Schulter.

„Was meinen Sie genau? Dass sie einen Mann entwaffnet oder ihn überwältigt haben?"

Daniel sah auf und sah ein Lächeln auf dem Gesicht des Beamten, um die Augen bildeten sich kleine Fältchen. Er lacht gern und viel, stellte Daniel für sich fest.

„Ich hätte das nicht tun dürfen. Ich sollte nur die Kunden hier weghalten."

Jetzt meldete sich auch Michael zu Wort.

„Du hast das einzig Richtige getan, Daniel. Ich hatte nicht daran gedacht, dass der Typ sich umdrehen würde, wenn die Leute hier weg sind. Es hat eine Weile gedauert, bis ich mitgekriegt habe, dass du ihn ablenkst und ich raus kann. Aber da war meine Anwesenheit ja schon nicht mehr nötig."

Ein breites Grinsen zog bei seinem letzten Satz über sein Gesicht. Daniel ließ sich aber nicht beschwichtigen.

„Ich habe mich aber nicht an das gehalten, was du mir gesagt hast", beschwerte er sich trotzig.

„Zum Glück!" stellten Michael und der Beamte unisono fest.

Daniel gab sich geschlagen. Scheinbar war es doch nicht so falsch gewesen, seinen eigenen Verstand einzusetzen, anstatt blind einer Anweisung zu folgen. Langsam begann er sich zu beruhigen und als der Polizeibeamte nachfragte, ob er einen Arzt benötige, lehnte er ab.

Noch etwas wacklig auf den Beinen gingen sie zu dritt in das Wachbüro, damit der Beamte in Ruhe ihre Aussagen aufnehmen konnte. Immer noch aufgeregt, aber nicht mehr zitternd, berichtete Daniel, was sich an der Vorderseite des Ladens zugetragen hatte. Die Verkäuferin der Boutique nebenan, durch die Michael zur Rückseite des Zentrums gelangt war, erzählte zur selben Zeit denselben Hergang einem anderen Beamten. Ihre Aussagen würden aber auf dem Polizeirevier nochmals aufgenommen und unter-schrieben werden müssen. Daniel starrte in seinen Becher Kaffee hinein. Mittlerweile fühlte er sich ausgelaugt, als wenn er gerade eine schwere Grippe überstanden hatte. Das wäre völlig normal, beruhigte ihn der Beamte. Es wäre wohl das Beste, wenn er und sein Kollege nach Hause gehen würden. Wie zuvor einen Arzt lehnte Daniel auch das ab. Er könne arbeiten, das Schwächegefühl würde sicherlich gleich vorübergehen. Aber in dieser Sache blieb der Polizist stur. Er benutzte das Telefon des Wachbüros, um bei dem Arbeitgeber der beiden Wachleute anzurufen. Es kostete ihn einige Male die Nennung seines Namens, Rangs und der Dienstnummer, bis er zur richtigen Stelle durchgestellt wurde. Das Gespräch war kurz. Die Firma kündigte an, unverzüglich jemanden ins Einkaufszentrum zu schicken.

Daniel fielen fast die Augen aus dem Kopf, als einige Zeit später sein Chef durch die Tür trat. Er hatte jemanden vom Personalbüro erwartet, aber nicht Big Boss höchstpersönlich. Sofort schrumpfte er auf seinem Stuhl einige Zentimeter, denn Mr McFlaherty war ein beeindruckender Mensch mit der Ausstrahlung natürlicher Autorität. Aufmerksam ließ er sich von dem Polizeibeamten Bericht erstatten und sah währenddessen immer wieder zu Michael und Daniel. Als der Beamte geendet hatte, zog er wortlos sein Smartphone aus der Tasche des Anzugs und sprach kurz mit einem Mitarbeiter. Die beiden Wachmänner hätten einen Schock und wären nicht in der Lage, heute ihre Schicht zu beenden. Man möge doch bitte schnellstens zwei Ersatzleute schicken. Im Einkaufszentrum wäre etwas vorgefallen, das eine Ablösung nötig mache.

Danach legte er auf, steckte das Handy zurück in die Tasche und sah seine Angestellten noch immer wortlos an. Daniel wurde es immer ungemütlicher zumute und er befürchtete das Ende seiner Karriere als Wachmann. Er würde sich wieder arbeitslos melden müssen, das ganze Elend wieder von vorn beginnen.

Nachdem Mr McFlaherty beide ausgiebig gemustert hatte, fand er auch ihnen gegenüber seine Stimme wieder. Er komplimentierte den Polizeibeamten hinaus und setzte sich zu seinen Mitarbeitern an den Tisch. Ruhig wanderte sein Blick zwischen ihnen hin und her.

„Ich bin einerseits entsetzt und andererseits stolz auf Sie beide. Entsetzt deshalb, weil Sie nichts anderes hätten tun brauchen und sollen, als die Kunden aus der Gefahrenzone zu bringen, bis die Polizei da ist. Die sind bewaffnet und für so was ausgebildet. Sie sind ein Risiko eingegangen, das Sie weder hätten eingehen sollen noch dürfen."

Er machte eine kurze Pause, bevor er fortfuhr.

„Dennoch bin ich stolz auf Sie. Sie haben sich im Rahmen Ihrer Möglichkeiten eine Strategie überlegt um zu verhindern, dass der Mann womöglich den Laden verlässt und im gesamten Einkaufszentrum Amok läuft. Sie haben Ruhe bewahrt, alle beide. Und Sie, Mr O'Keefe, haben sogar psychologisches Geschick bewiesen. Wenn ich mich nicht täusche, sind Sie noch gar nicht so lange bei uns, oder?"

Daniel brachte nur ein kratziges „Fünf Monate" heraus. McFlaherty nickte.

„Dann erinnere ich mich richtig, Sie waren der junge Mann, der nach langer Arbeitslosigkeit die Hoffnung noch nicht aufgegeben hatte. Sie haben mich damals beeindruckt und heute haben Sie das noch mal geschafft, Mr O'Keefe. Ich werde die Personalabteilung anweisen, Sie aus dem Anfangslohn herauszunehmen und eine Erhöhung anordnen."

Daniel klappte die Kinnlade herunter. Das musste er falsch verstanden haben. McFlaherty wandte sich indes an Michael. „Auch Sie werden künftig mehr bekommen. Mit zwei Kindern kann man das immer gebrauchen, denke ich." Michael und Daniel hatten denselben Gedanken. Bevor ihr Chef hier aufgetaucht war, musste er sich kurz über sie informiert haben. Sie stotterten gerade noch ein „Danke, Mr McFlaherty", als bereits zwei Kollegen den Raum betraten. McFlaherty schilderte kurz die Lage, bevor er sich verabschiedete. Nicht ohne Michael und Daniel anzuweisen, den Rest der Woche zu Hause zu bleiben. Freigestellt, bezahlt und ohne Urlaubsabzug selbstverständlich.

Gemeinsam traten sie durch die Tür auf den Parkplatz und blieben in stiller Verabredung wie angewurzelt stehen. Benommen geradeaus starrend, nahmen sie die parkenden Autos nicht wahr und fragten sich, was sie gerade mehr schockierte: Der bewaffnete Kerl und die daraus entstandene, brenzlige Situation oder die Reaktion ihres Chefs. Daniel brach das Schweigen zuerst.

„Der meinte aber nicht wirklich, dass wir mehr Geld kriegen, oder?

Michael nickte bedächtig, plötzlich zog ein Strahlen auf sein Gesicht.

„Doch, das meinte er, ganz genau das. Und weißt du was? Das ist ein tolles Gefühl! Ich muss das sofort zuhause erzählen…"

Er hastete los, aber bevor er zwischen den Autos verschwand, drehte er sich noch einmal um.

„Freut mich, mit dir gearbeitet zu haben, Daniel. Wirklich!"

Daniel hob zur Bestätigung die Hand und winkte ihm zu. Nun stand er da wie bestellt und nicht abgeholt. Um nach Hause zu gehen, war er viel zu unruhig. Aber wo sollte er sonst hin? Charlie fiel aus, sie würde sich nur nachträglich aufregen, wenn er von den Geschehnissen erzählen würde. Natürlich würde er das tun, aber erst nach reiflicher Über-legung in einer abgeschwächten Version für besorgte Tanten. Bei diesem Vorhaben dachte er nicht daran, dass seine Tante Charlie Zeitung las und so schnell Kenntnis aus dritter Hand erhalten würde.

Er entschied sich für Jack. Im Normalfall wäre Jack sogar an Michaels Stelle gewesen, daher war er der geeignete Ansprechpartner. Mit ihm würde er sachlich über die Geschichte reden können und sich mit jemandem austauschen musste er jetzt – unbedingt.

Eigentlich traurig, dass dazu in seinem Universum nur zwei Personen infrage kamen. Ein Kollege und als einzige Verwandte eine Tante. Kein Freundeskreis, in dem es noch mehr Menschen gab, die ihm etwas bedeuteten und denen er wichtig war. Mit Susan hätte er vielleicht privat darüber chatten können, aber das war etwas völlig anderes und nicht wirklich real.

Vor Jacks Haus angekommen, trat er durch das Tor und ging über den gepflasterten Weg auf die Haustür zu. Sein Freund und Kollege wohnte in einer gepflegten Wohngegend, was auch den beruflichen Erfolgen seines Großvaters und Vaters zu verdanken war. Das Haus hatte er geerbt, sonst hätten er und Ruth es sich nie leisten können.

Auf sein Klingeln öffnete sich die Tür und, typisch für Ruth, strahlten ihm viele Sommersprossen mit Gesicht entgegen.

„Daniel! Da wird Jack sich aber freuen. Er tigert schon immer durch den Garten in der Hoffnung, sich da körperlich betätigen zu können. Zu seinen Modellschiffen hat er keine Lust, weil er da zum Bauen stillsitzen muss. Du kannst ihn sicherlich davon ablenken, dass er im Moment zu viel Familie um sich rum hat."

Das war Ruth im Original. Sie redete ohne Punkt und Komma und inzwischen hatte Daniel gelernt sie still zu bekommen, indem er nicht darauf einging. Sie nahm das dann keineswegs übel, sondern wusste dadurch, dass sie einen Gang runterschalten musste. Jetzt aber sah sie ihm prüfend ins Gesicht.

„Ist was passiert? Du bist total blass um die Nase."

Er drehte sich zu ihr und strich ihr beruhigend über den Arm. „Nichts Schlimmes und es ist auch schon vorbei. Aber ich bin hier, weil ich es euch erzählen will."

Warum hatte er vorher nur an Jack gedacht? Es war doch vollkommen logisch, dass auch Ruth dabei sein würde. Praktisch wie immer übernahm sie das Kommando.

„Du gehst schon mal in den Garten und holst Jack rein, ich koche eine Kanne Tee. Ich werde das Gefühl nicht los, dass wir den brauchen werden."

Daniel nickte, ging den Flur entlang und ins Wohnzimmer. Es war gemütlich eingerichtet mit einer Polstergarnitur, die über zwei Ecken eine U-Form bildete. Abgesehen von den üblichen elektronischen Geräten gab es noch diverse Teppiche über dem Parkett, Anrichten, Kommoden und Regale. Die Wände hatte Ruth dezent mit Ölgemälden geschmückt. Das alles zeugte nicht unbedingt von Wohlstand, vielmehr von gutem Geschmack. Er wusste, Ruth stöberte gern auf Flohmärkten und restaurierte ihre Errungenschaften selbst. Ein Zeitvertreib, während Jack an seinen Schiffen bastelte.

Er entdeckte den Kollegen am hinteren Ende des Gartens, wo er mitten auf dem Rasen den Kopf in den Nacken gelegt hatte. Jack beobachtete angestrengt die Krone des großen Apfelbaums, der dort stand. Daniel ging durch die Terrassentür und quer über den Rasen auf ihn zu, aber Jack bemerkte ihn erst, als er ihn fast erreicht hatte. Ein Grinsen zog über sein Gesicht, das aber bei näherer Betrachtung Daniels sofort verschwand.

„Ist was passiert?"

Zum zweiten Mal innerhalb weniger Minuten erklärte Daniel, dass alles schon vorbei und in Ordnung war.

„Ruth kocht Tee, wir sollen reinkommen. Dann erzähle ich euch alles."

Die Männer gingen langsam zurück ins Haus. Jack übte sich wie üblich in Geduld, bis Daniel von sich aus sprach.

Ruth hatte bereits Tassen auf dem Küchentisch platziert sowie Milchkännchen und Zuckerdose. Ernste Bespre-chungen fanden hier immer in der geräumigen Küche statt, das wusste Daniel aus Erfahrung. Die teure Einbauküche in dunklem Holz, mit modernster Technik, war Ruths ganzer Stolz. Lange Zeit hatte das Paar jeden Cent für ihren Traum gespart.

Daniel und Jack setzten sich, kurz darauf stieß auch Ruth mit dem Tee zu ihnen. Zwei erwartungsvolle Augenpaare saugten sich an ihm fest.

Er erzählte sachlich, was sich zugetragen hatte und versuchte, seine Rolle etwas herunterzuspielen. Ruth war deutlich anzusehen, dass sie froh über Jacks Urlaub war. Ihren Mann in einer solchen Situation mochte sie sich nicht vorstellen.

„Ihr habt doch alles richtig gemacht", kommentierte dann auch Jack den Vorfall.

„Ja und nein. Wir hätten eigentlich nur die Leute da wegbringen und auf die Polizei warten sollen."

Jack war anderer Meinung.

„Dann wäre der Kerl vielleicht aus dem Laden rausgekommen und hätte draußen um sich geschossen. Und scheinbar war unser Boss ja auch der Meinung, dass genau das unter Umständen durch euer Handeln verhindert wurde."

Ja, das war er wohl. Und wenn Daniel in sich hineinhorchte, war er sogar ein wenig stolz auf sich. Nur ein ganz, ganz kleines bisschen.

Die Situation ausgiebig diskutierend, wurde der Ablauf immer wieder rekonstruiert, erst später kamen sie zu einem anderen

Thema. Am Wochenende würde die Einweihung der Kellerbar anliegen und eine Frage brannte Daniel auf der Zunge.

„Wer kommt eigentlich noch?"

Ruth zählte die eingeladenen Gäste an den Fingern ab. Natürlich würde der Schreiner mit seiner Freundin kommen, der die Kellerbar gebaut hatte. Es handelte sich dabei um eine sympathische Deutsche und Damian McIntyre war ebenso ein Mensch, den man mögen musste. Bodenständig und solide. Mit beiden verband Jack und Ruth eine Freundschaft, die auf Ereignissen in deren Heimatdorf Affordshire basierten.

Außerdem würde die Sekretärin von McIntyre mit ihrem Freund kommen. Sie schmiss das kleine Büro, da sich McIntyre lieber auf den handwerklichen Bereich konzen-trierte. Deren Freund wiederum war der beste Freund Damians bereits aus Kindertagen. Diese Vier waren also untereinander miteinander in einer engen Beziehung, Ruth und Jack hatten sich mit allen angefreundet und Daniel wurde bewusst, dass er der einzige Außenstehende sein würde. Er kannte niemanden davon und zudem waren alle Pärchen, er würde der einzige sein, der allein aufkreuzte. Das verursachte ein mulmiges Gefühl in seiner Magengegend und er beruhigte sich mit dem Gedanken, dass er immerhin früh gehen könnte, wenn er sich wie das fünfte oder vielmehr siebente Rad am Wagen fühlen würde.

Kapitel 7

Schon recht spät öffnete Daniel zuhause die Wohnungstür. An diesem Abend würde er wieder im Chat nachsehen, ob Susan online war. Schnell entkleidete er sich und sprang unter die Dusche, während in seinem Wohn- und Schlafzimmer bereits der Computer hochfuhr. Mit noch nassen Haaren belegte er flugs zwei Scheiben Brot mit etwas Aufschnitt und nahm diese gleich in der Hand mit an den PC.

Nach dem Einloggen kam die Ernüchterung. Susan war wieder oder immer noch offline. Auch im Krimi-Chatraum konnte ihm niemand etwas sagen, denn keiner hatte sie seit Sonntag gesehen. Hier begannen die Teilnehmer nun ebenfalls, sich Sorgen zu machen. Daniel behielt trotzdem für sich, dass er sich mit ihr hatte treffen wollen. Die Ungewissheit, wie die anderen darauf reagieren würden, war ihm zu groß. Es könnte alles sein, von Misstrauen über Empörung bis zu Sticheleien. Dem wollte er sich nicht aussetzen.

Er diskutierte eine Weile mit, bevor er zu Bett ging.

Schon recht früh am nächsten Morgen holte ihn sein Handy aus einem tiefen Schlaf. Noch halb benommen, drang Charlies Stimme an sein Ohr und selbst in seinem benebelten Zustand erkannte er, dass sie ihm die Leviten las.

„Moment", murmelte er. „Fang noch mal von vorne an, ja? Du hast mich geweckt und ich habe eben den Anfang nicht mitgekriegt."

Stille am anderen Ende Leitung, dann ein hörbares, tiefes Luftholen und alles begann von neuem.

„Ich habe gefragt, wann du denn geruhen wolltest, uns von deinem Arbeitstag gestern in Kenntnis zu setzen!"

Okay, wenn Charlie so gestelzt redete, war sie sauer. Vorsichtig fragte er erst mal nach, um Zeit zu gewinnen.

„Was meinst du?"

Mittlerweile hatte er sich im Bett aufgesetzt und seine Gedanken wurden klar.

„Was ich meine? Die Sache mit dem Kerl und der Pistole gestern im Einkaufszentrum. An der du ja wohl beteiligt warst und das nicht unerheblich!"

Ihre sonst angenehme Stimme wurde immer schriller und Daniel sah sich gezwungen, sein Handy einige Zentimeter vom Ohr wegzuhalten.

„Woher weißt du das?" war alles, was ihm momentan dazu einfiel.

„Ich lese Zeitung!" kam die entrüstete Antwort.

Offenbar stand etwas über den Vorfall in der Tagesausgabe. Äußerst ungünstig für Daniels Plan, Charlie das Geschehen in einer vorsichtigen, homöopathischen Dosierung mitteilen zu wollen. Das konnte er nun wohl vergessen.

„Charlie, hör mal…"

„Nein, ich höre gar nicht!" unterbrach sie ihn. „Ich hätte gestern gehört, wenn du hergekommen und uns das erzählt hättest! Aber du hast es ja nicht für nötig gehalten und wir müssen es aus der Zeitung erfahren!"

Daniel hatte nicht an eine weitere Steigerung ihrer Stimmlage geglaubt, aber er hatte sich getäuscht. Dennoch erkannte er, dass Charlie nicht wirklich sauer auf ihn war. Sie war einfach besorgt und enttäuscht über sein Versäumnis, sich am Tag zuvor gleich an sie zu wenden. Nun würde sein Auftrag daraus bestehen, ihr seine Gründe dafür verständlich zu machen. Scott war wahrscheinlich nicht mehr daheim, sodass ein Versuch mit ihm zu sprechen, nicht infrage kam. Er war ruhiger als Charlie und würde Daniel eher zu Wort kommen lassen. Vorausgesetzt seine Furie von Tante würde das Telefon überhaupt an Scott weitergeben.

Daniel versuchte noch mal zu ihr durchzudringen. „Wenn du mich einfach mal kurz alles erklären lässt, Charlie. Bitte!"

„Da bin ich ja mal gespannt", schnaufte sie. Aber immerhin, sie wollte ihm zuhören.

„Ich weiß jetzt nicht, was in der Zeitung steht. Aber ich nehme an, dass die das wahrheitsgemäß dargestellt haben. Es ist wirklich nichts passiert, allen geht es gut. Mein Kollege und ich haben den Rest der Woche frei und bekommen sogar eine Lohnerhöhung. Ich war gestern bei Jack, du weißt ja, meinem festen Schichtkollegen, und habe ihm alles erzählt. Ich wollte seine Meinung hören, ob ich richtig gehandelt habe. Und dir wollte ich es heute in Ruhe erzählen, wenn ich selber etwas runtergekommen bin. Und zwar so, dass du dir keine Sorgen nachträglich machst. Eine abgespeckte Version sozusagen. Ich hab's echt nur gut gemeint, dass ich nicht gleich zu euch gekommen bin, Charlie. Ich war gestern selber etwas durch den Wind durch die ganze Geschichte."

Sie hatte keinen Ton von sich gegeben und auch jetzt, als er geendet hatte, blieb es still in der Leitung. Charlie dachte nach. Schließlich erteilte sie ihm die Absolution für sein Verhalten.

„Gut, wenn das deine Gründe waren… Aber kannst du dir vorstellen wie es war, das heute Morgen in diesem Käseblatt zu lesen?"

Sie sprach nun wesentlich ruhiger als zuvor.

„Natürlich kann ich das, Charlie. Ich hatte echt nicht daran gedacht, dass die darüber berichten könnten und du es so erfährst. Dann wäre ich sicher gestern noch gekommen, damit du vorgewarnt bist."

Sie brummelte noch etwas vor sich hin, gab dann aber ihr Unbehagen über sein Vorgehen endgültig auf.

„Und dir ist wirklich nichts passiert?"

„Nein, mir ist wirklich nichts passiert. Wir hatten beide einen ziemlichen Schreck, aber das war alles. Wir haben noch nicht mal ärztliche Versorgung gebraucht."

„In der Zeitung steht, dass du in der Hauptsache derjenige warst, der den Kerl zum Aufgeben gebracht hat."

Nun war schon etwas Stolz aus ihrer Stimme zu vernehmen und Daniel konnte sich ein Lächeln darüber nicht verkneifen. Sie sah es ja nicht.

„Kann sein. Es war wohl eher die Tatsache, dass ich noch vor einem halben Jahr in einer ganz ähnlichen Situation war wie er und ihm das erzählt habe. Wäre das nicht gewesen, wer weiß, was dann passiert wäre. Es war Glück, Charlie."

„Nicht nur. Du hast die richtige Intuition gehabt, Daniel. Ich bin stolz auf dich!"

Nun musste Daniel richtig lachen. Sie war einfach zu niedlich! Zudem freute er sich wahnsinnig, dass sie so Anteil nahm.

„Naja", druckste er. „Ich hole mir nachher erst mal die Zeitung um zu sehen, was drin steht. Was ihr dadurch nicht wisst, erzähle ich euch dann die Tage mal."

Das Angebot kam Charlie durchaus entgegen.

„Soll ich einen Kuchen backen?"

Daniel schluckte hart, denn das kannte er zur Genüge.

„Lass mal, wenn überhaupt Kuchen, dann backen wir ihn zusammen."

„Oh ja", freute sie sich. „Und Scott setzen wir an den Küchentisch, damit er uns dabei bewundern kann."

Das Bild von einer mehlbestäubten Charlie und einem zeitunglesenden Scott am Küchentisch vor Augen, rollte sich Daniel schließlich aus dem Bett. Ein langer Tag lag vor ihm und er war unschlüssig, wie er ihn verbringen sollte. Der Chat reizte ihn nicht sonderlich, denn Susan hatte er für sich abgeschrieben. Er hatte keine Ahnung, warum sie sich ausgerechnet nach dem Sonntag ausgeklinkt hatte, an dem sie sich hatten treffen wollen. Mittlerweile war es ihm aber auch egal.

Um sich über den Zeitungsbericht zu informieren, holte er sich ein Exemplar beim Zeitschriftenhändler um die Ecke. Bevor er jedoch den Laden wieder verlassen konnte, musste er eine detaillierte Beschreibung der Ereignisse wiedergeben. Offenbar hatte nicht nur Charlie als einzige, die ihn kannte, den Bericht gelesen. Nun doch gespannt auf den Artikel, joggte er im Laufschritt nach Hause und breitete die Zeitung aus, noch während er am Küchentisch Platz nahm. Lange brauchte er nicht zu suchen, die Darstellung nahm die halbe erste Seite ein. „Blutbad im Einkaufszentrum verhindert" lautete die Schlagzeile. Kein Wunder, dass Charlie so neben der Spur gewesen war!

Aufmerksam las er alles Wort für Wort durch und stellte fest, dass sich hier an die Tatsachen gehalten wurde. Ihm gefiel gar nicht, dass Michael und er mit ihren Namen genannt wurden, doch das war nicht zu ändern. Es erklärte aber natürlich, warum jeder wusste, wer die zwei Wachmänner gewesen waren. Der Verfasser war voll des Lobes über den Einsatz der beiden und wieder erkannte Daniel, dass er im Nachhinein einen gewissen Stolz empfand. Er hatte alles richtig gemacht, nun hatte er es sogar schriftlich.

Gut gelaunt faltete er die Zeitung wieder zusammen. Wahrscheinlich musste er damit rechnen, dass ihn noch weitere Leute darauf ansprechen würden. Er war kein Mensch, der gern im Mittelpunkt stand und deshalb würde es wohl das Beste sein, wenn er in den nächsten Tagen seine Wohnung nicht verließ. So konnte er allem am wirkungsvollsten aus dem Weg gehen. Damit stellte sich jedoch wieder das Problem der Beschäftigung. Er konnte lesen, am Computer spielen, fernsehen, aber auch noch mal in den Chat sehen. Also startete er den Computer und loggte sich ein. Keine Spur von Susan.

Dann eben nicht. Seinen Vorsatz über Bord werfend, nicht aus dem Haus zu gehen, zog er sich an und machte sich auf den Weg zu Charlie. Je eher er sein Versprechen einlöste, desto besser. Er wusste, dass er vorher nicht unbedingt anzurufen brauchte und ging sogar das Risiko ein, in einem Supermarkt Zutaten für einen Apfelkuchen zu kaufen. Glücklicherweise wurde er hier nicht angesprochen, denn ein Foto hatte es nicht gegeben und er war schon zu weit von seiner Wohnung entfernt, als dass die Leute ihn kennen würden.

Mit der Tüte in der Hand stand er schließlich vor dem Grundstück der Masters'. Während er auf die geöffnete Haustür zuging, blieb Charlie entgegen ihrer sonstigen Gewohnheit stehen und nahm ihn fest in die Arme. Daniel stand völlig unbeholfen mit der Einkaufstüte in der Hand da, der Umarmung hilflos ausgesetzt. Es hatte den Anschein, als wolle sie ihn erdrücken und nie mehr loslassen.

„So, jetzt geht's mir besser", stellte sie fest, als sie ihn endlich wieder Luftholen ließ.

Er folgte ihr in die Küche und breitete seine Mitbringsel auf der Arbeitsplatte aus.

„Scott werden wir nicht am Küchentisch haben, aber wir kriegen das auch ohne ihn hin", grinste er.

Während der Backvorbereitungen erzählte er seine Erlebnisse vom Tag zuvor in allen Einzelheiten. Diesmal hörte Charlie ruhig zu und ihr einziger Kommentar war: „Ich bin so froh, dass dir nichts passiert ist."

Damit war das Thema für sie abgeschlossen und Daniel registrierte diese Tatsache erleichtert. So hatte er Gelegenheit, ihr eine andere Frage zu stellen.

„Weißt du eigentlich, wer mein leiblicher Vater ist, der Alice damals im Stich gelassen hat?"

Charlie hielt wie versteinert in ihrer Bewegung inne und der Teig tropfte vom Schaber auf die Tischplatte. Nach einem Augenblick hatte sie sich gefangen und setzte sich.

„Ich habe nur eine Vermutung, aber das ist reine Speku-lation. Sie hatte damals mit mehreren Männern was, aber keinen wirklich festen. Daher ist ihre Aussage, er hätte sie im Stich gelassen, gelinde gesagt, sehr großzügig ausgelegt. Wahrscheinlich war sich keiner der Männer sicher, ob er dein Vater ist oder sie wissen noch nicht mal, dass sie als Vater in Betracht gekommen sind. Vielleicht noch nicht mal, dass es dich überhaupt gibt."

Nachdenklich schaute Daniel seine Tante an.

„Das heißt also, mein Vater weiß womöglich gar nichts von meiner Existenz oder seiner Verbindung damit. Dass er sich vielleicht sogar gekümmert hätte, wenn er jemals einen Anhaltspunkt dafür gehabt hätte."

Sie zuckte die Schultern.

„Ich weiß nicht, ob das so einfach ist. Dass sie schwanger wurde, dürften ja alle Männer mitbekommen haben, mit denen sie was hatte. Es sei denn, dein Vater war jemand, der nicht aus der Gegend stammte. Auch bei Touristen und solchen Leuten war sie nicht sehr wählerisch. Tut mir leid, Daniel."

Er schüttelte energisch den Kopf.

„Das braucht dir nicht leidzutun, du kannst doch nichts dafür."

Seine Gedanken fuhren Achterbahn. Selbst wenn er die Absicht hatte, wie sollte er die Identität seines Vaters herausfinden, wenn wahrscheinlich noch nicht mal Alice diese eindeutig kannte? Das konnte sie auch gar nicht, wenn sie keine festen monogamen Beziehungen geführt hatte und halb Irland als Vater infrage kam. Sie würde ihm im besten Fall ein paar Namen nennen können, aber aus diesen den richtigen herauszufiltern, war fast unmöglich. Es sei denn, er würde alle zum Vaterschaftstest bitten, nachdem er sie gefunden hatte. Der Gedanke war geradezu lächerlich!

„Das heißt, die Identität meines leiblichen Vaters wird immer im Dunkeln bleiben", resümierte er.

Charlies Blick ruhte warm auf ihm.

„Ich sehe zumindest im Moment keine Chance, ihn ausfindig zu machen. Aber frag doch Alice einfach noch mal. Vielleicht gibt es doch einen Favoriten und wir haben alle einen falschen Eindruck von ihr gewonnen. Ist immerhin nicht ausgeschlossen. Sie sollte doch wohl verstehen, dass du deine Wurzeln kennenlernen möchtest."

Das sollte man zumindest hoffen, aber bei dieser Frau war Daniel nicht sicher, ob sie überhaupt irgendetwas verstehen würde. Trotzdem würde ihm nichts anderes übrig bleiben, als es zu versuchen. Dazu musste er ein zweites Mal zu ihr fahren, denn telefonisch hätte er bei ihrer Bockigkeit keine Chance.

In den nächsten Tagen blieb Daniel seinem Vorhaben treu, zuhause zu bleiben. Die Zeit verging zäh wie Kaugummi, weil er sich nicht so richtig zu beschäftigen vermochte. Immer wieder zogen die Ereignisse im Einkaufszentrum an ihm vorüber. Wenn er schlief, aß oder fernsah. Er spürte aber auch, dass ihm die freie Zeit guttat und wie der Schrecken langsam abnahm. Erst am Samstagabend schloss er die Wohnungstür hinter sich ab, um Ruths Einladung zur Einweihung der Kellerbar zu folgen.

Inzwischen war das Wetter entgegen der Vorhersage wieder besser geworden und man hätte, mit einer warmen Jacke, durchaus auch draußen grillen können. Dennoch würde es im Haus deutlich gemütlicher und bequemer sein und die Einweihung einer Kellerbar konnte schlecht außerhalb dieser stattfinden.

Daniel war nicht der erste Gast. In Jacks Hofeinfahrt standen bereits zwei Autos, sodass Daniel klar war, er war der Letzte. Je ein Paar hatte die zwei Stunden Fahrt aus Affordshire in einem Wagen zurückgelegt, das Ergebnis stand nun da. Ärgerlich, dass er nicht früher losgegangen war! Es wäre sicher leichter gewesen auf die Unbekannten zu stoßen, wenn er bereits vor Ort gewesen wäre. So kam er zum Schluss zu einer schon bestehenden Gruppe hinzu, was er immer als ungünstig empfand. Da er es aber nun nicht mehr ändern konnte, musste er da durch.

Ungeduldig zappelnd wartete er, bis ihm auf sein Läuten von Ruth geöffnet wurde. Ihre Sommersprossen leuchteten förmlich und zeigten so an, dass sie sich auf den Abend freute. Sie hakte sich bei ihm unter und führte ihn hinunter in den nicht allzu großen Kellerraum, der entsprechend mit Menschen bevölkert war. Im Türrahmen blieb sie mit ihm stehen und stellte ihn den Anwesenden als Freund der Familie und Schichtkollegen von Jack vor. Andersherum hörte er die Namen Caro, Stacy, Damian und Ian. Er filterte heraus, dass die blonde Caro zu dem Schreiner Damian gehörte und die quirlige Stacy zu dem Automechaniker Ian. Dann war das schon soweit geklärt. Wirklich weiter half es ihm aber auch nicht.

Die Rettung erschien in Form von Jack, der ihm auf die Schulter klopfte und ein Guiness in die Hand drückte. Eigens für heute hatte er ein Fass gekauft, damit das Bier frisch gezapft werden konnte. Daniel zog in Erwägung, sich für diesen Job anzubieten. Das würde ihn für den Abend davon befreien, sich unter den Besuch mischen zu müssen.

Daniels Problem bestand mitnichten darin, die Leute nicht zu mögen. Im Gegenteil, da sich Jack und Ruth mit ihnen angefreundet hatten, mussten sie in Ordnung sein. Es war auch keine Eifersucht, dass Jack noch mit anderen Individuen Kontakte pflegte. Der wahre Grund war einfach ein mangelndes

Selbstbewusstsein und Schüchternheit, so konnte Daniel nicht auf fremde Menschen zugehen. Lieber versteckte er sich irgendwo und betrachtete das Geschehen von außen, was ihm dann aber wiederum das Gefühl vermittelte, ein Außenseiter zu sein.

Jack gab ihm keine Chance, sich zu verkriechen. Er zog ihn mitsamt seinem Bierglas in der Hand zum Tisch, wo sich alle schon verteilt hatten. Sie waren in Jacks Alter, um die vierzig. Er landete neben der hellblonden Deutschen mit den schulterlangen Haaren, rundlich und hübsch. Ihre bessere Hälfte hatte kurzes, rotblondes Haar und Daniel würde Damian nicht im landläufigen Sinn als gutaussehend beschreiben. Er hatte eher einen jungenhaften Charme, der ihn auf eine andere Weise attraktiv machte.

Nicht so sein Freund Ian, der sicher Frauen anzog wie die Motten das Licht. Sein gewelltes, dunkles Haar versteckte er unter einer Baseballkappe, aber das ebenmäßige Gesicht verfehlte sicher dennoch nicht seine Wirkung. Seine Freundin Stacy war ebenfalls nicht hässlich und schien ein offener Mensch zu sein. Für Daniel stand fest, dass sie auf jeden Fall praktisch veranlagt war. Wer seine Haare derart kurz trug, der wollte sich nicht gern mit Dingen wie Frisieren aufhalten. Eigentlich hätten rein äußerlich die Paare anders herum besser zusammen gepasst, aber das war nur seine unbedeutende Meinung. Er wusste zudem, dass es auf das Äußere überhaupt nicht ankam. In dieser Gruppe fühlte sich Daniel schon jetzt komplett fehl am Platze. Er stach in jeder Hinsicht heraus: Unterdurchschnittlich aussehend, allein, introvertiert. Das konnte ja heiter werden!

Seine Tischnachbarin Caro machte ihm schnell einen Strich durch die Rechnung. Völlig unbefangen erzählte sie von zwei Hunden, die sie und Damian offenbar besaßen. Ihre Beschreibungen von Missetaten der Mischlinge, die auch Brüder waren, tauten Daniel unerwartet schnell auf und öfters musste er herzhaft lachen. Er mochte Tiere, hatte aber nie selbst die Verantwortung für eins übernehmen wollen. Man gewöhnte sich zu schnell daran. Gerade er, der kaum Bezugspersonen hatte, würde es zu einem menschlichen Ersatz rekrutieren. Da ein Tier aber in der Regel vor seinem Besitzer starb, würde er sich die Trauer darüber lieber ersparen.

Ehe er sich versah, befand er sich mitten im Gespräch kreuz und quer über den Tisch. Die Gäste aus Affordshire fragten ihn ungehemmt über sein Leben aus, berichteten im Gegenzug ebenso offen über ihres. Die Geschichte, wie sie und Jack sich kennengelernt hatten, wurde wieder in allen Einzelheiten zum Besten gegeben.

„Obwohl ich ja immer wissen wollte, wer meiner Großtante diese Briefe geschrieben hat, wer der Junge auf den Fotos und was damals passiert ist – es hat mich umgehauen, als Jack da in meiner Küche saß und mir mitteilte, er würde mir nun einfach so alles erzählen", lachte Caro.

Jack grinste.

„Sie ist so schnell umgefallen, ich konnte sie noch nicht mal mehr auffangen."

„Ja, und als Goliath mir mit der Zunge das Gesicht abgeschleckt hat, dachte ich die ganze Zeit, du ertränkst mich mit einem Waschlappen."

Jack hob die Arme zu einer unschuldigen Geste.

„Auf die Idee bin ich gar nicht gekommen, dein Hund war da wirklich schlauer. Keine gute Reklame für meine Intelligenz."

Daniel bemerkte mit Erstaunen, dass er längst begonnen hatte, sich in dieser Runde wohlzufühlen. Er lachte, scherzte und hatte das Gefühl, alle diese Menschen schon lange zu kennen. Unerwartet kam der Wunsch auf, den Kontakt zu ihnen nicht wieder zu verlieren. Das würde aber schon daran scheitern, dass er sich selbst nicht aufdrängen würde. Ihm kam dabei gar nicht der Gedanke, die Paare würden dies anders sehen. Unerwartet für ihn kam von ihrer Seite eine spontane Einladung. „Komm doch einfach mal nach Affordshire und besuch uns da", schlug Damian vor.

Er hatte inzwischen mitbekommen, dass Daniel nicht uninteressiert an Holzarbeiten war. In seiner kleinen Wohnung hatte es nie die Gelegenheit gegeben, in dieser Richtung tätig zu werden. In der Werkstatt aber würde er seine Fähigkeiten ausprobieren können, meinte Damian. Der Gedanke gefiel Daniel, daher nahm er sich fest vor, das Angebot anzunehmen. Irgendwann würde er Urlaub haben, in dem er an einem Tag die Fahrt dorthin antreten könnte. Sofern er früh genug losfuhr, hatten sie viel Zeit in der Schreinerei, bevor er am Abend wieder zurück musste. Oder er würde sich in dem kleinen Dorf ein Zimmer nehmen. Den Gesprächen hatte er bereits die Existenz eines Pubs entnommen, in dem auch Caro ihre ersten Tage in Irland verbracht hatte. So teuer würde das für eine Nacht schon nicht sein. Der Vorteil wäre, sogar zwei Tage Zeit zu haben und er käme mal für diese Zeit komplett aus seinem Trott. Er konnte sich nicht erinnern, wann er das letzte Mal nicht zuhause geschlafen hatte. Mit einem Frühstück, das nicht er selbst hatte zubereiten müssen. Von einem warmen Abendessen ganz zu schweigen!

Sie vereinbarten keinen festen Termin, aber waren sich einig, dass Daniel sie in seinem nächsten und gleichzeitig ersten Urlaub besuchen würde. Damian bot ihm sogar sein Gästezimmer an, Daniel lehnte dies jedoch rigoros ab. Er wollte sein Zimmer im Pub mit den Mahlzeiten, wo er keine Rücksicht auf Mitbewohner nehmen musste.

Zuerst würde aber die Fahrt zu Alice anstehen. Diese konnte er wieder an einem Samstag erledigen und brauchte keinen

Urlaub. Es graute ihm davor, erneut dieser unfreundlichen und verbitterten Frau gegenüberzutreten. Dennoch war es die einzige Chance, mehr zu erfahren. Sollte dieser Versuch fehlschlagen, würde er Charlie nach den ihr bekannten Namen fragen und versuchen, etwas über diese Männer herauszubekommen.

Da seine Gedanken in diese Richtung abschweiften und er sich nicht mehr auf die Gespräche am Tisch konzentrieren konnte, beschloss er, sich zu verabschieden. Gerne wäre er noch länger geblieben, aber es war besser, nun zu gehen.

Die anderen bedauerten dies, akzeptierten aber seine Ausrede, dass er durch die Ereignisse im Einkaufszentrum noch etwas durch den Wind war. Wider seine Natur hatte Daniel eine Ausrede benutzt, hatte gelogen. In diesem Fall ging es jedoch nicht anders, denn er konnte kaum all diesen Leuten die Einzelheiten seiner Familiengeschichte erzählen. Vielleicht später einmal, aber nicht jetzt.

Kapitel 8

Die Woche plätscherte für Daniel so dahin. Er freute sich, Jack wieder an seiner Seite zu haben. Aber auch Michael traf er gern, wenn sie sich beim Schichtwechsel begegneten. In den Tagschichten gab es kaum Pausen, so kam er nicht dazu, an Jack in einer ruhigen Minute die Informationen von Charlie über Alice weiterzugeben. Lediglich seine Absicht, nochmals zu ihr zu fahren, teilte er ihm mit. Um nach dem Namen seines Vaters zu fragen. Wenn er danach mehr wusste, könnte er Jack gegenüber ins Detail gehen. Bis zu seiner Rückkehr von Alice musste das jedoch warten.

Am Samstag krabbelte er früh aus dem Bett, als sein Wecker klingelte. Er hasste es, am Wochenende nicht ausschlafen zu können. Da er mit dem Bus aber einige Zeit unterwegs zu dem kleinen Dorf sein würde, in dem Alice lebte, musste er zeitig los. Würde das Gespräch ebenso schnell beendet sein wie beim letzten Mal, könnte er entsprechend früh wieder zu Hause sein, was auch kein Nachteil wäre.

Es war noch sehr kalt, als er missmutig zum Busbahnhof ging. Nebel hing am Boden, die Luft war feucht. Der Herbst rückte unaufhaltsam näher und Daniel war davon nicht begeistert. Die dunklen Tage würden folgen, die ihn immer leicht melancholisch werden ließen. In Ermangelung einer richtig gemütlichen Wohnung konnte er sich zu diesen Zeiten zuhause nicht so heimelig fühlen wie viele andere. Bei ihm war alles eher zweckmäßig, für Details hatte es nie Geld gegeben. Vielleicht würde sich das auf lange Sicht ändern. Vorausgesetzt, er würde irgendwann eine schöne, bezahlbare Wohnung finden. In der es sich lohnte, auf gemütliche Extras zu achten.

Im Bus saßen nur drei müde Gestalten, als Daniel zustieg. Ihm kam das sehr entgegen, denn so hatte er die fast freie Wahl seines Sitzplatzes und entschied sich für einen auf der rechten Seite, fast ganz vorn. Auf diese Weise konnte er rechts die Landschaft betrachten und geradeaus die Straße überblicken, während sie durch die Lande zockelten. Wie er es schon von seiner früheren Fahrt her kannte, hielt der Bus in jedem Dorf, das sie passierten. Oftmals auch an außerhalb gelegenen Haltestellen, in deren Nähe es lediglich ein oder zwei Cottages oder Farmen gab. Über weite Strecken gab es außerhalb der Ortschaften nichts als Wiesen, Wald und Weiden zu sehen, auf denen Schafe oder Rinder grasten. Fahrgäste stiegen ein und wieder aus. Die drei Insassen, die vor Daniel zugestiegen waren, hatten den Bus längst wieder verlassen. Scheinbar hatte niemand eine so lange Fahrt vor sich wie er.

Am späten Vormittag verließ auch er den Bus kurz vor dem Dorf, in dem Alice lebte. Beim letzten Mal hatte er nicht darauf geachtet, ob es auch in der Ortsmitte eine Haltestelle gab und so ging er lieber auf Nummer sicher. Die kurze Strecke bis zu ihrem Cottage konnte er problemlos zu Fuß zurücklegen.

Es war genauso verwahrlost, wie er es in Erinnerung hatte. Ein paar der Dachschindeln hingen schief, die Fassade war vergraut und verschmutzt, die Farbe an Türen, Fenstern und Fensterläden abgeblättert. Wieder fragte er sich, warum man nicht ein wenig Geld für etwas Farbe sparte, um den Häusern wenigstens einen Hauch von Pflege angedeihen zu lassen. Sollte es dafür nicht reichen, konnte zumindest das Unkraut gejätet werden. An diesem Punkt seiner Gedanken rief sich Daniel zur Ordnung. Er selbst wusste doch am besten, wie mutlos eine traurige und verwahrloste Umgebung machte. Wobei das hier nur bedingt stimmte, denn das Land ringsherum zeugte von blühendem Leben.

Er spähte um das Haus herum, ob sich Alice wie beim letzten Mal im Garten befand. Diesmal hatte er Pech und musste darauf vertrauen, dass sie daheim sein und ihm vor allem die Tür öffnen würde. Im Prinzip rechnete er nicht damit. Warum das so war, vermochte er nicht zu sagen.

Seine schlimmste Befürchtung, den Weg umsonst zurückgelegt zu haben, bestätigte sich nicht. Auf sein Klopfen öffnete Alice die Tür einen Spalt und schaute ihn misstrauisch an. Kein Zeichen des Erkennens, obwohl er erst vor noch nicht einmal einem halben Jahr hier gewesen war. Und er war ihr Sohn!

„Kann ich reinkommen?"

In ihrem stumpfen Blick schien sich etwas zu regen, die Erinnerung kehrte zurück.

„Was willst du? Du wolltest nie wieder herkommen."

Die Tür bewegte sich keinen Millimeter weiter, um ihn einzulassen.

„Ich weiß, das wollte ich auch wirklich nicht. Aber mir fehlen noch ein paar Informationen, die nur du mir geben kannst."

„Was für welche?"

„Über meinen Vater."

Die Tür knallte vor seiner Nase zu, erschrocken trat er einen Schritt zurück. Dabei wäre es ohnehin zu spät für seinen Kopf gewesen, hätte er näher gestanden. Na wunderbar! Und jetzt?

„Alice!" Das Wort „Mum" kam ihm nicht über die Lippen.

„Mach die Tür auf, unterhalte dich kurz mit mir und dann bin ich wieder weg. Du würdest doch auch wissen wollen, wer dein Erzeuger ist."

Ganz bewusst wählte er diese Einschränkung von Vater auf Erzeuger, da er Alices Ansicht zu den Dingen kannte.

„Du hast schon mal gesagt, du kommst nicht wieder!" keifte sie durch die geschlossene Tür.

„Es ist das letzte Mal. Aber nur, wenn du mir sagst, was ich wissen will."

Für ihn völlig unverhofft, öffnete sich die Tür nun abrupt in ihrer ganzen Weite und schlug mit einem lauten Krachen gegen die Wand. Alice war nicht mehr zu sehen, Daniel verstand dies als Aufforderung einzutreten.

Im Haus roch es ungelüftet und es war düster. Kein Ort, an dem man Hoffnung verspüren konnte. Sie befand sich in einen Strudel aus Verbitterung und Depression, aus dem sie allein nicht wieder herauskommen konnte. Das sollte aber nicht sein Problem sein, ebenso wie sie ihn nie als ihres gesehen hatte.

Vorsichtig arbeitete er sich vor und spähte durch die offenen Zimmertüren, ohne die Räume dahinter richtig wahrzunehmen. Schließlich sah er sie auf der linken Seite in einem verschlissenen Sessel sitzen. Es war das Wohnzimmer, das er beim Betreten oberflächlich musterte. Zumindest schien sie es sauber zu halten. Die Möbel waren dunkel, was das ohnehin nicht gerade helle Haus noch trostloser erscheinen ließ. Sie zeigten deutliche Gebrauchsspuren und waren alt, aber nicht verwahrlost. Daniel wertete dies positiv, vielleicht hatte sie doch noch nicht allen Mut verloren.

Mitten im Zimmer blieb er auf dem verblichenen Teppich stehen und sah sie an. Sie hockte auf der Kante, den Kopf gesenkt wie ein Kind, das etwas angestellt hatte und nun auf die Standpauke wartete. Als sie dann aber den Blick hob, schlug ihm in ihren Augen nur Hass entgegen. Erschüttert durch die Deutlichkeit, mit der ihm dies zuteil wurde, trat er automatisch einen Schritt zurück. Mit dem Fuß an einer hochgebogenen Teppichkante hängenbleibend, verhinderte er nur mit Mühe einen Sturz.

Nachdem er sich wieder gefangen hatte, fixierte er die Augen von Alice ebenso stur, wie sie es mit seinen tat. Sie senkte die Lider als Erste.

„Also", präzisierte er sein Anliegen barsch. „Wer ist mein Erzeuger?"

Ihr Blick wirkte provozierend, als sie ihn diesmal anschaute.

„Woher soll ich das wissen?"

„Ich glaube kaum, dass ich im Reagenzglas entstanden bin. Du wirst doch wohl wissen, mit wem du im Bett warst."

Mühsam erhob sie sich aus dem durchgesessenen Sessel, indem sie sich zitternd auf die Armlehnen stützte. Leicht schwankend ging sie zum Fenster und blieb dort stehen, ihm den Rücken zugewandt. Er konnte sie kaum verstehen, als sie sprach.

„Ich hatte nicht nur einen Mann, aber nur einer kommt als dein Erzeuger infrage. Und der hat mich dann einfach sitzenlassen, als er davon erfuhr."

„Sag mir seinen Namen und, falls du es weißt, wo ich ihn finde."

„Und dann kommst du nie mehr wieder und lässt mich in Ruhe?"

Das konnte Daniel nur bestätigen, denn nichts würde er lieber tun, als sie nie wiederzusehen.

„Robert Fitzpatrick. Und jetzt raus!"

Das ließ sich Daniel nicht zweimal sagen. Er drehte sich auf dem Hacken um, verließ das Wohnzimmer und auf direktem Weg das Haus. Kein Umsehen mehr im Flur, in die anderen Zimmer, nur noch weg.

Draußen rannte er schon fast durch den kleinen, vertrockneten Vorgarten auf die Straße bis zur Bushaltestelle. Erst dort stieß er die Luft aus und atmete tief ein. Es kam ihm vor, als wäre er aus einem dunklen Kerker entlassen worden.

Jetzt hatte er einen Namen, dummerweise einen in Irland sehr weit verbreiteten. Um aber die Suche einzugrenzen, könnte ihm sicherlich Charlie behilflich sein. Er setzte sich am Straßenrand ins Gras und grübelte vor sich hin. Bis der nächste Bus kommen würde, würde es noch einige Zeit dauern. Deshalb ließ er sich zurückfallen und schloss die Augen. Die Sonne hatte noch viel Kraft, wenn sie sich einmal hinter den Wolken hervorkämpfte, das kam ihm heute zugute. Im Nachhinein ärgerte er sich nicht nachgehakt zu haben, wo sein Vater zu finden war. Wahrscheinlich hätte es aber keinen Sinn gehabt, denn für Alice war das Gespräch nach der Nennung des Namens eindeutig beendet gewesen. Erneut erschrocken dachte er an die Kälte und Ablehnung dieser Frau. Andererseits, war er anders? Er lehnte sie ebenso ab, wie sie ihn. Wobei er ganz sicher war, dass er ihr gegenüber anders empfinden würde, wäre sie ihm mehr entgegengekommen. Grundsätzlich stand man doch seiner Mutter positiv gegenüber oder nicht? Es gehörte viel dazu, ein solches, naturgegebenes Verhältnis zu entzweien, aber sie hatte es geschafft.

Der Bus holte ihn schließlich aus seinen trüben Gedanken. Als wenn sich die Stimmung des Hauses bei mir eingenistet hat, dachte er. Schnell sprang er auf, stieg ein und setzte sich auf denselben Platz wie auf dem Hinweg. Auf diese Weise konnte er die entgegengesetzte Seite der Strecke während der Fahrt beobachten. Merkwürdigerweise brachte man eine Rückfahrt immer schneller hinter sich. Das war nicht nur ein Zeitgefühl, sondern Realität. Daniel überprüfte das, indem er auch diesmal die Zeit stoppte. Man kam echt auf die blödesten Gedanken, wenn man nichts zu tun hatte!

Beim Aussteigen atmete er erleichtert auf. Inzwischen kam es ihm vor, als wenn er während des ganzen Tages die Luft angehalten hatte. Abgesehen von der Zeit, die er auf den Bus wartend im Gras verbracht hatte. Nach einem kurzen Blick auf sein Handy entschied er, Charlie und Scott einen Besuch abzustatten. Die innere Unruhe, die er empfand, ließ es nicht zu, jetzt nach Hause zu gehen. Obwohl er das eigentlich gern getan hätte, denn der Tag war recht kraftraubend gewesen.

Wie anstrengend, merkte er erst richtig, als er mit einer Tasse Tee versorgt neben Charlie auf dem bequemen Sofa saß. Seine Augen wurden schwer und er hatte das dringende Bedürfnis, sich hinzulegen und sie zu schließen. Seine Tante sah ihm das offenbar an, denn sie kicherte leise.

„Kann es sein, dass du ziemlich kaputt bist?"

Daniel stieß die Luft aus den Lungen.

„Ein stressiger Arbeitstag ist nichts dagegen. Komisch, oder? Dabei bin ich heute fast den ganzen Tag spazieren gefahren."

„Manchmal strengt Nichtstun mehr an als Arbeit, das war schon immer so. Von der emotionalen Anspannung ganz zu schweigen", stellte sie klar. „Was hast du rausgefunden?"

Die Teetasse in der Hand, lehnte sich Daniel zurück. Er brauchte eine Stütze im Rücken.

„Einen Namen: Robert Fitzpatrick. Dann hat sie mich rausgeworfen."

Charlie runzelte die Stirn.

„Dieses dumme Weib. Die hat wirklich gar keine Ahnung, was sie für einen Prachtkerl als Sohn hat."

Der sogenannte Prachtkerl von Sohn konnte nicht verhindern, rot bis an die Haarwurzel zu werden. Seine Tante bemerkte das natürlich und amüsierte sich königlich darüber.

„Ach, Daniel, du bist immer so bescheiden! Lass mich mal überlegen. Spontan sagt mir der Name nichts, da muss ich wohl ein bisschen tiefer in meinem Gedächtnis kramen."

Dazu erhob sie sich und wanderte durch das große, elegant eingerichtete Wohnzimmer. Antiquitäten rangelten sich mit moderner, aber gemütlicher Einrichtung um die gebührende Aufmerksamkeit.

Charlies Weg führte sie zur Terrasse, dort machte sie kehrt, lief bis zur Wohnzimmertür und wieder zurück. Nachdem sie diesen Weg mehrere Male zurückgelegt hatte, blieb sie plötzlich stehen. Mit strahlendem Gesicht drehte sie sich zu Daniel um.

„Ich hab's! Das war der Vetter vom Freund vom Bruder ihrer besten Freundin."

Daniel klappte die Kinnlade herunter. Wie konnte man sich so etwas über all die Jahre merken?

„Bist du ganz sicher?"

Nun doch etwas verunsichert, dachte sie wieder nach, nickte dann aber entschlossen.

„Doch, bin ich. Es kann auch die zweitbeste Freundin gewesen sein, aber das ist gleichgültig. Jedenfalls studierte er Außerhalb und kam nur in den Semesterferien nach Hause. Ich erinnere mich deshalb an ihn, weil ich ihn auch ganz schnuckelig fand. Wenn ich daran denke, dass er mit Alice zusammen war, während ich ihn angeschmachtet habe, bin ich richtiggehend empört!"

„Wenn er dir auch gefallen hat, hast du doch bestimmt versucht, so viel wie möglich über ihn in Erfahrung zu bringen, oder?"

„Und ob! Ich wollte alles über ihn wissen, von der Größe seiner Unterhose bis hin zur Wandfarbe in seinem Zimmer. Er lebte damals hier in Dublin, allerdings glaube ich nicht, dass das noch so ist."

Dem konnte Daniel gedanklich nicht mehr folgen.

„Warum sollte er nicht mehr hier leben?"

„Weil er damals ein Angebot bekommen hat, nach Abschluss des Studiums für eine Firma in Galway zu arbeiten. Ich fand das fürchterlich, weil es so weit weg war. Soweit ich weiß, ist er auch dort hingezogen. Aber den Namen der Firma weiß ich nicht mehr. Sie war allerdings ziemlich groß und wird es noch sein, falls es sie noch gibt."

Das verkomplizierte die Sache. Die Auflösung der Firma war nicht von der Hand zu weisen, denn viele waren in den vergangenen Jahren vom Pleitegeier gefressen worden. Es war weiterhin nicht unwahrscheinlich, dass es dort mehr als einen Robert Fitzpatrick gab. Immerhin hatte die Stadt mehr als 75.000 Einwohner. Aber es war ein Anfang. Daniel konnte die Telefonanschlüsse durchforsten und bei Treffern einfach nachfragen, ob derjenige eine Alice O'Keefe kannte. Entweder ja oder nein. Bei ja hätte er wahrscheinlich seinen Vater gefunden – sofern Alice Recht hatte und nur Fitzpatrick als Einziger infrage kam.

Charlie hatte denselben Gedanken, denn sie kehrte mit ihrem Laptop zurück. Sie rief einige Seiten im Internet auf und sie stellten fest, dass es nicht so schlimm kam wie befürchtet. Nicht allzu viele Bewohner mit diesem Namen kamen infrage, diese hatte man schnell durchtelefoniert. Schwieriger würde es werden, wenn Fitzpatrick längst wieder woanders wohnte. Darüber würden sie aber nachdenken, wenn es soweit war.

Sie überlegten kurz, wer von ihnen die Anrufe tätigen sollte. Davon ausgehend, dass er verheiratet war, wäre Daniel wohl der unverfänglichere Kandidat. Ihm fiel das schwer, aber seine Neugierde trieb ihn an. Nach einigen aufregenden Telefonaten mussten sie jedoch leider feststellen, dass keiner der Anwärter eine Alice O'Keefe kannte. Es wäre auch zu einfach gewesen!

Charlie setzte ihren entschlossenen Gesichtsausdruck auf.

„Das ist überhaupt kein Problem, Daniel. Wir beauftragen einfach jemanden, der nach ihm sucht."

Daniel sprang auf wie von der Tarantel gestochen.

„Das wirst du nicht tun, Charlie. Ich kann mir das nicht leisten und ihr werdet es nicht bezahlen. Das ist mein voller Ernst!"

An seiner heftigen Reaktion erkannte Charlie, dass sie sich darüber nicht einfach hinwegsetzen durfte. Scheinbar nicht. Daniel in Sicherheit wiegend beschloss sie, mit Scott jemanden zu suchen, der das in die Hand nahm. Hätten sie dann ein Ergebnis und würden den Aufenthaltsort von Robert Fitzpatrick kennen, würde sie das ihrem Neffen schon irgendwie schmackhaft machen. Wenn es nicht anders ging, eben mit der Notlüge, sie hätte es selbst durch aufwändige Internetrecherchen herausgefunden. Soweit war es jedoch noch nicht. Erst einmal musste sie Daniel beruhigen. Zum Schein versuchte sie halbherzig, ihn zu überzeugen.

„Sieh es doch einfach als kleines, nachträgliches Geburtstagsgeschenk, Daniel. Du hast all die Jahre nichts von uns bekommen, weil wir keinen Kontakt hatten. Ich habe da echten Nachholbedarf!"

Wie sie vorausgesehen hatte, ließ sich Daniel nicht erweichen.

„Dann back mir einen Kuchen, den du allein hinbekommen hast. Das reicht für vergangene und zukünftige Geburtstage. Ich möchte nicht, dass ihr in dieser Hinsicht was unternehmt, Charlie."

Sie hob die Hände als Zeichen ihrer Resignation.

„In Ordnung, wenn es dir so wichtig ist. Aber versprich mir, dass du sofort Bescheid sagst, wenn du es dir anders überlegen solltest."

Das konnte er ihr zugestehen, überzeugt, dazu würde es nicht kommen.

Charlie setzte sich wieder neben ihn, ihr Tee war längst kalt geworden. Sie kippte ihn in einem Rutsch hinunter und schüttelte sich, bevor sie nachschenkte. Ihre Hand lag auf seinem Oberschenkel, als sie eine grundsätzliche Erklärung abgab.

„Ich weiß, dass du es ablehnst, in irgendeiner Weise von unseren finanziellen Möglichkeiten zu profitieren. Aber sieh es doch mal von unserer Seite. Wir haben selbst keine Kinder, weil ich keine bekommen konnte. Jetzt bist du in unser Leben getreten und bist mein Neffe, mein Blutsverwandter. Wir mögen dich und was, um Himmels Willen, spricht dagegen, wenn wir dir auch finanziell mal etwas unter die Arme greifen? Nichts außer deinem Stolz. Ich bewundere dich für diese Einstellung, glaub mir. Trotzdem meinen wir es nur gut und du würdest uns auch eine Freude machen, wenn du nicht alles immer so rigoros ablehnen würdest."

Daniel dachte einen Moment darüber nach. Von der Seite, dass seine Ablehnung Charlie und Scott manchmal die Freude daran verdarb ihm helfen zu können, hatte er es noch gar nicht betrachtet. Das brachte ihn jetzt etwas in einen Gewissenskonflikt. Er wollte Charlie gern einen Gefallen tun und wusste, mit seinem Einverständnis zur Suche seines Vaters würde er das erreichen. Es kollidierte aber mit seinem Grundsatz, ihre gute finanzielle Situation nicht für seine Bedürfnisse zu nutzen. Diese Entscheidung konnte er nicht mal so eben treffen.

„Ich verstehe, was du meinst und es liegt mir fern, euch in irgendeiner Form abzuweisen, wenn ihr es gut mit mir meint. Ich verspreche dir, dass ich darüber nachdenke, ganz in Ruhe. Ist das für dich erst mal okay?"

An ihrem strahlenden Lächeln erkannte er, dass es das war. Die Entscheidung, seinen Vater zu suchen, hatte er schon längst für sich getroffen.

Kapitel 9

Am Sonntagmorgen war er noch immer zu keinem Ergebnis gekommen. Er neigte dazu, Charlie entgegenzukommen und die angebotene Hilfe anzunehmen. Aber immer, wenn er sich dazu durchgerungen hatte, war er mit sich selbst unzufrieden, weil es seinen Grundsätzen widersprach. Ständig drehte er sich mit dieser Entscheidung gedanklich im Kreis. Obwohl er müde und erledigt zuhause eingetroffen war, hatte ihm das alles den Schlaf geraubt. Unruhig hatte er sich von einer Seite auf die andere gewälzt, ohne ein Auge zugemacht zu haben. Was war falsch mit ihm? Manche würden überhaupt keine Skrupel haben, vom Geld anderer zu profitieren. Insbesondere dann nicht, wenn es ihnen angeboten wurde. Nur er machte daraus ein Riesenproblem.

Müde und zerschlagen stand er auf, es hatte ohnehin keinen Sinn, noch liegen zu bleiben. Wieder lag ein langer Sonntag vor ihm, mit dem er noch nichts anzufangen wusste. Schon merkwürdig, während der Arbeitslosigkeit hatte er dieses Problem nicht gekannt. Jetzt bestanden seine Tage aus weniger Freizeit und hatte er mehr davon als üblich, konnte er sie nicht sinnvoll füllen. Sein Blick fiel auf den Krimi, den er gerade las. Nach kurzem Überlegen entschied er sich dagegen. Die nächste Option war der Chat und die Neugierde, ob Susan wieder aufgetaucht war. Auch das reizte ihn momentan nicht. Der Grund dafür war einfach zu benennen: Es gab immer noch keine Entscheidung über Charlies Angebot. Bevor er die nicht getroffen hatte, würde er zu nichts wirklich Ruhe und Lust haben. Das hieß im Umkehrschluss, er musste sich damit auseinandersetzen. Hier und jetzt.

Er kochte sich eine Tasse Kaffee und nahm mit einem Toast und dem Becher am Küchentisch Platz. Was hinderte ihn daran, den Vorschlag anzunehmen? Im Grunde war es nur sein Stolz, wie Charlie schon richtig bemerkt hatte. Um jeden Preis wollte er den Eindruck vermeiden, er wolle von den finanziellen Möglichkeiten seiner Tante profitieren oder würde sogar nur den Kontakt pflegen, um sie auszunutzen. Aber wem wollte er das beweisen? Scott und Charlie kannten ihn lange genug um zu wissen, genau das war nicht der Fall. Eben deshalb hatte sie ihm diese Offerte gemacht. Wahrscheinlich musste er lernen, sich den Gegebenheiten besser anzupassen und Menschen, die es gut mit ihm meinten, nicht vor den Kopf zu stoßen. Charlie hatte ihm deutlich zu verstehen gegeben, seine Ablehnung manchmal als verletzend zu empfinden und das beabsichtigte er keinesfalls. Letztendlich kam er damit immer wieder auf den Punkt zurück, den er ändern musste. Er würde über seinen Schatten springen und Charlie die Chance geben, ihm zu helfen. Für sich selbst und vor allem um ihretwillen.

Nachdem er endgültig diese Entscheidung getroffen hatte, spürte er den Drang, diese gleich zu verkünden. Deshalb nahm er sein Handy, wählte ihre Nummer und wartete. Würde er den Anruf hinauszögern, bestand die Gefahr, dass er es sich doch wieder anders überlegte. Er musste Fakten schaffen.

Selbst durch das Telefon konnte er Charlies Freude wahrnehmen, als er ihr seinen Entschluss mitteilte. Wie war das noch? Jeden Tag eine gute Tat. Seine hatte er für heute vollbracht und damit die Hoffnung, seinen Vater tatsächlich ausfindig machen zu können. Im Gegenzug würde er sich etwas Schönes für Charlie überlegen. Sie war ein Mensch, der Wert auf Kleinigkeiten legte. Für sie war wichtig, dass eine Aufmerksamkeit von Herzen kam und nicht, was sie gekostet hatte. Ihm kam diese Einstellung natürlich sehr entgegen, da sein finanzielles Polster ohnehin recht knapp war. Es stellte sich aber die Frage, womit er ihr eine Freude würde machen können. Sehr schnell kam ihm die richtige Idee. Etwas Selbstgemachtes würde sicher ihre Zustimmung finden und wozu hatte er einen Besuch bei dem Schreiner in Affordshire verabredet? Bestimmt wäre es machbar, unter Damians Anleitung eine Kleinigkeit aus Holz für Charlie herstellen zu können. Die Materialkosten würde er ihm selbstverständlich erstatten, aber seine Erfahrung im Umgang mit Holz in Anspruch nehmen. Eine Vorstellung, wie das Geschenk aussehen und was es überhaupt sein sollte, hatte er noch nicht. In dieser Hinsicht konnte ihm jedoch sicher Damian etwas auf die Sprünge helfen.

Neu motiviert durch seine getroffene Entscheidung und dem Plan, Charlie mit einer kleinen Gabe zu belohnen, startete er jetzt doch den Computer. Stirnrunzelnd stellte er dann fest, dass Susan wieder nicht online war. Die inzwischen bekannten Namen waren im Chat und noch immer hatte niemand etwas von ihr gesehen oder gehört. Gegen Daniels Willen begannen seine Gedanken wieder darum zu kreisen, was nach dem Sonntag mit ihr geschehen sein könnte. Mittlerweile war das geplatzte Treffen drei Wochen her. Dennoch musste er einsehen, dass ihn Grübeleien darüber nicht weiterbrachten. So beteiligte er sich an der Diskussion, als wenn nichts vorgefallen war. Weiterhin ließ er die anderen Teilnehmer über seine Verabredung mit Susan in Unkenntnis, die nicht stattgefunden hatte. Wegen seiner Feigheit. Im Nachhinein ärgerte ihn das jetzt noch mehr als an dem Sonntag. Hätte er nicht gekniffen, würde er heute vielleicht mehr über Susan wissen und hätte eine Erklärung, warum sie seitdem wie vom Erdboden verschluckt war. Dass dies eine massive Formulierung war, merkte er selbst. Schließlich war sie nur seitdem nicht auf dieser Website gewesen, was viele Gründe haben konnte.

Daniel merkte, dass der Sog des Chats nachgelassen hatte. Es waren immer dieselben Leute anzutreffen und das unterstützte seine Absicht, Kontakte zu weiblichen Mitgliedern zu finden, keineswegs. Wie würde es ablaufen, wenn er wieder jemanden kennenlernen und eine Zusammenkunft vereinbaren würde? Sich wieder drücken war nicht drin, denn das war nicht der Sinn der Sache, dann konnte er es gleich sein lassen. Lustlos verabschiedete er sich nach nur zwei Stunden und beschloss, ein wenig frische Luft zu schnappen. Er hielt sich fast nur noch in geschlossenen Räumen auf, während der Arbeit und nach Feierabend. Es wurde Zeit, dass er wieder etwas mehr nach draußen ging. Deshalb zog er eine leichte Jacke über und verließ seine Wohnung.

Das Wetter war trübe, jedoch nicht kalt. Die Wolken am Himmel bildeten einen graue Decke, die immer tiefer zu kommen schien. Kurz überlegte Daniel, ob er seine Jacke zuhause lassen sollte. Letztlich entschied er sich dagegen, denn ausziehen und an den Ärmeln um die Hüften binden konnte er sie jederzeit. Gemäßigten Schritts ging er die Straße entlang und bog an der Hauptkreuzung links ab. Hier wurden die Häuser schon etwas gepflegter, die Fenster waren mit weißen Gardinen ausgestattet und oft sah er eine farbenfrohe Pflanze auf einer Fensterbank. Ob er sich auch eine oder zwei zulegen sollte? Den Gedanken verwarf er schnell wieder. Ihm war völlig klar, dass er alles andere als einen grünen Daumen hatte und die armen Blumen schnell entweder vertrocknen oder ertrinken würden. Missmutig stellte er fest, einen langen Abend vor sich zu haben. In der nächsten Woche hätten er und Jack die Spätschicht, sodass er abends länger aufbleiben konnte. Vielleicht würde er dennoch früh zu

Bett gehen, das konnte er später entscheiden. Immerhin hatte er noch den Krimi, den er als Lektüre vor dem Einschlafen lesen könnte.

Als Daniel wieder seine Wohnung betrat, sah er verblüfft auf die Küchenuhr. Über zwei Stunden war er durch die Straßen Dublins gewandert und fühlte sich gut dabei. Offenbar hatte die Bewegung sein Wohlbefinden deutlich gesteigert. Ein irisches Volkslied pfeifend begann er, sein Abendessen vorzubereiten. Da er sonntags immer viel Zeit hatte, kochte er gern etwas Aufwändigeres. Dazu schnitt er eifrig Karotten, Zwiebeln, Fleisch, schälte Kartoffeln und machte sich schon an das Kochen, während er sich um die restlichen Zutaten kümmerte. Er kannte den Ausdruck, sich „aufgeräumt" zu fühlen. Daniel hatte mit diesem Wort in dem Zusammenhang nie etwas anfangen können, aber heute während seines Rumorens in der Küche würde er seinen Zustand so bezeichnen. Die Bedeutung wurde ihm plötzlich aufgrund seines eigenen Gemütszustands völlig klar.

Nachdem er gegessen hatte, beschloss er, noch etwas fernzusehen und sich dann seinem Krimi zu widmen. Der Abend konnte alles in allem durchaus als gelungen definiert werden.

Am Montagmorgen stand er gut ausgeschlafen auf und bereitete sich ein kleines Frühstück zu, nachdem er seine Morgentoilette erledigt hatte. Gerade hatte er die erste Scheibe Toast gegessen, als es an der Tür klingelte. Daniel stutzte, denn nur höchst selten verirrte sich jemand zu ihm. In der Annahme, die alte Dame aus der Wohnung unter ihm hätte ein Anliegen, schlurfte er zur Tür und öffnete. Den Mann, der dort stand, kannte er nicht.

Ein Ausweis wurde ihm vor die Nase gehalten, zugleich bekam er die Auskunft, sein Besucher wäre von der Polizei. Daniel würdigte dem Dokument keinen Blick, denn er hätte die

Echtheit ohnehin nicht überprüfen können. So genau hatte er einen Dienstausweis noch nie gesehen, als dass er eine Fälschung erkennen könnte.

Sicher, es würde sich nochmals um den Vorfall im Einkaufszentrum handeln, bat er den Beamten herein. In sein Wohn- und Schlafzimmer vorausgehend, bot er dem Mann einen Platz an. Der setzte sich in einen Sessel, die langen Beine vor sich ausstreckend. Trotz seiner stattlichen Größe versank er förmlich in dem weichen Polster des Sessels. Daniel schätzte ihn auf Ende Fünfzig, vielleicht sogar etwas älter. Die Stirn war bereits größer als die mit Haaren bedeckte Fläche, die verbliebenen komplett grau. Das Gesicht des Mannes war freundlich, aber er hatte aufmerksame, scharfe Augen.

Abschätzend schaute er Daniel an, bevor er sprach.

„Kennen Sie eine Susan Namara?"

Verblüfft sank Daniel auf seinen Drehstuhl, den er am Computertisch stehen hatte. Sollte das die Susan sein, die er unter dem Namen „Terminator" kannte und mit der er sich hatte treffen wollen? Wahrheitsgemäß schränkte er seine Auskunft ein.

„Ich kenne eine Susan aus dem Internet. Aber ich weiß nicht, wie sie mit Nachnamen heißt."

Der Beamte, der sich mit dem Namen O'Neill vorgestellt hatte, ging nicht auf seine unausgesprochene Frage ein.

„Ist Susan der Nickname?"

Daniel schüttelte den Kopf.

„Der Nickname ist Terminator. Sie hat mir geschrieben, dass sie eigentlich Susan heißt. Ich war da echt überrascht, weil ich hinter dem Namen einen Mann vermutet hatte."

O'Neill nickte langsam.

„Kennen Sie Susan näher?"

Daniel zuckte die Schultern, verunsichert, was der Beamte überhaupt von ihm wollte.

„Nein, nur aus dem Chat, wo wir öfters über Krimis diskutieren. Wir haben kurz privat geschrieben, aber das war alles. Ich weiß nichts über Susan außer ihrem Vornamen."

Er hatte das Gefühl, die Augen von O'Neill saugten sich förmlich an ihm fest. Langsam sagte der: „Das kann ich mir nur schwer vorstellen, denn immerhin haben Sie sich mit ihr getroffen, oder?"

Daniel zuckte zusammen. Woher wusste er von ihrer Verabredung und worum ging es hierbei eigentlich?

Daniel blieb bei der Wahrheit, alles andere wäre wider seine Natur.

„Wir haben ein Treffen vereinbart, ja. Aber ich bin wieder weggegangen, bevor sie kam. Zumindest habe ich niemanden gesehen, auf den ihre Beschreibung gepasst hätte, als ich ging. Warum fragen Sie das alles?"

Plötzlich kam ihm die Erleuchtung, unmittelbar nachdem er die Frage gestellt hatte. Es musste doch etwas passiert sein, deshalb war sie nicht mehr im Chat!

O'Neill blieb ihm eine Antwort zunächst schuldig, erhob sich und wanderte langsam durch das kleine Zimmer. Dann drehte er sich zu ihm um.

„Sie wollen damit sagen, dass Sie zum Treffen gegangen sind, es aber nicht stattgefunden hat?"

„Ja, genau."

Daniel spürte, wie ihm der Schweiß über den Rücken rann. Was hatte das alles zu bedeuten? Er entschied sich zu einer deutlichen Frage.

„Warum sind Sie hier und fragen nach ihr? Wenn das die Susan ist, die Sie meinen."

„Susan Namara ist ihr Name. Ich frage, weil sie an dem Sonntag verschwunden ist. Und Sie sind eventuell der Letzte, der sie gesehen hat."

In dieser Erklärung schwang eine Anschuldigung mit. Es ging nicht darum, dass Daniel sie zuletzt gesehen haben könnte, wenn das Treffen wirklich stattgefunden hätte. Vielmehr ging es darum, dass er etwas mit ihrem Verschwinden zu tun haben könnte. Daniel war entsetzt und fühlte sich völlig hilflos. Wie sollte er dem Polizisten begreiflich machen, dass er die Wahrheit sagte? Und viel wichtiger: Wie sollte er es beweisen? Er versuchte es mit einer Besonnenheit, nach der ihm gar nicht zumute war.

„Ich habe sie nicht gesehen, weil ich ja vorher wieder weggegangen bin. Mir ging das zu schnell mit dem Treffen und ich habe einfach kalte Füße gekriegt. Ich hatte Angst, dass ich mich blamiere, denn ich habe keine Übung in solchen Sachen. Ich habe mich aber gewundert, weil sie danach auch nicht mehr im Chat war, wo wir uns immer unterhalten haben. Die anderen in der Gruppe wussten auch nichts. Es kannte aber auch keiner von uns ihren Namen, Adresse oder so, dass wir hätten nachfragen können."

Zweifelnd ruhte der Blick von O'Neill auf Daniel. Resigniert stellte er fest, dass der Beamte ihm keinen Glauben schenkte. Da fiel ihm etwas ein.

„Sie können die Bedienung fragen, die mir den Kaffee gebracht hat. Ich war zu früh da, habe einen Kaffee getrunken und bin dann wieder gegangen. Da war Susan aber noch nicht da, zumindest niemand in einer roten Jacke. Ob sie vielleicht was anderes anhatte und ich sie deshalb nicht erkannt habe, weiß ich nicht."

Verzweifelt rang er die Hände. Es war die Wahrheit, O'Neill musste ihm das doch einfach glauben! Der nickte langsam und steckte die Hände in die Hosentaschen seines dunklen Anzugs. Dem Anschein nach verschwanden seine Arme bis zu den Ellenbogen darin.

„Ich überprüfe das. Wie sah die Kellnerin aus, die Sie bedient hat?"

Nun musste Daniel angestrengt nachdenken. Er hatte kein besonders gutes Gedächtnis für Gesichter und die Bedienung war eine zufällige Begegnung, auf die er nicht explizit geachtet hatte. Eigentlich gar nicht.

„Ich habe nicht so genau hingesehen. Aber ich glaube, sie hatte lange, dunkle Haare und ein Stirnband. Klein und etwas korpulent. Und eine Brille hatte sie!"

Gut, dass ihm dieses letzte, wichtige Detail noch eingefallen war. Die Brille hatte ihn irritiert, randlos und sehr elegant, insgesamt überhaupt nicht zum Erscheinungsbild der Frau passend.

„In Ordnung, wir werden das überprüfen", wiederholte O'Neill. „Sie müssen sich aber darüber im Klaren sein, dass Sie nicht aus dem Schneider sind, falls die Kellnerin dies bestätigt."

Daniel riss die Augen auf.

„Warum nicht? Was wollen Sie mir überhaupt anhängen?"

„Ich bin davon überzeugt, dass Sie zumindest etwas über das Verschwinden des Mädchens wissen. Auch wenn Sie das Café vor der vereinbarten Zeit allein verlassen haben, können Sie sie draußen noch getroffen haben. Dabei hilft Ihnen die Aussage der Kellnerin wenig."

Jetzt war Daniel irritiert aufgrund der Ausdrucksweise des Beamten.

„Wieso Mädchen? Sind Sie sicher, dass wir von derselben Person reden? Die Susan, die sich mit mir treffen wollte, ist unter dreißig. Zumindest hatte sie das geschrieben."

„Ja", bestätigte O'Neill, „das stimmt auch. Sie ist fünfzehn."

Immer noch völlig perplex saß Daniel in seinem altersschwachen Sessel, nachdem O'Neill gegangen war. Er hatte sich nichts dabei gedacht, als Susan mit ihrem Alter kokettiert hatte. Dass sie aber minderjährig und sogar noch ein Teenager war, damit hatte er nie im Leben gerechnet. Argwöhnisch ging er davon aus, dass sie aber wohl genau das beabsichtigt hatte. Hätte er ihr wahres Alter gekannt, hätte er sich niemals auf dieses Treffen eingelassen. Nun war das Kind sowieso in den Brunnen gefallen. Ein Mal hatte er einem Impuls nachgegeben und stand dadurch knietief im Dreck. Eigentlich hätte ihm klar sein müssen, dass seine Glückssträhne nicht anhalten würde. Irgendetwas musste schief laufen, das ging schon viel zu lange gut. Angenommen, die Polizei würde ihn tatsächlich für schuldig halten: Das gute Verhältnis zu Charlie und Scott konnte er dann vergessen. Ebenso seinen Job, denn wer beschäftigte einen Wachmann, der einer Entführung oder sogar schlimmerem verdächtigt wurde? Daniel konnte nur hoffen, dass es nicht soweit kam und sich alles bald aufklärte. Vielleicht war Susan einfach nur von zuhause ausgerissen und würde in den nächsten Tagen wieder auftauchen. Wenn aber nicht, hatte er ein echtes Problem. Dieser O'Neill schien sich von vornherein auf ihn eingeschossen zu haben.

Hilflosigkeit vermischte sich mit Verzweiflung. Was sollte er dann tun? Eine Option wäre, Charlie um einen guten Anwalt zu bitten. Das würde sich aber von selbst erledigen, da sie sich von ihm abwenden würde, dessen war er sich sicher. Sollte er vorsichtshalber schon einen Pflichtverteidiger aufsuchen? Nach dem Verlust seiner Arbeit könnte er keinen freien Anwalt mehr bezahlen und musste sowieso auf einen staatlichen zurückgreifen. Diesen Gedanken verwarf er jedoch wieder. Das Einschalten eines Rechtsbeistands könnte der Polizei den Eindruck vermitteln, er hätte etwas zu verbergen und Verteidigung nötig, weil er schuldig war. An was auch immer. Und das wollte er auf jeden Fall vermeiden.

Es blieb ihm daher nichts anderes übrig, als die Ereignisse zunächst abzuwarten. Ein Problem war er los, denn er hatte

Charlie grünes Licht zur Suche seines Vaters gegeben. Prompt baute sich das nächste vor ihm auf, das weitaus ernster war.

Die Unruhe ließ ihn nicht mehr sitzen. Daniel sprang auf und wanderte in dem kleinen Zimmer umher. Vier Schritte vor, vier wieder zurück. Wäre es klug, Jack alles zu erzählen? Bisher hatte der noch keine Ahnung von einer Verabredung. Wie würde er reagieren und was war mit Ruth? Er erinnerte sich, dass ihn Ruth einmal früh morgens nach der Nachtschicht abgeholt hatte, um ihn in den Familienrat einzubeziehen. Damals ging es um die Frage, wie Jack mit seinem Wissen über die Vorfälle in Affordshire umgehen sollte. Nach der gemeinsam getroffenen Entscheidung hatte sich die Freundschaft zwischen ihm, Ruth und den zwei Paaren von dort entwickelt, die bei der Einweihung der Kellerbar eingeladen gewesen waren. War es jetzt nur natürlich, wenn er im Gegenzug seine Freunde um Rat für seine Misere fragen würde? Es fühlte sich richtig an. Da er aber ohnehin zunächst die Spätschicht hinter sich bringen musste, konnte er sich noch bis zum Abend Gedanken darüber machen und dann einen Entschluss fassen.

Während der Schicht war Daniel einsilbig und Jack merkte deutlich, dass mit seinem Freund etwas nicht in Ordnung war. Auf seine Nachfragen bekam er jedoch nur ausweichende Antworten und beschränkte sich schlicht auf eine Ansage.

„Du weißt, dass du mit Ruth und mir immer reden kannst. Egal, was es ist."

Daniel registrierte dieses Angebot und brachte es in Einklang mit der Überlegung, ihnen sein Herz auszuschütten. Der Glaube, sie würden ihn nicht hängenlassen, gewann die Oberhand.

„Es gibt da eine Sache, die mir wirklich zu schaffen macht. Am liebsten würde ich mit euch noch heute Abend darüber reden, aber nach Feierabend ist das zu spät für Ruth. Sie muss ja morgen früh raus."

Nachdenklich betrachtete Jack seinen Kollegen. Das war sicher richtig und Ruth brauchte ihren Schlaf. Er spürte aber auch den Ernst hinter Daniels Problem. Ruth würde ihm die Ohren langziehen, wenn er Daniel zugunsten ihres Schlafs jetzt abweisen würde.

„Sie hat nur halbe Tage, das weißt du doch. Ruth ist Mutter, die kommt notfalls ganz ohne Schlaf aus", lachte er möglichst überzeugend.

Zweifelnd schaute Daniel ihn an. Er hatte sehr wohl gemerkt, dass Jack nicht so ganz ehrlich zu ihm war.

„Du weißt, dass sie dann morgen durchhängt. Das ist nicht in einer halben Stunde erledigt, Jack."

„Und du weißt, dass Ruth uns beide zur Schnecke macht, wenn wir in einem solchen Fall Rücksicht auf ihren Schlaf nehmen. Also kommst du nach Feierabend mit zu uns nach Hause und dann setzen wir uns zusammen."

Dabei blieb es. Es war bereits lange dunkel, als die beiden Jacks Haus betraten. Ruth, schon umgezogen für die Nacht und mit einem flauschigen Bademantel bekleidet, sah ihnen erstaunt entgegen.

„Was habt ihr denn vor? Wollt ihr noch einen Männerabend abhalten?"

Natürlich wäre diese Erklärung zu einfach. Es wäre das erste Mal, dass die Männer so etwas im Sinn hätten. Überhaupt war es eine Premiere, sie direkt nach der Arbeit zusammen auftauchen zu sehen. An den Gesichtern der beiden erkannte sie, dass etwas passiert sein musste. Sie begann zu zittern.

„Nicht wieder ein Irrer im Einkaufszentrum, bitte nicht!"

Sofort war Jack an ihrer Seite und nahm sie beruhigend in die Arme.

„Nein, keine Sorge. Daniel möchte was mit uns besprechen."

Erleichtert atmete sie aus, aber schnell wurde ihr Gesichtsausdruck wieder argwöhnisch.

„Ihr macht mich ganz verrückt. Los, hinsetzen und erzählen, bevor ich von einer Angst in die andere falle."

Sie ging voraus in die Küche, füllte den Wasserkocher und schaltete ihn an. Dann holte sie die Teedose aus dem Schrank und lehnte sich abwartend an die Arbeitsplatte. Jack holte indessen Tassen und stellte sie nebst Zucker und Milch auf den Tisch. Daniel wusste, Ruth brauchte das Tee kochen für den Moment als Beschäftigungstherapie, um sich etwas zu sammeln. Sie rüstete sich damit dem gegenüber, was folgen würde.

Wie in einer stummen Absprache hielten alle ihre Becher in den Händen, als ob sie sich daran wärmen wollten, während Daniel erzählte. Er begann bei seiner Absicht, nicht mehr allein bleiben zu wollen und dem Versuch, auf der besuchten Website eine mögliche Partnerin finden zu können. Susans Nachricht und das wenige, was sie über sich preisgegeben hatte. Das Treffen, das er vorzeitig abgebrochen hatte. Bis dahin war alles in Ordnung, Jack und Ruth hatten sich merklich entspannt. Als Daniel jedoch in seinem Bericht zu dem Besuch von O'Neill kam, spannten sie sich erneut an und saßen kerzengerade auf ihren Stühlen.

„Ich habe wirklich nichts gemacht, ich habe sie nicht gesehen", beteuerte er. „Wenn ich gewusst hätte, dass sie erst fünfzehn ist, hätte ich noch nicht mal dem Treffen zugestimmt, das müsst ihr mir glauben!"

Eine Weile sagten seine Freunde gar nichts. Die Sekunden verstrichen und kamen Daniel wie eine Ewigkeit vor. Sein Herz pochte, als wolle es aus seiner Brust springen, als Ruth schließlich das Wort ergriff.

„Du hast jetzt nicht wirklich geglaubt, dass wir dir irgendwas Schlimmes zutrauen würden, oder?"

Ihr Tonfall ließ ihn aufhorchen, es lag eine deutliche Warnung darin. Diese besagte, er solle es nie wieder wagen, an der Loyalität von Ruth und Jack zu zweifeln. Er verstand die Botschaft. „Sorry, aber durch diesen Polizisten bin ich irgendwie in eine Verteidigungsposition geraten."

Wie bereits das letzte Mal, als sie um diesen Tisch Kriegsrat in Jacks Angelegenheit gehalten hatten, drehten sie sich bei der Suche nach einer Lösung im Kreis. Man konnte nicht unbedingt davon ausgehen, dass sich Susan unversehrt wieder anfinden würde. Dazu war sie schon zu lange verschwunden, denn die Eltern hatten sie sicher sofort suchen lassen, als sie nicht nach Hause gekommen war. Spätestens aber am nächsten Tag. Würde sie sich irgendwo herumtreiben, wäre sie aller Wahrscheinlichkeit nach inzwischen aufgegriffen worden. Diese Möglichkeit konnten sie also getrost streichen.

Daher stellte sich die Frage, wie sich Daniel nun verhalten sollte. War ein Rechtsbeistand angebracht oder nicht? Wäre eine Meldung an seinen Arbeitgeber nötig? Nach einigem hin und her kamen sie gegen zwei Uhr nachts zu dem Schluss, Daniel sollte erst mal gar nichts unternehmen. Wenn dieser Polizist einigermaßen fähig war, würde er seine Unschuld erkennen. Zudem arbeitete kein Beamter allein und die Kollegen würden hoffentlich den Blick für das Offensichtliche ebenfalls nicht verlieren. Sie waren sich einig, dass ihm im Grunde nichts passieren konnte. Einfach, weil er nichts getan hatte, dessen sie ihn hätten beschuldigen können.

Kapitel 10

Am nächsten Morgen fühlte sich Daniel verkatert, obwohl sie den ganzen Abend nur Tee getrunken hatten. Ruth tat ihm leid, denn sie hatte das schwerste Los, weil sie morgens hatte früh aufstehen müssen. Zeitweise hatte sie sogar überlegt, sich erst gar nicht mehr schlafen zu legen. Schließlich konnte Jack sie überzeugen, dass wenig Schlaf besser war als gar keiner. Die Unterstützung der beiden war ihm also gewiss. Nun galt es zu überlegen, ob er Charlie und Scott einweihen sollte. Würde sich der Verlauf nicht so entwickeln, wie er es sich erhoffte, änderte sich die Lage ohnehin. Er würde sie um Hilfe bei der Suche und natürlich Bezahlung eines guten Anwalts bitten müssen in der Hoffnung, sie würden zu ihm stehen. Das war eine Sache, die ihm zutiefst widerstrebte. Aber er war entschlossen, ausnahmsweise über seinen Schatten zu springen. Der Gedanke, mit einem schlechten Anwalt vielleicht sogar ins Gefängnis zu müssen, machte ihm Angst. Auch, wenn es nur vorübergehend sein sollte. Er wollte gar nicht eingesperrt werden, sondern der Polizei begreiflich machen, dass er nichts mit Susans Verschwinden zu tun hatte.

Inzwischen war ihm klar, dass sie durch die Website auf ihn gekommen waren. Entweder hatten sie sich mit Susans Account eingeloggt oder sich Einsicht in die Protokolle des Betreibers verschafft. Das war auch völlig in Ordnung um sie zu finden. Leider hatte es aber ihn zur Zielscheibe gemacht.

Bedrückt machte er sich auf den Weg zur Arbeit. Der September näherte sich seinem Ende und kündigte den nächsten Monat mit kaltem und schlechtem Wetter an. Ob es später ein goldener Oktober werden würde, musste sich erst herausstellen. Das galt in zweierlei Hinsicht, sowohl auf Daniels Zukunft bezogen als auch auf die Kapriolen von Nebel, Regen und Kälte. Um sich abzulenken, dachte er über seinen geplanten Besuch in Affordshire nach. Es reizte ihn, dieses Dorf kennenzulernen und einiges über Holz und seine Verarbeitung zu lernen. Es wäre eigentlich eine gute Idee, möglichst bald zu Caro und Damian zu fahren. Die Frage war, ob er Urlaub bekommen würde. Durch den Zwischenfall im Einkaufszentrum hatte er bereits von freien Tagen profitiert, andererseits waren diese nicht von seinem Urlaub abgezogen worden. Der stand ihm immer noch zu und in Kürze beendete er das erste halbe Jahr in der Firma. Es war doch nur legitim, dass er dann auch mal frei haben wollte.

Wie immer bei solchen Überlegungen beschloss er, Jack um Rat zu fragen. Der war schon sehr lange für den Wachdienst tätig und kannte daher die Gepflogenheiten. Von ihm bekam er diesbezüglich auch prompte Bestätigung, als er ihn darauf ansprach.

„Klar kannst du nach einem halben Jahr Urlaub einreichen, das machen alle so, die neu angefangen haben."

Er ließ sich von Jack erklären, wie er den Urlaubsantrag auszufüllen hatte und legte ihn anschließend in den Postkorb für die Personalabteilung. Von dort aus würde er an die richtige Stelle gelangen, geprüft und im besten Fall abgezeichnet auf demselben Weg wieder zu ihm zurück-kommen. Daniel überlegte, ob er eine Woche oder zwei beantragen sollte, blieb dann jedoch bei einer. Er würde höchstens zwei Tage in Affordshire bleiben und die restlichen Tage zu füllen, würde schon wieder zu einem Problem werden.

Immer wieder betrachtete er Jack verstohlen von der Seite. Etwas war anders heute, Jack wirkte leicht distanziert. Aber er beruhigte sich selbst sogleich wieder. Sie hatten lange in der Küche gesessen mit der logischen Konsequenz, dass Jack einfach müde und unausgeschlafen war. Natürlich hatte er länger liegen bleiben können als Ruth, aber wahrscheinlich war er trotzdem zu der gewohnten Uhrzeit aufgestanden. Die Kinder benötigten keine Hilfe mehr, Jack liebte aber das gemeinsame Frühstück.

Daniel ließ sich von seinem Kollegen die Telefonnummer von Damian geben, um einen Termin mit ihm absprechen zu können. Mit dem Anruf musste er aber zunächst warten, bis sein Urlaub genehmigt worden war.

Das gefiel ihm gar nicht. Nun hatte er sich zu einem Besuch entschlossen und für gewöhnlich wollte Daniel seine Pläne schnellstmöglich in die Tat umsetzen.

Bis er den ersehnten Anruf tätigen konnte, verging der Rest der Woche. Erst am Freitag fand er den genehmigten Urlaubsschein im Postkorb. So richtig freuen konnte er sich darüber nicht mehr, denn Jack kam ihm immer noch merkwürdig vor. Genau spezifizieren konnte er das nicht, denn im Grunde verhielt er sich wie immer. Dennoch hatte er das Gefühl, irgendetwas wäre nicht so wie sonst. Es machte ihn wahnsinnig, dieses Gefühl zu haben, ohne etwas gedanklich festmachen zu können. Vielleicht reagierte er aber auch nur übersensibel und bildete sich alles ein.

Am Freitagabend loggte sich Daniel mal wieder im Chat ein. Die ganze Woche hatte er sich nicht dazu aufraffen können. Dahinter steckte auch die Angst, Susan immer noch nicht anzutreffen. In den letzten Tagen hatte er nichts von der Polizei gehört und dies schürte in ihm einen leisen Hoffnungsschimmer. Vielleicht war sie doch wieder aufge-taucht? Oder die Beamten hatten eingesehen, dass sie mit ihm den Falschen verdächtigten. Wie auch immer, der Idealfall wäre, wenn sie ihn gleich im Chat begrüßen würde.

In dieser Hinsicht wurde er enttäuscht. Die anderen bekannten Namen waren größtenteils online, nicht aber sie. Frustriert schlug Daniel mit der Faust auf den wackeligen Computertisch. Seine Teetasse machte einen Hüpfer und verteilte ihren Inhalt auf der Tastatur, bevor sie auf dem Boden zerschellte. Schnell sprang er auf, rannte in die Küche und riss das Handtuch vom Haken. Nach seinem Sprint zurück nahm er die Tastatur, drehte sie herum und schüttelte so viel Flüssigkeit wie möglich aus ihr heraus. Mit dem Handtuch versuchte er dann, die Tasten zu trocknen. Erst als er dies einigermaßen geschafft hatte, widmete er sich den nassen Flecken auf Tisch und Boden. So etwas konnte auch nur ihm passieren!

Als er alles trockengelegt hatte, nahm er wieder Platz. Und sah im Chat wilde Schimpftiraden, die an ihn gerichtet waren. Er blinzelte, um den Buchstabensalat zu entziffern, den er offensichtlich geschrieben hatte. Natürlich, während des Abwischens der Tastatur hatte er alle möglichen Tasten gedrückt! Schnell schrieb er eine kurze Erklärung, wie der vermeintliche Spam entstanden war.

Danach loggte er sich aus. Die Lust am Chatten war ihm gründlich vergangen.

Samstagmorgen ließ er den Tag ruhig angehen. Er bereitete sich ein ausgiebiges Frühstück zu und ließ sich viel Zeit dazu. Diese brauchte er, um sich innerlich auf den Anruf in Affordshire vorzubereiten. Was, wenn die Einladung nur eine unaufrichtige Floskel gewesen war und Damian Ausreden fand? Das konnte er aber nur herausfinden, indem er anrief.

Es dauerte einige Zeit, bis jemand am anderen Ende abnahm. Daniels Arm befand sich bereits in der Bewegung vom Ohr weg, um wieder aufzulegen. Gerade noch so hörte er das Knacken, als abgehoben wurde. Schnell drückte er das Handy wieder an sein Hörorgan und meldete sich zunächst nur mit seinem Namen.

„Wir haben uns bei der Einweihung von Jacks Kellerbar kennengelernt", präzisierte er seine Identität vorsichtshalber. Es war Damian, mit dem er sprach.

„Ja, ich weiß. Schön, von dir zu hören. Alles gut in Dublin?"

Daniel wand sich etwas. Nichts war gut, aber das würde er Damian nicht erzählen können. Und wollte es auch nicht. Stattdessen tat er so, als ob eitel Sonnenschein in seiner Welt herrschte.

„Aber klar doch! Ich will gleich mal mit der Tür ins Haus fallen. Steht euer Angebot noch, dass ich euch besuchen und mich ein wenig in deiner Werkstatt umsehen kann?"

Die Antwort kam ohne jedes Zögern.

„Natürlich, die hatte doch kein Verfallsdatum", lachte sein Gesprächspartner. „Wann willst du denn kommen?"

„Wann würde es euch passen?" fragte Daniel zurück.

„Och, mir ist es relativ gleichgültig. Und Caro auch, denke ich mal. Wir haben ja beide das Privileg, dass wir uns die Arbeit frei einteilen können. Deshalb können wir uns ganz nach dir richten."

Daniel überlegte kurz. Am liebsten würde er gleich am Montag fahren, aber dann würde sich der Rest seiner Urlaubswoche wie Kaugummi ziehen. In der Wochenmitte wäre es aus diesem Grund sinnvoller, aber so lange wollte er nicht warten. Die Ungeduld zerrte an ihm wie ein wütender Stier.

„Ich könnte Montagmorgen hier losfahren", platzte er heraus.

Er hörte, wie Damian mit einer Person im Hintergrund sprach und vermutete Caros Anwesenheit im Raum. Der Dialog währte nur kurz, dann wandte sich Damian wieder an ihn.

„Ich habe Caro nur eben gefragt, ob sie Pläne für die nächste Woche hat. Frauen haben ja manchmal so ihre Ideen und stellen einen dann vor vollendete Tatsachen... Passt wunderbar. Du wärst dann gegen Mittag hier, nehme ich an?"

Daniel bestätigte ihm dies und ließ sich die genaue Adresse sowie eine Wegbeschreibung geben. Das Wochenende bis zur Abreise würde ihm furchtbar lang erscheinen!

Er verbrachte die beiden Tage, indem er seine Wohnung einer gründlichen Reinigung unterzog, viel spazieren ging und in seinem Krimi las. Sogar im Fernsehen fand er ab und an etwas Interessantes. Den Computer fasste er nicht mehr an, bis er sich früh am Montag zum Busbahnhof begab. Auf seinen Streifzügen durch die Stadt hatte er bereits die richtige Verbindung herausgesucht und stand nun pünktlich an der Haltestelle. Wie auf der Fahrt zu Alice stellte er fest, dass auch an einem Montag nur sehr wenige Menschen die Absicht hatten, über Land zu fahren.

Diese Busreise empfand er anders als bei den letzten beiden Malen. Er spürte keine Beklemmung in der Erwartung dessen, was auf ihn zukommen würde. Natürlich war er aufgeregt und nervös, aber eher im positiven Sinn. Er mochte Caro und Damian ebenso wie Stacy und Ian und hoffte deshalb, auch das andere Pärchen während seines Aufenthalts zu treffen. In freudiger Erwartung sehnte er das Ende der Fahrt herbei, die Zeitspanne kam ihm sehr lang vor. Aufatmend verließ er nach weit mehr als zwei Stunden den Bus auf einer Landstraße, in deren weiterem Verlauf er nach Affordshire kommen würde. Dort wäre sein erstes Ziel der Pub, um eine Kleinigkeit zu essen und ein Zimmer zu mieten, auch seine Reisetasche abzustellen. Erst dann würde er zu Damians Cottage aufbrechen.

Den Pub fand er sehr schnell. Das Dorf bestand hauptsächlich aus einer Hauptstraße, an der kleine gepflegte Häuser, ein Tante-Emma-Laden und das Lokal angeordnet waren. Einige wenige, kurze Nebenstraßen führten davon ab.

Als er den Pub betrat, gab es bereits einige Gäste. Zwei Männer saßen an der Theke und zwei Tische waren besetzt, an denen gegessen wurde. Daniel erhaschte einen flüchtigen Blick auf die Teller und was er sah, gefiel ihm. Er wandte sich an den Wirt, der hinter der Theke Gläser abwusch. Von Damian wusste er, dass sein Name Brian war. In der Küche herrschte sein jüngerer Sohn Jameson, der von allen nur Jim genannt wurde. Brian war ein gemütlich wirkender Mann mit breitem Gesicht und einem wilden Lockenkopf. Fragend schaute er Daniel an. Der stellte seine Reisetasche auf einen der Hocker und erkundigte sich zunächst nach einer Unterkunft.

„Selbstverständlich", strahlte Brian. Fast im gleichen Atemzug setzte er nach: „Sind Sie der Besuch von Caro und Damian aus Dublin?"

Daniel erschrak nur kurz, dann machte er sich die ländliche Gegend bewusst. Anders als in Dublin sprach sich jede Kleinigkeit schnell herum. Das passierte vor allem deshalb, weil hier nichts anonym und keiner dem anderen gleichgültig war.

Er nickte einfach nur und nahm von Brian den Zimmerschlüssel entgegen.

„Ich bringe kurz meine Tasche rauf und komme dann zum Essen wieder runter. Sie haben doch warme Küche?"

Es handelte sich eher um eine Feststellung als um eine Frage, denn die Teller an den Tischen sprachen eindeutig dafür.

Brian nickte.

„Mein Sohn kocht ausgezeichnet! Wenn Sie wieder runterkommen, haben Sie die freie Auswahl auf der Karte."

Er erklärte Daniel, wo sein Zimmer zu finden sein würde und dieser machte sich auf den Weg. Da es nicht viele Gästezimmer gab, konnte er es gar nicht verfehlen. Er trat in ein kleines, aber helles und gemütliches Zimmer. Es gab ein Bett, einen Nachtschrank, eine Kommode, einen Kleiderschrank, einen kleinen Tisch mit einem Sessel davor. Das Nötigste, aber gut ausgewählt. Die Möbel bestanden aus Buchenholz, an dem Fenster hing eine luftige Gardine mit hellblauen Vorhängen. Seine erste Handlung bestand aus dem Abstellen der Tasche auf dem Sessel, bereits die zweite ließ ihn das Fenster öffnen, um die klare Herbstluft hereinzulassen. Da es nicht kalt war, würde er es nicht schließen müssen, bis er abends zurückkam.

Auspacken konnte er am Abend, beschloss Daniel. Jetzt hatte er Hunger und freute sich darauf, seine Bekannten wiederzusehen. Also verließ er das Zimmer wieder und ging die Treppe hinunter in den Schankraum. Dort suchte er sich einen kleinen Tisch etwas abseits, um nicht auf dem Präsentierteller zu sitzen. Ganz aufmerksamer Wirt, sah Brian ihn natürlich, brachte die Speisekarte und nahm seinen Getränkewunsch entgegen.

Während Daniel auf seine Bestellung wartete, sah er sich um. Auf den ersten Blick wirkte der Raum etwas dunkel, aber auch gemütlich. Die orangefarbenen Tischdecken und andere Farbtupfer lockerten den Gesamteindruck vorteilhaft auf. Er hatte nicht viele solcher Lokale von innen gesehen, aber dieses hier gefiel ihm zweifellos. Der gute Eindruck setzte sich bald mit dem Essen fort, eine kleine Portion wurde vor seine Nase gestellt, die er sich aufgrund des üppigen Frühstücks ausgesucht hatte. Es sah lecker aus und schmeckte genauso. Doch schon wieder hungrig schlang Daniel zunächst die Hälfte herunter, bevor er sein Tempo etwas mäßigte, um den Geschmack mehr genießen zu können. Gesättigt machte er sich anschließend langsam auf den Weg zu der von Damian angegebenen Adresse. Dazu verließ er den Dorfkern und wanderte einige Zeit auf der Landstraße entlang, bis er zu dem beschriebenen Cottage kam. In erster Linie fiel ihm der Garten auf, der keine klaren Strukturen aufwies. Viel Rasen mit runden Blumenbeeten, die wie zufällig an unterschiedlichen Stellen der Fläche verteilt waren. Ein paar junge Obstbäume fanden ebenfalls einen Platz. Darunter im

Schatten, durch zusätzliche Büsche windgeschützt, lagen zwei Hunde mit zotteligem Fell und dösten vor sich hin. Daniel hob den Kopf und blinzelte in die Sonne. Sie meinte es heute noch einmal gut und obwohl sie nicht mehr sehr viel Wärme brachte, war ihr Schein sehr angenehm. Das Cottage strahlte weiß in der Sonne.

Vor dem Gartentor blieb er kurz stehen, um sich zu sammeln. Wie würde das Wiedersehen ablaufen? Würde es eine Verlegenheit geben wie bei Menschen, die sich nur flüchtig kannten und nicht viel zu sagen hatten? Caro und Damian waren recht unkompliziert, vorstellen konnte sich Daniel dies nicht. Aber man wusste nie.

Er betrat das Grundstück und ging auf die Haustür zu. Nach wenigen Schritten rasten die Hunde mit lautem Gebell auf ihn zu. In geballter Einigkeit sprangen sie ihn an und schafften es beinahe, ihn zu Fall zu bringen. Doch er fand sein Gleichgewicht rechtzeitig wieder, kniete sich ins Gras und wuschelte ihr Fell, so gut das eben zweigleisig ging. Zwei Zungen verirrten sich auf seine Wangen und diese stürmische Begrüßung zauberte ein Lachen auf sein sonst so ernstes Gesicht.

„So richtige Wachhunde seid ihr aber auch nicht, oder? Was ist, wenn ich euer Herrchen und Frauchen nun ausrauben will?"

„Dann würden sie dir helfen, die Wertsachen zu finden und dich mit einem Winken verabschieden", kam die Antwort vom Haus her.

Daniel hob den Kopf und sah Caro in der Tür stehen. Sie amüsierte sich offensichtlich prächtig über das dargebotene Bild.

„Als ich das erste Mal hier war", fuhr sie näherkommend fort, „hat mich Oscar komplett aus den Socken geworfen, weil ich nicht drauf gefasst war. Es regnete und war ich wurde klatschnass. Oscar ist der da."

Sie deutete mit einem Nicken auf eins der beiden Fellknäuel und kraulte beide gleichzeitig hinter den Ohren.

„Oscar gehört zu Damian, der andere ist Goliath und ist meiner."

Sie reichte Daniel die Hand, um ihn zu begrüßen. Der erhob sich aus der hockenden Position und strahlte über das ganze Gesicht. Staunend sah er sich nochmals um, bevor er eine Bemerkung über die Umgebung machte.

„Ihr wohnt hier ja wirklich wie im Paradies. Viel Grün um euch rum, die ganze Landschaft hier ist nicht mit einer Stadt wie Dublin zu vergleichen."

Caro blickte ihn nachdenklich an.

„Ja, da hast du sicher Recht. Das Drama ist nur, dass man es oft gar nicht mehr so wahrnimmt, wenn man es jeden Tag vor Augen hat. Ab und zu muss ich mir bewusst machen, wie herrlich es hier ist. Aber jetzt komm endlich rein, Damian nimmt mir sonst die Küche auseinander."

Erstaunt schaute er sie an.

„Warum nimmt Damian die Küche auseinander?" fragte er, während er ihr ins Haus folgte.

„Weil er sich in den Kopf gesetzt hat, zu kochen. Er kann das zwar ausgesprochen gut, aber die Küche sieht danach manchmal aus, als ob sie abgerissen werden müsste."

Daniel trat in einen geräumigen Flur und erhaschte einen Blick in das Wohnzimmer, das links der Haustür lag. Dort gab es sogar einen Kamin! Davor standen zwei gemütliche Sessel und ein kleiner Tisch, einen Auszug einer Sitzecke konnte er ebenfalls sehen. Sein Weg führte jedoch nach rechts in die Küche.

Dort waren an drei Seiten Schränke mit Arbeitsplatten in einem hellen Holz zu finden. Die Spüle stand direkt vor dem großen, doppelflügeligen Fenster, sodass man beim Abwaschen in den Garten sehen konnte. Wobei diese Vor-stellung utopisch war, denn direkt daneben befand sich ein Geschirrspüler. An der vierten Wand stand die Sitzecke mit einer rustikalen Bank und Stühlen. Ein Schwarzweißfoto von Affordshire thronte an der Wand darüber. Am Tisch sitzend, plagte sich Damian mit dem Schneiden von Karotten ab. Sofort erhob er sich, als Daniel den Raum betrat und begrüßte ihn herzlich.

„Für das Kochen bin ich heute zuständig. Aber keine Panik, gestorben ist daran noch keiner. Hast du den Angriff der Hunde gut überstanden?"

Daniel grinste. Keine Spur von Verlegenheit und er hoffte sehr, es blieb so.

„Ja, ich hatte die beiden unter den Bäumen gesehen und war deshalb nicht völlig überrascht. Die haben aber ganz schön Temperament, oder?"

Damian nickte lachend.

„Und ob! Außerdem sind sie noch jung, noch kein Jahr alt. Da gewinnt die Neugierde und das Ungestüme meistens noch über die Erziehung die Oberhand. Und ich schwöre, sie haben eine. Wenigstens ein bisschen", relativierte er seine letzte Aussage.

Mit der Hand deutete er einladend auf den Tisch. Caro hatte sich unterdessen an der Kaffeemaschine zu schaffen gemacht und stellte Tassen, eine Warmhaltekanne, Zucker und Milch bereit. Dann setzte sie sich dazu und warf einen skeptischen Blick auf Damians Karotten.

„Du weißt aber schon, dass die auch heute noch gar werden sollten?"

Damian sah stur auf sein Schneidebrett, während er antwortete.

„Keine Sorge, ich habe mit den Dingern eine Absprache, dass sie mir in dieser Hinsicht entgegenkommen. Haben sie schon immer getan, wir sind ein eingespieltes Team."

Dann wandte er sich an Daniel.

„Wollen wir bis nach dem Essen warten oder möchtest du lieber vorher schon in die Werkstatt?"

„Ich richte mich dabei völlig nach euch. Während ihr dann esst, kann ich mir etwas die Gegend ansehen. Ich habe zwar den Teil vom Pub hierher gesehen, aber mich im Dorf noch nicht weiter umgeschaut. Gegessen habe ich eben schon", gab er kleinlaut zu.

„Oh", Damian sah von seinen Karotten auf. „Dann würde ich sagen, wir verschieben das Essen auf heute Abend und gehen rüber."

Er sprang vom Stuhl auf, nahm Caro in die Arme und gab ihr einen lauten Schmatz auf den Mund.

„Während wir in unserem Baukasten spielen, kannst du auch das Gemüse so bearbeiten, wie du es für richtig hältst."

Als Antwort hob sie nur die Hand und winkte beide hinaus.

Kapitel 11

Finn Namara ging gern zur Schule, insbesondere seit dem Verschwinden seiner Schwester. Dort konnte er sich vormachen, alles wäre völlig normal. Sowie er jedoch sein Heim im Reihenhaus betrat, verflüchtigte sich diese Scheinwelt augenblicklich. Die ohnehin nie besonders gute Stimmung dort hatte einer Lethargie Platz gemacht, die er noch schlimmer fand. Inzwischen arbeitete seine Mutter wieder jeden Tag, trotzdem gab es keinen normalen Tagesablauf mehr.

Er fand sie auch heute in sich versunken am Küchentisch vor, von einem kleinen Imbiss für ihn keine Spur. Dann würde er sich eben wieder ein Brot machen und mit auf sein Zimmer nehmen. Die Gegenwart seiner Eltern hielt er kaum noch aus, obwohl sich seine Mutter ausgesprochene Mühe gab, sich wie immer um ihn zu kümmern. Er merkte jedoch deutlich, dass sie mit ihren Gedanken selten wirklich bei ihm war. Vielleicht konnte er das aber auch zu seinem Vorteil nutzen? Der kurze Gedanke nahm in seinem kindlichen Gehirn Gestalt an und nachdem er seine Mutter begrüßt hatte, ging er zum Frontalangriff über. Vor einigen Tagen hatte er im Fernsehen etwas über Arbeitskämpfe gesehen und dass es dabei um mehr Lohn für die Arbeiter ging. War Taschengeld nicht auch so etwas wie ein Einkommen?

„Mum, wir müssen mal Tarifverhandlungen führen", setzte er entschlossen an, stolz, sich dieses komplizierte Wort gemerkt zu haben.

Erin hob verdutzt den Blick und starrte ihren Sohn an.
„Wir müssen was?"

„Tarifverhandlungen, du weißt schon. Ich finde, mein Taschengeld ist viel zu niedrig. Außerdem spart ihr doch jetzt das von Susan, wo sie nicht da ist."

Erin hätte über die Geschäftstüchtigkeit des Jungen lachen müssen, wäre seine Argumentation für sie nicht so traurig gewesen. Gerne würde sie das Taschengeld für Susan verdreifachen, wenn sie nur wieder unversehrt nach Hause zurückkehren würde. Die Polizei suchte und ermittelte, bisher gab es keinen Hinweis auf ein Verbrechen. Das war natürlich positiv, half ihr aber nicht bei ihren Ängsten. Nur, weil sie noch keine Leiche gefunden hatten, hieß das nicht, dass es diese nicht gab. Immer, wenn sie länger nichts von den Beamten hörte, fragte Erin nach. Und jedes Mal bekam sie dieselbe Antwort: „Wir ermitteln, aber es gibt noch keine neuen Erkenntnisse. Es dauert bestimmt nicht mehr lange, bis wir sie gefunden haben." Die Frage war nur, in welchem Zustand sie Susan finden würden und wann.

Erin strich Finn über den Arm und schaute ihn liebevoll an.

„Bei Tarifverhandlungen bringen immer beide Seiten Gründe vor, warum sie ihre Meinung vertreten. Du hast mir gesagt, warum du mehr Geld haben möchtest. Jetzt frage ich dich aber, warum du deiner Meinung nach mehr verdient hast."

Der Junge runzelte die Stirn, während er angestrengt nachdachte. Schließlich kam ihm eine Erleuchtung.

„Ich bin jeden Tag zur Schule gegangen und war noch nicht ein Mal krank. Außerdem habe ich lange nicht mehr gefragt, ob ich nun die Katze bekomme, die ich haben möchte. Und ich bin noch hier und nicht verschwunden."

Das waren in seinen Augen gleich drei richtig gute Argumente, denen sich seine Mutter unmöglich verschließen konnte. Erin dachte nach. Was sprach dagegen, Finn wenigstens auf diese Weise entgegenzukommen? Sie war tatsächlich froh darüber, dass die endlosen Diskussionen um die Aufnahme eines

Kätzchens in ihrem Haushalt für den Moment ein Ende gefunden hatten. Sie seufzte, als sie ihre Entscheidung traf.

„Okay, du bekommst 50 Cent mehr im Monat. Ist das für dich in Ordnung?"

Eifrig nickte er und konnte sein Glück kaum fassen. So hatte Susans Abwesenheit doch wenigstens etwas Gutes!

Nachdem er mit seinem Brot die Küche verlassen hatte, räumte Erin die zuvor benötigten Lebensmittel wieder an ihren Platz und Messer sowie Schneidebrett in den Geschirrspüler. Sie fragte sich, wie sie den Rest des Tages verbringen sollte, aber die Antwort kannte sie bereits. Ihr Kopf hatte seine eigenen Pläne und würde in Dimensionen abdriften, an die sie sich im Nachhinein nicht mehr würde erinnern können. Das war merkwürdig an der ganzen Sache. Sie war den ganzen Tag tief in Gedanken versunken, aber wenn sie daraus auftauchte, waren sie weg wie Dunkelheit im Sonnenschein.

Als es an der Tür klingelte, schrak sie hoch. Besuch erwartete sie nicht und langsam kroch eine eisige Angst in ihr hoch. Die Kälte entstand in ihrem Magen und erfasste langsam den Brustkorb, sodass sie das Gefühl hatte, nicht mehr atmen zu können. Ein unangemeldeter Besuch konnte nur bedeuten, dass die Polizei Neuigkeiten hatte. Ob diese gut oder schlecht waren, musste sie herausfinden. So ging sie zur Tür und öffnete. Ihre Vermutung bestätigte sich, denn O'Neill stand dort.

Erin bat den Beamten herein und ging mit ihm in die Küche. Das war derzeit ihr bevorzugter Aufenthaltsort, denn im Wohnzimmer wartete tagsüber eine vermeintlich heile Welt, die es nicht mehr gab. Abends wandelte sich das, weil Rhys sich dort aufhielt. Damit wurde es zu einem Ort, den sie nicht aufsuchen wollte. Sie beschloss, den Polizisten zu einer klaren Aussage ohne Ausflüchte zu drängen.

„Was gibt es Neues?"

Er räusperte sich und nahm am Tisch Platz, ohne ihre Aufforderung abzuwarten. Erin blieb abwartend stehen und fixierte ihn wie der Habicht eine Maus.

„Es gibt nichts Neues. Aber ich dachte, ich komme mal zu Ihnen und informiere Sie persönlich über die Einzelheiten. Wir haben vor einiger Zeit jemanden ausfindig gemacht, mit dem Ihre Tochter in dem Chat Kontakt hatte, in dem sie sich immer aufhält. Sie hatte sich mit ihm an dem Sonntag verabredet, an dem sie verschwand. Aber laut seiner Aussage kam das Treffen nicht zustande, weil er vor ihrem Erscheinen wieder ging. Die Kellnerin des Cafés, das als Treffpunkt vereinbart worden war, hat das bestätigt. Das heißt natürlich nicht, dass sie sich nicht danach noch getroffen haben könnten. Aber zumindest sagt der Mann bis dahin die Wahrheit."

Erin riss die Augen auf.

„Mann? Wenn sich ein Mann mit einer Fünfzehnjährigen verabredet, dann ist doch wohl was faul mit dem!"

O'Neill fuhr sich mit einer müden Geste über das Gesicht. Seine Antwort kam vorsichtig und beruhigend.

„Das nimmt man natürlich an, da haben Sie Recht. Aber sie hatte ihm ihr Alter nicht genannt, nur, dass sie jünger als dreißig wäre. Die Protokolle, die wir beim Betreiber der Website einsehen konnten, belegen das. Er wusste offenbar tatsächlich nicht, wie alt sie wirklich war."

Was sollte sie von dieser Auskunft halten? Selbstverständlich hatte dieser Mann etwas mit Susans Verschwinden zu tun, wer denn sonst?

O'Neill veränderte seine Sitzposition leicht, bevor er fort-fuhr.

„Ich weiß, was Sie denken, Mrs Namara, und ich stimme Ihnen zu. Auch ich bin der Ansicht, dass es kein Zufall sein kann. Sie will sich mit einer Internetbekanntschaft treffen und verschwindet. Dennoch ist es möglich, dass der Mann die

Wahrheit sagt und das Treffen geplatzt ist. Eine spätere Nachricht von ihm an Ihre Tochter untermauert diese Aussage. Das würde bedeuten, es gibt den großen Unbe-kannten, den sie zufällig am Sonntag getroffen hat oder aber, dass sie einfach nur ausgebüxt und der Fahndung bisher entkommen ist. Ich gehe immer noch von der letzten Möglichkeit aus."

Mit müden Augen schaute sie ihn an. Er hatte immer wieder mit vermissten Menschen zu tun, glücklicherweise lösten sich die meisten Fälle harmlos auf und die Personen fanden sich gesund und munter wieder an. Hier aber wurde er das Gefühl nicht los, das es nicht so einfach wurde. Erin nahm diese Zweifel unterschwellig wahr.

„Und wie hoch ist die Wahrscheinlichkeit auf Ihre letzte Variante?" hakte sie mit frostiger Stimme nach. Im nächsten Moment tat es ihr leid, der Mann konnte nichts dafür. Er machte seine Arbeit so gut es ging.

O'Neill war jedoch nicht durch Reaktionen von Ange-hörigen zu erschüttern, er kannte alles von Verzweiflung, Hass, Schuldzuweisungen, Erleichterung bis hin zum Ver-drängen der Tatsachen.

„Glücklicherweise noch recht hoch und es ist eine Chance. Wenn der Mann aus dem Chat nichts damit zu tun hat, und danach sieht es im Moment aus, ist die Wahrscheinlichkeit eines Unbekannten noch geringer, würde ich sagen."

Erin nickte wortlos. Dazu hatte sie nichts mehr zu sagen. Bis auf eine Spur, die sich offenbar ins Nichts aufgelöst hatte, gab es nichts Neues zu berichten. Ihr Aufenthalt in diesem luft- und zeitleeren Raum ging also weiter. Manchmal erkannte sie in sich die Bereitschaft, das Schlimmste hinzu-nehmen. Wenn sie nur endlich Gewissheit bekäme, was mit Susan passiert war.

Der Beamte erkannte, dass das Gespräch für Erin abge-schlossen war und sie sich in ihre ganz eigene Welt zurückzog. Er stand auf und verabschiedete sich. Erin blieb in ihren Gedanken gefangen zurück.

Finn hatte unterdessen sein Brot vertilgt und am oberen Treppenabsatz gelauscht. Um etwas verstehen zu können, hatte er die Ohren spitzen müssen, aber es gelang ihm. Nun wusste er auch das, was ihm seine Eltern immer verschwiegen. Mit dem Gemüt eines Kindes schwankte er ständig zwischen dem Bestreben, Susans Abwesenheit für sich auszunutzen. Endlich konnte er die Aufmerksamkeit seiner Eltern vollständig auf sich allein ziehen, ohne sie mit der älteren Schwester teilen zu müssen. Andererseits war Susan seine Schwester und damit ein festes Familienmitglied, das er liebte. Zudem wollte er nicht, dass Mum und Dad traurig waren oder Susan sogar etwas passierte. Manchmal spürte er deshalb, wie er wegen seines Zwiespalts wütend wurde.

Er verließ seinen Lauschposten und ging die Treppe hinunter zu seiner Mutter. Es tat ihm weh, sie so zu sehen. Ihre Augen blickten ausdruckslos, aus ihrem Gesicht war jede fröhliche Regung verschwunden. Wenn sie ihn anschaute, hatte er oft das Gefühl, sie sah durch ihn hindurch.

„Mum", setzte er an.

Sie hob den Kopf und wieder nahm er die Hoffnungslosigkeit in ihrem Blick wahr. Konnte er sie mit seinem Anliegen ablenken?

„Wir gehen nächste Woche mit der Klasse in den Zoo. Ich brauche dafür etwas Geld für den Eintritt und so. Ich habe auch einen Zettel mitgebracht, den du unterschreiben musst."

Erin zwang sich, ihre Gedanken dem Hier und Jetzt zuzuwenden. Verdammt, sie hatte schließlich noch ein Kind, das sie in der augenblicklichen Lage umso mehr brauchte! Sie nahm ihm das DIN-A-4-Blatt ab und überflog es. Wortlos stand sie auf, holte einen Kugelschreiber aus der Schublade und unterschrieb es, bevor sie es ihm zurückgab. Danach hockte sie sich hin und nahm Finn fest in die Arme.

„Für dich ist das auch eine schwere Zeit, ich weiß. Wenn ich manchmal mit den Gedanken woanders bin, heißt das nicht, dass du mir nicht wichtig bist. Ich habe dich ganz schrecklich lieb, mein kleiner Mann. Ich mache mir einfach nur ständig Sorgen im Moment, verstehst du?"

Er nickte, natürlich konnte er das verstehen. Dachte sie denn etwa, er wäre dafür noch zu klein?

„Ist schon gut, Mum. Irgendwann ist Susan ja wieder da, dann geht es dir auch wieder besser. Gib mir am besten gleich das Geld für den Zoo, ja? Sonst vergisst du es wieder."

Erin amüsierte sich im Stillen über den Realitätssinn ihres Sohnes und erhob sich, um ihr Portemonnaie zu holen. Ein Blick hinein sagte ihr jedoch, dass mal wieder Schmalhans Küchenmeister war. Das Haushaltsgeld darin würde gerade noch so für die Woche reichen, bevor sie an den Betrag der nächsten Woche gehen könnte. Es war ihr egal. Die Bedürfnisse von Finn gingen vor, er sollte so gut es eben ging das Gefühl von einem normalen Leben haben. Wenn ein Zoobesuch mit seiner Schulklasse dazu zählte, dann würde sie auch das Geld dafür abknapsen. Wovon sie dann im weiteren Verlauf der Woche kochen würde, fand sich irgendwie.

Sie reichte Finn das Geld und legte noch etwas als kleinen Taschengeldbonus obendrauf. Für ein Eis und ein anderes kleines Extra dort sollte schon etwas übrig sein. Finn dankte es ihr mit einem Lächeln und ließ seine Mutter dann wieder in kindlicher Unbekümmertheit allein zurück. Dabei brauchte sie ihn gerade genauso sehr wie er sie.

Sie musste hier raus, unbedingt. Rebecca hatte inzwischen sicher Feierabend und seit einigen Tagen hatten sie nicht miteinander gesprochen. Deshalb raffte sie sich auf, rief nach Finn und fragte ihn, ob er mitkommen wolle. Der Junge hatte keine Lust, gab aber seine Absolution, dass Erin gern ihre Schwester besuchen könne. Wie freundlich, dachte sie belustigt. Der Fußmarsch durch den Stadtkern tat ihr gut, da sie Finn bei dem befreundeten Nachbarjungen gut aufgehoben wusste. Die kühle Luft konnte die trüben Gedanken nicht verscheuchen, aber sie hatte das Gefühl, etwas freier atmen zu können. Dadurch fühlte sie sich tatsächlich erfrischt und leichter, als sie mit vom böigen, kalten Wind geröteten Wangen das Haus ihrer Schwester erreichte. Rebecca selbst öffnete ihr, sie freute sich ganz offensichtlich über Erins überraschenden Besuch.

„Kevin ist bei einem Kollegen, da kommt irgendein Fußballspiel im Fernsehen. Es ist wunderbar, dass ich nun heute Abend nicht allein bin."

Sie ging voraus in die Küche, um einen Tee zu kochen. Erin begab sich indessen ins Wohnzimmer, das von einer kunterbunten Mischung aus Sitzmöbeln und Kissen dominiert wurde. Hier hatte sie sich immer wohl gefühlt und konnte die Seele baumeln lassen. Dabei fand sie es traurig, einen solchen Zufluchtsort nicht in ihrem Heim antreffen zu können. Lächelnd sah sie auf, als Rebecca mit dem Tablett eintrat und alles auf dem leicht lädierten Holztisch verteilte. Sie schenkte ihnen ein und sah Erin auffordernd an.

„Gibt es was Neues?"

„Das Neue ist, dass es nichts Neues gibt. Vorhin war O'Neill da und hat mich auf den aktuellen Stand gebracht. Sie hatten oder haben da jemanden im Visier, mit dem sich Susan am Sonntag treffen wollte. Den kennt sie aus einem ihrer Chats. Aber laut dem Mann kam das Treffen nicht zustande, weil er vorher wieder gegangen ist. Er will sie nicht gesehen haben. Die Kellnerin in dem Café hat das bestätigt, aber ich..."

„Du glaubst, dass er sie außerhalb noch getroffen hat?" hakte Rebecca nach.

Erin nickte heftig, genau das glaubte sie. Und so ganz war ihrem Eindruck nach die Polizei ebenfalls nicht von seiner Unschuld überzeugt.

Rebecca kratzte nachdenklich an einem Pickel herum, der sich im Laufe des Morgens an ihrem Kinn entwickelt hatte.

„Aber meinst du nicht, dass die den schon eingebuchtet hätten, wenn er auch nur ansatzweise was damit zu tun hätte? Was ist das für ein Kerl?"

Das wusste Erin auch nicht, sie hatte schlicht vergessen, danach zu fragen.

„Ich weiß nur, dass es ein Mann ist, also ein Erwachsener. Angeblich soll sie ihm nicht gesagt haben, dass sie erst fünfzehn ist. Die Protokolle dieser Chatbetreiber oder wie man das nennt, bestätigen das."

Rebecca legte ihre Hand auf die ihrer Schwester.

„Dann wird er wohl wirklich nichts wissen oder getan haben. Wenn die sogar die Protokolle gelesen haben und die Aussage von einer Zeugin haben... Man müsste mal rauskriegen, wer das ist."

„Wie?"

„Keine Ahnung. Ich sehe da auch keine Möglichkeit. Frag doch einfach den Polizisten das nächste Mal, vielleicht sagt er es dir ja."

Zweifelnd schüttelte Erin den Kopf.

„Das glaube ich nicht. Solange die annehmen, dass der unschuldig ist und nichts gegen ihn unternehmen, haben sie viel zu viel Angst, ich könnte das in die Hand nehmen."

„Wohl zu Recht", sinnierte ihre Schwester. Dann wechselte sie abrupt das Thema.

„Was ist denn nun mit deinen Auszug bei Rhys?"

Irritiert schaute Erin auf.

„Was meinst du? Susan ist immer noch nicht wieder da, also kann ich nicht ausziehen. Langsam glaube ich, das war eine höhere Strafe für meine Pläne."

Darauf prustete Rebecca langgezogen.

„Fang jetzt bloß nicht mit so einem Quatsch an! Das war Zufall, sonst gar nichts. Und außerdem: Du brauchst der Polizei nur deine neue Adresse mitzuteilen und wenn sie dich erreichen wollen, haben sie auch deine Handynummer. Susan ebenso. Wo also ist das Problem?"

Das wusste Erin auch nicht. Ihr Gefühl sagte ihr jedoch, dass sie in dem Reihenhaus ausharren musste, bis Susan zurück oder ihr Schicksal geklärt sein würde. Aber wie sollte sie das Rebecca verständlich machen?

„Ich denke einfach, ich sollte da bleiben, bis wir Genaues wissen. Das kommt aus dem Bauch heraus, ich kann es dir nicht wirklich erklären."

„Erin, das kann im schlimmsten Fall Jahre oder dein ganzes Leben dauern. Das willst du dir doch nicht antun? Damit hilfst du weder Susan noch dir."

Da ist was dran, fuhr es Erin durch den Kopf. Wem half es, wenn sie standhielt? Für sie selbst war es die Hölle und auch Finn würde es besser gehen, wenn sie Abstand gewinnen und sich wieder mehr auf ihn konzentrieren konnte. Plötzlich sah sie darin sogar eine Chance, aus dem Gedankenkreisel zu entkommen, in dem sie sich seit Wochen befand. Eine andere Umgebung, der Start in ein neues Leben würde vielleicht die dunklen Schatten über Susans Verschwinden wenigstens etwas lichten. Wieder einmal fasste sie einen spontanen Entschluss.

„Du hast Recht. Wie schnell kann ich noch mal eine Wohnung bekommen? Ich verspreche dir auch, dass ich es diesmal durchziehen werde."

„Lass mich eben telefonieren."

Rebecca verschwand in einem kleinen Nebenzimmer, von dem Erin wusste, dass sie dort manchmal arbeitete. Das Mobilteil aus dem Hausflur nahm sie mit, um ungestört zu sein. Ungeduldig zappelte Erin mit den Füßen, aber auf die Rückkehr ihrer Schwester brauchte sie nicht lange zu warten.

„Du hast Glück, sie ist immer noch frei. Wollen wir es Montag noch mal versuchen? Ich fürchte nur, auf Kevin müssen wir diesmal verzichten, der kann sich nicht schon wieder freinehmen."

Erins Miene hellte sich auf. Dass es so schnell wieder klappen würde, hatte sie nicht erwartet.

„Das macht nichts, so wahnsinnig viel brauche ich von mir sowieso nicht. Aber Finns Möbel müssen wir mitnehmen, der braucht alles. Schaffen wir das zu zweit?"

Rebeccas Gesichtsausdruck entnahm sie, dass sie sich die Frage hätte sparen können. Wenn diese sich zu etwas entschlossen hatte, hielt sie nichts und niemand davon ab. In diesem Punkt waren die Geschwister völlig gegensätzlich. Schon immer hatte Erin sich gern von Rebeccas Selbstvertrauen anstecken lassen, weil sie selbst so wenig davon besaß. Manchmal war das nicht zu ihrem Vorteil, aber in den meisten Fällen schon. Diesmal lief es auf ein Happy End heraus, das spürte sie. Plötzlich glaubte sie sogar, dass die Umsetzung ihres Plans positive Auswirkungen auf die Ermittlungen um Susan haben könnten. Deshalb schüttelte sie über sich selbst den Kopf. Gerade noch hatte sie gedacht, es könne nur gut ausgehen, wenn sie an Ort und Stelle bliebe und jetzt komplett das Gegenteil. Es wurde wirklich Zeit, dass sie wieder nach vorn sah und sich nicht immer wieder in sinnlose Gedankengänge verstrickte.

Kapitel 12

Während die beiden Männer durch die Landschaft trotteten, schaute sich Daniel weiter um. Mal sah er Kühe grasen oder auch eine Schafherde. Wie es wohl war, an einem solchen Ort aufzuwachsen? Die Kinder hatten hier unendliche Flächen zum Spielen und er ging einfach unbedarft davon aus, dass sie dies auch nutzten. Er selbst hätte damals gern etwas anderes als mit Bierflaschen übersäte Spielplätze für seinen Aufenthalt im Freien gehabt.

Die Hunde, die Caro ihnen noch hinterher geschickt hatte, tobten fröhlich um sie herum. Immer ein paar Schritte voraus, schienen sie den Weg zu kennen und als sich Damian nach links wandte, um ein Tor zu öffnen, wusste Daniel auch, warum. Vor dem langgezogenen Werkstatt-gebäude befand sich eine gepflasterte Einfahrt, aber daneben viel Rasen mit zwei Hundehütten und umherliegendem Spielzeug. Hier ein Kauknochen, dort ein Plüschtier. Offenbar begleiteten die Mischlinge Damian öfters zur Arbeit.

Sie schritten auf die linke, kleine Tür zu, die mit einem Schild als Büro ausgewiesen wurde. Daniel trat nach Damian ein und erblickte zu seiner Linken Stacy. Verbissen hackte sie, ihnen halb abgewandt, vor einem Monitor auf die Tastatur ein. Die Männer warteten einen Moment ab, bis Damian das Wort ergriff.
„Hallo! Erde an Stacy!"
Sie fuhr herum, erblickte Daniel und sprang von ihrem Stuhl hoch. Dieser drehte sich noch mehrmals um seine eigene Achse, um anschließend gegen den Aktenschrank zu prallen. Mit einem

lauten Knall zerschellte die darauf stehende Vase mit dem bunten Blumenstrauß auf dem Boden.

„Darum kümmere ich mich gleich", beschloss sie, ging auf Daniel zu und reichte ihm die Hand. „Willkommen in unserem kleinen Reich. Das heißt, das hier ist mein Reich, da drüben ist Damians."

Sie zeigte auf eine andere kleine Tür, die Daniels Annahme zufolge in die Werkstatt führte. Ebenso schnell, wie sie vor ihm gestanden hatte, drehte sie sich nun wieder um, entnahm dem Spülschrank einen Wischlappen und sog damit das Blumenwasser auf. Die Scherben landeten klirrend im Papierkorb.

„Stacy, der ist für Papier, nicht für Scherben!" mahnte Damian.

Sie warf ihm einen giftigen Blick zu, der besagte: „Kümmere dich um deinen Kram, ich mich um meinen."

Damian verstand, immerhin kannte er seine Angestellte nicht erst seit gestern. Ihre manchmal wahnwitzige Zusammenarbeit währte nun schon über zehn Jahre.

„Komm, wir verziehen uns. Da rein", dirigierte er Daniel.

Auf dieselbe Tür wie Stacy zuvor zeigend, ging er voraus. In der Werkstatt schlugen Daniel die Gerüche von Holz, Sägespänen und Leim entgegen. Fasziniert schaute er sich um, alles wirkte sauber und gepflegt. An der langen Wand befand sich eine Werkbank mit vielen Werkzeugen darüber, mit denen Daniel in ihrer Vielfalt nichts anfangen konnte. Diverse Maschinen verteilten sich im Raum, der für seine Begriffe riesig war.

Plötzlich erschrak er, als eine Hand vor seinem Gesicht herumwedelte.

„Sind hier heute alle weggetreten? Erst Stacy, jetzt du", lachte Damian.

Daniel grinste. Seine Gedanken hatten sich tatsächlich für einige Minuten auf Abwegen befunden.

„Ich war nur gerade regelrecht erschlagen, weil es hier so groß ist. Dann die ganzen Maschinen, die Arbeitsfläche, das viele Material. Wie machst du es, dass es hier so sauber aussieht? Man glaubt fast, das ist nur ein Ausstellungsraum oder so."

Damian schob die Hände in die Vordertaschen seiner Jeans und sah sich um, als wenn seine Werkstatt völliges Neuland für ihn wäre.

„Ich weiß nicht, ich lege eben Wert darauf, dass ich immer gleich saubermache, wenn ich was benutzt habe und es erst mal nicht mehr brauche. Wenn man sein Werkzeug und die Maschinen nicht pflegt, können sie auch keine gute Arbeit leisten. Finde ich zumindest."

Er drehte sich zu seinem Besuch um.

„Hast du schon eine Idee, was wir bauen wollen? Wir können an einem Auftrag arbeiten, wenn du den normalen Ablauf sehen willst. Aber trotzdem würde ich vorschlagen, du machst auch was ganz Eigenes für dich. Gibt es was, das du gerne haben würdest?"

Verlegen scharrte Daniel mit einem Fuß auf dem Boden.

„Ich würde gern eine Kleinigkeit für meine Tante machen. Sie hat mir bei einer Sache sehr geholfen, es wäre so als Dankeschön gedacht. Wenn das ginge? Das Material bezahle ich dir natürlich."

„Blödsinn, das brauchst du nicht!" wies ihn Damian zurecht. „Hast du denn schon eine Idee, was es sein soll?"

„Das ist mein Problem: Ich habe keine Ahnung. Über was würden sich Tanten in den Fünfzigern denn so freuen?"

Damian lachte, die Frage konnte er nicht eindeutig beantworten.

„Das kommt ganz auf die Tante an, würde ich mal sagen. Wie würdest du sie denn beschreiben? Oder erzähl einfach was von ihr, was dir so einfällt. Dann haben wir bestimmt einen Einfall."

Daniel überlegte. Welche Beschreibung würde auf Charlie passen?

„Sie ist gepflegt, elegant, hat Stil und gehört zur gehobenen Mittelschicht, vielleicht sogar schon Oberschicht. Immer gut gelaunt, unkompliziert, kann gut kochen, aber überhaupt nicht backen. Ich sage dir, da hat es schon Unfälle gegeben… Und sie bastelt gern schon im September für Weihnachten, weil sie es nie früh genug haben kann. Hilfsbereit und sehr gefühlvoll. Mehr fällt mir gerade nicht ein."

Damian kniff die Augen zusammen und überlegte.

„Das ist wirklich nicht so einfach. Dachtest du eher an was Handliches oder ein Möbelstück?"

„Ich habe noch an gar nichts gedacht. Ein Möbelstück wäre aber wohl etwas zu groß, auch für den Transport nach Dublin."

Diesen Einwand wischte Damian mit einer Handbewegung zur Seite.

„Da gibt es Mittel und Wege. Notfalls könnte ich euch beide, dein Geschenk und dich, dahin zurückfahren. Das wäre also kein Hindernis. Die Frage ist nur, über was würde sie sich freuen? Lass uns mal Stacy in die Beratungen einbeziehen, vielleicht weiß sie was. Immerhin ist sie eine Frau."

Sie gingen zurück in das Büro, erklärten der Sekretärin die Sachlage und warteten auf Vorschläge. Aber auch Stacy hatte Schwierigkeiten, das Richtige zu finden.

„Wenn es auch ein Möbelstück sein kann, wie wäre es mit einer Frisierkommode? Hat sie eine im Schlafzimmer stehen? Deiner Beschreibung nach könnte so was gut zu ihr passen."

Errötend zuckte Daniel die Schultern.

„Ich habe keine Ahnung, ich war noch nie in ihrem Schlafzimmer."

Stacy legte einen Zeigefinger an die Lippen und dachte weiter nach. Geistesabwesend nahm sie einen Schluck aus ihrer Teetasse. Ihrem Gesichtsausdruck zufolge war er bereits kalt. Angewidert nahm sie die Tasse und kippte den Rest in den Ausguss.

„Dann vielleicht eine Obstschale oder so? Aber das erscheint mir zu alltäglich, keine Ahnung, warum."

Das brachte Damian jedoch auf eine Idee.

„Hat deine Tante im Wohnzimmer Süßigkeiten oder Kekse, die sie mal auf den Tisch stellt?"

„Ja", bestätigte Daniel. „Zwar gekaufte Kekse aus der Bäckerei, weil sie selber keine hinkriegt, aber da hat sie meistens welche stehen. In einer Glasschüssel."

„Ich glaube, dann haben wir was. Du könntest ihr einen kleinen, dreistöckigen Turm aus flachen Schalen anfertigen. Da kann sie dann verschiedene Arten von Gebäck oder Süßigkeiten sortiert unterbringen oder einfach bunt auf alle Etagen verteilen. Wie sie möchte."

Daniels Augen strahlten.

„Das wäre absolut toll, aber das würde ich doch nie schaffen! Ich habe keine Ahnung, wie ich das anstellen soll."

„Na und? Ich gebe dir Anleitung und du machst. Dann ist es von dir ganz persönlich. Komm, lass uns loslegen."

Bevor Daniel reagieren konnte, verschwand Damian schon wieder in der Werkstatt. Er schaute perplex zu Stacy, die nur vielsagend mit den Augenbrauen wackelte. Das war eben Damian.

Sie suchten drei Arten von Holz aus, die gut geeignet, aber unterschiedliche Maserungen und Farben hatten. Damian zeigte Daniel den Umgang mit den benötigten Maschinen und erklärte die einzelnen Arbeitsschritte, nachdem er zuvor eine Zeichnung angefertigt hatte. Mit Feuereifer ging Daniel an die Arbeit, die Zunge zwischen die Zähne geklemmt. Der Anblick erinnerte an kleinen Jungen, der zum ersten Mal eine Schleife bindet. Völlig vertieft registrierte er nicht, wie sich Damian immer wieder entfernte und ihn einfach machen ließ. Ein Blick hin und wieder würde ausreichen, denn der Besuch stellte sich recht geschickt an.

Sowie Daniel ins Stocken kam oder mit dem Ergebnis unzufrieden schien, sprang ihm Damian hilfreich zur Seite. So fertigten sie mit Geduld einen hölzernen Keksturm an, wie Daniel das Gebilde taufte.

Damian rieb sich die Hände an der Jeans ab und legte den Kopf schief, um das Werk zu betrachten.

„Morgen setzen wir es zusammen, das wird mit Leim und ein paar kleinen Holzdübeln gemacht. Dann ist es richtig stabil. Anschließend kannst du es lasieren, damit deine Tante auch mal feucht drüber wischen kann. Das Holz selbst bleibt dabei natürlich, wie es ist."

Er war zufrieden. Daniel hatte ein Händchen für Holzarbeiten bewiesen und das Resultat konnte sich trotz kleiner Fehler sehen lassen. Für sich selbst und Caro käme ein solches Gebilde vielleicht ebenfalls infrage, darüber würde er mal nachdenken.

Er sah auf die Uhr und beschloss den Feierabend. Stacy hatte das Büro längst verlassen, daher gingen sie durch die große Doppeltür aus der Werkstatt direkt ins Freie. Durch diese konnte man vom Hof aus geradewegs größere Materialmengen hinein- oder fertige Produkte hinausbringen.

Auf dem Fußweg zu Damians Cottage kam Daniel ein weiterer Gedanke. Er würde Charlie den Keksturm nicht einfach so in die Hand drücken! Vielmehr würde er Zutaten zum Backen für drei Sorten Kekse kaufen und sein Geschenk zunächst neben Charlies Haustür in den Büschen verstecken, die die Hauswand verzierten. Erst wenn die Kekse fertig und abgekühlt waren, würde er sein Mitbringsel hereinholen.

Durch diesen Gedanken beflügelt beschleunigte er seinen Schritt, sodass Damian bald rief: „Hey, warum rennst du so?"

„Sorry, ich war in Gedanken. Ich habe gerade die Übergabe des Keksturms an meine Tante geprobt", lachte Daniel.

„Und ich dachte, der Hunger treibt dich. Ich hoffe, dass Caro mit dem Essen nicht mehr allzu lange braucht. Mein Magen knurrt wie der Teufel."

Durch diese Bemerkung spürte auch Daniel, wie hungrig er war. Bislang hatte er dies gar nicht zur Kenntnis genom-men, so sehr beschäftigte ihn die Herstellung und Übergabe seines Werkstücks. Nun hoffte er mit Damian, bald etwas Nahrhaftes zu bekommen. Ausgelassen wie die Kinder lieferten sich die Männer ein Wettrennen mit den Hunden.

Caro enttäuschte sie nicht. Dank ihrer Vorbereitungen benötigten die letzten Schritte nicht mehr viel Zeit, so saßen sie bald zusammen um den Tisch in der gemütlichen Küche.

„Nachher kommen Stacy und Ian", kündigte Caro an. „Ich habe vorhin mit ihr telefoniert. Ist nur schade, dass wir keinen Sommer mehr haben, dann hätten wir schön draußen sitzen können."

Damian winkte mit der Gabel in der Hand ab, dabei löste sich ein Stück Brokkoli und landete bei Caro auf dem Teller.

„Vielen Dank!" bemerkte sie mit hochgezogenen Augenbrauen.

Schnell pikste Damian das flüchtende Gemüse wieder auf.

„Das ist meins. Wenn ich ehrlich bin, ich muss den Sommer nicht noch mal haben. Er hatte durchaus sein Gutes, weil du hier gelandet bist. Aber wenn ich an das andere alles denke, was passiert ist… Ich bin schon froh, dass es vorbei ist. Das Ergebnis von alldem ist mir lieber."

Caro nickte und kaute etwas schneller, um den Mund leer zu bekommen. Dann schluckte sie hart und stimmte ihm zu.

„Da hast du schon Recht. Das Resultat kann sich sehen lassen. Wir haben ein Cottage zu viel."

Erstaunt hob Daniel den Kopf und sah beide abwechselnd verständnislos an.

„Wie meinst du das, ihr habt ein Cottage zu viel?"

„Naja", erklärte sie, mit der freien Hand durch die Luft wedelnd. „Ich habe das Cottage meiner Großtante. Weil ich das geerbt habe, bin ich überhaupt erst hierhergekommen. Damian hat seins. Aufhalten können wir uns aber immer nur in einem. Zurzeit machen wir es so, dass ich tagsüber im Büro in meinem Haus arbeite und abends und nachts sind wir hier. Irgendwie ist das aber nichts Halbes und nichts Ganzes. Aufgeben möchte aber natürlich keiner von uns sein Heim. Ich aus sentimentalen Gründen nicht und Damian nicht, weil er sich damit einen langen Traum erfüllt hat, in den auch viel Geld geflossen ist."

Das war wirklich eine verzwickte Situation, fand Daniel. Die Argumente beider Seiten verstehend, würde er nicht anders handeln. Blieb nur zu hoffen, dass sich irgendwann ein Kompromiss fand, der eine zufriedenstellende Lösung beinhaltete.

„Könnt ihr nicht eins der Häuser vermieten? Wenn es nicht gerade an einen Fremden ist, kann man sich mit dem Gedanken vielleicht anfreunden."

Damian nickte zustimmend.

„Darüber haben wir auch schon nachgedacht. Bislang gab es aber niemanden, der dafür infrage gekommen wäre. Also machen wir einfach weiter wie bisher, bis sich die Möglichkeit mal bietet. Uns treibt ja keiner."

Es war schon irrwitzig für Daniels Begriffe. Da gab es Menschen, die gern ein Haus für sich allein hätten oder sich einfach nur vergrößern und verbessern wollten, aber nichts Geeignetes fanden oder es sich nicht leisten konnten. Im Gegenzug gab es hier zwei Häuser, die nicht vollständig genutzt werden konnten. Er sah aber die Schwierigkeit, einen passenden Mieter zu finden. Die Menschen, die hier lebten, hatten meistens bereits eigene Cottages. Seinen Wohnort hierher verlegen würde jedoch so schnell niemand, denn es wäre eher umgekehrt. Die Leute zogen weg, weil sie in den größeren Orten ihre Arbeit hatten.

Sie hatten gerade ihr Abendessen beendet, als Daniels Handy klingelte. Er entschuldigte sich und ging durch die Küchentür in den Garten, um ungestört telefonieren zu können. Die Anruferin war Charlie.

„Ich wollte dir nur mitteilen, dass wir jemanden gefunden haben, der nach deinem Vater sucht. Vermeintlichen Vater", verbesserte sie sich. „Ich habe mal in meinem Gedächtnis gekramt, wie die Freundin von Alice und die anderen Personen hießen, damit wir auch den richtigen Robert Fitzpatrick erwischen."

„Du meinst auch die Namen vom Bruder der Freundin und dessen Vetter? Oder wie war das?"

„Es war der Vetter vom Freund des Bruders von Alices Freundin", kicherte sie. „Ja, die Namen sind mir auch wieder eingefallen."

„Du hast ein Gedächtnis, das ist sagenhaft", bewunderte Daniel sie. „Haben sie was gesagt, ob sie das hinkriegen?"

„Natürlich schaffen sie das, das ist gar keine Frage. Wir müssen jetzt eben abwarten, bis die was rausgefunden haben und sich wieder melden. Sowie ich was weiß, sage ich Bescheid. Was machst du gerade?"

„Ich bin bei Bekannten in Affordshire und wir haben eben gegessen. Gleich kommt noch ein befreundetes Pärchen, dann machen wir uns einen gemütlichen Abend."

Sie nahm durch das Telefon die entspannte Gemütslage ihres Neffen wahr und freute sich darüber.

„Dann sieh zu, dass du wieder zu den anderen kommst und halte dich nicht mit deiner Tante auf. Schöne Grüße von Scott soll ich dir sagen und melde dich, wenn du zurück bist, ja?"

„Mache ich auf jeden Fall. Grüße auch an Scott!"

Er legte auf und schmunzelte. Diese verworrene Verbindung zwischen Alice und seinem Vater würde er sich nie merken können.

Als er in die Küche zurückkam, waren Stacy und Ian gerade eingetroffen. Sie begaben sich ins Wohnzimmer, wo bereits der Kamin brannte. Das war etwas, das Daniel noch nie selbst erlebt hatte. Im Fernsehen oder Büchern gab es immer wieder diese wärmenden, knisternden Holzscheite. Nun lernte er die beruhigende Wirkung und davon ausgehende Hitze selbst kennen und verstand, warum viele Menschen ein solches, offenes Feuer so behaglich fanden.

Da nur zwei Sessel vor dem Kamin standen, holten Damian und Ian kurzerhand zwei weitere dazu, sodass jeder einen Platz fand. Eine Flasche Wein wurde geöffnet, einige Minuten schwiegen alle und genossen schlicht und ergreifend die Atmosphäre. Erst dann ergriff Ian das Wort.

„Sag mal, was war denn da in eurem Einkaufszentrum los? Stacy fährt ab und zu mal hin und ich war echt froh, dass sie gerade an dem Tag nicht in Dublin war."

Daniel winkte ab.

„Das war zwar eine etwas brenzlige Situation, ist aber gut ausgegangen. Ich habe mich hinterher gefragt, warum der Kerl das überhaupt gemacht hat. Wir haben nicht erfahren, ob er den Laden ausrauben wollte oder was sonst seine Absicht gewesen ist."

Er erzählte noch einmal den Ablauf der Aktion und fand in den anderen dankbare Zuhörer. Sogar Caro und Damian lauschten gespannt, obwohl sie die Geschichte bereits von ihrem Zusammentreffen in der Kellerbar kannten. Stacy und Ian hingegen hatten damals nichts mitbekommen, da sie sich auf

Ruth und Jack konzentriert hatten. Zu Daniels Erleichterung wandte sich das Gespräch dann jedoch anderen Themen zu.

„Wann wollt ihr eigentlich heiraten?" bohrte Stacy in Richtung Caro.

Die sah Damian ratlos an, bevor ihr Blick missbilligend zu Stacy zurückging.

„Wieso fragst gerade du das? Du und Ian kennt euch seit vielen Jahren, wir erst ein paar Monate. Zuerst wärt ja wohl ihr dran! Außerdem haben wir die Frage unseres Wohnsitzes noch nicht geklärt. Ein Ehepaar in zwei getrennten Häusern ist nicht so das Wahre."

Ein spitzbübisches Lächeln erschien auf Stacys Gesicht, Ian schaute verlegen zur Seite. Seine Angebetete war aber auch immer direkt!

„Na und? Falls ihr Kinder haben wollt, müsst ihr langsam mal in die Hufe kommen."

Das verschlug dem betreffenden Paar glatt die Sprache.

„Wie kommst du denn darauf?" wollte Damian dann wissen.

„Für Kinder ist unser Verfallsdatum abgelaufen und wir haben zwei Hunde. Die reichen für vier Kinder. Jedenfalls diese beiden."

Er warf einen schrägen Blick auf Oscar und Goliath, die laut schnarchend vor dem Kamin lagen. Goliath wackelte etwas mit einem Schlappohr, als ob er den weiteren Verlauf der Unterhaltung nicht verpassen wollte. Schließlich wurde da von ihm und seinem Bruder gesprochen. Als er merkte, dass sie nicht das Hauptthema waren, ließ er das Ohr wieder sinken.

„Verfallsdatum! Du hast doch nicht mehr alle Latten am Zaun! Caro ist im besten gebärfähigen Alter und du bist auch noch kein Greis. Es gibt Leute, die kriegen noch viel später Kinder."

„Leute vielleicht schon, aber nicht wir", mischte sich Caro wieder ein. „Es mag ja sein, dass Kinder zum Familienbild dazugehören. Aber ich will eigentlich keine und Damian auch nicht. Vor allem ist dieser Punkt völlig unabhängig von einer Heirat. Man kann Kinder haben ohne verheiratet zu sein und umgekehrt. Und bevor das Hausproblem nicht gelöst ist, steht eine Hochzeit sowieso nicht zur Debatte."

Resigniert stützte Stacy das Kinn in die Handfläche. „Dann werden wir wohl so lange warten müssen wie bei Fanny O'Malley und Steve O'Reilly. Die sind über achtzig und kommen auch nicht in die Gänge."

„Das ist auch was anderes", gab nun Ian seinen Senf dazu. „Die beiden kennen sich ihr Leben lang, warum sollten sie jetzt noch heiraten?"

„Aus Prinzip!" wies Stacy ihren Liebsten zurecht.

„Ach nee", parierte Ian, „und wer will bei uns nicht heiraten und hat meinen Antrag abgelehnt, obwohl wir uns auch ein Leben lang kennen?"

Caro, Damian und Daniel setzten sich kerzengerade in ihren Sesseln auf. Jetzt wurde es richtig interessant!

„Du weißt genau: Ein gebranntes Kind scheut das Feuer. Ich hatte schon mal das zweifelhafte Vergnügen, fast verheiratet gewesen zu sein. Noch heute bin ich froh, dass es wenigstens dazu nicht gekommen ist. Warum also sollte ich das jetzt nachholen?"

„Weil du nicht Belindas Vater heiraten sollst, sondern mich", stellte Ian klar. Belustigt wandte er sich an die anderen drei. „Irgendwie glaubt Stacy immer, ich würde sie auch sitzenlassen. Dabei kann ich weder was dazu, dass ihr Ex damals mit ihr und einer kleinen Tochter überfordert war, noch bin ich so. Das weiß sie auch, verdrängt diese Tatsache aber sehr erfolgreich."

„Was soll ich denn sagen?" warf Caro nun ein. „Ich bin sogar geschieden. Danach wollte ich mit Männern gar nichts mehr zu tun haben – bis Damian mit seinem Auto zufällig da im Weg stand, wo ich langfahren wollte. Du solltest Ian mehr vertrauen, Stacy."

Ein Prusten ging der Antwort voraus.

„Das tue ich doch! Oder glaubst du, sonst hätte ich mich auf ihn eingelassen? Ich weiß, dass Ian ein zuverlässiger, solider Mensch ist. Schließlich kenne ich ihn tatsächlich schon mein ganzes Leben lang. Aber dieser letzte Schritt macht mir noch Angst."

Nun war sie zumindest ehrlich, dachte Caro.

„Dann wartet ihr eben so lange, bis dir der Gedanke zu heiraten keine Angst mehr macht. Ian wird es verkraften."

Sie zwinkerte dem abgewiesenen Fast-Bräutigam zu und er lächelte.

„Wird mir wohl nichts anderes übrig bleiben. Aber das Warten wird sich lohnen."

Stacy merkte plötzlich, dass sie völlig von ihrer eigentlichen Frage abgekommen waren. Rigoros kam sie darauf zurück.

„Was ist denn nun mit euch, nachdem wir mein Seelenleben seziert haben?"

Damian lehnte sich vor und stützte die Ellbogen auf die Knie, während er seine Sekretärin amüsiert anschaute.

„Gar nichts. Alles bleibt in beiderseitigem Einvernehmen zunächst so, wie es ist. Sollte sich was ändern, wirst du es erfahren, das garantiere ich dir. Du darfst dann nämlich bei den Vorbereitungen helfen."

„Sehr freundlich", spöttelte Stacy.

Daniel hatte sich während des gutmütigen Geplänkels mit den Hunden beschäftigt. Abwechselnd kraulte er beide hinter den Ohren, was Oscar damit quittierte, indem er sich auf den Rücken warf und seinen Bauch herausstreckte. Für ihn bedeutete es den Himmel auf Erden, dort gestreichelt zu werden. Während sich die

Unterhaltung wieder mehr dem Dorf und entsprechenden Tratsch zuwandte, teilte er seine Aufmerksamkeit zwischen den Zwei- und Vierbeinern auf. Der Diskussionsbedarf schien kein Ende zu nehmen, Daniel verabschiedete sich recht spät.

Unter sternenklarem Himmel, tief die frische Luft einatmend, legte er den Weg zum Pub zurück.

Kapitel 13

Genüsslich streckte sich Daniel in dem gemütlichen Bett. Der gestrige Abend hatte ihm sehr gefallen und noch lange hatte er wachgelegen, um ihn Revue passieren zu lassen. Ihn verband mit den vier Menschen aus Affordshire nicht so viel wie mit Jack, aber er hatte sich gut amüsieren können. Am meisten freute ihn, dass er tatsächlich etwas für seine Tante hatte anfertigen können und es heute fertigstellen würde. Angespornt durch diesen Gedanken sprang er regelrecht aus dem Bett und hüpfte in das kleine Badezimmer. Er verspürte einen Bärenhunger auf das Frühstück.

Das wurde ihm von einer jungen Frau namens Cindy serviert, die sich als Brians Schwiegertochter vorstellte. In seinem Gedächtnis kramend grub Daniel darin aus, dass sie mit dem Älteren der beiden Söhne verheiratet war. Sie waren vor einigen Monaten Eltern eines Jungen geworden.

Daniel schenkte Cindy ein Lächeln und nahm sich des Frühstücks an. In einem Rekordtempo hatte er alles verputzt und fühlte sich angenehm gesättigt. Voller Tatendrang machte er sich auf den Weg zu Damian, damit sie die Schreinerei aufsuchen und seinen Keksturm vollenden konnten.

Der saß mit Caro noch beim Frühstück, als Daniel das Cottage erreichte. Damian lud ihn mit einer Handbewegung ein, Platz zu nehmen und ließ den Mischlingen unter dem Tisch verstohlen einige Wurststückchen zukommen. Er hatte dabei nicht an den Röntgenblick seiner Freundin gedacht, die ihm einen giftigen Blick zuwarf.

„Du weißt, dass das für die beiden nicht gesund ist."

„Für uns sind Alkohol oder Schokolade auch nicht gesund, trotzdem essen und trinken wir es und fühlen uns damit sauwohl."

„Ja, aber nur bis zu einem gewissen Rahmen."

„Na siehst du, ist bei den Hunden genauso. Ich gebe ihnen ja nur ein paar Stücke Wurst und keine ganze Metzgerei."

Caro gab auf, gegen seine Argumente konnte sie wieder nicht ankommen. Warum zog sie bei Diskussionen mit ihm eigentlich immer den Kürzeren?

Daniel versuchte, ein Grinsen über diesen Schlagabtausch zu verbergen und lehnte Caros Angebot ab, noch etwas zu essen. Lediglich einen Kaffee konnte er nicht ausschlagen. Caro informierte sie währenddessen über ihren geplanten Tagesablauf, der in der Hauptsache aus Arbeit bestehen würde. Sie hätte für den Roman, den sie gerade übersetzte, bald den Abgabetermin und wolle nicht in Zeitdruck geraten. Wie der Tag der Männer aussehen würde, war allen klar. Der Keksturm musste zusammengebaut und lasiert werden, danach würde man sehen. Daniel interessierte sich sehr für Damians aktuelle Aufträge und hoffte, sich einige Schritte in der Herstellung eines Produkts ansehen zu können.

Wie auch am Tag zuvor tollten die Hunde voraus, als sich Daniel und Damian zur Schreinerei begaben. Das Wetter war umgeschlagen, es nieselte und der Wind pfiff ihnen heftig um die Ohren. Sie wichen einem vorbeifahrenden Auto an den Straßenrand aus. Da die Reifen eine Pfütze trafen, spritzte das Wasser hoch und traf Damian an der Seite. Sein Versuch vorher auszuweichen schlug fehl, denn er rutschte dabei aus und fand sich im Graben wieder. Noch während er sich hochrappelte, erblickte er Daniels lachendes Gesicht.

Daniel reichte ihm die Hand, um ihm aufzuhelfen. Damian fand jedoch in seiner manchmal übermütigen Art, wer Schadenfreude empfand, konnte auch selbst das Ziel davon werden. Er zog ruckartig, Daniel verlor das Gleichgewicht und landete bäuchlings neben Damian. Er war sich sicher, würde jemand diese ausgewachsenen Männer dort lachend vorfinden, er würde sie für verrückt erklären. Vielleicht waren sie das sogar auf eine Weise. Diese Unbeschwertheit hatte Daniel lange nicht erlebt, wenn er von einigen kleinen Episoden mit Charlie absah. Dies hier war jedoch noch anders.

„So ähnlich hat es bei Caro auch angefangen, nur dass Oscar sie auf den nassen Rasen geworfen hat. Scheint zu einer Art Taufe hier zu werden", stellte Damian fest.

Daniel stützte sich auf die Ellbogen und fragte unbedarft: „Wer holt uns jetzt hier raus?"

„Immer der, der dumm fragt. Los, hoch, du Kanaille!"

Sie richteten sich auf und kletterten unter dem erstaunten Blick der Hunde den kleinen Hang hoch, zur Straße zurück. Dort besahen sie ihre nasse, verschmutzte Kleidung, zuckten mit den Schultern und setzten ihren Weg fort. Das würde von allein wieder trocknen, für alles andere gab es Wasch-maschinen.

Stacy runzelte die Stirn, als sie das Büro betraten.

„Was ist denn mit euch passiert? Hattet ihr einen Unfall?"

„Dir auch einen guten Morgen", erwiderte Damian. „Nein, oder eigentlich doch. Um nicht von einem Auto nassgespritzt zu werden, sind wir im Straßengraben ge-landet."

Der Logik konnte Stacy nicht folgen, sie verlangte eine nähere Erklärung. Nachdem auch sie begriffen hatte, was passiert war, setzte sie Teewasser auf.

„Ein Tee hält euch wenigstens von innen warm. An eurer Stelle würde ich mich aber doch erst mal umziehen."

Synchron schüttelten die Männer den Kopf, denn dazu hatten sie keine Lust. Sie waren nicht faul, aber den ganzen Weg zum Pub und zu Damians Cottage zurück und wieder zur Schreinerei war verschwendete Zeit. Dafür hatten sie eine bessere Verwendung.

Sie ließen sich von Stacy jeder eine Tasse Tee in die Hand drücken und verschwanden nach nebenan. Dort lehnten sie sich zunächst an die Werkbank und tranken in kleinen Schlucken.

„Stacy ist eine Seele von Mensch, aber manchmal hat sie ein Gluckensyndrom", stellte Damian gutmütig fest.

Schweigend leerten sie ihre Tassen und begannen dann mit der Arbeit. Daniel ließ sich zeigen, wie er die Einzelteile des Keksturms zu einem Ganzen vereinte und während er zu Werke ging, suchte Damian die passende Lasur. Er stellte Pinsel und Eimer neben Daniel, damit der ohne Unterbrechung die nötigen Arbeiten verrichten konnte. Er selbst beschäftigte sich mit einigen Zeichnungen, die er für einen Kundenauftrag angefertigt hatte. Bald bemerkte er, dass Daniel immer wieder einen Blick auf die Skizzen warf.

„Das wird ein Schuhschrank", erklärte er.

Daniel fand es faszinierend, aus wieviel Einzelteilen ein solch schlichtes Möbelstück bestand. Er konzentrierte sich wieder auf seine Arbeit. Die Zunge erneut zwischen die Zähne geklemmt, baute er die Komponenten zusammen und betrachtete anschließend stolz sein Werk. Vorsichtshalber rief er Damian, damit der seine bisherige Tätigkeit abnahm, bevor er sich an das Lasieren machen würde. Der gab grünes Licht, auch wenn die Rondelle des Turms einige Ecken und Kanten hatten, die auf Daniels Unerfahrenheit zurückzuführen waren. Dennoch bezeichnete er die Verarbeitung als sauber und geschickt, sodass Daniel gleich einige Zentimeter größer wurde. Motiviert begann er mit der Veredelung des Holzes, damit Charlie wie geplant bei Bedarf feucht abwischen könnte.

„Jetzt muss es trocknen, das dauert eine Weile", bremste Damian den Enthusiasmus seines Besuchers. „Wenn du willst, kannst du mir in der Zwischenzeit etwas helfen."

Nichts lieber als das! Mit glühendem Gesicht jeden Handgriff verfolgend, versuchte er sich zu merken, wie Damian vorging. Wo er konnte, packte Daniel mit an und nahm ihm dadurch viele kleine Arbeiten ab. Erst am späten Nachmittag tauchten die beiden aus ihrer Welt wieder auf. Schuld daran war Stacy, die lautstark nach Damian rief.

„Ich weiß ja nicht, was ihr so vorhabt, aber ich gehe jetzt nach Hause!"

Erschrocken sahen die Männer auf die große, runde Funkuhr, die an der langen Wand über der Werkbank hing. Insbesondere Daniel gefiel die Uhrzeit gar nicht. Es war schon zu spät, um noch einen Bus nach Dublin zu erreichen. Das bedeutete eine weitere Nacht in Affordshire und Kosten. Nun war er aber kein Mensch, der sich über Fakten aufregte, die er nicht ändern konnte. Er würde eben morgen zurückfahren. Damian jedoch war offenbar sowieso davon ausgegangen, dass er den Abend noch bei ihnen verbringen würde. Seinen Andeutungen zufolge hatten sie Daniel auch an diesem Tag für das Abendessen eingeplant, was ihn etwas beschämte.

„Ich esse dann im Pub was und gehe früh ins Bett", versuchte er, sich aus der Affäre zu ziehen. Wenn er eins nicht wollte, dann seinen Gastgebern auf die Nerven gehen.

„Warum?" Völlig verständnislos starrte Damian ihn an. „Du bist für das Essen einkalkuliert und wenn du nicht mit-kommst, gibt das erstens Ärger mit Caro und zweitens haben wir eine Menge über. Das wäre doch Blödsinn."

Logischen Argumenten konnte man sich nicht verschließen, das wusste auch Daniel. So machten sich die Männer mit dem

Keksturm unter dem Arm und zwei bellenden Hunden ebenfalls auf den Weg.

Beim Betreten des Flurs hörten sie Caros Stimme, blieben stehen und spitzten die Ohren. Argwöhnisch schielte Damian um die Ecke um zu sehen, wer sich dort mit seiner Freundin in der Küche aufhielt. Kurz darauf gab er Entwarnung mit einem Winken, dass Daniel ihm folgen sollte.

„Ich habe erst mal vorsichtig geguckt, ob ich reinkommen oder lieber das Weite suchen sollte. Hallo Gran", grinste er. Er nahm die am Tisch sitzende, alte Dame in die Arme und gab ihr einen schmatzenden Kuss auf die Wange.

„Und wo bleibe ich?" beschwerte sich Caro sofort.

Ihrer Aufforderung nachkommend, begrüßte er sie etwas intimer als seine Großmutter. Dann wandte er sich Daniel zu.

„Gran, das ist unser Besuch aus Dublin. Der Freund und Schichtkollege von Jack. Daniel, das ist meine Großmutter, Hanna McIntyre."

Artig trat Daniel vor und reichte der alten Dame die Hand. Sie war klein und zierlich, verströmte aber so gar nicht das Flair einer Oma. Dazu wirkte sie zu elegant in ihrem cremefarbenen Kostüm. Schnell merkte er jedoch, dass Hanna ebenso eine typische Großmutter war wie viele andere, die er vom Hörensagen kannte.

„Damian hat mir von Ihnen erzählt. Es freut mich, dass es mit dem Besuch geklappt hat."

Caro prustete verhalten vor sich hin. Erst auf Hannas fragenden Blick erläuterte sie, was sie so belustigte.

„Als ich Hanna kennengelernt habe, saß sie abends in ihrem Sessel vor dem Fernseher. Ein ähnliches Kostüm wie heute, man hatte den Eindruck, sie wolle noch einen Besuch machen oder so. Aber…" Jetzt lachte sie lauthals los und musste sich zunächst beruhigen, bevor sie weitersprechen konnte. „Aber", wiederholte sie, „ an den Füßen hatte sie quietschgrüne Plüschpantoffeln in der Form eines Froschs mit riesigen Augen. Dieses Bild werde ich nie vergessen!"

Daniel sah die alte Dame an und versuchte, sich das beschriebene Schuhwerk an ihr vorzustellen. Es gelang ihm nicht so ganz, der Widerspruch zu ihrer jetzigen Erscheinung verhinderte dies.

„Ich bin schon froh, wenn sie mich ohne diese Dinger überhaupt erkennt", murmelte Hanna und sah amüsiert zu der Freundin ihres Enkels auf.

„Na hör mal", protestierte Caro sofort. „Immerhin war das an dem Abend der Blickfang überhaupt an dir. Ich fand das so herrlich…"

Wieder gluckste sie vor sich hin, fischte eine Nudel aus dem Topf und kostete, ob sie gar war.

„So sind sie", beschwerte sich Hanna. „Sie machen einen in dem Bestreben nach warmen Füßen fest. Ich werde ewig bereuen, dass ich nicht meine High Heels getragen habe."

„Nee, lass mal, Hanna. So warst du mir entschieden lieber."

Caro zwinkerte ihr zu, während sie das Nudelwasser abgoss.

„Ihr kommt genau richtig. Ich hätte euch sonst was zum Aufwärmen in den Backofen gestellt."

Daniel bemerkte Gedecke für vier Personen. Deshalb ging er davon aus, dass Hanna McIntryre ebenfalls mit ihnen essen würde.

Damian hingegen fragte sich im Stillen, was seine Großmutter zu ihrem Besuch veranlasst haben könnte. Sicher kam sie ab und zu vorbei, um etwas zu plaudern. Aber meistens hatte ihr Kommen einen bestimmten Grund. Er brauchte nicht lange auf die Erklärung zu warten.

„Ich habe Caro gerade erzählt, dass sich das Problem eurer doppelten Häuser möglicherweise zur allseitigen Zufriedenheit lösen lässt."

Verdutzt sah er sie an.

„Du willst aber auf deine alten Tage nicht noch allein in ein Haus umziehen, oder?"

„Ich dachte immer, du bist intelligent! Natürlich nicht, mein Junge. Besser als jetzt kann ich es doch gar nicht haben."

„Gran wohnt bei meinen Eltern im Haus und hat einen Teil des oberen Stockwerks als ihr Reich", erklärte Damian zu Daniel gewandt.

„Genau", bestätigte Hanna. „Und da bleibe ich auch. Aber du könntest dein Haus an deine Schwester vermieten."

Damians Augen wurden kugelrund.

„Wieso an Megan? Warum sollte sie hier in Affordshire ein Haus haben wollen?"

„Weil sie sich von Joshua getrennt hat und mit den Kindern hier leben will. In der Nähe der Familie eben."

Damian wechselte einen Blick mit Caro, das musste er erst mal verdauen. Über die Ehe seiner Schwester hatte er sich nie Gedanken gemacht und fiel jetzt aus allen Wolken.

„Was ist passiert?" wandte er sich wieder an Hanna.

„Nichts. Sie haben einfach nur beide festgestellt, dass aus dem ehemaligen Feuer kalte Asche geworden ist. Laut Megan trennen sie sich einvernehmlich ohne Streit und wollen auch in Bezug auf die Kinder freundschaftlich verbunden bleiben. Megan sagt, immerhin haben sie sich mal geliebt und es ist nicht einzusehen, warum sie sich bekriegen sollten, nur weil es nicht mehr so ist. Joshua sieht das ebenso."

„Ein sehr weiser und vor allem toller Entschluss", mischte sich Caro ein. „Leider verläuft so eine Trennung in den meisten Fällen komplett anders. Wie alt sind die Kinder noch mal?"

„Zwölf und sechzehn", murmelte Damian. In seinem Kopf arbeitete es, denn es bot sich gerade die perfekte Lösung an.

Daniel hingegen machte den Eindruck, als hätte er sich am liebsten unter dem Tisch verkrochen. Hier drehte es sich um Familienangelegenheiten, die ihn überhaupt nichts angingen. Die Leute um ihn herum schien das aber keineswegs zu stören und so verhielt er sich einfach nur mucksmäuschenstill. Das klappte so lange, bis Caro das Wort an ihn richtete.

„Daniel, das könnte bedeuten, dass doch eine Hochzeit ins Haus steht. Falls wir uns einig werden, in welches Haus Megan ziehen könnte. Du bist dann natürlich eingeladen!"

Nun legt sie plötzlich Tempo vor, dachte Damian vergnügt. Ihm sollte es recht sein, denn diese Frau wollte er nicht wieder aus seinen Fängen lassen. Sie hatte es geschafft, den Eheabstinenzler endgültig einzufangen. Fragend sah er ebenfalls zu Daniel.

„Du kommst doch?"

„Äh, ja, natürlich", stotterte der völlig überrumpelt. Bislang hatte er versucht die Ohren gegenüber dem Geplauder zu verschließen, nun musste er sie unerwartet wieder aufklappen. So beschloss er, dem Gespräch am Tisch auch weiter zu folgen.

Damian sinnierte inzwischen weiter.

„Da Megan zu meiner Seite gehört, wäre es wohl am besten, sie zieht in mein Haus. Es ist auch etwas größer als Caros, sodass sie mehr Platz mit den Kindern hat."

„Die Anzahl der Zimmer ist aber dieselbe", warf Caro ein.

„Ja", bestätigte er. „Nur dass die Zimmer bei mir größer sind. Und meine emotionale Bindung zu meinem Heim ist nicht ganz so groß wie deine zu Mollys Cottage. Immerhin bleibt dieses hier dann in der Familie." Er unterstrich „dieses hier" mit einer ausholenden Bewegung seines Arms, mit der er auch gleich mal

Caros Glas vom Tisch fegte. Laut klirrend zerschlug es auf den Küchenfliesen.

„Deshalb musst du keine Randale machen", belehrte sie ihn, stand auf und holte Kehrblech und Wischlappen.

„Tut mir leid", entschuldigte er sich zerknirscht.

Hanna hatte das Spektakel wortlos verfolgt, aber nun schaltete auch sie sich wieder ein.

„Es ist die ideale Lösung. Wie du schon sagst, Damian, dein Cottage würde in der Familie bleiben und dein Eigentum sowieso. Du ziehst einfach zu Caro in Mollys Haus."

Caro und Damian strahlten sich an. Wenn Megan einverstanden sein würde, könnten sie bald Nägel mit Köpfen machen und ihrer Beziehung einen offiziellen Status geben.

„Was sagt Megan dazu?" hakte er bei Hanna nach.

„Sie würde gern hierher kommen und wenn sie bei dir wohnen könnte, wäre das ein absoluter Glücksfall. Das sind ihre Worte. Am besten ist, du telefonierst mal in Ruhe mit ihr, dann könnt ihr auch alles Weitere absprechen. Zum Beispiel die Höhe der Miete. Du wirst doch bestimmt auch einige Möbel zurücklassen, die ihr sonst doppelt hättet. Wenn sie weiß, welche das sind, kann sie die eigenen bei Joshua lassen."

Caro funkelte ihn während des Aufwischens von unten her an.

„Du willst aber nicht ernsthaft von Megan Miete verlangen?"

Er hatte sich schon immer mal gewünscht, dass eine Frau vor ihm auf den Knien lag. Caro brachte dies inzwischen zur Perfektion, auch wenn sie bei solchen Gelegenheiten unfreiwillig auf dem Boden herumrutschte. Erheitert verdrängte er den Gedanken.

„Natürlich nicht! Wir brauchen das Geld nicht und Megan hat so mehr für sich und die Kinder. Letztendlich können wir ihr dankbar sein, dass sie unser Wohnproblem löst. In einem der oberen, leerstehenden Zimmer bei dir richte ich mir dann ein kleines Büro ein."

„Mach nur", stimmte sie zu. „Dann haben wir wenigstens alle Räume belegt, wenn wir aus dem anderen noch ein Gästezimmer machen."

Sie verstaute Lappen nebst Eimer wieder in einem hohen Schrank, der als Unterkunft für Putzzeug diente. Anschließend ließ sie sich zurück auf ihren Stuhl fallen.

„Du solltest heute Abend gleich mit ihr telefonieren, damit ihr möglichst schnell klären könnt, wann sie kommt und was sie mitbringen muss. Was bei mir so rumsteht und damit für sie von deinen Sachen hierbleiben kann, weißt du ja."

„Das heißt aber nicht, dass wir nicht das eine oder andere austauschen können. Mein Bett ist zum Beispiel viel besser als deins. Unbenutzter und du fühlst dich auch sehr wohl darin."

Er grinste anzüglich, was ihm einen Schlag auf den Oberarm einbrachte.

„Wir werden sehen", vertröstete sie ihn unbestimmt.

Da Hanna untergebracht hatte, weshalb sie gekommen war, verabschiedete sie sich bald. Die Begründung, eine alte Frau bräuchte ihre Ruhe, zauberte Caro ein Lächeln auf die Lippen. Auch Daniel, den die persönliche Unterhaltung etwas unangenehm berührt hatte, machte Anstalten zu gehen. Er bedankte sich bei beiden für die Einladung und ihre Gastfreundschaft. Bevor sie ihn entließen, nahmen sie ihm nochmals das Versprechen ab, zu ihrer Hochzeit zu kommen.

Als sie wieder allein waren, schlug Damians Stimmung um. Nachdenklich sah er Hanna nach, deren schmale Gestalt auf der Straße immer kleiner wurde, je weiter sie sich entfernte.

„Das ist schon unheimlich", murmelte er.

Caro sah ihn fragend an. „Was meinst du?"

„Hanna", konkretisierte er, legte die Arme um ihre Taille und zog sie an sich. Sein Blick lag jedoch hinter ihrer Schulter in der Ferne.

„Sie ist über neunzig, aber bis auf ihre Arthritis und manchmal zu niedrigem Blutdruck fit wie ein Turnschuh. Das macht mir Angst."

Caro legte den Kopf zurück, um ihm ins Gesicht sehen zu können.

„Warum macht dir das Angst? Das ist doch gut!"

Nun schaute er sie an, sie konnte das Unbehagen in seinen Augen sehen.

„Ich befürchte einfach, dass es mal furchtbar schnell gehen wird. Dass sie ohne Vorwarnung von einer Minute auf die andere nicht mehr da sein wird."

Sie verstand, was er meinte und versuchte, seine dunklen Gedanken zu verscheuchen.

„Hanna hat eine Konstitution wie ein Maulesel. Sie wird noch viele Jahre bei uns bleiben, keine Sorge."

Er nickte und vergrub seinen Kopf an ihrem Hals.

„Hoffentlich hast du Recht."

Im Pub dachte Daniel noch über die Wendung bei Caro und Damian nach. Er hatte sich unter die Bettdecke gekuschelt, der Keksturm stand ihm gegenüber auf der kleinen Kommode. Damian hatte ihm einen stabilen Karton gegeben, damit er sein Geschenk unbeschadet nach Dublin transportieren konnte. Das Leben hier erschien ihm so völlig gegensätzlich zu seinem. Nicht unbedingt besser, er war ein Stadtmensch und für einen Besuch war es für ihn in Ordnung. Er wünschte sich immer Familie, die er an seinem Dasein teilhaben lassen konnte. Mit Charlie und Scott hatte er so etwas auch gefunden. Dennoch argwöhnte er, dass ihm diese geballte Ladung, wie er es in Affordshire kennengelernt hatte, zu viel werden würde. Möglicherweise war es aber auch nur Gewohnheit, in diesem Dorf wuchsen alle so auf und kannten es nicht anders.

Seine Gedanken wanderten nach Dublin zurück. Er hatte sich heute bereits verabschiedet und würde am nächsten Morgen einen frühen Bus nehmen, damit er gegen Mittag wieder zuhause wäre. Er brannte darauf, mit den Zutaten zu den Keksrezepten bei Charlie aufzutauchen und ihr dann sein Mitbringsel zu überreichen. Dabei schwankte er immer zwischen der Gewissheit, dass sie sich freuen würde und der Befürchtung, es könnte ihr nicht gefallen. Zudem erwartete ihn die Unsicherheit, was sich in Bezug auf Susan ergeben hatte. In den letzten beiden Tagen hatte er die Gedanken an sie komplett verdrängen können. War sie wieder aufgetaucht oder suchte die Polizei immer noch nach ihr? Letzteres schob er von sich und versuchte sich selbst davon zu überzeugen, dass sich sein Problem in Luft aufgelöst hatte. Während dieser Überlegungen glitt er schließlich in den Schlaf hinüber.

Kapitel 14

Erin Namara stand erschöpft inmitten von Kartons in dem kleinen Wohnzimmer, ihrem Wohnzimmer. Rhys hatte mit dieser Wohnung nichts mehr gemeinsam, aber das Schwerste stand ihr noch bevor. Gerade war Rebecca auf dem Weg zur Schule, um Finn abzuholen und bei ihr abzuliefern. Viel-leicht hätte sie ihrem Sohn zuvor von den Plänen erzählen sollen. Jetzt setzte sie ihn einem weiteren Schock aus, weil er ohne Vorwarnung nicht mehr in sein gewohntes Heim zurückkehren konnte.

Für Rhys hatte sie eine Nachricht auf dem Küchentisch hinterlassen, in der sie ihm in knappen Worten ihren Ent-schluss mitteilte. Er würde bezüglich der Scheidung von einem Anwalt hören. Ihre neue Adresse hatte sie nicht hinzugefügt. Rhys besaß ihre Handynummer und konnte sie damit jederzeit erreichen, wenn es etwas zu klären gab. Eine Notwendigkeit dazu bestand ihrer Meinung nach aber nicht. Am liebsten würde sie von ihm nichts mehr sehen und hören. Das würde aber ein frommer Wunsch bleiben, der nicht in Erfüllung gehen konnte. Schon wegen Finn würden sie immer wieder miteinander kommunizieren müssen. Obwohl Erin argwöhnte, dass Rhys weiterhin nicht viel Interesse an dem gemeinsamen Sohn zeigen würde.

Sie hörte die Wohnungstür und ging ihnen entgegen.

„Was machst du hier, Mum?"

Erin nahm ihren Kleinen an der Hand und zog ihn in die Küche. Dort drückte sie ihn auf den einzigen Stuhl, der nicht von

Umzugskartons belagert war. Sie zog ihm die Jacke aus und hockte sich von Angesicht zu Angesicht vor ihn.

„Das ist jetzt unser Zuhause, Finn." Sie suchte nach Worten, denn bislang war es ihr nicht gelungen, sich eine Rede zurechtzulegen.

„Du weißt doch, dass Dad und ich uns sehr viel gestritten haben und auch keine Lust mehr hatten, zusammen Zeit zu verbringen. Wir mochten noch nicht mal mehr zusammen fernsehen oder so was. Deshalb finde ich es besser, wenn wir nicht mehr zusammen wohnen. Er bleibt in dem Haus und wir werden jetzt hier leben. Deine Sachen sind alle hier und wir können dann dein Zimmer einrichten, was hältst du davon?"

Ängstlich musterte sie ihn, wie würde er reagieren?

„Und was ist mit Dad?"

Sie strich ihm mit der Hand über die vom Wind noch kalte Wange.

„Du kannst ihn jederzeit besuchen, wenn du möchtest und er Zeit hat. Dad hat dich genauso lieb wie vorher, wir wohnen nur nicht mehr zusammen."

Das war glatt gelogen, dachte Erin. Dass Rhys seine Kinder wirklich liebte, daran zweifelte sie schon lange. Es war die einzige Erklärung, mit der sich sein Desinteresse begründen ließ.

Finn sah sie forschend an, während es in seinem Kopf arbeitete. Nun würde er seine Mutter ganz für sich allein haben. Das Einrichten und Einräumen seines Refugiums sah er mehr als Abenteuer denn als Arbeit. Würde er seinen Vater vermissen? Selbst Finn bezweifelte dies. Unter diesen Gesichtspunkten konnte er sich durchaus mit den geänderten Verhältnissen arrangieren.

„In Ordnung. Was ist, wenn Susan zurückkommt?"

„Dann kann sie bei uns wohnen oder bei Dad, ganz wie sie möchte. Susan ist schon älter und hat deshalb die Wahl. Wir haben auf jeden Fall einen Platz für sie, wenn sie bei uns einziehen möchte."

Auch das war nicht die Wahrheit und Erin schämte sich dafür. Die Anwesenheit von Susan war nicht einkalkuliert und wenn sie wieder auftauchte, würde sie alles daran setzen, dass sie sich für ihren Vater entschied. Tat sie das nicht, würde Erin zum Schlafen ins Wohnzimmer umziehen müssen, damit Susan ihr eigenes Zimmer bekam. Das war ein Szenario, mit dem sie sich überhaupt nicht beschäftigen wollte.

Für Finn war diese Begründung ausreichend. Noch in Unkenntnis darüber, dass die Wohnung keinen weiteren freien Raum für Susan hatte, fragte er nicht nach. Auch später nicht, als er alles gesehen hatte und Erin war deshalb sehr dankbar.

Rebecca hatte sich im Hintergrund gehalten, wedelte aber nun mit der Tüte eines Fastfood-Restaurants. Zur Feier des Tages gab es Cheeseburger und Pommes, die sie inmitten von Kartons einnahmen. Erin kaute automatisch, ohne zu merken, was sie aß. Man hätte ihr auch eine Suppe aus Grashalmen vorsetzen können, sie hätte sie geschluckt. Viel wichtiger war ihr, die Wohnung schnellstmöglich gemütlich zu gestalten. Den Anfang würde Finns Zimmer machen, damit der Junge jederzeit Schlafengehen konnte und einen Rückzugsort hatte.

Zusammen mit Rebecca machte sie sich an die Arbeit und bald bekamen beide Verstärkung von Kevin. Er kümmerte sich mit Finn um den Aufbau der Möbel, wobei er immer wieder betonte, wie geschickt sich der Kleine anstellte. Der so Bezeichnete strahlte aufgrund des Lobs über das ganze Gesicht. Die Schwestern verteilten inzwischen die wahllos abgestellten Kartons auf die richtigen Zimmer. In der Eile des Einpackens beim Auszug hatte es keine Zeit gegeben, die Habseligkeiten geordnet zu verstauen und Kartons zu beschriften. Das rächte sich jetzt, da sie immer erst nachsehen mussten, was enthalten war. Das Einräumen seines Eigentums überließ Erin ganz Finn, sie reichte ihm lediglich die Teile und er suchte einen Platz. Dabei erkannte sie, dass er wie sie ein Gewohnheitsmensch war. Alles kam an dieselbe Stelle, an der es bereits in dem Reihenhaus gestanden und gelegen hatte. Nach einer Weile merkte Erin, dass Finn die Luft ausging, denn seine Bewegungen wurden immer langsamer und schleppender.

„Was meinst du, sollen wir für heute Schluss machen? Du kannst dich ins Bett legen, das beziehe ich jetzt noch frisch und ein bisschen in deinen Büchern schmökern. Morgen machen wir dann den Rest."

Mit kleinen, müden Augen nickte der Junge. Wortlos verließ er das kleine Zimmer, in dem nur mit Mühe und Not Platz für all seine Möbel war. Erin hörte ihn im Badezimmer plätschern, als sie die Bettwäsche aufzog. Nach seiner Rückkehr half sie ihm in einen sauberen Schlafanzug und drückte ihm einen Gutenachtkuss auf, bevor sie den Raum verließ.

In ihrem Schlafzimmer waren Kevin und Rebecca ebenfalls bereits beim Einräumen. Zu dritt arbeiteten sie bis spät abends, bevor sie sich abgekämpft auf das Sofa fallen ließen. Das war gebraucht, aber gereinigt und desinfiziert. Der braune Stoff zeigte leichte Verschleißerscheinungen, doch mit einer schonenden Decke darüber würde es gehen. Erschöpft sah sich Erin um. Die Wohnung glich noch einem Chaos, aber im Laufe der nächsten Tage würde es schon werden. Sie hatte sich eine Woche Urlaub genommen, um sich mit Finn an die neuen Verhältnisse gewöhnen zu können und ganz für ihren Sohn da zu sein. Zudem konnte sie sich so etwas Zeit lassen, ihr Umfeld wohnlich zu gestalten. Die gebrauchten Möbel waren nicht das Non-plusultra, aber besser als nichts und vor allem hatte sie nicht viel aus dem Haus mitnehmen müssen. Im Grunde ließ sie ein ganzes Leben zurück, wurde ihr nun klar. Aber sie hatte das Gefühl, dass es gut so war.

Als Rebecca und Kevin gegangen waren, beschäftigte sie sich noch einige Zeit mit dem Einräumen von Kleinigkeiten, bevor sie ins Bett fiel und schnell in einen traumlosen, tiefen Schlaf fiel.

Im Gegensatz zu ihr war Finn am nächsten Morgen sehr früh munter und voller Tatendrang. Noch im Halbschlaf nahm sie wahr, wie er sich unter ihre Bettdecke schob und an sie kuschelte. Wie lange hatte er das nicht mehr gemacht? Sie hob einen Arm, um ihn an sich zu ziehen und gemeinsam blieben sie eine Weile liegen, ohne ein Wort zu sagen. Schließlich übermannte Finn doch die Realität.

„Wann gibt es Frühstück?"

Erin musste schmunzeln, stellte aber gleichzeitig mit Bedauern fest, noch gar nichts eingekauft zu haben. Das würde sie so schnell wie möglich nachholen müssen.

„Ich muss erst fix in den Laden um die Ecke, um was zum Frühstück zu besorgen. Hältst du es so lange noch aus?"

Er nickte eifrig. „Bringst du mir Cornflakes mit?"

„Aber natürlich, mein Großer!" Noch während sie sprach, verließ sie das Bett und zog sich an. Eine eilige Katzenwäsche musste reichen, damit sie bald frühstücken konnten. Erin selbst genügte eine Tasse Kaffee, aber der Junge musste etwas in den Magen bekommen.

Sie hüpfte die Treppen hinunter und begab sich im Laufschritt in den kleinen Supermarkt, der nicht allzu weit entfernt war. Dort kaufte sie alles Nötige, was in den nächsten Tagen gebraucht wurde. Wenn sie schon einmal hier war, konnte sie gleich alles erledigen und würde nicht erneut losmüssen. So tauchte sie mit zwei Einkaufstüten bepackt wieder zuhause auf. Finn hatte inzwischen zwei Teller und Besteck herausgesucht und auf dem Tisch positioniert. Erwartungsvoll sah er ihr entgegen.

Sie packte die Errungenschaften ihres frühen Einkaufs aus, sofort griff er sich Cornflakes und Milch. Bevor ein Unglück geschah, entzog Erin ihrem Sohn den Teller, denn schwimmende Cornflakes auf einer flachen Unterlage machten sich nicht so gut. Sie sah sich in den Kartons um und fischte die Müslischalen heraus, von denen sie eine vor Finn stellte. Bisher hatte er ihr verdutzt zugesehen, aber jetzt war ein Verstehen auf seinem Gesicht sichtbar. Er erkannte, dass er zuvor versehentlich die falsche Tellerauswahl getroffen hatte. Geräuschvoll begann er, auf seiner Mahlzeit herum zu kauen.

„Wie sieht unsere Tagesplanung heute aus?" fragte Erin ihn nach seiner Meinung.

Er zuckte nur die Schultern, natürlich würde er sein Zimmer weiter auf Vordermann bringen. Aber was meinte sie sonst noch?

„Ich dachte, ich helfe dir bei deinem Zimmer und du mir dann im Rest der Wohnung. Wenn wir keine Lust mehr haben, gehen wir einfach raus und erkunden etwas die Gegend."

Wortlos deutete Finn auf das nackte Fenster, Gardinen gab es noch nicht. Es regnete Bindfäden und der Himmel war dunkel, keine Sicht auf Besserung des Wetters. Für ihn Grund genug, keinen Fuß vor die Tür zu setzen. Seine Mutter war anderer Meinung.

„Das macht doch nichts! Es gibt kein schlechtes Wetter, nur unpassende Kleidung. Wir haben doch Regenjacken und wenn wir zurückkommen, trinken wir einen heißen Tee. Wie klingt das?"

Abschätzend sah er sie unter halb geschlossenen Lidern an. Er fand die Idee gar nicht gut, aber ab und zu musste man Müttern entgegenkommen und ihnen einen Gefallen tun. Insbesondere dann, wenn man dafür nicht in die Schule brauchte. Viel

Begeisterung konnte er sich jedoch nicht abringen, als er zustimmte. Erin gab vor, sich auf den Spaziergang zu freuen und motivierte ihn zunächst, in der Wohnung mit anzupacken. Damit hatte sie eindeutig mehr Erfolg als mit ihrem Vorschlag nach draußen zu gehen.

Als sie ihren Plan in die Tat umsetzten, trabte Finn missmutig neben ihr durch den Regen. Er war nicht besonders heftig, eher ein feines Nieseln. Trotzdem nass von oben und das war für den Nachwuchs Grund genug, nicht ins Freie zu gehen. Nun war er doch dort, aber seine Mutter freute es und das war ihm wichtig. Plötzlich blieb er wie angewurzelt stehen. Erin bremste ebenfalls ab und schaute sich fragend zu ihm um.

Finn streckte den Arm aus und zeigte auf eine kleine Nebenstraße, die links abbog. „Da war Susan", erläuterte er völlig verblüfft.

Erin riss die Augen auf. Sie dachte nicht darüber nach, ob es Einbildung oder Realität war. Sofort rannte sie auf die Stelle zu, auf die Finn gezeigt hatte.

„Komm mit", rief sie über die Schulter zurück.

Ob er ihrer Aufforderung folgte, beobachtete sie nicht weiter. Ihr Kopf drehte sich wie eine Radarantenne in der Hoffnung, ihre Tochter zu entdecken. Als sie in die Gasse einbog, sah sie niemanden. Enttäuscht blieb sie stehen und Tränen rannen über ihr Gesicht, vermischten sich mit den feinen Regentropfen. Hatte Finn sich geirrt oder war Susan nur in eins der Häuser gegangen? Umso mehr sie darüber nachdachte, desto sicherer wurde sie, dass ihr Sohn keiner Täuschung zum Opfer gefallen war. Susan lebte! Sie drehte sich zu ihm um und sah seine nachdenkliche Miene. Als ob er ihre Gedanken erahnte, bestand er darauf: „Ich habe sie wirklich gesehen, Mum!"

Erin strich ihm liebevoll über den dunklen Haarschopf, schob seine Kapuze wieder hinauf, nahm seine Hand und wandte sich wieder der Hauptstraße zu. Sie würde es jetzt nicht herausfinden können, aber zumindest konnte sie Meldung bei der Polizei machen. Dazu warf sie einen Blick auf den Namen der Straße, in der sie sich befanden. Die Beamten sollten in der Lage sein nachzuprüfen, ob sie sich hier aufhielt. Wenn Finn sich nicht geirrt hatte, bedeutete dies, Susan war nichts geschehen.

Kurzentschlossen suchte sie eine Bushaltestelle auf, um den Fahrplan zu studieren. Sie wollte direkt mit O'Neill sprechen, der sich mit Susans Verschwinden befasste. Dazu war es jedoch unerlässlich, zu ihm aufs Revier zu fahren. Finn murrte etwas, aber dass seine Mutter seine Beobachtung ernst nahm, versöhnte ihn wieder mit dem spontanen Ausflug. Bereitwillig betrat er mit ihr das Gebäude. Den nächstbesten Polizisten, der ihr über den Weg lief, sprach sie an und fragte nach O'Neill. Der junge Mann in Uniform war so freundlich, sie selbst zum dem Büro zu bringen, in dem sie den Beamten vorfinden würde. Zaghaft klopfte sie an und trat ein, Finn immer noch an der Hand hinter sich herziehend.

O'Neill hob den Kopf, Überraschung zeichnete sich in seiner Mimik ab.

„Guten Tag, Mrs Namara. Bitte, nehmen Sie doch Platz. Was führt Sie zu mir? Leider kann ich Ihnen noch nichts Neues berichten. Aber ich neige dazu anzunehmen, dass das eine gute Nachricht ist."

Erin setzte sich auf den einfachen Stuhl, der vor seinem Schreibtisch stand und zog Finn auf ihren Schoß. Der mochte das gar nicht so gern, seiner Meinung nach war er dazu zu erwachsen! Aber er ließ es sich gefallen und Erin war dankbar dafür, denn sie brauchte etwas, an dem sie sich festhalten konnte.

„Mein Sohn ist fest davon überzeugt, Susan gesehen zu haben", fiel sie mit der Tür ins Haus.

Der Polizist richtete sich aus seiner zusammen-gesunkenen Position auf und saß nun kerzengerade. Freundlich sah er den Jungen an und forderte ihn auf, über seine Beobachtung zu berichten.

„Meine Mum und ich sind einfach nur spazieren gegangen, weil sie sich die neue Gegend ansehen wollte. Und plötzlich habe ich sie weiter vorne in eine Straße gehen sehen." O'Neills Blick wanderte fragend zu Erin.

„Ich bin mit Finn bei meinem Mann ausgezogen in eine kleine Wohnung", erklärte sie hastig und nannte ihm die neue Adresse. Auch den Namen der Straße, in die Finn Susan hatte verschwinden sehen, gab sie ihm.

„Ich selbst habe sie nicht gesehen, weil ich nicht in die Richtung geschaut habe. Als ich aber in die Straße kam, war niemand zu sehen. Vielleicht ist sie in eins der Häuser gegangen. Sie können das doch sicher überprüfen?"

Der Beamte spielte mit einem Stift, den er aus dem Halter gezogen hatte. Er ließ etwas Zeit verstreichen, bevor er antwortete.

„Ich halte es für eher unwahrscheinlich, dass sie sich hier mitten in Dublin aufhält, wenn ich ehrlich bin. Aber ein Besuch bei Bekannten wäre durchaus denkbar. Eine Überprüfung könnte nur beinhalten, dass Beamte von uns dort klingeln und nach ihr fragen. Das wäre ein ziemlicher Aufwand und wenn sie dort wäre und nicht gefunden werden will, würden wir auch nur negative Auskünfte bekommen. Durchsuchen können wir die Häuser selbstverständlich nicht."

Das klang nicht sehr ermutigend. Natürlich war auch Erin klar, dass sie auf die bloße Aussage eines kleinen Jungen nicht in die Häuser konnten. Aber O'Neill schien es sogar abzulehnen, überhaupt jemanden dorthin zu schicken. Das musste sie genau wissen!

„Was heißt das jetzt? Fragen Sie da nach oder nicht? Sonst mache ich das."

Beschwichtigend hob der Beamte die Arme.

„Ich werde einen Kollegen bitten, die Bewohner in der Straße zu befragen. Wir sollten keine mögliche Spur außer Acht lassen. Aber bitte versprechen Sie sich nichts davon." Langsam nickte Erin, er hatte Recht. Sie sollte nicht davon ausgehen, dass Susan dort zu finden sein würde. Dennoch war sie sich sicher, nicht nur sie, sondern auch O'Neill glaubte, sie wäre irgendwo untergetaucht.

„Würden Sie mich anrufen, wenn Sie ein Ergebnis haben?" O'Neill nickte und erhob sich zum Zeichen, dass das Gespräch für ihn beendet war.

„Sie hören so bald wie möglich von mir."

Nachdenklich verließ Erin mit Finn das Polizeirevier. Der Regen hatte sich verstärkt und prasselte nun heftig auf sie nieder. Sie rannten hindurch und stellten sich unter, bis der Bus kam, der sie wieder nach Hause brachte. Dort fand sie eine wartende Rebecca vor.

„Stehst du hier schon lange?" fragte sie in die geöffnete Scheibe des Autos hinein.

Rebecca schloss das Fenster, kletterte aus dem Wagen und verriegelte ihn.

„Ich weiß nicht, so zwanzig Minuten. Warum hast du denn dein Handy nicht mitgenommen? Ich habe versucht, dich zu erreichen."

Erst jetzt fiel Erin auf, dass sie nicht daran gedacht hatte, es einzustecken. Und wenn Susan angerufen hätte? Unsinn, warum hätte sie das gerade in diesen zwei Stunden tun sollen, wo sie seit Wochen nichts von ihr gehört hatte?

Sie bat Rebecca herein und setzte Teewasser auf. Dann zog sie Finn und sich selbst die nasse Kleidung aus. In einem bequemen

Jogginganzug betrat sie anschließend, bewaffnet mit dem Tablett, das Wohnzimmer. Ihre Schwester hatte es sich auf dem Sofa gemütlich gemacht und sah sich um.

„Ihr seid ja schon ein gutes Stück weitergekommen."

„Ja, aber wir wollen nicht hetzen. Immer schön eins nach dem anderen. Heute Nachmittag musste ich einfach mal vor die Tür." Sie setzte sich neben Rebecca und schenkte ein. Dann erzählte sie von Finns Beobachtung und ihrem Besuch bei der Polizei.

„Meinst du, Finn hat wirklich was gesehen? Überhaupt ein Mädchen, das ihr zumindest ähnlich sah? Oder war das reine Fantasie von ihm und da war niemand?" zweifelte sie.

Erin seufzte. Diese Frage hatte sie sich seitdem selbst immer wieder gestellt.

„Ich weiß es nicht, Rebecca. Vielleicht hat er jemanden gesehen. Und dann könnte es Susan gewesen sein. Ich denke, O'Neill glaubt das auch."

Schweigend tranken sie ihren Tee, bis Rebecca einen vorsichtigen Vorstoß wagte.

„Liebes, wenn ich ehrlich bin... Ich glaube nicht, dass Susan wiederkommen wird. Ich befürchte, dass ihr tatsächlich was passiert ist. Sie wird nicht mehr am Leben sein."

Erins Kopf fuhr zu ihr herum, Entsetzen war in ihren Augen zu lesen.

„Das versuche ich mir immer auch selbst zu sagen, weil ich realistisch und auf das Schlimmste vorbereitet sein will. Aber irgendwas in meinem Gefühl sagt mir, dass es nicht so ist. Dass Susan noch lebt und sie gefunden werden wird."

„Das ist Wunschdenken, Erin", stellte Rebecca klar.

„Ja, mag sein. Aber ich kann nicht etwas als Tatsache akzeptieren, was nicht bewiesen ist."

Das verstand Rebecca einerseits schon, aber andererseits fragte sie sich, warum ihre Schwester die Augen vor dem Offensichtlichen verschloss. Musste wirklich erst eine Leiche gefunden werden, bevor Erin der Wirklichkeit ins Auge sah? Sie legte einen Arm um ihre Schultern und zog sie an sich. Gleichgültig, wie die Sache ausgehen würde, sie wäre da.

Kapitel 15

Daniel war sauer auf sich und die Welt. Damian hatte für den Keksturm eigens einen Karton gefunden und mithilfe von Klebeband Griffe konstruiert, damit er ihn wie eine Tasche tragen konnte. Trotzdem war er schwer und unhandlich. Mit diesem Klotz schlug er sich nun vom Busbahnhof bis zu seiner Wohnung herum. Eine kleine Schale für Erdnüsse hätte es doch auch getan, oder?

Trotz des kalten, nassen Wetters kam er durchgeschwitzt vor seiner Wohnungstür an. Erleichtert stellte er den Karton ab, schloss auf und betrat den Flur. Er mochte gar nicht daran denken, dass er das Ungetüm noch zu Charlie bringen musste. Zunächst aber würde er durchlüften, auspacken, duschen und sich eine Kleinigkeit zu essen machen. Er öffnete die Fenster und warf den gesamten Inhalt seiner Tasche, die er für seinen Aufenthalt in Affordshire mitge-nommen hatte, auf den Haufen für Schmutzwäsche. Dann entkleidete er sich und drehte die Wasserhähne auf. Genüsslich ließ er das heiße Wasser über seinen Körper rinnen. Normalerweise beeilte er sich beim Duschen, um nicht so viel Wasser zu verbrauchen, aber heute machte er eine Ausnahme. Minutenlang blieb er unter dem Strahl stehen und schloss dabei einfach die Augen. Ob sich das Wohnungsproblem von Caro und Damian so lösen würde, wie es sich abgezeichnet hatte? Das würde bedeuten, er würde zur Hochzeit der beiden dorthin zurückkehren. Die Feier an sich reizte ihn dabei überhaupt nicht, aber er mochte diese Menschen und ein Wiedersehen wäre ganz in seinem Sinne.

Er trocknete sich mit dem kleinen Handtuch ab, das am Waschbecken hing. Wieder einmal hatte er vergessen, ein großes Duschtuch mit ins Bad zu nehmen und anstelle nass durch die ganze Wohnung zu traben, nahm er lieber das. Er fügte es den anderen Schmutzsachen zu und ging in die Küche, um den Inhalt seiner Schränke zu inspizieren. Viel hatte er nicht mehr, aber für eine warme Suppe würde es reichen.

Während das Wasser aufkochte, konnte er der Versuchung den Computer anzuschalten, nicht widerstehen. Im Geheimen hoffte er, Susan im Chat anzutreffen oder zumindest von den anderen die Auskunft zu bekommen, dass sie in seiner Abwesenheit gesehen worden war. Also loggte er sich ein und betrat den Krimichat. Da man ihn mittlerweile kannte, wurde er von mehreren begrüßt.

„Was von Terminator gehört?" fragte er sofort.

Ein vielfaches „Nein" war die Antwort. Enttäuscht schlurfte er in die Küche, denn das bedeutete, er war wahrscheinlich immer noch im Visier der Polizei. Er kannte Susan zu wenig, um sich um sie Sorgen zu machen. Um sich selbst machte er sich aber sehr wohl welche.

Er rührte sich eine schnelle Suppe an und nahm den Teller mit an den Computer. Dort verfolgte er beim Essen die Diskussion, die sich schon wieder einem Buch zugewendet hatte. Die anderen hatten es wirklich gut! Sie brauchten sich keine Gedanken zu machen, warum Terminator nicht mehr anzutreffen war, denn sie waren nicht im Fokus der Ermittlungen über ihr Verschwinden.

Nachdem er seine einfache Mahlzeit vertilgt hatte, verabschiedete er sich, beendete das Programm und starrte ratlos den dunklen Monitor an. Sollte er gleich zu Charlie gehen? Wenn er jedoch sein Pulver an Beschäftigung gleich heute verschoss, würden sich die nächsten Tage seines Urlaubs zäh dahinziehen.

Es war ohnehin bereits später Nachmittag, vielleicht ließe sich etwas im Fernsehen finden.

Daniel brachte den Teller in die Küche, machte es sich im Sessel bequem und schaltete das Fernsehgerät an. Er zappte durch die Kanäle, bis er schließlich bei einer Dokumentation hängenblieb. Plötzlich kam ihm sein Leben wieder überaus traurig vor, wie er mühsam so einsam versuchte, sich die Zeit zu vertreiben. Daher beschloss er, Charlie wenigstens anzurufen und seinen Besuch am nächsten Tag anzukündigen.

„Wann bist du zurückgekommen?" wollte sie erfreut wissen.

„Am frühen Nachmittag. Wie wäre es, wenn wir morgen zusammen ein paar Kekse backen? Du hast doch immer diese gekauften und die selberzumachen, ist wirklich nicht schwer. Das kriegst du hinterher sogar allein hin."

Charlie fand den Gedanken sehr belustigend.

„Ich bin Realist genug um zu wissen, dass das mit dem ‚allein' nichts wird. Aber das mit morgen ist eine gute Idee. Scott ist mal wieder unterwegs und so habe ich Gesellschaft. Lernen kann ich dabei auch noch was."

Es war eine absurde Vorstellung, dass Charlie von ihm lernen wollte. Es suggerierte eine Überlegenheit seinerseits, die er überhaupt nicht so empfand. Aber trotzdem stimmte es: Im Backen war er ihr meilenweit voraus.

Sie verabredeten sich für den Nachmittag und Daniel graute es bei dem Gedanken, das Paket den ganzen Weg schleppen zu müssen. Zusätzlich würde er noch die Zutaten für das Gebäck dabei haben. Die würde er aber zumindest am Vormittag schon besorgen, damit er nicht mit dem großen Karton in den Supermarkt müsste.

Wie er es sich vorgenommen hatte, erledigte er die Einkäufe am Morgen. Es galt nicht nur die Zutaten für Charlie zu besorgen, sondern seine Vorräte mussten ebenfalls aufgefüllt werden. Dabei überlegte er, wie er den Rest seines Urlaubs verbringen sollte und war mit sich selbst unzufrieden. Warum fiel ihm nichts ein, wozu er Lust hatte? Während seiner Arbeitslosigkeit hatte es immer eine Beschäftigung für ihn gegeben, wieso klappte das jetzt nicht mehr? Mal wieder ein Mysterium, das ihn ratlos machte.

Am frühen Nachmittag erreichte er das Haus von Charlie und Scott. Wie beabsichtigt, parkte er den Keksturm rechts neben der Haustür hinter einem Busch, damit Charlie ihn nicht sehen konnte. In der Hand hielt er nur noch die Tüte mit den benötigten Einkäufen.

Charlie nahm ihn in die Arme, wie es ihre Art war. Noch immer war diese Nähe Daniel etwas peinlich, weil er körperliche Zuneigung seit vielen Jahren nicht mehr erlebt hatte. Deshalb entzog er sich recht schnell und ging voraus in die Küche. Dort wartete bereits eine Kanne Tee auf ihn, an dem er sich bediente. Mittlerweile fühlte er sich hier wie zuhause und Charlie bemerkte es mit Freude. Daniel selbst wurde diese Wandlung in seinem Verhalten noch immer nicht bewusst.

Er packte seine Tüte aus und reihte alles auf dem Tisch auf. Dazu legte er drei Rezepte, die er eigens getippt und ausgedruckt hatte. So würde sie immer einen Spickzettel haben, wenn sie es allein versuchen wollte. Schritt für Schritt sagte er ihr, was sie zu tun hatte und als das erste Blech im Ofen war, glühte ihr Gesicht vor Eifer. Daniel dagegen wurde nervös. Bald kam der Zeitpunkt, an dem er ihr sein Geschenk überreichen würde. Er freute sich darauf und hatte gleichzeitig Angst vor ihrer Reaktion.

„Es sieht übrigens so aus, als ob es schon eine Spur von deinem Vater gibt. Vorausgesetzt, Alice hat die Wahrheit gesagt, dass nur er infrage kommt. Ich denke, in den nächsten Tagen wissen wir mehr."

Das waren gute Nachrichten. Wenn er wissen würde, wo dieser Robert Fitzpatrick lebte und vor allem unter welchen Umständen, konnte er entscheiden, ob er ihn kennenlernen wollte. Ein bisschen mulmig war ihm aber schon. Nach den beiden Begegnungen mit Alice gab es für ihn nur zwei Alternativen. Entweder er war ähnlich wie sie und ein Kontakt käme nicht zustande. Oder er war völlig anders und hatte sich auch deshalb von ihr abgewandt. Dafür konnte zwar Daniel nichts, aber unter Umständen wusste sein Vater tatsächlich nichts von der Existenz des Sohnes. Das würde sich hoffentlich alles herausstellen.

Sie holten die fertigen Kekse aus dem Backofen und legten sie zum Abkühlen auf dem Rost ab. Charlie schob eine neue Portion hinein und Daniel schlug ihr auf die Finger, als sie einen Keks zum Probieren stibitzen wollte.

„Du hältst dich jetzt zurück, bis sie abgekühlt sind."

Sie verschränkte die Arme vor der Brust und sah ihn herausfordernd an.

„Ob ich nun warm koste oder kalt, ist doch egal. Was ist eigentlich los mit dir? Du zappelst wie ein Zitteraal."

„Nichts", wiegelte er ab. „Ich bin nur gespannt, wie sie schmecken werden."

„Ja, ich auch. Und das Beste ist, dass wir gleich drei verschiedene Sorten gebacken haben. Scott wird Augen machen!"

Bei dieser Voraussicht rieb sie sich die Hände und grinste.

Daniel entschied, lange genug gewartet zu haben. Wortlos verließ er die Küche, ging vor das Haus und kehrte mit seinem riesigen Karton wieder zurück. Er schob die Backutensilien zur Seite und stellte ihn auf den Tisch. Unsicher sah er seine Tante an.

„Pack aus. Ist nicht in Geschenkpapier, aber es soll ein Geschenk sein. Dafür, dass ihr mir bei der Suche meines Vaters helft und dabei finanziell unter die Arme greift, weil ich bei euch immer willkommen bin und überhaupt", schloss er seine kleine Rede.

Charlies Augen weiteten sich. Gerade als sie zu einem Protest ansetzen wollte, fiel ihr Daniel ins Wort.

„Guck erst rein, bevor du schimpfst. Ich habe nichts Teures gekauft, falls du das vermutest."

„Ja, das hatte ich tatsächlich befürchtet", bestätigte sie und öffnete eine Schublade, der sie eine Schere entnahm. Damit öffnete sie den Karton, aber mit dem, was sie von oben im Tunnelblick sah, konnte sie nichts anfangen. Er sah ihr die Verwunderung an und empfahl ihr lachend, die Seiten aufzuschneiden, um sie herunterzuklappen. Sie befolgte seinen Rat und kurze Zeit später stand der Keksturm in seiner vollen Pracht vor ihr. Sprachlos starrte Charlie das Gebilde an und Daniel nutzte ihre Verblüffung, indem er einige Kekse vom Rost nahm und diese auf den Etagen verteilte. Als er wieder aufsah, fing er Charlies gerührten Blick auf.

„Woher hast du das? Ich habe so was in der Art noch nie gesehen."

Ihre Stimme klang etwas krächzend.

„Ich habe es selbst gebaut, wir haben es Keksturm getauft. Naja, nicht ganz allein. Wir haben zu dritt die Idee ausgebrütet, Damian hat mir das Material zur Verfügung gestellt und vor allem, sein Wissen. Er hat mir jeden Arbeitsschritt erklärt und gezeigt, damit ich den Turm bauen konnte. Es ist alles Handarbeit, von mir auf Anleitung gemacht. Das war mir wichtig, weil es was ganz Persönliches sein sollte."

Abwartend beobachtete er sie und erschrak, als bei Charlie alle Dämme brachen. Himmel, warum heulten Frauen denn immer drauflos, wenn sie sich freuten? Sie schoss auf ihn zu, hängte sich an seinen Hals und schluchzte ihm ins Ohr.

„Dahas…is…ist…so lihieb vohon dihir…" Das war alles, was er verstehen konnte. Schüchtern legte er seine Arme um ihre Schultern und hielt sie fest. Nun konnte er nur abwarten, bis sie sich wieder beruhigt haben würde. Als es soweit war, verteilte sie mit der Hand ihre Schminke über das ganze Gesicht, unter Tränen strahlend wie ein Honigkuchenpferd.

„Das ist so toll, Daniel! Man bekommt ja viel im Leben geschenkt, gerade wir. Von Geschäftsfreunden oder auch privaten Bekannten. Aber selbst entworfen und gebaut und dann so schön! Das ist was ganz Besonderes. Danke! Du weißt gar nicht, was du mir damit für eine Freude machst."

Er zog eine Augenbraue hoch.

„Deinem Flüssigkeitsverlust nach zu urteilen, erahne ich es zumindest. Jetzt weißt du, warum ich so nervös war. Ich hatte Angst, er würde dir nicht gefallen."

„Und ob er mir gefällt! Wenn wir die Kekse fertig haben und sie abgekühlt sind, kommen die alle da drauf."

Plötzlich ging ihr ein Licht auf.

„Du Schlingel! Deshalb das Backen von drei verschiedenen Kekssorten. Du wolltest den Turm gleich einweihen und mir seine Bestimmung zeigen. Ich muss mich erst mal restaurieren."

Sie verschwand im Badezimmer und Daniel gluckste vor sich hin. Man traute seiner eleganten Tante nicht zu, dass sie so ein unkompliziertes Naturell hatte. Es sei denn, man kannte sie näher.

Als sie zurückkam, backten sie weiter und Daniel bemerkte, dass sie sein Mitbringsel immer wieder lächelnd betrachtete. Wie es aussah, hatte er einen Volltreffer gelandet! Im Stillen dankte er Damian erneut, der ihm dies alles ermöglicht hatte. Der gefüllte Keksturm wurde von Charlie höchstpersönlich am späten Nachmittag im Wohnzimmer mitten auf den Couchtisch gestellt.

Er harmonierte mit den Möbeln und passte sich in seine Umgebung ein.

„Du hast ja immer wieder Kekse vom Bäcker da, so bin ich drauf gekommen", erklärte er ihr, als sie einträchtig das Gesamtbild in sich aufnahmen.

„Nichts da, jetzt lerne ich das Backen nach deinen Rezepten. Für Gekaufte ist das viel zu schade."

Erst gegen Abend kam Daniel wieder nach Hause und traf auf seine betagte Nachbarin aus der unteren Wohnung. Sie zog ihn am Ärmel, um ihn näher heranzuholen.

„Da war vorhin ein Mann da, der bei Ihnen geklingelt hat. Der kam mir nicht so ganz koscher vor", informierte sie ihn flüsternd, damit die Nachbarn nichts hörten.

„Wie sah der Mann denn aus?" fragte Daniel nach. Er vermutete Jack, jemand anders würde sich kaum hierher verirren.

„Groß, Halbglatze, graue Haare, ein schmales Gesicht, Anzug."

Er stutzte. Das konnte eindeutig nicht Jack gewesen sein. So sehr er sein Gedächtnis durchforstete, fiel ihm niemand ein, auf den dieses Aussehen passte.

„Er hat nur geklingelt und ist dann wieder gegangen?"

Sie nickte bestätigend. Daniel dankte ihr für die Auskunft und stieg die Treppe zu seiner Wohnung hinauf. In seiner Erinnerung gab es niemanden, auf den diese Beschreibung zutraf. Vielleicht ein Vertreter? Unwahrscheinlich, denn der hätte an jeder Tür geklingelt. Er vertagte die Frage nach der Identität seines Besuchers mit der Begründung, dass er sicher wiederkommen würde. Zumindest, wenn es sich um etwas Wichtiges handelte.

Am nächsten Mittag wurde das Rätsel gelöst, denn vor seiner Tür stand O'Neill. Den hatte Daniel aus seinem Gedächtnis verbannt und deshalb nicht mit der Beschreibung der Nachbarin in

Einklang gebracht. Jetzt holte ihn die Realität brutal wieder ein und gleichzeitig war ihm klar, dass es immer noch um Susan ging. Er bat den Beamten herein und stellte sich abwartend vor das Fenster.

„Ich hätte gern, dass Sie mich zum Revier begleiten."

Daniel riss die Augen auf.

„Warum?"

„Wir haben einige Fragen und die hätten wir gern dort geklärt."

Ein kalter Schauer lief ihm über den Rücken.

„Heißt das, ich bin verhaftet?"

O'Neill verzog spöttisch das Gesicht.

„Haben wir einen Grund dazu? Wenn es so wäre, hätte ich das gesagt. Ich möchte einfach nur, dass Sie mitkommen."

Daniel verstand den Grund nicht, sah aber keinen Sinn darin, die Bitte abzulehnen. Gewinnen würde er damit bestimmt nichts. Also stieß er sich von der Fensterbank ab und nahm seine Jacke vom Garderobenhaken. Auffordernd drehte er sich um, woraufhin O'Neill ihm aus der Wohnung folgte.

Auf dem Revier kam sich Daniel vor wie ein Verbrecher, obwohl es nur um eine Unterhaltung ging, wie ihm versichert wurde. O'Neill war nicht mehr zu sehen, stattdessen saß ihm ein fleischiger, kleiner Beamter namens Breen gegenüber. Sein Gesicht drückte die pure Langeweile aus, als er zunächst erneut Daniels Personalien erfragte und in seinen Computer tippte. Bei seinem Zwei-Finger-Suchsystem dauerte das entsprechend lange. Als es geschafft war, forderte er Daniel auf, ihm zu folgen. Sie gelangten in einen kleinen Raum, der seinen Vorstellungen von einem Verhörraum entsprach. Daniel las nicht nur gern Krimis, er schaute ebenso häufig Verfilmungen. In diesen waren die Zimmer immer spartanisch mit einem oder zwei Stühlen und einem Tisch eingerichtet, meistens fensterlos. Hier gab es ein kleines Fenster, das Tageslicht herein ließ. Der Rest traf jedoch genau seine Vorstellung.

Kraftlos sank er auf einen der beiden Stühle und wartete ab. Am liebsten würde er mit der Tischplatte verschmelzen, aber es klappte nicht. Nervös kratzte er an der Oberfläche des alten Holztischs herum, als O'Neill eintrat. Der setzte sich nicht, sondern startete ein Aufnahmegerät, um sich dann Daniel gegenüber an die Wand zu lehnen.

„Wann haben Sie Susan Namara das erste Mal getroffen?"

Verdutzt, aber auch eingeschüchtert durch seinen Aufenthaltsort, sah Daniel zu dem Beamten hoch.

„Noch gar nicht, das habe ich Ihnen doch schon gesagt. Wir wollten uns das erste Mal an dem Sonntag treffen, aber ich bin vorher wieder abgehauen."

„Was wissen Sie über das Mädchen?"

„Nichts, außer dass sie Susan heißt, nach ihrer Schilderung nicht weit von Dublin entfernt wohnt und unter dreißig ist. Ihr richtiges Alter weiß ich doch erst von Ihnen."

Er war etwas genervt, all das hatte er bereits erzählt. Hoffte der Kerl womöglich, es würde sich etwas in seinen Angaben ändern, wenn er sich nicht in der Sicherheit seiner Wohnung befände? Dann würde er schwer enttäuscht werden.

O'Neill wechselte mit seinem Gewicht vom rechten auf das linke Bein. Die Arme vor der Brust verschränkt, strahlte er Überlegenheit und Unnachgiebigkeit aus.

Wenn er mich damit verunsichern will, dann schafft er das, dachte sich Daniel. Er hatte Angst, dass ihm etwas zur Last gelegt werden würde, mit dem er nicht das Geringste zu tun hatte. Die Kellnerin hatte doch seine Aussage bestätigt!

„Schildern Sie noch mal, wie sich das Treffen abgespielt hat", wurde er aufgefordert.

Daniel kam dem nach und erzählte die Geschichte erneut, angefangen von Susans Nachricht im privaten Chatraum bis hin zu seiner feigen Flucht aus dem Café. Nachdem er geendet hatte, schaute er O'Neill treuherzig an. Der musste doch merken, dass er die Wahrheit sagte!

„Wie lange haben Sie außerhalb des Cafés auf sie gewartet?" Verwirrt schüttelte Daniel den Kopf. Sprach er Suaheli oder was sollte diese Frage?

„Gar nicht. Ich bin direkt nach Hause gegangen. Warum tun Sie so, als ob das nicht so gewesen wäre? Fragen Sie doch meine Nachbarn, ob mich vielleicht einer gesehen hat, als ich gekommen bin."

„Das haben wir bereits getan, aber niemand kann Ihr Eintreffen bestätigen."

Das war Pech. Es hatte eine geringe Chance gegeben, dass jemand zufällig aus dem Fenster gesehen hatte. Leider wurde Daniel nun auch klar, dass die Nachbarn offenbar Bescheid wussten.

„Was haben Sie denen erzählt, die Sie gefragt haben?"

„Nichts, außer ob Sie gesehen worden sind an dem Nachmittag."

O'Neill begann, langsam und bedächtig in dem kleinen Raum umherzulaufen. Hinter Daniels Rücken fragte er weiter.

„Wohin sind Sie mit ihr gegangen?"

Glaubte der wirklich im Ernst an den Stuss, den er fragte? Hilflosigkeit vermischte sich bei Daniel mit Wut.

„Nirgends, weil ich sie nicht getroffen habe! Ich möchte nichts mehr sagen. Sie scheinen mir sowieso nicht zuzuhören."

„Das ist Ihr gutes Recht."

Nach dieser Bestätigung verließ der Beamte das Zimmer und Daniel sah ihm verblüfft hinterher. Was sollte das nun wieder? Er wollte nach Hause, nun saß er hier fest und musste warten, bis sich wieder jemand blicken ließ. Er zog das Handy aus der

Jackentasche und wählte Charlies Nummer. Ihm blieb keine andere Wahl, er brauchte Hilfe – schon wieder.

Ihre fröhliche Stimme machte es ihm schwer, sein Anliegen zu formulieren. Aber er musste jetzt da durch.

„Ich bin bei der Polizei, die sagen, es wäre nur eine Unterhaltung, aber ganz so harmlos wirkt das auf mich nicht. Die unterstellen mir Sachen, die ich nicht gemacht habe. Da ist ein Mädchen verschwunden und irgendwie glauben die, ich hätte was damit zu tun. Charlie, du weißt, dass ich eigentlich nicht um was bitte, aber kannst du mir einen guten Anwalt schicken? Du kennst doch sicher jemanden. Ich werde den irgendwie bezahlen, aber ich brauche jemanden, der gut ist."

Schweigen in der Leitung, seine Tante schluckte jedoch hörbar.

„Wie, du sollst was mit einem verschwundenen Mädchen zu tun haben?"

Daniel erzählte ihr die Kurzversion der Geschichte und bat erneut um einen Anwalt.

„Ich will nicht hier bleiben, Charlie. Ich habe Angst, die sperren mich sonst ein."

„Ich sage jemandem Bescheid." Ihre Stimme war merklich abgekühlt, aber Daniel versuchte, dies zu ignorieren. Ohne ein weiteres Wort legte sie auf.

Ihm lief es eiskalt den Rücken hinunter. Wenn er wieder gehen konnte, würde sein erster Weg zu ihr führen, um ihr alles näher zu erklären. Es durfte nicht sein, dass gerade Charlie und Scott einen völlig falschen Eindruck von ihm bekamen. Inzwischen mussten sie ihn doch auch gut genug kennen!

Würde sein Arbeitgeber davon erfahren? Ihm galt sein nächster Gedanke, denn wenn es so wäre, könnte er seinen Job vergessen. Dadurch würde er da wieder anfangen, wo er vor knapp einem halben Jahr aufgehört hatte. Das durfte ebenfalls einfach nicht passieren.

Auf eine Regung von draußen wartend, schwankte er zwischen Verzweiflung, Hilflosigkeit und Wut. Nach einer für ihn unendlichen Zeitspanne betrat ein Mann den Raum, der nicht sehr viel älter war als Daniel selbst. Er trug einen hellen Anzug, war klein und drahtig. Am Auffälligsten waren seine Schneidezähne, die in Keilform sein schmales Gesicht beherrschten. Unwillkürlich musste Daniel an einen Biber denken.

Der Mann schoss auf ihn zu, streckte ihm seine Hand entgegen und stellte sich als Rechtanwalt Pashley vor. Schon etwas erleichtert ergriff Daniel diese und sah sein Gegenüber auffordernd an.

„Sie können gehen", eröffnete dieser ihm auch sofort. „Aber Sie sollten morgen zu mir kommen, damit ich zunächst mal Einzelheiten erfahre."

Daniel atmete tief aus und erhob sich. Umso schneller er hier heraus kam, desto besser. Gemeinsam mit dem Anwalt verließ er das Revier, einen der beiden Beamten sah er nicht mehr. Draußen blieb Pashley noch einmal stehen.

„Mrs Masters erwähnte, dass es sich um ein verschwundenes Mädchen handelt. Mehr weiß ich noch nicht und im Moment habe ich leider auch keine Zeit. Wir sehen uns dann morgen, sodass Sie mir alle Informationen geben können. Hier ist meine Karte, rufen Sie bitte vorher an und vereinbaren Sie mit meiner Sekretärin einen Zeitpunkt. Ich werde sie instruieren, dass sie Ihnen einen zeitnahen Termin gibt. Guten Tag!"

Weg war er und Daniel stand wie ein begossener Pudel vor dem Eingang. Unschlüssig überlegte er, ob er direkt zu Charlie gehen sollte. Es wäre wohl die beste Lösung, wenn er sich ihre Unterstützung sichern wollte.

Durchgefroren aufgrund seiner vorherigen Schweißaus-brüche kam er am Haus seiner Tante an. Nachdem sie geöffnet hatte, ging sie ihm voraus in die Küche, lehnte sich an die Arbeitsplatte und sah ihn abschätzend an.

„Er hat dich also rausgeholt?"

Keine Spur von der üblichen, herzlichen Begrüßung. Daniel wurde es heiß und kalt.

„Ja, danke, dass du dich so schnell darum gekümmert hast. Ich würde dir gern erzählen, wie ich da reingeschlittert bin. Und ich schwöre, dass ich nichts Unrechtes getan habe."

Der Ausdruck ihrer Augen wurde etwas weicher. Sie wies auf die Sitzbank, drehte sich um und befüllte den Kessel mit Wasser. Dann wandte sie sich ihm wieder zu, abwartend.

Daniel seufzte und begann. Er ließ keine Kleinigkeit aus, auch nicht, welche Motivation ihn zur Registrierung auf dieser Website getrieben hatte. Charlie deckte den Tisch und schenkte ihnen Tee ein, während er endete. Langsam nahm sie ihm gegenüber Platz, die Tasse zwischen den Händen drehend. Dann endlich legte sich ihre Hand auf seine, eine für ihn sehr tröstliche Berührung.

„Das ist ja wirklich absolut schlecht gelaufen. Ich weiß nicht, wieviel Millionen Menschen am Tag chatten und sich vielleicht auch verabreden. Aber gerade du triffst beim ersten Mal auf ein Mädchen, das verschwindet. Du hast mir am Telefon einen riesigen Schrecken eingejagt", bekannte sie.

Sie schüttelte fassungslos den Kopf und Daniel griff ihre erste Bemerkung auf.

„Das habe ich mir auch schon gesagt, so ganz will das Pech nicht von meiner Seite weichen." Er versuchte ein klägliches Lächeln. „Das Schlimmste ist, dass ich dadurch meinen Job verlieren kann. Dann geht der ganze Mist wieder von vorne los. Und ich hatte so gehofft, dass ich mir nun ein vernünftiges Leben aufbauen kann. Ich habe sogar schon nach einer anderen Wohnung Ausschau gehalten."

Sie nickte mitfühlend.

„Das ist eine verzwickte Situation. Aber dein Chef muss doch nichts davon erfahren. Schließlich bist du unschuldig und kannst nichts dazu, wenn sich so ein unfähiger Polizist auf dich einschießt."

Er musste über die für sie etwas untypische Ausdrucksweise schmunzeln.

„Aber ich bin Gegenstand einer polizeilichen Ermittlung und da ich eben Wachmann bin, werde ich ihn informieren müssen. Wahrscheinlich kommt das ehrlicher rüber, als wenn er es anders erfährt. Deshalb muss ich es möglichst bald machen."

Sie stützte das Kinn in die Handfläche und schaute ihn ruhig an.

„Ich glaube, du hast Recht. Erzähl alles genauso, wie du es mir erzählt hast. Wenn dein Chef ein vernünftiger Mann ist, wird er nicht auf einen unbegründeten Verdacht hin einen seiner Mitarbeiter entlassen."

„Das kommt darauf an, ob ich so in diesem Job für seine Kunden tragbar bin."

„Solange die nichts davon wissen, sicherlich."

Froh, dass Charlie ihm glaubte und zu ihm hielt, trat er von ihrem Haus aus den Gang nach Canossa an. Etwas auf die lange Bank zu schieben, hatte noch nie geholfen und er musste derjenige sein, von dem McFlaherty alles erfuhr. Die Sekretärin in dem großen, modernen Glasbau wollte ihn nicht zu seinem Chef vorlassen.

„Ich weiß, dass er viel zu tun hat und ich keinen Termin habe. Es ist aber wirklich wichtig und ich bin sicher, Mr McFlaherty möchte erfahren, was ich ihm zu sagen habe."

Der jungen Frau war der Widerwille beim Eintippen einer Nummer ins Telefon deutlich anzusehen. Daniel vernahm, dass sie ihn in einer dringenden Angelegenheit ankündigte, ob Mr McFlaherty kurz Zeit für ihn hätte? Offenbar hatte er, denn Daniel wurde zu seinem Büro geschickt. Sein Herz raste, als er anklopfte und eintrat. Wie bereits bei seinem Vorstellungsgespräch vor einem halben Jahr saß der Firmeninhaber vor einer breiten Fensterfront an seinem großen, aufgeräumten Schreibtisch. Sein Blick war wenig freundlich.

„Ich möchte Ihre Zeit nicht länger als nötig in Anspruch nehmen. Aber Sie müssen etwas erfahren, auch wenn ich nichts dafür kann."

McFlaherty deutete auf den Stuhl vor seinem Tisch und Daniel nahm Platz. Sofort begann er, seine momentane Situation zu erläutern und auch, wie er hineingeraten war. Schon fast trotzig sah er dem eleganten Mann dabei in die Augen, sicher zu wissen, was dieser anschließend sagen würde. Er sollte sich nicht täuschen.

„Ihre Ehrlichkeit ehrt Sie, aber unter diesen Umständen können wir Sie nicht weiter beschäftigen, Mr O'Keefe. So leid es mir tut, da Sie sich sehr gut eingearbeitet haben, aber es geht nicht. Ich habe eine Verantwortung meinen Kunden gegenüber. Dazu gehört, dass meine Angestellten einen ausgezeichneten Ruf haben müssen und nicht der kleinste Hauch eines Schattens auf ihrer weißen Weste zu sehen sein darf. Sie sind bis Ende des Monats beurlaubt, dann endet das Arbeitsverhältnis."

Obwohl Daniel damit gerechnet hatte, war er schockiert. Er hatte doch nichts getan, was konnte er für die Unfähigkeit der Polizei?

„Darf ich denn wieder für Sie arbeiten, wenn sich die Sache geklärt hat?"

McFlaherty dachte einen Moment nach, bevor er antwortete.

„Sie können sich gern noch einmal bei uns melden, aber viel Hoffnung kann ich Ihnen nicht machen."

Geknickt erhob sich Daniel, murmelte einen Abschiedsgruß und verließ das Büro. Wie in Trance fuhr er mit dem Fahrstuhl nach unten und trat vor das Gebäude. Sein Traum war geplatzt, Schuld waren ein Chat sowie ein fünfzehnjähriges Mädchen.

Kapitel 16

In Affordshire nahm unterdessen alles Form an. Damian hatte lange mit seiner Schwester telefoniert und es stand bereits fest, dass sie das von Hanna vorgeschlagene Arrangement treffen würden. Akribisch listete er mit Caro Möbel und Gegenstände auf, die Damian in seinem Cottage lassen würde und Megan wiederum nutzen konnte. Selbstverständlich würde sie auch viel mitbringen, vor allem Persönliches und die Möbel der Kinder. Noah war sechzehn, damit in einem schwierigen Alter, David mit zwölf noch relativ pflegeleicht. Beide schworen auf ihre Spielkonsolen und Computer, was Damian in dem Alter, vor allem bei David, etwas traurig fand. Aber das war wohl der Lauf der Zeit und ließ sich nicht ändern.

Da Megan schnellstmöglich aus dem gemeinsamen Haus ausziehen wollte, wurde es für Caro und Damian plötzlich hektisch. Sie stellten beide ihre Arbeit zurück, um sich zu einigen, was in Caros Cottage Platz finden sollte und was nicht. Kleine Zänkereien waren dabei an der Tagesordnung.

„Wieso willst du deinen Fernsehtisch mitbringen? Meiner steht schon an Ort und Stelle und Megan braucht sowieso einen."

„Da kann sie deinen nehmen, denn meiner hat mehr Platz. Immerhin müssen auch meine Spielkonsole und der DVD-Player mit drauf. Das passt bei deinem nicht."

Das konnte sie nicht abstreiten. Im Endeffekt lief es tatsächlich darauf hinaus, dass sie beide Haushalte je zur Hälfte in das jeweils andere Haus bringen würden. Sie behielten, was am besten passte und ihnen gefiel, alles andere kam zu Damian und wäre damit für Megan vorgesehen. Dabei neigte Damian dazu, den Geschmack seiner Schwester für die Auswahl der eigenen Möbel zu berücksichtigen, was Caro überhaupt nicht einsah. Sie wollte sich zunächst selber wohlfühlen und was Megan nicht passte, konnte sie gern ausmustern und neu kaufen.

Sie räumten also zwischen den Häusern hin und her, bis alles dort stand, wo es bleiben sollte. Erst dann gab Damian für die Organisation des Umzugs grünes Licht an Megan. Sie schaffte das in einem schon unheimlichen Tempo, sodass ihr Bruder bald auch seine restlichen, persönlichen Habseligkeiten zu Caro brachte, um endgültig dort einzuziehen. Etwas wehmütig war ihm dabei schon zumute. Er gab das Haus auf, in dem er viele Jahre gern gelebt hatte. Damals war es gar keine Frage gewesen, es zu erwerben, als es zum Verkauf stand. Da ein eigenes Cottage schon immer sein Ziel gewesen war, gab es genügend Ersparnisse, um den Traum zu verwirklichen. Seine Werkstatt warf zu diesem Zeitpunkt noch nicht so viel ab, aber es reichte zum Leben und für die Bankraten für den Teil, den er hatte finanzieren müssen. Nun war dieser Abschnitt seines Lebens vorbei. Das Junggesellenleben mit der Freiheit, kommen und gehen zu können, wie es ihm beliebte und ohne Rechenschaft ablegen zu müssen. Nicht, dass er dem wirklich nachtrauerte, dazu liebte er Caro und das Zusammensein mit ihr viel zu sehr. Aber es war ebenso ein Teil von ihm.

In Erinnerungen schwelgend legte er die letzte Kleidung im Schrank in Caros Schlafzimmer ab. Hier hatte Molly ebenfalls ihre Nächte verbracht. Die alte Großtante von Caro, die ihr dieses Cottage vererbt hatte. Ein Original, wahrhaftig. Immer einen lockeren Spruch auf den Lippen und einen Dickkopf, der durch Felswände brach. Dabei blieb sie immer eine ehrliche Haut, auch wenn es ihrem Gegenüber nicht passte, der ihre Wahrheitsliebe zu spüren bekam. Hier im Dorf hatte man gut damit umgehen können, denn außer ihr waren Freundin Fanny O'Malley und Steve O'Reilly ganz ähnliche Kaliber und man war es einfach gewöhnt. Damian lächelte über die Vergangenheit und die Gegenwart. Fanny und Steve waren ihnen noch erhalten geblieben und auch seine Gran war nicht so ganz ohne. Das Aufmischen des Dorfs blieb damit weiterhin gewährleistet.

Er begab sich wieder ins Erdgeschoss zu Caro. Aus dem Türrahmen beobachtete er, wie sie konzentriert auf ihrer Tastatur tippte. Wenn sie mit einer Übersetzung nicht einen gewissen zeitlichen Vorsprung zum Abgabetermin hatte, wurde sie nervös. Ihre Schultern wirkten verspannt, so trat Damian hinter sie und begann sie zu massieren. Wäre sie eine Katze, hätte sie geschnurrt. So lehnte sie sich nur zurück und gab einen grunzenden Laut von sich. Mit geschlossenen Augen genoss sie die Zuwendung, die er ihr zuteil werden ließ. Wie meistens lagen beide Hunde zu ihren Seiten und dösten vor sich hin. Noch nicht einmal Damians Erscheinen konnte sie aus dem ihrer Meinung nach wohlverdienten Mittagsschlaf holen.

Als er merkte, wie sie sich entspannte, drehte er sie auf dem Chefsessel zu sich herum. Sie legte den Kopf in den Nacken, um ihn anzusehen.

„Wann kommt Megan? Hast du noch mal mit ihr gesprochen?"

„Am Samstag. Den Montag kann ich in der Werkstatt schon streichen, denn bis das Chaos vom Umzug beseitigt ist, dauert es. Ich fürchte, sie wird mehr mitbringen, als gut ist."

„Ich denke, ihr habt genau abgesprochen, was sie braucht und was nicht."

Er nickte und zog dann eine Grimasse.

„Haben wir. Trotzdem wird es einiges geben, von dem sie sich nicht trennen will. Ich kenne doch Megan. Und mal unter uns Ordensschwestern: Wir haben doch auch solche Gegenstände, oder? Ich denke da nur so an einen Korbsessel oben im Schlafzimmer."

„Ja, das stimmt", gab Caro zu. „Ich bin gespannt auf sie. Eigentlich sollte man davon ausgehen, dass wir uns gut verstehen werden. Immerhin klappt das mit allen anderen deiner Familie auch, die ich kenne. Aber man hat schon Pferde kotzen sehen und das direkt vor der Apotheke."

Er runzelte die Stirn. „Wie soll ich denn das verstehen? Pferde vor der Apotheke?"

Caro lachte. „Ein deutsches Sprichwort. Es bedeutet, dass auch das Unwahrscheinliche eintreffen kann."

„Komische Redewendungen habt ihr. Pferde können doch gar nicht…naja."

„Eben, deshalb. Und schon gar nicht, nachdem sie sich was gegen Übelkeit in der Apotheke geholt haben. Ach, vergiss es. Ich gehe schon davon aus, dass ich mit Megan klarkomme. Aber man weiß halt nie."

„Ach, klar klappt das!" In dieser Beziehung ließ er gar keinen Zweifel zu.

Caro sicherte ihre Übersetzung, stand auf und zog ihren Lebensgefährten in die Küche.

„Lass uns einen Kaffee trinken und dann erzähl mir was von ihr."

Er setzte sich an den Tisch und überlegte. Was gab es über Megan zu erzählen?

„Sie ist vier Jahre jünger als ich und hat mit Anfang zwanzig Joshua geheiratet. Schien eine Bilderbuchehe zu sein, zumindest dachte ich das immer. Vielleicht war es auch so und sie haben sich wirklich nur auseinandergelebt. Sie ist eher quirlig und unruhig, manchmal hat sie mich damit wahnsinnig gemacht, als wir noch Kinder waren. Ständig wollte sie irgendwas machen und wenn sie nichts fand, sollte ich mir was ausdenken und sie beschäftigen. Das ging mir oft mächtig auf den Nerv, kann ich dir sagen. Bis heute ist sie nicht viel ruhiger geworden. Und wenn ich ehrlich bin, ist sie etwas verzogen. Sie war halt die Jüngere und noch dazu ein Mädchen, mein Vater hat sie vergöttert. Das setzte sich mit Joshua fort, sie brauchte sich nie Sorgen zu machen und bekam immer, was sie wollte. Ich glaube, auf was zu verzichten, kennt sie nicht. Allerdings wird sie sich daran gewöhnen müssen, wenn sie jetzt auf eigenen Beinen steht. Und sich das, was sie haben will, erarbeiten."

„Das klingt so, als ob ihr Mann ein gutes Einkommen hat. Dann zahlt er doch bestimmt gut für sie und die Kinder."

Er wiegte den Kopf. „Da wäre ich mir nicht so sicher. Wenn sie nicht mehr zusammen sind, wird er keinen Anlass sehen, ihr weiterhin den bisherigen Luxus zu gönnen. Mal davon abgesehen, dass er nicht reich ist. Er verdient gut, ja, und kann gut mit Geld umgehen. Aber so viel, dass er einen Haufen davon abgeben kann, wenn er seinen eigenen Lebensstandard halten will, hat er nicht."

Caro war skeptisch, denn das gezeichnete Bild war nicht ganz so vorteilhaft, wie sie erhofft hatte. Mit verwöhnten Grazien hatte sie noch nie etwas anfangen können. Das konnte unter Umständen abenteuerlich werden!

Als Megan Riordan am Samstagvormittag mit einem kleinen Lastwagen inklusive Fahrer anrollte, beobachtete Caro das Szenario zunächst von weitem. Ähnlich wie Damian war sie recht groß, hatte aber die dunklen Haare ihrer Mutter geerbt. Das Gesicht wirkte apart, die ganze Erscheinung gepflegt. Sie war gertenschlank, wie Caro etwas neidisch feststellte. Trotzig schob sie das Kinn vor. Damian liebte sie so, wie sie war. Mit ein paar Pfunden mehr, aber durchaus noch im Rahmen. Also kein Grund, sich Sorgen um ihr Gewicht zu machen.

Sie wandte sich ab und ging wieder zurück in ihr Cottage. Damian und Ian würden sich um alles kümmern. Ihre Anwesenheit war überflüssig und außerdem hatte sie zu arbeiten. Daher vergrub sie sich in ihre Übersetzung und schaute nicht auf die Uhr. Erst als es zu dämmern begann und sie ihre kleine Lampe einschalten musste, interessierte sie sich für die Zeit. Ob sie doch einmal hinübergehen sollte? Man konnte fragen, wann sie essen könnten. Bei der Gelegenheit wäre eine erste Begegnung ganz ungezwungen. Sie beendete und sicherte die Datei auf den Stick, fuhr den Computer herunter und zog ihre Jacke über. Dann machte sie sich auf den Weg.

Der Sommer war endgültig vorbei und der Herbst auf dem Vormarsch, wie nicht anders im Oktober zu erwarten. Überrascht war Caro über die Temperaturen, die immer noch herrschten. Inzwischen wusste sie, dass es sich auf der Insel nicht so abkühlte wie in Deutschland und das Klima milder war. Im Gegenzug gab es im Sommer nicht diese brütende Hitze.

In Damians Cottage brannte bereits Licht, vorsichtig trat sie ein. Megan kam augenblicklich aus der Küchentür geschossen und funkelte sie an.

„Wer sind Sie und was wollen Sie hier?"

Kaum hatte sie den Satz beendet, als Damian hinter ihr auftauchte.

„Komm wieder runter, Schwesterherz, das ist Caro. Deine zukünftige Schwägerin", verkündete er stolz.

„Oh", peinlich berührt hob Megan die Hand vor den Mund. „Tut mir leid, das hätte ich mir eigentlich denken können. Hallo Caro!"

Caro nickte ihr zu und hielt Distanz. Etwas an dieser Frau ließ sie wachsam sein. Sofort wandte sie sich an Damian.

„Ich wollte nur wissen, wann du nach Hause kommst wegen dem Abendessen."

Er blickte sich kurz um.

„So in einer Stunde. Haben wir genug im Haus, damit auch Megan und die Jungs mitessen können?"

Caro zwang sich zu einem Lächeln. Sie war Damians Schwester und ihm zuliebe würde sie mit ihr klarkommen, koste es, was es wolle. Und die Kinder konnten ohnehin nichts dazu, wenn der Funke zwischen ihrer Mutter und Caro nicht gleich übersprang.

„Natürlich. Ich sehe vorsichtshalber noch mal nach und hole im Notfall bei Emma Nachschub. Kriegen wir hin, kein Problem."

„Aber nichts mit Fleisch, bitte. Ich esse keins und die Jungs sollen sich auch gesund ernähren." Diese Bemerkung kam natürlich von Megan.

Caro verdrehte die Augen, als sie sich unbeobachtet fühlte. Nun war klar, warum die Frau als Hungerhaken daherkam. Aber gut, dann würde es heute eben fleischloses Abendessen geben. Schaden würde es ihr und Damian auch nicht.

„In einer Stunde", erinnerte sie und ging zurück zu ihrem Cottage. Sie wusste, dass sie noch einige Konserven hatte, die konnte sie einfach mischen und mit einer Gemüsebrühe zu einem Eintopf verarbeiten. Schnell und garantiert nichts, das vorher gelebt hatte!

Kopfschüttelnd ging sie zu Werke und sprang dann schnell unter die Dusche. Sie hatte sich jedoch verkalkuliert, denn noch während sie sich abtrocknete, hörte sie die Kinder. Schnell zog sie sich an, um zurück in die Küche zu gehen. Der Topf stand auf dem Herd, es war alles bereit. Noah und David hatten bereits Platz genommen, Damian schickte sich an, den Tisch zu decken. Megan hob gerade den Deckel des Topfes an, um hineinzuspähen.

In Caro brodelte es, aber sie ließ sich nichts anmerken. Schließlich befand sich die Besucherin auch im Haushalt ihres

Bruders, wahrscheinlich empfanden beide das als völlig normal. Megan machte sich auch sogleich nützlich, indem sie den Eintopf mit an den Tisch brachte.

„Hallo, ihr beiden!" begrüßte Caro die zwei Jungen. Diese sahen sie abschätzend an, befanden sie dann zumindest für so annehmbar, dass man sich mit ihr befassen konnte. David stellte sich als der Aufgeschlossenere heraus.

„Damian hat gesagt, er wohnt jetzt hier und ihr wollt heiraten."

Caro lächelte ihm zu, als sie antwortete.

„Ja, das stimmt. Unter uns: Dein Onkel ist inzwischen alt genug, dass sein Junggesellenleben ein Ende haben sollte."

Verschwörerisch zwinkerte sie ihm zu, als er grinste.

„Kriegt ihr dann noch Kinder?" setzte er seine Fragestunde munter fort.

Caro legte den Kopf schräg, sollte sie ehrlich sein oder ging es dabei um etwas, was nur Damian und sie, bestenfalls gute Freunde etwas anging? Sie entschied sich für Offenheit, dies hier war Familie.

„Nein, wir wollen keine Kinder mehr. Wir haben die beiden Hunde, für Kinder ist es zu spät, damit wollen wir nicht mehr anfangen. Sieh mal, wenn unser erstes Kind volljährig wird, wären wir beide schon im Rentenalter. Das ist nicht schön."

David dachte nach und nickte dann gnädig. Ihre Erklärung fand seine Zustimmung. Scheinbar war er zufrieden, denn weitere Fragen stellte er nicht.

Das Tischgespräch wurde hauptsächlich ohne Caro bestritten. Familiengeschichten wurden erzählt, gemeinsame Anekdoten aufgewärmt. Sie beschied sich mit der Rolle der Zuhörerin, denn so erfuhr sie einiges aus dem Leben der Geschwister. Mitreden konnte sie ohnehin nicht.

Dennoch wurde es für sie mit der Zeit anstrengend, ihr Lächeln verzog sich immer mehr zu einer Grimasse. Sehnlichst wünschte sie den Moment herbei, an dem sich Megan und die Jungen verabschieden würden. Als es dann soweit war, stand ihr vor Empörung der Mund offen. Megan flötete, als wäre es das Normalste der Welt: „Damian, du kannst doch sicher heute Nacht bei uns in deinem Cottage schlafen, oder? Der Gedanke allein im Haus zu sein, ist so ungewohnt."

Sie brachte dabei einen Augenaufschlag in seine Richtung zustande, den Caro noch lange würde üben müssen. Sofort mischte sie sich ein.

„Du bist doch gar nicht allein, du hast zwei Söhne bei dir."

Ein vernichtender Blick traf sie für diese Bemerkung.

„Das ist nicht dasselbe. Eine fremde Umgebung und das erste Mal ganz allein, da bin ich etwas ängstlich."

Caro seufzte. Es sah ganz danach aus, als ob sie die nachfolgende Nacht ohne ihre männliche Seitendeckung verbringen würde. Gespannt schaute sie Damian an, wie er sich entschied. Entgegen ihrer Erwartung enttäuschte er sie nicht.

„Caro hat vollkommen Recht. Du hast die Jungs bei dir und bist eine erwachsene, selbstständige Frau. Das schaffst du ohne Probleme und dran gewöhnen musst du dich sowieso."

Er lachte und zwinkerte seiner Schwester zu. „Caro war sogar ganz allein in einem fremden Land, als sie die erste Zeit hier geschlafen hat."

Seine Antwort passte Megan nicht, dies war deutlich spürbar. Aber sie war klug genug, sie zu akzeptieren. Die Grenzen mussten zunächst ausgelotet werden und Caro hatte soeben die erste gesteckt.

Aufatmend räumte Caro den Tisch ab und verfrachtete das Geschirr in die Spülmaschine, nachdem die drei das Haus verlassen hatten. Damian saß am Tisch und sah ihr dabei zu. Für ihn hatte es etwas heimeliges, wenn sie in der Küche zugange war. Das hieß keineswegs, dass er die altertümliche Rollenverteilung bevorzugte. Im Gegenteil, auch er hantierte ab und zu gern am Herd und packte mit an, wo er konnte. Am liebsten raste er mit dem Staubsauger durch das ganze Haus, was aufgrund der Hundehaare häufiger nötig war. Aber Caros Tätigkeit hier vermittelte ihm das Gefühl, zuhause angekommen zu sein und mit ihr eine Basis zu haben, die Grundlage einer Familie. Auch wenn sie sich bereits gegen Kinder entschieden hatten, konnte man zu zweit diese Familie gründen.

Das Kinn in die Handfläche gestützt, folgte er ihr mit den Augen. In ihrem Nacken kribbelte es als sicheres Zeichen, dass er sie beobachtete.

„Magst du noch etwas Eis als Nachtisch?" fragte sie über die Schulter.

Er erhob sich, ging auf sie zu und legte von hinten die Arme um ihre Taille. Sie wanderten langsam nach oben.

„Als Nachtisch könnte ich auf was ganz anderes", murmelte er an ihrem Ohr.

Sie machten sich nicht die Mühe, hinauf ins Schlafzimmer zu gehen, der Küchentisch eignete sich durchaus. Allerdings hätten sie daran denken sollen, zuvor die Haustür zu verriegeln.

Ein lauter Knall ließ sie auseinanderfahren. Damian zog den Reißverschluss seiner Jeans hoch, während Caro die Bluse herunter zog und die oberen Knöpfe wieder schloss. Erschrocken richteten sie ihre Blicke in den Flur. Dort erschien Ian, der aufgrund der Aktivitäten des Paars die Situation sofort erfasste. Eine leichte Röte breitete sich auf seinem Gesicht aus.

„Also ehrlich, Leute, ihr solltet doch lieber abschließen, wenn ihr so was vorhabt."

Damian fuhr sich mit der Hand durch das unordentliche, kurze Haar und funkelte seinen Freund an.

„Was du nicht sagst. Hätten wir auch glatt gemacht, wenn wir dran gedacht hätten. Aber du bist ja ein großer Junge und dürftest nicht allzu geschockt sein."

„Nicht wirklich", bestätigte Ian.

Er ließ sich auf einen Stuhl fallen und sah seine Freunde grinsend an. Caro und Damian tauschten einen ratlosen Blick.

„Nun rück schon damit raus, warum du uns gerade heftig gestört hast", drängelte Damian.

Er wollte dringend dort weitermachen, wo er gerade aufgehört hatte. Ian zuckte ungerührt die Schultern.

„Gar nichts Dramatisches. Ich wollte nur fragen, ob ihr auf ein Guiness mit in den Pub kommt. Ich finde, wir beide haben uns das auf jeden Fall verdient." Er zeigte auf Damian und sich selbst. „Stacy könnten wir auf dem Weg auch abholen."

Keine schlechte Idee, fand Caro. Sie hatten Brian schon länger keinen Besuch abgestattet, sondern sich in den letzten Tagen für die Vorbereitung von Megans Umzug in ihren Häusern vergraben. Wenn da nicht das wäre, was sie gerade vorher begonnen hatten. Aber was sprach dagegen, es später fortzusetzen? Vorfreude war bekanntlich die schönste Freude.

Damian dachte genauso. Er sah Caro kurz an, las Zustimmung in ihrer Miene und schlug Ian auf die Schulter.

„Überredet, wir waren schon länger nicht da. Und versaut hast du sowieso schon alles."

„Damit kann ich leben", befand Ian, erhob sich und ging voraus zur Tür. Er wusste, dass sie ihm folgen würden. Sich umzusehen, war nicht nötig.

Nachdem sie Stacy eingesammelt hatten, gingen sie als lachende und lärmende Gruppe ins Dorf, um den Pub zu entern. Brian begrüßte sie erfreut, begann sofort vier Guiness zu zapfen und brachte sie an den Tisch. Der Pub war zur Hälfte gefüllt und der Lärmpegel schon relativ hoch. Caro schloss die Augen und genoss die Atmosphäre. Plötzlich wurde ihr klar, wie sehr sie den Trubel schon vermisst hatte. Sie nahmen die Getränke entgegen und befriedigten Brians Neugierde bezüglich Megan. Selbstverständlich hatten alle Damians Umzug zu Caro und den Einzug seiner Schwester mitbekommen. Es war immer besser, die gewünschten Informationen zu geben, damit sich keine Gerüchte verbreiteten, die von der Wahrheit so weit entfernt waren wie die Freiheitsstatue von Blackrock Castle.

Brian hatte die beiden Söhne von Megan bereits beobachtet und war etwas verwundert über Noah. Seiner Meinung nach war der Junge zu still und in sich gekehrt, wirkte ungewöhnlich nachdenklich. Das konnte man natürlich auf die Trennung seiner Eltern sowie die Pubertät zurückführen. Aber er ließ sich nicht davon abbringen, dass etwas nicht stimmte. Damian dachte darüber nach und wenn er es objektiv betrachtete, könnte Brian richtig liegen. Er kannte Noah als aufsässig und lebhaft. Die veränderten Lebensumstände würden das Verhalten des Jungen doch nicht so sehr verändern. Oder doch? Er vertagte die Klärung dieser Frage auf später, ein vertrautes Gespräch mit Caro würde ihm vielleicht die Augen öffnen.

Nach ihrer Rückkehr sprach er das Thema ohne Umschweife an.

„Was meinst du, hat Brian Recht? Ist die Veränderung von Noah so gravierend, dass noch was dahinter steckt, was keiner ahnt?"

Sie zuckte die Schultern.

„Ich habe keine Ahnung, wie Noah war, bevor er hierher kam. Wenn ich allerdings deine Beschreibung mit dem vergleiche, was man jetzt sieht, würde ich Brian zustimmen. Die Frage ist, ob Megan das aufgefallen ist oder sie sogar weiß, was der Grund dafür ist."

Nachdenklich nickte er, während er die Bettdecke zurückschlug. Eine Erwiderung fiel ihm dazu nicht ein. Als Caro merkte, dass er nicht antworten würde, nahm sie ihren Faden wieder auf.

„Wie wäre es denn, wenn du da mal nachhakst? Du bist der Onkel, als erwachsener Mann könntest du eine Bezugs-person für ihn werden. Und dir erzählt er sicher eher was als Megan. Da bin ich mir ziemlich sicher."

Aus dem Augenwinkel beobachtete sie, wie er sich unter die Decke kuschelte und sie schon fast lüstern ansah. Fast? Nein, das „fast" konnte sie streichen, stellte sie fest. Dennoch bleib er zunächst beim Thema.

„Ich kann es versuchen. Er braucht auf jeden Fall so jemanden, jetzt, wo sein Dad für ihn höchstens per Telefon greifbar ist. Kann aber auch sein, dass mein Vater diese Rolle eher übernehmen kann."

Resolut schüttelte sie den Kopf.

„Dein Vater ist der Großvater. Den mag man und verbringt Zeit mit ihm. Eine vertraute Person sollte altersmäßig nicht zu weit entfernt sein und deshalb kommst dafür nur du infrage."

Er packte sie am Handgelenk und zog sie zu sich ins Bett. Lachend fand sie sich neben ihm wieder.

„Wir werden sehen, ich versuch's", beschloss er. Dann überfiel er sie mit einer ganz anderen Frage.

„Hast du dir schon überlegt, ob du deine Eltern zu unserer Hochzeit einladen willst?"

Caro stützte sich auf den Ellenbogen, um ihm ins Gesicht sehen zu können. Das war eine Entscheidung, über die sie am liebsten gar nicht nachdenken wollte.

„Wie kommst du jetzt darauf?"

„Ich habe mich das schon die ganzen letzten Tage gefragt. Es sind immerhin deine Eltern, egal, was passiert ist."

Sie prustete und das klang gar nicht amüsiert.

„Ja. Eltern, die mein ganzes bisheriges Leben lang versucht haben, mich nach ihren Vorstellungen zu manipulieren und sich in mein Leben einzumischen. Und meine Existenz zu zerstören, das wollen wir mal nicht vergessen!"

„Trotzdem", widersprach er. „Sie sind doch weit weg und du brauchst keine Angst mehr zu haben, dass sie dir hier reinpfuschen. Wäre das nicht eine Gelegenheit, um euer Verhältnis wenigstens einigermaßen zu normalisieren?"

Caro spürte genau, dass aus Damian der Familienmensch sprach. Er selbst hatte sich immer auf alle verlassen können und niemand mischte sich ungefragt in seine Angelegenheiten. Ihn in seinen Entscheidungen zu beeinflussen, lag seiner Familie völlig fern. Möglicherweise hatte er insofern Recht, dass der Einfluss der Eltern von Deutschland aus kaum noch vorhanden war. Vor allem, nachdem sie ihnen kurz nach ihrer Übersiedlung nach Irland deutlich klargemacht hatte, was sie davon hielt und dass es nicht mehr funktionierte. Wäre dies wirklich der Zeitpunkt, versöhnlich auf sie zuzugehen? Bei dieser Frage stritten die Gefühle in ihr und sie versuchte, diese Damian gegenüber in Worte zu fassen.

„Generell hast du ja Recht und ich würde es auch einerseits gern machen. Andererseits sträubt sich gefühlsmäßig alles in mir dagegen, sie wieder auch nur eine Handbreit in mein Leben zu lassen. Jetzt, wo ich endlich erreicht habe, dass ich nach meinen Vorstellungen leben kann. Klingt wirr, oder?"

Ihrem fragenden Blick begegnete er mit einem Lächeln. Zärtlich strich er mit dem Handrücken über ihre Wange.

„Etwas, ja. Aber ich weiß, was du meinst. Überleg es dir trotzdem, ich fände es gut, wenn du deinen Frieden mit ihnen schließt."

Sie kuschelte sich an ihn.

„Erst mal würde ich lieber mit dir Frieden schließen."

Erstaunt hob er den Kopf und sah sie an.

„Wieso, haben wir zurzeit keinen?"

Sie gluckste leise.

„Doch, aber man kann ja so tun als ob."
Das brauchte sie ihm nicht zweimal sagen.

Kapitel 17

Unschlüssig stand Daniel vor Jacks Haus. Natürlich musste er seinen, nun ehemaligen Kollegen, über seine Kündigung informieren. Das Herz lag ihm wie ein Stück Blei in der Brust. Immer noch hatte er das Gefühl, Ruth und Jack nicht so ganz von seiner Unschuld überzeugt zu haben. Beide waren für ihn zusätzlich zu Charlie und Scott zu einer Anlaufstelle geworden, an der er sich immer willkommen gefühlt hatte. Die Angst, das könne sich nun ändern, schnürte ihm die Kehle zu.

Er wandte sich ab und folgte dem Straßenverlauf, um sich von ihrem Grundstück wieder zu entfernen. Noch war er nicht soweit, um Bericht zu erstatten. Ein paar Schritte in der kühlen Herbstluft würden ihm hoffentlich helfen. So wanderte er in dem Viertel umher, bis er sich nach einiger Zeit unwillkürlich erneut bei den Freunden wiederfand. Nun gab es kein Zurück mehr, Daniel wollte es hinter sich bringen. Er betrat den Vorgarten und steuerte auf die Haustür zu. Auf sein Klingeln öffnete Ruth, aber ihr übliches, erfreutes Lachen blieb aus. Ein Lächeln war das Äußerste, was sie hervorbrachte und selbst das wirkte etwas verkrampft.

Eingeschüchtert durch diese Begrüßung fragte Daniel leise: „Kann ich reinkommen?"

Ruth besann sich auf ihr bisheriges Verhältnis und deutete einladend mit der Hand ins Innere.

„Natürlich, du kannst Fragen stellen!" versuchte sie, ihre Distanz abzumildern.

Daniel trat ein, ging in die Küche und nahm Platz, nachdem er Jack begrüßt hatte. Der sah ihn einfach nur abwartend an.

„Ich bin gefeuert", fiel er mit der Tür ins Haus.

Jacks Blick wurde starr, während Ruth die Hand vor den Mund schlug. Beide sagten kein Wort, bis Jack seine Sprache wiederfand.

„Warum, was hast du gemacht? Du hast doch nicht etwa McFlaherty erzählt, dass die Polizei bei dir war?"

„Doch, das habe ich. Es ging nicht anders, weil die mich mitgenommen hatten. Sie haben es zwar als Unterhaltung umschrieben, aber im Grunde war es ein Verhör. Zumindest stelle ich mir eins so vor. Und bevor McFlaherty es von anderen hört, dachte ich, ich sage es ihm lieber selber. Der Schuss ging aber nach hinten los. Ich hatte gehofft, wegen meiner Ehrlichkeit lässt er mich weiter arbeiten. Aber er meinte, das kann er seinen Kunden gegenüber nicht vertreten."

Diese kleine Rede hatte Daniel ausgebrannt, erschöpft legte er den Kopf auf die verschränkten Arme, die auf dem Tisch ruhten.

„Das hatte ich befürchtet", murmelte Jack. „Weißt du, Ehrlichkeit ist gut und wichtig, aber nicht immer angebracht."

Daniel hob den Kopf wieder.

„Das habe ich jetzt gemerkt. Hätte ich nichts gesagt, würde ich meine Arbeit noch haben – zumindest eine Weile länger, bis er davon gehört hätte."

„Wenn das überhaupt passiert wäre", bemerkte Ruth sehr richtig.

Daniel nickte resigniert.

„Ja, wenn. Tatsache ist aber nun mal, dass ich raus bin. Müßig darüber nachzudenken was passiert wäre, wenn ich die Klappe gehalten hätte."

Das konnten die beiden nicht abstreiten. Nachdenklich rieb Ruth mit dem Finger an ihrer Nasenspitze, als sie die allgegenwärtige Frage stellte.

„Was machst du jetzt? Zum Glück hast du ja noch keine andere Wohnung gemietet."

Er zuckte die Schultern. Was sollte er schon tun? Alles wieder auf Anfang und hoffen, eine neue Arbeitsstelle zu finden. Ruth enthielt sich einer Bemerkung, stand auf und begann die vertraute Zubereitung von Tee. Ich sehe bald selber aus wie ein Teebeutel, schoss es Daniel durch den Kopf. Aber diese Aktivität signalisierte ihm auch, dass Ruth beabsichtigte, einen Krisenrat zu halten. Das wiederum war ein sehr beruhigender Gedanke.

Er hatte sich nicht getäuscht. Obwohl noch eine leichte Distanziertheit zu spüren war, bemühten sich seine Freunde um eine Lösung der Misere. Sie erörterten Berufe und Firmen, bei denen es Daniel mit einer Bewerbung versuchen konnte. Momentan jedoch türmte sich vor ihm alles wie ein riesiger Berg auf, der unbezwingbar schien. Nur zu gut konnte er sich an die dreizehn Jahre Arbeitslosigkeit erinnern, in denen er auf viele Bewerbungen noch nicht einmal eine Antwort erhalten hatte, bei Nachfragen vor die Tür gesetzt worden war. Diese Tretmühle sollte jetzt von vorn beginnen? Ihn verließ jede Motivation, wenn er daran dachte. Wieviel Jahre würde es diesmal dauern, bis er wieder das Glück hatte, eine Stelle zu finden? Zumal seine Entlassung heute nicht gerade als positive Referenz galt. Auch wenn er sich nichts hatte zu Schulden kommen lassen, würde das von jedem so interpretiert werden. Noch bevor er bei einem Gespräch Gelegenheit haben würde, eine Erklärung dazu abzuliefern.

Jack strich über die Bartstoppeln, die sich an seinem Kinn schon wieder zeigten.

„Ich überlege gerade, ob ich mal mit McFlaherty rede. Immerhin haben wir ein halbes Jahr täglich zusammengearbeitet und er müsste doch einsehen, dass ich dich gut kenne. Und meiner Einschätzung etwas Gewicht beimessen."

Fragend sah er erst Daniel, dann Ruth an. Ihre Miene war skeptisch.

„Ich glaube nicht, dass er in irgendeiner Weise auf dich hört, Jack. Außerdem läufst du Gefahr, deinen eigenen Job aufs Spiel zu setzen."

Erstaunt sah er seine Frau an.

„Warum das denn? Okay, dass ich gegen eine Wand reden würde, kann schon sein. Aber meine Arbeit wäre damit sicher nicht in Gefahr. Nicht, wenn ich einfach nur versuche, für Daniel zu argumentieren. Aus welchem Grund sollte er mich deshalb entlassen?"

Nun schaltete sich Daniel wieder ein.

„Ich bin dir wirklich dankbar, dass du das als Möglichkeit in Erwägung ziehst, Jack. Aber ich glaube wie Ruth auch nicht, dass es was bringen würde. Deshalb macht es keinen Sinn, wenn du es versuchst und dich damit offen auf meine Seite stellst."

„Wieso seid ihr so pessimistisch? Ich finde, auf einen Versuch kommt es immer an."

Abrupt sprang er auf, ging in den Flur und kam mit seiner Jacke in der Hand wieder zurück. Nachdem er eilig seine Teetasse geleert hatte, verschwand er mit den Worten: „Wartet hier, wird nicht lange dauern."

Verdutzt schauten sich Ruth und Daniel an. Es war etwas untypisch für Jack, so impulsiv zu handeln. Sofern er sich zu etwas entschlossen hatte, nahm er das möglichst sofort in Angriff, aber dieser Aufbruch mutete schon fast als Kurzschlussreaktion an. Beide wussten jedoch, dass sie ihn ohnehin nicht würden aufhalten können und so blieben sie zunächst schweigend zurück.

Erst nach einer Weile ergriff Ruth wieder das Wort.

„Das ist eine total verrückte Geschichte. Du bist wie viele andere im Chat, willst dich wie ebenfalls viele andere mit jemandem treffen, den du da kennengelernt hast und schwupps, bist du Gegenstand polizeilicher Ermittlungen. Und nicht nur das, auch noch als Verdächtiger scheinbar. Es ist einfach bekloppt!"

Daniel empfand es ebenso, aber er hatte keine Idee, wie er aus der Sache herauskommen sollte. All seine Hoffnung legte er vorerst auf den Anwalt, den Charlie besorgt hatte. Morgen würde er hoffentlich mehr darüber erfahren, wie sich die Lage für ihn darstellte.

Ruth überraschte ihn. Sie, die gern ohne Punkt und Komma redete, sinnierte vor sich hin und sagte kein Wort mehr. Jeder hing seinen eigenen Gedanken nach und beide schraken hoch, als die Haustür ins Schloss fiel. Jacks Miene war von weitem anzusehen, dass sein Besuch nicht von Erfolg gekrönt worden war. Auch wenn das niemand erwartet hatte, gab es doch eine gewisse Enttäuschung darüber.

Er zog wütend den Stuhl zurück und knallte sein nicht unerhebliches Hinterteil auf die Sitzfläche. Seine Finger trommelten auf die Tischplatte, während er an der Unter-lippe kaute. Ruth und Daniel warteten ab, denn Jack jetzt zu drängen, brachte gar nichts.

Erst nach einigen Minuten brach dieser sein Schweigen.

„Dieser Idiot!" stieß er schließlich mit Inbrunst aus. „Der sagt tatsächlich, es wäre ja ganz toll von mir, dass ich an Daniels Unschuld glaube. Aber das könne er nicht von den Kunden verlangen. Jemand, der als Verdächtiger gilt, schadet dem Ansehen seiner Firma. Hurensohn!" bekräftigte er seine Meinung nochmals.

„Jack!" schrie Ruth entsetzt auf.

„Ist doch wahr", verteidigte er seinen Ausbruch kleinlaut.

„Naja, du musst ihn aber auch verstehen", versuchte Ruth, ihren Mann zu besänftigen.

„Und wer denkt daran, dass hier gerade die komplette Existenz eines Unschuldigen zerstört wird?" ereiferte Jack sich erneut.

Ruth senkte den Blick, dazu gab es nicht mehr viel zu sagen. Daniel erkannte, dass Jack sehr wohl auf seiner Seite stand, Ruth aber ihre Zweifel hatte. Verdenken konnte er es ihr nicht. Man konnte einem Menschen immer nur vor den Kopf, nicht hinein sehen.

Daniel erhob sich. „Ich halte euch auf dem Laufenden", verabschiedete er sich.

Auf dem Weg zu seiner Wohnung zog er die Visitenkarte des Anwalts heraus und rief in dessen Kanzlei an. Der Stimme nach zu urteilen hatte er eine recht junge Frau an der Strippe, die bereits von seinem bevorstehenden Anruf in Kenntnis gesetzt worden war. Wenigstens etwas, das klappte! Er bekam einen Termin für den nächsten Vormittag und hatte gerade aufgelegt, als das Gerät klingelte. Das Display zeigte Charlie an, erfreut nahm er ab. Die Nachricht, die sie ihm zu überbringen hatte, erschreckte ihn jedoch etwas. Robert Fitzpatrick gelangte von einer unbekannten Vision zu einem Menschen in Fleisch und Blut. Aufgeregt kündigte er Charlie seinen Besuch an, um mehr darüber zu erfahren. Seine Neugierde führte dazu, dass er fast im Laufschritt die Entfernung zurücklegte, die zwischen Jack und seiner Tante bestand. Erhitzt kam er an, schoss an ihr vorbei und baute sich inmitten der Küche auf. Charlie folgte ihm lachend.

„Jetzt komm erst mal zurück auf den Boden, Robert läuft dir nicht weg."

Sie drückte ihn auf einen Stuhl und nahm ihm gegenüber Platz. Kaum saß sie, sprang sie wieder auf und setzte Teewasser auf. Seine Nieren konnten sich nun wirklich nicht darüber beschweren, wenig durchspült zu werden. Das erinnerte ihn an seine drückende Blase, denn zunächst musste der Tee von Ruth dem herannahenden von Charlie den Weg freimachen. Er ging zur Toilette und als er zurückkam, hatte sie schon alles bereitgestellt. Wartend blickte sie ihm entgegen.

Sobald er wieder saß, legte sie ihre Hand auf seine.

„Er lebt und arbeitet tatsächlich noch in Galway. Nun muss er nur dein Vater sein, wie Alice gesagt hat."

Daniel bezweifelte, dass es so einfach sein würde.

„Selbst wenn es so ist, wer sagt denn, dass er überhaupt mit mir reden will? Und wie nehme ich Kontakt mit ihm auf? Hinfahren und überfallen? Anrufen und womöglich abwimmeln lassen?" Er stutzte. „Was hat er damals studiert und was macht er beruflich? Mir fällt gerade auf, dass ich dich das noch gar nicht gefragt habe."

„Viele Fragen auf einmal", stellte Charlie augenzwinkernd fest. „Er hat irgendwas mit Bau studiert, Ingenieur, Architekt, so was. Aber wenn ich es richtig verstanden habe, arbeitet er nicht mehr in seinem Beruf. Du wirst es nicht glauben, er ist Schuhverkäufer."

Daniel riss die Augen auf. „Er hat studiert, um Schuhe zu verkaufen?"

Charlie lachte.

„Ich glaube nicht, dass er diesen Berufswechsel freiwillig vorgenommen hat. Der Knackpunkt ist tatsächlich: Wie gehst du am besten vor?"

Sie holte den Tee, der inzwischen durchgezogen war, und schenkte ihnen ein. Auffordernd hielt sie ihm die Milch entgegen und er gab einen Schuss in seine Tasse. Gedankenverloren rührte er um.

„Es hat sich schon mal jemand schwindelig gerührt", bemerkte Charlie spöttisch.

Sofort nahm Daniel den Löffel aus der Tasse und legte ihn ab.

„Entschuldige, das war heute kein leichter Tag."

„Ich habe schon gemerkt, dass was nicht stimmt. Ich nehme an, du warst bei deinem Chef?"

Daniel seufzte.

„Ja, gleich nachdem ich hier weg bin. Er hat mich gefeuert. Er hat eine Verpflichtung seinen Kunden gegenüber und kann mich deshalb nicht weiter beschäftigen."

Es kam ihm vor, als wenn er dies heute schon hundertfach erzählt hatte, dabei war Charlie erst die zweite Station.

„Ist der wirklich so illoyal?"

„Ja", bestätigte Daniel. „Jack hat ihn als Idiot und Hurensohn bezeichnet, Ruth fand das gar nicht gut." Plötzlich musste er kichern. „Er war bei ihm und wollte ein gutes Wort für mich einlegen. Ging natürlich in die Hose."

Diesmal beließ sie es nicht dabei, ihre Hand auf seine zu legen. Sie nahm sie zwischen beide Hände.

„Das ist gemein. Du hast gute Arbeit gemacht, er hat dir sogar wegen der Sache letztens eine Lohnerhöhung zugesagt und jetzt das."

„Ich fange wieder von vorne an, Charlie. Und ich kann nur hoffen, dass es nicht wieder dreizehn Jahre dauert, bis ich eine neue Chance kriege."

Nun zog ein Grinsen über ihr Gesicht.

„Ganz bestimmt nicht, das kann ich dir versprechen."

Verwirrt sah er sie an.

„Was macht dich so sicher? Ich bin davon so gar nicht überzeugt."

„Daniel! Denk doch mal nach, du bist doch ein kluger Junge! Scott wird etwas für dich finden und bevor du jetzt wieder in die Luft gehst: Es ist nicht ehrenrührig, Hilfe anzunehmen."

Resigniert strich er sich mit der freien Hand über das Gesicht.

„Das sage ich doch auch gar nicht, Charlie. Es kann aber nicht sein, dass ihr mir schon wieder aus der Patsche helft. Du hast den

Anwalt besorgt und meinen Vater suchen lassen. Irgendwann ist es echt mal gut!"

„Ich gebe dir Recht", stimmte sie ihm zu. „Aber der Punkt ist erst erreicht, wenn du keine Hilfe mehr brauchst. Im Moment fällt dein ganzes Leben über dir zusammen und es wäre schon richtig dumm, alles abzulehnen. Also lass Scott mal machen. Ich rede heute Abend mit ihm. Was er für dich ausgraben wird, kann ich nicht sagen. Aber ich weiß, dass er was finden wird."

Niedergeschlagen nickte Daniel nur noch. Ihren Argumenten war kaum etwas entgegenzusetzen. Sie hörte auf, seine Finger zu zerquetschen und fuhr fort.

„Dann mal wieder zurück zum Ursprungsthema. Ich finde, du solltest Robert anrufen und ein Treffen mit ihm vereinbaren. Letztlich ist es sein gutes Recht, von der Existenz seines Sohns zu erfahren und er sollte auch die Chance haben, eine Zusammenkunft abzulehnen. Einen Überfall halte ich für keine gute Idee."

Daniel auch nicht. Er brauchte sich nur auszumalen, wenn umgekehrt plötzlich Fitzpatrick vor ihm gestanden und eröffnet hätte, er wäre sein Vater. Keine schöne Vorstellung.

„Aber was sage ich ihm, damit er nicht auflegt und mit einem Treffen einverstanden ist? Ich will ihn ja nicht verunsichern."

Darüber brauchte sie nicht lange nachzudenken.

„Ich würde sagen, ich rufe diesmal an. Da ich eine uralte Bekannte bin, wird er mich nicht abwürgen. So kann ich zumindest versuchen, ihn dazu zu überreden, dich kennenzulernen. Vorzugsweise in einem Lokal, damit es neutral ist. Entweder fährst du dazu nach Galway oder er kommt her. Wobei ich an die zweite Variante nicht glaube. Er wird sich denken, dass du derjenige bist, der ihn kontaktiert hat und du deshalb auch die Fahrt auf dich nehmen sollst. Aber das ist ja das kleinere Problem. Erst mal müssen wir ihn davon überzeugen, zuzustimmen."

Sie sah auf ihre grazile Armbanduhr und verzog die Lippen. „Um diese Zeit wird er noch nicht zuhause sein. Wir müssen wohl den Anruf auf heute Abend verschieben. Magst du zum Essen bleiben? Scott müsste bald kommen, dann können wir auch die Jobsache mit ihm gemeinsam klären."

Bei dem Gespräch wollte Daniel keinesfalls dabei sein. „Das mach mit ihm lieber in einer ruhigen Minute, wenn sich eine günstige Gelegenheit ergibt. Möglichst in meiner Abwesenheit", fügte er beschämt hinzu.

„Du bist manchmal aber auch ein Feigling", lachte sie und strubbelte durch seine Haare.

Gemeinsam begannen sie, das Abendessen vorzubereiten.

Natürlich hielt Charlie nicht mit den Neuigkeiten von Daniels Kündigung hinter dem Berg, als sie zusammen ihre Mahlzeit einnahmen. Am liebsten hätte sich Daniel deshalb in einem Mausloch verkrochen und wäre nie wieder aufgetaucht. Scott sah das aber gar nicht so dramatisch. Ohne dass Charlie ihn darum bitten musste, bot er von sich aus Hilfe an.

„Ich überprüfe mal, inwieweit sich bei uns eine Möglichkeit ergibt. Versprechen kann ich dir nichts, aber ich denke mal, irgendetwas lässt sich finden. Nur vielleicht nicht für sofort. Eine kleine Durststrecke wirst du eventuell überwinden müssen."

„Das ist gar kein Problem", beeilte sich Daniel zu versichern. „Meine letzte war dreizehn Jahre lang, ich bin in Übung."

Plötzlich wurde ihm bewusst, dass er auch von Scott gar keine Ahnung hatte, womit dieser seine Brötchen und die Wurst darauf verdiente. Es wäre ihm aber komisch vorgekommen, jetzt danach zu fragen.

Für Charlie war das Thema abgehakt und sie wandte sich dem anderen zu. Begeistert erzählte sie ihrem Mann, dass Daniels Vater ausfindig gemacht worden war.

Scott sah interessiert auf.

„Und glaubt ihr, er will ein Treffen?"

Mahnend sah ihn Charlie an.

„Woher sollen wir das wissen? Ich versuche es und wir hoffen das Beste. Mehr ist nicht drin." Da es inzwischen spät genug für die Erreichbarkeit des Mannes war, räumte sie schnell ab und holte das Telefon sowie einen Zettel. Auf diesem hatte sie sich alles notiert, was ihr zu Robert Fitzpatrick mitgeteilt worden war. Angespannt warteten alle drei, nachdem sie gewählt hatte.

„Mrs Fitzpatrick? Mein Name ist Charlotte Masters, ich bin eine Freundin aus den Kindertagen Ihres Mannes. Wäre es wohl möglich, dass ich ihn sprechen könnte?"

Freundin aus Kindertagen klang besser als Jugendfreundin, befand Daniel zustimmend. Harmloser. Sie hob den Daumen als Zeichen, dass Robert offenbar ans Telefon geholt wurde.

„Robert, hier ist Charlotte Masters, früher O'Keefe. Kannst du dich noch an mich erinnern?"

Sie lauschte und lachte dann.

„Na hör mal, so schlimm sah ich nun auch wieder nicht aus. Dünn ja, aber keine Büroklammer!"

Wieder hörte sie zu, bevor sie zum Punkt kam.

„Genau, es hat natürlich einen Grund, aus dem ich mich nach all den Jahren melde. Meine Kusine Alice kennst du doch auch noch, nehme ich an? Obwohl sie seinerzeit ein Auge auf dich geworfen hatte, hast du sie vorgezogen, du Schlingel!"

Pause.

„Ich möchte dich nicht lange auf die Folter spannen. Du weißt wahrscheinlich nicht, dass sie damals schwanger wurde bei eurer Liaison? Das Ergebnis sitzt mir hier gegenüber, das ist mein Neffe Daniel und laut Alice…"

Sie beendete den Satz nicht und schnitt eine Grimasse. Dann setzte sie erneut an.

„Das weiß ich nicht, Robert. Aber Daniel würde dich gern kennenlernen und ich finde, das ist eine gute Idee. Ihr könnt doch dann selber herausfinden, ob Alices Behauptung stimmt. In beiderseitigem Interesse, sodass ihr beide Gewissheit habt."

Sie bedeckte die Sprechmuschel mit ihrer Hand und flüsterte: „So verbohrt habe ich den gar nicht im Gedächtnis."

Daniel und Scott kicherten, das war typisch Charlie.

„Robert, du kannst gern auch selbst mit ihm sprechen. Wir dachten uns, ihr könntet euch vielleicht in einem Lokal oder so treffen. Schlag was vor, Daniel wird da sein. Oder soll ich den Hörer mal an ihn weiterreichen? Nein, musst du natürlich nicht. Aber ein Treffen ist doch drin, oder? Bedenke doch mal, du musst dir dann auch keine Gedanken mehr machen, ob Alice gelogen hat oder nicht. Wenn ich mir Daniel so ansehe und daran denke, wie du früher ausgesehen hast, könnte sie auf jeden Fall richtigliegen."

Das nahm ihrem Gesprächspartner wohl endgültig die Puste. Strahlend verabschiedete sie sich und legte auf.

„Am Sonntag an der St. Patricks Cathedral. Er kommt sogar her und du brauchst nicht hinzufahren."

Daniel wurde es flau im Magen. Er hatte sich das gewünscht, aber nun wusste er nicht so richtig, wie er damit umgehen sollte. Was sagte man zu seinem vermeintlichen Vater, wenn man ihn traf? Dafür gab es aber wohl kaum feste Verhaltensregeln. Im Gegensatz zu ihm sah Charlie das nicht so verbissen.

„Er weiß, worum es geht und wird genauso befangen sein wie du. Also mach dir nicht schon wieder Sorgen. Und vor allem: Kneif nicht vorher!"

An diese Ermahnung Charlies dachte Daniel auch am nächsten Vormittag, als er die Kanzlei von Pashley betrat. An der Anmeldung wurde er freundlich empfangen und gebeten, noch einen Moment in dem kleinen Wartezimmer Platz zu nehmen.

Ungeduldig kam er der Aufforderung nach. Seine Füße wippten unentwegt auf dem strapazierfähigen Teppichboden, als ihn die junge Frau aus der Anmeldung abholte und zu einem Büro dirigierte. Ein Quadratmeter, schoss es Daniel in Anbetracht ihrer Figur durch den Kopf. Einen Meter groß und einen Meter breit. Pashley bot ihm einen Platz in der kleinen Sitzecke an und folgte ihm mit einem dünnen Aktendeckel in der Hand. Er kam sofort zur Sache und forderte Daniel auf, alles vom Anfang bis zum heutigen Tage zu erzählen. Inzwischen leierte Daniel die Geschehnisse herunter, das wurde ihm selbst bewusst. Aber nichtsdestotrotz: Es kam darauf an, dass Pashley begriff, worauf es ankam. Nämlich dass er unschuldig war und dieses Mädchen niemals gesehen hatte. War es nicht die Pflicht eines Anwalts, seinen Mandanten zu glauben? Das jedoch würde ihm nicht reichen, er wollte, dass Pashley tatsächlich von dem überzeugt war, was er hörte.

„Für mich steht außer Zweifel, dass es sich so zugetragen hat, wie Sie schildern, Mr O'Keefe", sagte er auch dann zu Daniels Erleichterung. „Wir müssen das nur eben auch den ermittelnden Beamten klarmachen. Das Problem dabei: O'Neill scheint der Überzeugung zu sein, dass Ihre Aussage nach dem Verlassen des Cafés nicht mehr korrekt ist. Und eben für diesen Abschnitt gibt es keinerlei Zeugen. Niemand, der Sie eine Strecke weit weggehen sehen hat, keinen Nachbarn, der Sie nach Hause kommen sehen hat. Sind Sie wirklich sicher, dass Ihre Rückkehr völlig unbeobachtet geblieben ist?"

Daniel zuckte die Schultern.

„Ich selbst habe meine Nachbarn nicht gefragt, das hat die Polizei gemacht. Und nach deren Aussage war da keiner."

Pashley nickte, so stand es auch in der Akte, die vor ihm lag.

„Vielleicht kann es nicht schaden, wenn Sie selbst noch einmal mit Ihren Nachbarn sprechen. Zu dem einen oder anderen haben Sie eventuell näheren Kontakt, sodass eine Nachfrage zu dem Sonntag möglich ist?"

Daniel rang die Hände, da gab es nur eine Nachbarin und selbst diese sah er nur selten.

„Eine alte Dame ist die einzige, mit der ich ab und zu ein Wort rede. Aber die weiß ganz sicher nicht mehr, was an einem Sonntag vor ein paar Wochen gewesen ist."

Das wiederum befürchtete Pashley auch. Viele Menschen hatten Probleme, sich zu erinnern, was sie vor zwei Tagen getan oder gesehen hatten, geschweige denn, vor mehreren Wochen. Insbesondere dann, wenn das eigene Leben eher gleichförmig verlief, mutete ein Tag wie der andere an. Selbst wenn die alte Frau Daniel hatte heimkommen sehen, konnte das an jedem Tag in den vergangenen Jahren gewesen sein.

Der Rechtsanwalt schloss den Aktendeckel, schlug die Beine übereinander und sah Daniel ruhig an.

„Ich werde selbstverständlich dahingehend auf die Ermittlungen einwirken, dass man sich auch nach anderen Spuren umsieht. Es ist aber klar, dass mein Einfluss weniger als gering ist in dieser Hinsicht. Im Grunde lässt sich die Polizei nichts sagen. Schon gar nicht, wenn sie sich erst einmal etwas in den Kopf gesetzt hat. Speziell O'Neill ist kein Unbekannter, was das anbelangt."

Er erhob sich und beendete so das Gespräch. Während er ihm die Tür aufhielt, gab er Daniel noch letzte Anweisungen.

„Falls Sie noch mal dazu befragt werden sollen, rufen Sie mich an und machen ohne meine Anwesenheit keine Aussage mehr. Sowie ich etwas Neues in diesem Fall erfahre, informiere ich Sie. Wir können im Grunde nur abwarten, dass die Polizei endlich ihre falsche Fährte bemerkt und sich umorientiert. Oder noch besser, dass diese Susan wieder auftaucht. Vorzugsweise lebendig, denn nichts ist wirksamer als die Aussage des vermeintlichen Opfers. Sie hören von mir."

Im nächsten Moment stand Daniel vor der Tür. Der Kerl mochte zwar gut sein, aber mit diesen elitären Benimmregeln und verschnörkelten Ausdrucksweisen vermochte Daniel sich nicht anfreunden. Warum konnten nicht auch Menschen, die studiert hatten, normal reden? Er war etwas ungerecht, denn so furchtbar hochgestochen hatte sich Pashley nicht ausgedrückt, das wusste er. Dennoch war seine höhere Schulbildung in jeder Sekunde deutlich spürbar und solche Leute schüchterten Daniel nun einmal ein.

Er verließ die Kanzlei wieder und setzte sich in den Rinnstein. Eigentlich müsste er Charlie wenigstens anrufen, um ihr von dem Gespräch zu berichten. Aber letztendlich war dabei nichts Neues herumgekommen. Alles, was besprochen worden war, wussten sie bereits. So beschloss er, Jack aufzusuchen und ihn über den Erfolg bei der Suche nach seinem Vater zu informieren. Ihm fiel auf, dass er in der letzten Zeit immer zwischen Charlie und Jack hin- und her trottete. Einerseits war es positiv, dass es für ihn diese beiden Anlaufstellen gab. Andererseits ebenso traurig, dass es die einzigen waren.

Seine Füße trugen ihn wie von selbst zu Ruth und Jack. Erst als er vor ihrem Haus stand, schlug er sich mit der Hand vor die Stirn. Es war gerade mal mittags, beide waren noch bei der Arbeit. Er würde hier zu diesem Zeitpunkt niemanden antreffen können. Deshalb blieb nur der Weg nach Hause, wenn er Charlie nicht schon wieder auf die Bude rücken wollte. Er würde sie von dort aus dann in Ruhe anrufen und von dem Termin beim Anwalt berichten.

Kapitel 18

Der Sonntag und damit das Treffen mit Robert Fitzpatrick kamen unaufhaltsam näher. Bereits am Samstagnachmittag war Daniel derart nervös, dass er kaum für längere Zeit stillsitzen konnte. Was für eine wahnsinnige Idee! Fremde Menschen waren eine Sache, aber wenn diese dazu noch eigentlich gar nicht fremd sein durften, noch eine andere.

Wie es seine Gewohnheit geworden war, schaltete er den Computer an und loggte sich im Krimichat ein. Das diente nur dazu nachzusehen, ob Susan wieder aufgetaucht war. Eigentlich erwartete er das nicht, konnte sich aber diese Kontrolle nicht verkneifen. Zumindest hatte es bislang keine weitere Begegnung mit der Polizei gegeben. Das führte er auf die Verpflichtung eines Anwalts zurück. Dieser war kein Feld-Wald-und-Wiesen-Anwalt, sondern ein guter der gehobenen Preisklasse und das allein bezeugte seine Kompetenz. Zumindest Daniels Meinung nach. Wer teuer war, der musste auch etwas können. Daher ließ O'Neill etwas Vorsicht walten und hielt sich zurück. Wahrscheinlich würde er erst wieder auf Daniel zukommen, wenn er neue Anhaltspunkte ausgrub. In dem Fall war Daniel sicher, denn wo keine waren, konnten keine gefunden werden. Wobei es seiner Meinung nach nicht übel wäre, wenn Indizien für seine Unschuld gefunden würden und O'Neill persönlich ihm das mitteilen würde. Ein wenig Genugtuung hatte er schließlich verdient. Aber noch war es nicht soweit und ob es jemals so kommen würde, war äußerst fraglich.

Er vertrödelte den Tag und dachte an das Telefonat mit Charlie zurück. Sie schien nicht mehr erwartet zu haben als das, was letztlich tatsächlich mit dem Anwalt besprochen worden war. Hauptsache im Ernstfall wäre er greifbar, lautete ihre Devise. Daniel kam dabei unwillkürlich das Bild eines Sprungkissens in den Kopf, auf dem er landete. Bevor er den Tag vollends verbummelte und von einer Ecke seiner kleinen Wohnung in die nächste tigerte, konnte er seinen Besuch bei Jack nachholen. Auf einem Samstagnachmittag würde er ihn und seine Frau sicherlich zuhause antreffen, zumal das Wetter keine Ausflüge im Freien zuließ. Es sei denn, man stand auf nasse Füße und kalten Wind, der durch Mark und Bein ging. Bei Ruth konnte er das definitiv ausschließen, denn wie die meisten Frauen fröstelte sie sehr schnell und zog ein warmes Zimmer dem unbeständigen Wetter draußen vor.

Er hatte sich nicht getäuscht. Im Hause Bergman herrschte ein Stillleben aus einem dicken Buch auf dem Couchtisch von Ruth und einem Jack, der sich in den Bau seines Flaschenschiffs vertieft hatte. Bei Daniels Eintreffen beendete er seine Arbeit mit den Worten: „Ich muss das hier noch eben schnell festkleben, bin gleich da."

Daniel lächelte amüsiert in Kenntnis darüber, dass sich Jack nur äußerst ungern unterbrechen ließ. Aber immerhin hatte er Neuigkeiten von denen er wusste, sie würden die Freunde interessieren.

Ruth verschwand in der Küche, während Daniel bereits im Wohnzimmer Platz nahm. Es kam selten vor, dass er einen von Jacks beiden Sprösslingen zu Gesicht bekam, aber heute lümmelte sich der fünfzehnjährige Tim auf dem Sessel herum. In der Hand hatte er sein Smartphone, auf dem er eifrig den Finger umher schob. Neugierig trat Daniel zu ihm und blickte über seine Schulter.

„Was machst du da?"

Tim sah nicht auf, während er erklärte: „Das ist ein Spiel. Du musst immer zwei Steine tauschen, um mindestens drei gleiche aneinander zu reihen. Die verschwinden dann und es rücken neue nach. Nennt sich 3-Gewinnt."

Klang unterhaltsam, aber so ganz hatte Daniel das Prinzip noch nicht verstanden. Das erschloss sich ihm erst, als er eine Weile zusah.

„Kann man das auch auf dem Computer spielen?"

„Klar!" bestätigte Tim. „Musst einfach mal suchen, da gibt es genügend im Netz."

Das würde er auf jeden Fall machen, wenn er wieder zuhause war. Zu den ganzen Ego-Shootern hatte er keine Lust mehr und es konnte nicht verkehrt sein, seine grauen Zellen beim Spielen etwas anzustrengen. Von Tim ließ er sich einige Namen auf einen Zettel notieren, als Ruth und Jack gemeinsam mit dem Tee eintraten.

„Ich verpfeif mich mal", verkündete Tim und verließ das Wohnzimmer.

„Schlaues Kerlchen. Ich tu's zwar ungern, aber trotzdem hätte ich ihn sowieso rausgeschickt. Nicht alles ist für Teenager-Ohren geeignet", stellte Ruth fest.

Sie setzten sich und zwei Augenpaare richteten sich gespannt auf Daniel. Ohne viele Verschnörkelungen berichtete er von Charlies Telefonat mit Robert Fitzpatrick und der Verabredung am nächsten Tag. Dass Charlie mit Fitzpatrick gesprochen hatte, fand Ruths vollste Zustimmung. Schließlich fielen Männer ihrer Meinung nach immer gleich mit der Tür ins Haus und Frauen waren sehr viel diplomatischer. Ihr Weltbild wäre zerstört worden, wenn sie den Verlauf des Telefonats und Charlies Vorgehen gekannt hätte.

„Und jetzt bist du nervös." Das war keine Frage von Ruth, sondern eine schlichte Feststellung.

„Natürlich. Stell dir das doch mal vor. Du triffst jemanden, der eigentlich Familie ist. Und nicht nur irgendwie, sondern näher geht es nicht. Trotzdem ist derjenige ein total Unbekannter, du weißt nichts über ihn. Keine gemeinsame Basis, weil die Leben völlig getrennt voneinander verlaufen sind. Was soll man mit so einem reden?"

„Das wäre genauso, wenn ich meine richtigen Großeltern oder die Geschwister meines Vaters sehen würde", murmelte Jack.

„Ja", bestätigte Daniel. Er wusste, dass Jack außer seinem Vater niemanden aus seiner Familie kannte.

„Ach, ich weiß nicht", warf Ruth ein. „Er kennt Alice sogar besser als du und das allein ist schon ein Gesprächsthema. Du kannst ihn einfach nach Erlebnissen mit ihr fragen, um über sie eine Brücke zu ihm zu bauen. Und ich kann dir schwören, dass er genauso verunsichert sein wird wie du."

Das war Daniel ohnehin klar, half aber nicht viel weiter. Auf diese Weise würden zwei Trottel an der St. Patrick Cathedral stehen und nicht wissen, was sie sagen sollten. Er drehte sich immer wieder im Kreis mit seiner Angst, seinem Erzeuger sprachlos oder hilflos stammelnd gegenüber zu stehen. Aber da musste er nun durch, kneifen galt nicht.

Nachdem Ruth und Jack ihm immer wieder versichert hatten, dass es für solche Situationen kein Drehbuch gab und er sich keine Sorgen machen solle, machte er sich wieder auf den Heimweg. Ihm würde eine unruhige und wahrscheinlich schlaflose Nacht bevorstehen.

Diesbezüglich hatte er sich nicht getäuscht. Er wälzte sich von einer Seite auf die andere, versuchte es sogar, indem er sich mit dem Kopf an das Fußende legte. Ohne Erfolg. Erst als es bereits dämmerte, schleuderte ihn sein Gedanken-karussell in einen seichten, unruhigen Schlaf.

Das führte dazu, dass er erst gegen Mittag erwachte. Im Grunde war er ganz froh darüber, denn auf diese Weise gab es keine sehr lange Wartezeit mehr, bis er sich zur St. Patricks Cathedral aufmachen konnte. Im Versuch, etwas zu essen, bereitete er sich eine einfache Suppe zu, die er aber bald entsorgte. Unfähig, einen Bissen herunterzubekommen, kühlte sie ab, während er sie einfach nur anstarrte.

Viel zu früh verließ er seine Wohnung und achtete peinlichst darauf, langsam zu gehen. Immer wieder zupfte er an seinem Hemd, das er zur Feier des Tages anstelle eines Sweatshirts angezogen hatte. Einen guten Eindruck wollte er erwecken, auch wenn ihm der Grund nicht ganz klar war. Er würde einem Fremden begegnen, dessen Urteil ihm egal sein konnte. Und doch war es das nicht. Nachdem Alice nicht die geringsten mütterlichen Gefühle für ihn entwickelt hatte, hoffte er insgeheim, es würde bei Robert anders sein. Es war schon merkwürdig, wie sehr ein Mensch auf das Wohlwollen ihm Nahestehender angewiesen war. Auch wenn er es noch nicht mal sich selbst gegenüber zugeben konnte.

An der verabredeten Straßenecke angekommen, an der sich die Kathedrale befand, sah er sich vorsichtig um. Robert würde Charlie zufolge einen blauen Schal tragen, an dem er ihn erkennen würde. Bislang konnte er niemanden finden, der auch nur entfernt irgendetwas Blaues trug. Wäre es nicht pure Ironie, wenn Robert kniff und ihren Treffpunkt wieder verließ, bevor sie sich begegneten? An diese Möglichkeit wagte er jedoch nicht zu denken. Er würde das durchziehen und von Fitzpatrick erwartete er dasselbe.

Es war bereits zehn Minuten über der vereinbarten Zeit, als er tatsächlich einen Mann mit einem blauen Schal entdeckte. Er ging auf ihn zu und umso näher er kam, desto mehr fiel es ihm wie Schuppen von den Augen. Dieses Gesicht, mit ein paar kleinen Abweichungen, sah er jeden Tag, wenn er in den Spiegel über dem Waschbecken schaute. Die verblüffende Ähnlichkeit dieses Mannes mit sich selbst machte ein Abstreiten der Vaterschaft undenkbar. Entschlossen schritt er nun auf ihn zu.

„Ich bin Daniel, der Sohn von Alice O'Keefe. Und wenn ich dich so betrachte, eindeutig auch deiner."

Sein Gegenüber schien nicht glauben zu können, was er sah und hatte die Augen weit aufgerissen. Nicht nur die Gesichtszüge waren Daniels sehr ähnlich, auch die Statur war nicht allzu groß und etwas dicklich. Daniel wartete die Reaktion ab. Diese folgte recht zügig, Robert hatte sich schnell wieder gefasst.

„Das ist wohl unbestreitbar. Ich hatte ja keine Ahnung…"

Er beendete den Satz nicht, Daniel musste nachfassen.

„Keine Ahnung wovon?"

„Dass Alice ein Kind von mir erwartet hat. Aber du hast Recht, du siehst mir wirklich sehr ähnlich. Es kann nicht anders sein."

„Mir und ihrer Familie hat sie erzählt, dass du sie im Stich gelassen hast, als ich unterwegs war."

Robert grunzte.

„Das kann man vielleicht so auslegen. Ich bin bald nach der Affäre mit ihr nach Galway gegangen. Aber in völliger Unwissenheit darüber, dass sie schwanger war. Lass uns irgendwo ein warmes Plätzchen suchen, Daniel."

Das lief ja besser, als er befürchtet hatte! Die beiden Männer schlenderten die Straße entlang, bis sie ein Lokal fanden. Dort kehrten sie ein, besetzten einen Tisch und bestellten sich einen warmen Tee. Dieser Tage zeigte der Monat seine sehr ungemütliche Seite.

„Wie ist es Alice ergangen? Hat sie jemand anderen geheiratet, der dich großgezogen hat?"

Der gute Mann hatte tatsächlich keine Ahnung. Daniel nahm ihm die Illusion eines geregelten Familienlebens in seiner Kindheit.

„Nein. Alice hat mich zu ihrem Vetter gegeben. Da bin ich mit zwei Geschwistern in dem Glauben aufgewachsen, das sei meine Familie. Mein Ziehvater hat getrunken und keine Arbeit lange behalten. Meine Ziehmutter hat mit diversen Putzstellen den Lebensunterhalt verdient und sie war auch die einzige, die mir so was wie Nestwärme gegeben hat. Soweit ihr das möglich war. Ich habe den Kontakt zu ihnen allen mit Anfang zwanzig abgebrochen, weil ich es einfach nicht mehr ertragen konnte. Zu dem Zeitpunkt hatte ich eine Arbeit und bin in eine kleine Wohnung gezogen. Leider ging die Firma Pleite und ich habe viele Jahre der Arbeitslosigkeit hinter mir. Vor einem halben Jahr fand ich eine neue Stelle, aber durch unglückliche Umstände, für die ich nichts kann, habe ich sie gerade verloren. Dass diese Familie nicht meine war, habe ich nur durch die Firma erfahren, für die ich zuletzt gearbeitet habe. Charlie hat mir dann geholfen, Alice aufzuspüren und die wiederum hat mir deinen Namen genannt. Ich war lange im Zweifel, ob ich dich überhaupt suchen sollte."

Robert hatte aufmerksam zugehört und nickte nun nachdenklich.

„Warum hast du dich dafür entschieden?"

„Weil es mir keine Ruhe gelassen hat. Alice hat sich nie für mich interessiert, nachdem sie mich abgegeben hatte. Vielleicht ist da irgendwo die Hoffnung vergraben, dass es bei dir anders ist. Wie wär's, wenn du jetzt mal was von dir erzählst?" forderte Daniel ihn auf.

Robert nippte an seinem Tee und lehnte sich zurück. Sein Blick fixierte einen unsichtbaren Punkt in der Ferne.

„Ich habe bei Alice damals nur ein schnelles Vergnügen gesucht, wie viele andere auch zu der Zeit. Sie war dafür bekannt, dass man problemlos etwas Spaß haben könnte. Als ich zum Abschluss des Studiums ein berufliches Angebot aus Galway bekam, habe ich keinen Gedanken an sie verschwendet und bin einfach dahin. Wir hatten keine Beziehung oder so was in der Art, sie war eine Ferienliebelei, nicht mehr. Zumindest nicht für mich. Manchmal habe ich natürlich an die Zeit zurückgedacht, als wir alle in den Semesterferien immer zusammen waren. Es waren eben Erinnerungen, wie sie jeder in irgendeiner Weise hat."

Er machte eine Pause und nahm noch einen Schluck aus der Tasse.

„Meine berufliche Laufbahn ließ sich ganz gut an, der Job war gut bezahlt und machte mir Spaß. Ich lernte dann auch meine heutige Frau kennen, Abigail. Wir heirateten, bekamen zwei Kinder. Du hast also zwei Halbgeschwister, einen Bruder und eine Schwester. Dann ging es mir aber ähnlich wie dir. Die Firma geriet in finanzielle Schwierigkeiten und als sie zahlungsunfähig war, wurde mir die Schuld zugeschoben. Ich sollte ein großes Projekt verbockt haben, das so viele Verluste eingebracht hatte, dass sie zumachen mussten. Das führte dann dazu, dass ich in meinem Job nichts Neues fand. Aus Galway wegzugehen war für uns keine Option, da wir dort im Haus von Abigails Eltern wohnen und keine Miete zahlen brauchen. Außerdem war ihre Mutter damals schon pflegebedürftig und ihr Vater brauchte dabei Hilfe. Sie wurde gebraucht. Dass ich allein woanders arbeitete, kam erst recht nicht infrage. Also wurde ich Schuhverkäufer, allzu viel kann man da ja nicht verkehrt machen", schloss er ironisch.

Daniel sah ihn forschend an.

„Welchen Beruf hast du denn vorher ausgeübt?"

Robert seufzte. „Ich war Architekt. Da jonglierst du mit ziemlich großen Summen und wenn dir da was in die Schuhe geschoben wird, bist du erledigt. Oder natürlich auch, wenn du wirklich was verbockst. Versicherung hin oder her."

Er wandte sein Gesicht seinem Sohn zu. Ungläubigkeit lag noch immer in seinem Blick.

„Ich kann es immer noch nicht so ganz fassen. Warum hat sie damals nichts gesagt? Weißt du, was sie heute macht?"

„Warum sie nichts gesagt hat, kann ich dir nicht beantworten. Ich hatte zwei kurze Gespräche mit ihr, die nicht sehr erbaulich waren. Sie ist eine verhärmte, verbitterte Frau. Charlie meint, sie sucht die Schuld für ihre Unzufriedenheit immer bei anderen, anstatt selbst was dran zu ändern. Wahrscheinlich hat sie Recht."

„Zu Charlie hast du regelmäßigen Kontakt?"

Daniel nickte. „Ja, seitdem ich erfahren habe, dass ich anscheinend nicht bei meinen richtigen Eltern aufgewachsen bin. Da fiel mir eine Tante ein, die immer nett zu mir gewesen war: Charlie. Ich habe sie gesucht und seitdem haben wir engen und regelmäßigen Kontakt. Sie ist einfach toll! Und ihr Mann auch."

Er hatte seinen Tee geleert und orderte bei der Kellnerin eine weitere Tasse. Fragend schaute er Robert an, aber der wedelte abwehrend mit der Hand.

„Ich hatte nicht so viel Zeit einkalkuliert, weil ich nicht mit diesem Verlauf gerechnet hatte. Deshalb muss ich langsam zurück. Ich habe wirklich gedacht, das Ganze löst sich in einem Irrtum auf."

„Sicher war ich mir auch nicht", bestätigte Daniel. „Ich musste mich auf Alices Aussage verlassen und deren Richtigkeit stand in den Sternen. Wie wir beide wissen, hat sie in Bezug auf dein Verhalten auch gelogen. Aber ich bin froh, dass sie zumindest bei deinem Namen ehrlich war."

Robert erhob sich, bereit zum Gehen.

„Lass uns in Verbindung bleiben, Daniel. Ich kann dir deine Kindheit nicht ersetzen oder sie umschreiben. Aber wir sollten uns zumindest im Laufe der Zeit etwas näher kennenlernen."

233

Er griff in die Innentasche seiner Jacke und zog einen kleinen Zettel heraus, auf dem er mit einem billigen Kugelschreiber etwas notierte.

„Das ist meine Adresse und Telefonnummer. Du kannst jederzeit anrufen und irgendwann wirst du auch meiner heutigen Familie begegnen, denke ich. Denen muss ich jetzt erst mal langsam beibringen, dass es jemanden aus meiner Vergangenheit gibt."

Dafür hatte Daniel natürlich Verständnis. Er selbst hätte auch niemandem etwas von dem Treffen erzählt, solange er nicht sicher gewesen wäre, dass die Fakten stimmten. Vorausgesetzt, er besäße eine eigene Familie, die ebenso davon betroffen wäre.

Nachdenklich sah er Robert nach, als dieser das Lokal verließ. Alle hatten richtig gelegen, er hätte sich gar keine Sorgen machen brauchen. Sie hatten schnell eine Basis gefunden, schon aufgrund ihrer äußerlichen Ähnlichkeit. So hatte sich nicht die Frage gestellt, ob sie miteinander verwandt waren. Das war sofort offensichtlich und keiner der beiden hatte eine Sekunde daran gezweifelt.

Daniel trank langsam seinen Tee aus, den die Kellnerin gebracht hatte. Nachdem er gezahlt hatte, verließ auch er das Lokal und ging zu Fuß zu Charlie. Sie würde darauf brennen zu erfahren, wie die Begegnung verlaufen war. Das bewies auch ihr leichtes Hüpfen, mit dem sie ihm voran ins Wohnzimmer ging. Selbst Scott, der in einem Buch gelesen hatte, legte dieses zur Seite und sah erwartungsvoll hoch.

„Wenn du noch länger gebraucht hättest, wäre Charlie irgendwann vor Nervosität zersprungen. Das hätte ich dir wirklich übel genommen."

Daniel setzte ein schräges Lächeln auf. Er sich auch, denn auf seine Tante wollte er keinesfalls verzichten.

„Um es vorweg zu nehmen, das Treffen ist gut verlaufen. Viel besser, als ich befürchtet hatte."

Er setzte sich und gab im Wesentlichen ihre Unterhaltung wieder. Auch die Ähnlichkeit zwischen ihm und Robert Fitzpatrick fand die gebührende Erwähnung.

„Dadurch war uns beiden sofort klar, dass Alice die Wahrheit gesagt hatte."

Charlie hatte die Hände zu Fäusten geballt und trommelte damit auf ihre Oberschenkel.

„Ich habe schon die ganzen Tage überlegt, wie er ausgesehen hat. Aber obwohl ich damals ziemlich verknallt in ihn war, konnte ich ihn mir nicht mehr richtig vorstellen. Ich wusste nicht, ob ich mir eure Ähnlichkeit nur eingebildet hatte."

„Sieh mich an, dann weißt du, wie er aussah. Zumindest so ungefähr", riet ihr Daniel.

Er war einfach nur erleichtert und fühlte sich herrlich leicht und beschwingt. Susan und O'Neill befanden sich ganz weit hinten in seinen Gedanken, wo er sie momentan nicht wahrnehmen konnte. Charlie ergriff den Notizzettel, auf dem Robert seine Kontaktdaten vermerkt hatte.

„Hat er auch deine?" fragte sie nach.

Daniel schüttelte den Kopf. Auf den Gedanken, ihm diese zu geben, war er gar nicht gekommen. Robert scheinbar auch nicht. Schlimm war das nicht, sie würden sie bei einem kommenden Telefonat austauschen können. Zunächst musste jedoch etwas Zeit vergehen, um Robert die Gelegenheit zu geben, seine Familie auf den verlorenen Sohn vorbereiten zu können.

„Ich werde deshalb lieber zwei bis drei Wochen warten, bis ich mich bei ihm melde", schloss er.

Von Charlie und Scott erntete er dafür ein gemeinsames Nicken. Beide sahen so zufrieden aus wie eine Katze, die eine ganze Wagenladung Milch entdeckt hat. Ob Scott inzwischen etwas bezüglich einer Arbeitsstelle unternommen hatte? Daniel wagte es nicht, danach zu fragen. Erstens war Wochenende und auch sein Onkel hatte ein Anrecht darauf, nicht mit seinem Beruf belästigt zu werden. Und zweitens wollte er nicht ungeduldig sein. Wenn sich etwas ergab, würde er es sofort von Charlie erfahren.

Entspannt wegen des für ihn erfolgreichen Tages machte er sich spät am Abend auf den Weg nach Hause. Es war nicht beim Tee und dem einen Gesprächsthema geblieben. Während sie redeten, kamen sie über Pontius nach Pilatus und Daniel vermochte nicht mehr zu sagen, über was sie sich alles unterhalten hatten. Er fand es immer wieder interessant, die Meinung der beiden über alle möglichen unter-schiedlichen Bereiche kennenzulernen. Sie hatten ein gutes Maß an Lebenserfahrung und diskutierten gern. Jemanden, der anderer Meinung war als sie selbst, sahen sie als Herausforderung. Das trieb Daniel manchmal dazu, ab-sichtlich eine andere und extreme Auffassung zu vertreten, nur um sie zu reizen und damit die Debatte etwas anzuheizen. Gerade Charlie amüsierte ihn immer wieder, weil sie sich auf diese Weise ärgern ließ und hinterher ausschüttete vor Lachen, wenn er die Sache auflöste.

Eine Welle kalter Luft schlug ihm entgegen, als er seine Wohnungstür öffnete. Verdammt, er hatte das Fenster nicht geschlossen, bevor er gegangen war! Schnell warf er es zu und drehte die Heizung etwas höher. Nur kurz, um den Raum etwas durchzuwärmen. Dann würde er das Thermostat gleich wieder herunterdrehen, um Heizkosten zu sparen. Ein Blick auf die Uhr zeigte ihm, dass es noch zu früh war, um ins Bett zu gehen und so würde er die Wärme brauchen, wenn er nicht frieren wollte. Aufgrund seines späten Aufstehens an dem Tag war sein Rhythmus zusätzlich verschoben und er fühlte sich munter und ausgeruht, als wenn es gerade später Nachmittag war. Auch der Hunger war nun da, er machte sich auf die Suche nach etwas

Essbarem. Kochen würde er heute Abend nicht mehr, aber ein paar belegte Brote konnten auch lecker sein.

Die nahm er mit an den Computer. Während die altersschwache Maschine mit dem Start kämpfte, vertilgte er bereits eine Scheibe davon. Sein erster Besuch galt dem Krimichat, aber er sah sofort, dass Terminator wieder nicht da war. Warum schaute er überhaupt noch nach? Mittlerweile war die Wahrscheinlichkeit ihres Auftauchens auf unter null gesunken. Unwillig, sich über Krimis zu unterhalten, loggte er sich wieder aus. In seiner Jacke befand sich der Zettel von Tim mit den Spielen, die er auf dem PC spielen konnte. Den holte er und begab sich mit einer Such-maschine auf Entdeckungsreise nach den aufgelisteten Namen. Schon bald hatte er mehrere gefunden, die ihm nach einem kurzen Anspielen gut gefielen und mit denen er sich bis tief in die Nacht beschäftigte. Das System der 3-Gewinnt-Spiele erschloss sich ihm immer mehr und die in der Schwierigkeit ansteigenden Levels bereiteten ihm sehr viel Freude. Mehrmals schwor er sich, nur noch den einen Durchgang abzuschließen und dann ins Bett zu gehen. Aber er fand kein Ende.

Erst morgens um vier Uhr fielen ihm die Augen zu. Er kroch ins Bett und schlief fast schon im nächsten Moment ein.

Obwohl oder gerade weil er viel in sein Unterbewusstsein verdrängt hatte, plagten ihn in dieser Nacht Albträume. Er rannte durch einen dichten Wald in der Gewissheit, dass sich irgendjemand an seine Fersen geheftet hatte. Wer das war, vermochte er nicht zu erkennen. Er wusste nur, er musste laufen, um ihm zu entkommen. Plötzlich fand er sich auf einer Lichtung wieder, auf der das Café in hellem Licht erstrahlte, in dem er sich mit Susan hatte treffen wollen. Von außen konnte er an einem Tisch ein Mädchen in einer roten Jacke erkennen. Schnell lief er in das Lokal in dem Glauben, dort in Sicherheit zu sein. Umso dichter er sich aber dem Mädchen näherte, desto mehr verzerrte sich ihr Anblick. Ihre Gesichtszüge zerfielen mit jedem Schritt, den er näher kam. Schließlich bestand ihr Kopf nur noch aus einer Fratze, die einem Totenkopf glich.

Schweißgebadet erwachte Daniel und saß kerzengerade im Bett. Gab es so etwas wie Vorahnungen oder Visionen? Man hörte viel davon, aber über den Wahrheitsgehalt wurde gestritten. Es kam wohl darauf an, ob man daran glaubte oder nicht. Daniel als Realist glaubte vorwiegend das, was er sah und für ihn erklärbar war. Tief im Inneren wusste er, dass ihm sein Unterbewusstsein einen Streich gespielt hatte. Dennoch ließ ihn der Gedanke nicht los, dass der Traum Wahrheit enthielt. Es ging sicher niemand mehr ernsthaft davon aus, dass Susan noch lebte.

Er stand auf, ließ sich in der Küche ein Glas Leitungswasser einlaufen und trank es in einem Zug aus. Seine Hände zitterten immer noch. Das T-Shirt, das er nachts trug, war feucht und so zog er es aus. Damit rieb er seinen Oberkörper trocken, so gut es ging. Mit einem frischen Shirt bekleidet legte er sich wieder hin, aber schrak sofort wieder hoch. Auch das Laken und die Bettwäsche waren feucht von seinem Schweiß. Also bezog er am frühen Montagmorgen noch vor Sonnenaufgang das Bett. Diesmal dauerte es lange, bis er wieder Schlaf fand.

238

Kapitel 19

Caro schlenderte die Dorfstraße entlang, an ihrem Arm hing ein Korb mit einigen Kleinigkeiten aus Emmas Laden. Irgendwann die Tage würde sie mit Damian mal wieder einen Großeinkauf im Supermarkt starten müssen, um die Vorräte aufzufüllen. Sie reckte die Nase in die Sonne, die vorsichtig hinter den Wolken hervorlugte. Wie es aussah, würde sie den Kampf nicht allzu lange für sich entscheiden können.

Vor ihr tollten die Hunde. Damian hatte es noch immer nicht geschafft, mit Noah zu sprechen und auf guten Onkel zu machen. Sie grinste. Wenn sich David mit Goliath anfreunden könnte, hätten sie ein berühmtes Gespann. Oder sogar auch Noah. Das half aber nicht weiter, denn der Hund würde kaum aus dem Jungen herauskitzeln können, was ihn bedrückte. Da gab es etwas, das stand für sie fest. Die Frage war nur, was es war und ob sie würden helfen können.

Megan hatte sie nach dem Essen an dem Abend noch nicht wieder gesehen, gesteigerten Wert legte sie nicht darauf. Aber die Kinder fand sie ganz nett, insbesondere David. Der Kleine war völlig unbefangen und redete, wie ihm der Schnabel gewachsen war. Caro konnte sich vorstellen, dass Megan das ein oder andere Mal nicht so begeistert darüber war. Ihr gefiel es aber. Ein Lächeln stahl sich auf ihr Gesicht. Wenn David wüsste, dass sie ihn als „klein" bezeichnete, wäre er völlig entrüstet. Seiner Meinung nach befand er sich an der Grenze zum Erwachsensein.

Sie stellte den Korb auf der Arbeitsplatte ab und begann, ihre Einkäufe in Schränke und Vorratskammer zu räumen. Hinter ihr schlug die Haustür zu und ohne sich umzudrehen, erkannte sie an den trippelnden Schritten Stacy.

„Musst du gar nicht arbeiten?" Sie wandte sich der Freundin zu.

Die breitete die Arme aus und drehte sich im Kreis.

„Ich habe Urlaub! Die ganze Woche lang!"

„Ups! Hast du Damian vorher einen Lehrgang mit deinem PC verpasst, damit er ohne dich auskommt?"

Stacy winkte ab.

„Braucht er nicht. Alles Wichtige habe ich ihm vorher ausgedruckt und bei eingehenden Mails geht eine automatische Antwort raus. Wenn ich was gelernt habe in den zehn Jahren, dann, dass man ihm unbedingt alles vor die Nase legen muss, damit er das Ding nicht anfasst. Sonst gibt es Chaos."

Sie schnappte sich einen Apfel aus der Obstschale und biss herzhaft hinein.

„Das hatten wir ein Mal, nie wieder", nuschelte sie undeutlich.

„Echt? Erzähl."

„Och, eigentlich nichts Besonderes. Ich war zwei Tage wegen einer Grippe außer Gefecht und Damian dachte sich, er könnte doch wenigstens die Mails beantworten. Ein guter Gedanke, damit ich nicht vor einem Berg Arbeit stehe, wenn ich wieder anfange. Als ich dann wieder da war, habe ich nichts mehr wiedergefunden. Frag mich nicht, was er gemacht hat. Ich weiß es bis heute nicht und er breitet den Mantel des Vergessens darüber."

„Komisch", überlegte Caro. „Er kann doch mit Computern umgehen. Was ist an deinem so einzigartig?"

„Meine Ordnung", kam die kurze Erklärung, bevor sie einen weiteren, riesigen Bissen nahm. Kauend ließ sie sich am Tisch nieder und wartete ab, bis sich Caro mit zwei Bechern Kaffee zu ihr gesellte.

„Habt ihr schon überlegt, wann ihr heiraten wollt? Wahrscheinlich erst im Frühjahr, oder?"

Caro verzog die Lippen. Der Termin war das kleinere Problem.

„Darüber haben wir uns noch nicht unterhalten. Ich suche erst mal immer noch nach einer Antwort auf die Frage, ob ich meine Eltern dazu einladen soll oder nicht."

Mit Grauen dachte sie an den unangekündigten Besuch vor einigen Monaten zurück, als Ian beinahe das Auto ihres Vaters mit dem Abschleppwagen vor dem Cottage entfernt hatte. An dem Funkeln in Stacys Augen erkannte sie, dass sie genau denselben Gedanken hatte.

„Dann solltest du ihm aber erlauben, auf deinem Grundstück zu parken." Sie kicherte.

Resigniert legte Caro das Kinn in die Handfläche.

„Stacy, ich meine es ernst. Gefühlsmäßig will ich nicht, dass sie hier sind. Aber ich hätte auch ein schlechtes Gewissen, wenn ich sie nicht einladen würde."

„Würdest du dich denn die ganze Zeit unwohl fühlen, wenn sie hier wären?"

„Ich weiß nicht, ich denke, schon."

„Dann lass es."

Das war typisch Stacy. Sie entschied aus dem Bauch heraus, gesellschaftliche Fesseln gab es für sie nicht. Caro redete sich gern ein, dass sie genauso abgebrüht wäre. Aber zu ihrem Leidwesen klappte das nicht immer.

„Damian meint, ich sollte sie einladen und bei der Gelegenheit auch versuchen, auf eine vernünftige Basis mit ihnen zu kommen."

Stacy schüttelte den Kopf.

„Damian ist ein Familienmensch, klar sagt er das. Aber du bist doch nicht diejenige, die sich immer wieder in das Leben deiner

Eltern mischt, sondern umgekehrt. Also müssten sie erst mal beweisen, dass sie sich raushalten können."

„Das können sie nicht beweisen, wenn ich ihnen keine Gelegenheit dazu gebe", stellte Caro klar.

Das musste auch Stacy einsehen.

„Dann lade sie ein und beende diesen ewigen Kampf. Letztendlich haben auch deine Eltern ein begrenztes Leben und andernfalls bereust du es vielleicht irgendwann."

Darüber hatte auch Caro schon nachgedacht. Zu schnell konnte eine Existenz ihr Ende finden und dann war es für alles zu spät. Die Tendenz richtete sich demnach zu einer Einladung. Bei einem Besuch würde sie jedoch für die Wettmanns ein Zimmer im Pub mieten, denn im Gäste-zimmer wollte sie ihre Eltern nicht haben. Das würde unweigerlich dazu führen, dass sie sich in alles einmischen und ihr ständig vorhalten würden, was sie alles falsch machte. Genau das wollte hatte sie damals in die Flucht geschlagen, wobei sie in Irland gelandet war. Eigentlich konnte sie im Nachhinein fast dankbar dafür sein.

Damian mühte sich unterdessen mit einem riesigen Regal ab. Für ihn war es unproblematisch, Möbel aufzubauen – normalerweise. Bei diesem Gebilde jedoch hatte er keinen Anhaltspunkt, wie es am Ende aussehen sollte. Die Fächer waren nicht gleichmäßig, sondern in unterschiedlichen Größen. Noah, der Besitzer dieses Ungetüms, war leider keine große Hilfe.

„Rechts oben waren so ganz kleine, wo du gerade mal eine CD unterbringen kannst", kam die Anweisung.

Damian sah sich in dem Chaos von Brettern um und fischte einen Boden heraus, der den vorgebohrten Löchern zufolge schmalere Abteile vorgesehen hatte. Das würde dann wohl ganz nach oben kommen. Dennoch hatte er die Nase voll.

„Hol mal ein leeres Blatt Papier und einen Stift, Noah. Wir zeichnen erst mal auf, wie du es in Erinnerung hast. Sonst kommen wir nicht weiter."

Der Junge verschwand und kehrte wenig später mit dem Gewünschten zurück. Zusammen mit seinem Onkel erstellte er ein grobes Raster.

Damian war schon cool, befand Noah. Er hatte handwerklich was drauf und war auch sonst nicht gerade unterbelichtet. Aus eigener Kraft hatte er sich die Schreinerei aufgebaut, die nun seinen Lebensunterhalt sicherte. Er war ruhig und geduldig, nichts schien ihn jemals richtig zu erschüttern. Fasziniert sah er zu, wie Damian die Bretter gemäß der angefertigten Vorlage sortierte, um dann wieder von vorn mit dem Aufbau zu beginnen. Hin und wieder wies er Noah an, etwas zu halten oder zu reichen.

Dabei bemerkte Damian, wie er genauestens beobachtet wurde. Vielleicht wäre jetzt der richtige Zeitpunkt, um seinem Neffen auf den Zahn zu fühlen. Er setzte sich auf den Boden, legte den Akkuschrauber ab und bat um eine Cola.

Noah flitzte los und kam mit zwei Gläsern des Getränks zurück, das beide zunächst schweigend genossen.

„Das Ganze ist nicht so einfach für dich und deinen Bruder, oder?" begann Damian vorsichtig.

Zunächst hüllte sich Noah in Schweigen und Damian befürchtete schon, nicht zu ihm vordringen zu können. Aber dann sprach er so leise, dass er kaum zu verstehen war.

„So gemütlich wie du denkst, war es zuhause schon lange nicht mehr. Ich verstehe nur nicht, warum Mum unbedingt in dieses Kaff musste. Nichts gegen euch, aber hier ist doch der Hund begraben."

Natürlich war das Leben in Affordshire nicht mit einer Stadt wie Dublin oder anderen vergleichbar. Hier gingen die Uhren etwas anders und vor allem gestalteten sich die Freizeitaktivitäten nicht so wie in den Städten. Die Um-stellung war enorm, das war Damian klar. Er würde sich im Gegenzug mitten in einem großen Ort nicht wohlfühlen. Dennoch war er sich sicher, dass darin nicht das einzige Problem lag.

„Ja, so richtig ‚Action' gibt es hier nicht. Das ist für euch bestimmt ungewohnt, insbesondere für dich. Aber das Leben auf dem Land hat auch seinen Reiz, ich würde nicht in der Stadt leben wollen."

„Siehst du! Du kannst es dir aber aussuchen und bleibst da, wo du dich wohl fühlst. Wir sind einfach mal so verpflanzt worden."

Damian zog die Augenbrauen zusammen, eine steile Falte erschien auf seiner Stirn.

„Hat Megan denn den Umzug überhaupt nicht mit euch besprochen und gefragt, was ihr davon haltet?"

Noah schüttelte den Kopf und senkte den Blick.

„Nein, Mum bespricht so was nicht, sie entscheidet."

Das sah Megan ähnlich, dachte Damian. Aber er wusste auch, dass sie niemandem damit schaden wollte.

„Mal davon abgesehen, dass sie wohl ihre Familie braucht im Moment, meint sie es sicher nicht böse. Sie ist ganz bestimmt der Überzeugung, dass auch euch so ein Tapetenwechsel ganz guttut."

„Dann hätte sie mal fragen sollen, ob das wirklich so ist oder nur in ihrer Fantasie existiert", stieß Noah bitter hervor.

„Ist es denn so schlimm hier? Ihr seid ja kaum angekommen und müsst euch erst mal einleben."

Der Junge zuckte die Schultern.

„Du bist ganz okay, Grandma und Grandpa auch. Und Hanna erst mal! Die ist der Oberhammer! Es ist ja auch nicht übel hier so insgesamt, aber eben echt nichts los. Gibt es hier überhaupt jemanden in meinem Alter?"

In dieser Hinsicht konnte ihn Damian beruhigen und zählte einige Namen auf.

„Du wirst sie noch kennenlernen, wenn du dich mal ins Dorf und die Umgebung wagst. Spätestens, wenn du in die Schule gehst."

Nicht ganz überzeugt nickte Noah. Für ihn war das Thema erledigt, für seinen Onkel aber noch nicht. Der wagte einen neuen Vorstoß.

„Verständlich, dass du deine Freunde aus Dublin vermisst. Würde mir nicht anders gehen. Was waren das für Leute?"

Noah lehnte sich gegen das halbfertige Regal und spielte mit seinem inzwischen leeren Glas.

„Die waren ganz in Ordnung. Am meisten fehlt mir Susan, aber die ist ja schon länger weg."

Damian horchte auf.

„Deine Freundin? Hat sie Schluss gemacht?"

„Nein, weder noch. Sie war nur ein super Kumpel, ist aber im September verschwunden. Wir wissen nur, dass sie sich mit einem Typen aus dem Internet treffen wollte und weg war sie."

„Ist sie vielleicht bei ihm? Die große Liebe oder so?"

„Bestimmt nicht. Dann hätte sie mal eine SMS geschrieben, zumindest mir. Die Bullen sagen, der Kerl streitet ab, sie überhaupt getroffen zu haben. Angeblich ist er vorher wieder abgehauen."

Er prustete verächtlich, das war für ihn eine glatte Lüge. Damian dagegen war sich sicher, den Knackpunkt gefunden zu haben. Durch Susans Verschwinden entstand die Niedergeschlagenheit Noahs. Mit so etwas hatte er jedoch nicht gerechnet. Was sollte man in einer solchen Situation machen? Er würde das mit Caro besprechen.

Jetzt galt es zunächst, das verdammte Regal seiner Bestimmung zuzuführen. Und dazu musste es in einem Stück an der Wand stehen. Damian wunderte sich, wieviel ein Teenager so besaß, dass der ganze Platz darin gefüllt werden konnte. Offenbar gab es genug. Sein Blick fiel auf Stapel von CDs, DVDs und Büchern. Wenigstens las die heutige Generation noch.

Hungrig kam er später zuhause an. Es war soweit alles erledigt und ab dem morgigen Tag würde er sich wieder seiner Arbeit und einem normalen Tagesablauf widmen können. Er wusste, dass auch Caro darüber erfreut sein würde. Für sie war es ein Unterschied, ob sie ihn in der Werkstatt wusste, wo sie ihn jederzeit aufsuchen konnte, oder nicht.

Seine Nase signalisierte ihm keine Düfte. Hieß das, Caro hatte nicht gekocht? Aber wie sollte sie auch, wenn sie keine Ahnung hatte, wann er nach Hause kam. Er beugte sich nach links, um vorsichtig in ihr Arbeitszimmer zu spähen. Niemand da, also setzte er seinen Erkundungsgang in die Küche fort. Auch hier war gähnende Leere. Alle anderen Räume zeigten dasselbe Resultat. Wo war sie? Noch nicht einmal eine Notiz lag auf dem Tisch, auf der sie ihn über ihren Aufenthaltsort informierte. Das Ganze ergab zwei Möglichkeiten: Er konnte warten, bis sie zurückkam oder er würde sich selbst an den Herd stellen. Praktisch, wie Damian veranlagt war, entschied er sich für die zweite Variante. Schnell nahm er eine Dusche, bevor er sich an die Inspektion der Vorräte machte.

Weit war er in seinen Bemühungen noch nicht gekommen, als die Haustür zuschlug. Die Mischlinge kamen bellend auf ihn zugelaufen und rangelten darum, wer ihn als Erster begrüßen durfte. Wie immer löste er das Problem, indem er stereo die beiden Fellknäuel knuddelte. Zwischen den Köpfen der Hunde sah er zu Caro auf.

„Wir waren nur ein bisschen laufen", beantwortete sie seine unausgesprochene Frage. „Da ich nicht wusste, wann du kommst, dachte ich, ich nehme uns dreien die Zeit einfach."

Prüfend glitt ihr Blick über sein Koch-Stillleben, bevor sie anerkennend nickte.

„Gute Idee, dann kann ich mich heute mal bekochen lassen." Ein breites Grinsen erschien auf ihrem Gesicht, als sie sich zu ihm hinunterbeugte und zur Begrüßung küsste. Die Hunde waren der Meinung, Damian unterstützen zu müssen, so bekam sie ihren Kuss dreifach zurück. Lachend wischte sie sich die Liebesbezeugungen ab und setzte sich.

„Auf, du Meisterkoch. Ich habe Hunger! Übrigens habe ich eine Entscheidung getroffen."

Damian rappelte sich hoch, fuhr in der Zubereitung ihrer Mahlzeit fort und forderte sie auf, weiterzusprechen.

„Ich werde meine Eltern zu unserer Hochzeit einladen. Mir ist zwar ein bisschen flau bei dem Gedanken, sie hier zu haben, aber viel Unheil können sie nicht anrichten. Außer uns die Hochzeit ruinieren, weil sie mal wieder an allem was auszusetzen haben."

Er nickte, froh über ihren Entschluss.

„Sie können uns gar nichts ruinieren. Das ist unser Tag und keiner schafft das. Noch nicht mal deine Eltern."

Er machte eine kurze Pause, als er Wasser in den Topf ließ.

„Finde ich gut, dass du es machen willst."

„Stacy war heute Morgen hier und irgendwie hat sie es geschafft, dass ich mir jetzt sicher bin."

Er nahm ihr gegenüber Platz und drückte ihre Hand.

„Ich habe auch was Neues. Noah ist so mies drauf, weil eine gute Freundin seit ein paar Wochen spurlos verschwunden ist. Die wollte sich mit jemandem aus dem Internet treffen und seitdem kein Lebenszeichen von ihr. Bevor du fragst: Der Typ behauptet, sie nicht getroffen zu haben. Er ist angeblich wieder gegangen, bevor sie kam."

Caro legte die Stirn in Falten.

„Wieso behauptet? Das wird dann auch so gewesen sein. Wieso sollte er sonst erst zugeben, dagewesen zu sein?"

„Weil er in dem Café was getrunken hat und es dafür Zeugen gibt."

Verstehend nickte Caro.

„War sie Noahs Freundin?"

„Er sagt, nein. Aber sie haben sich wohl sehr gut verstanden und viel zusammen abgehangen. Es macht ihm natürlich zu schaffen nicht zu wissen, was mit ihr passiert ist."

„Ja, das kann ich verstehen. Und dann reißt Megan ihn aus der vertrauten Umgebung raus. Er hat nun das Gefühl, nicht mehr nah beim Geschehen zu sein, falls sich was ergibt. Dafür ist es total egal, ob er Kontakt zu seinen Freunden hat. Er fühlt sich ausgeschlossen."

Damian lächelte.

„Ich wusste, dass du das in Worte fassen kannst, was ich nicht greifen konnte. Aber was machen wir? Megan scheint keine Ahnung davon zu haben, was ihn bedrückt. Sie scheint noch nicht mal zu merken, dass da noch was anderes ist als der Unwille, hier zu leben."

Sie zuckte die Schultern.

„Dann wirst du ihr das wohl verklickern müssen. Obwohl ich denke, dass du einen besseren Zugang zu ihm hast. Vielleicht braucht sie auch einfach Unterstützung, weil ihr sonst alles zu viel wird. Die Trennung, Probleme mit den Kindern. Ist schon alles etwas heftig."

Er zog erstaunt die Augenbraue hoch.

„Und das von dir? Ich hatte bisher den Eindruck, du bist nicht so gut auf Megan zu sprechen."

„Sie liegt mir noch nicht so ganz, aber deshalb kann man doch trotzdem objektiv sein, oder?"

Er beugte sich vor und drückte ihr noch einen Kuss auf.

„Jetzt weiß ich mal wieder ganz genau, warum ich dich liebe."

Obgleich sie noch lange über Noah sprachen, fanden sie keinen Weg, wie sie ihm helfen konnten. Diese Susan war eben verschwunden und das war ein Fakt, der sich nicht aus der Welt schaffen ließ. Sie vertagten das Problem vorerst, bis jeder für sich darüber nachgedacht hatte.

Gerade als sie zu Bett gehen wollten, klingelte Damians Handy. Sogar er verdrehte die Augen, als er Megans Namen auf dem Display erkannte. Kurz überlegte er, ob er einfach nicht mehr rangehen sollte, aber das brachte er doch nicht übers Herz. Also nahm er ab.

„Damian, wir haben keinen Strom mehr im Wohnzimmer."

„Dann geh zum Sicherungskasten im hinteren Flur und drück die Sicherung wieder rein."

„Ich war an einem solchen Ding noch nie dran und traue mich nicht. Kannst du nicht eben rüberkommen?"

Er schnaufte vernehmlich. Was, bitte schön, war so kompliziert daran, eine Sicherung wieder hochzudrücken? Aber er ergab sich seinem Schicksal. Das waren nur Anfangsschwierigkeiten, sie fühlte sich einsam, besänftigte er sich.

Caro war bereits im Badezimmer, als er den Kopf durch die Tür steckte.

„Ich muss noch mal rüber zu Megan, da ist eine Sicherung raus, wie es aussieht. Mal sehen, was da los ist."

Die Zahnbürste fiel klappernd ins Waschbecken.

„Du willst mir jetzt nicht sagen, dass sie nicht in der Lage ist, eine Sicherung wieder reinzudrücken, nein?"

„Sie ist halt eine Prinzessin auf der Erbse. Sie wird schon noch lernen, selbstständig zu werden."

Caro baute sich vor ihm auf.

„Und das lernt sie, indem du sie in ihrer Unselbstständigkeit unterstützt, glaubst du?"

„Ist doch nur am Anfang. Es dauert nicht lange, ich bin schnell wieder da."

Sie zündete wie eine Rakete.

„Dann geh doch hin zu ihr! Du kannst auch gleich die Nacht dableiben, damit sie nicht so allein ist!" Diese Aufforderung wurde von einem wilden Fuchteln ihrer Arme begleitet. Verdutzt starrte Damian sie an. Dann gluckste es in seiner Kehle und er kämpfte gegen einen Lachanfall an. Der würde ihm jetzt bestimmt keine Pluspunkte einbringen.

„Du bist eifersüchtig auf meine Schwester!" stieß er schließlich hervor.

„Na und?" keifte Caro. „Sie hat ja im Moment auch mehr von dir als ich!"

Nun konnte er nicht mehr an sich halten und brüllte vor Lachen. Wie er geahnt hatte, steigerte das Caros Entgegenkommen nicht gerade.

„Du kannst mich mal!" informierte sie ihn und stampfte an ihm vorbei aus dem Bad. Bei der Gelegenheit packte er sie am Arm, um ihre Flucht zu verhindern.

„Würde ich ja gern, aber das geht erst später, wenn ich wieder zurück bin."

Sie schnaufte vielsagend, als er sie in seine Arme zog. Mit dem Zeigefinger hob er ihr Kinn an, trotzig sah sie ihm in die Augen.

„Caro, das legt sich ganz bestimmt schnell und Megan lässt uns dann in Ruhe. Du hast vorhin selber für sie Partei ergriffen. Gesteh ihr ein bisschen Nerverei am Anfang zu. Du gehst trotzdem immer vor."

„Aber nur, solange bei ihr nicht eine Sicherung durchgebrannt ist."

Über die Zweideutigkeit dieses Satzes mussten beide lachen. Ihre Wut hatte sich gelegt, seine Besänftigung gewirkt.

„Na gut. Aber mach wirklich nicht so lange. Wenn sie noch was hat, muss sie bis morgen warten. Und mach ihr klar, dass du nicht ihr Bediensteter oder Ehemann bist, sondern ihr Bruder mit einem eigenen Leben."

„Die Gleichstellung von Bedienstetem und Ehemann finde ich jetzt interessant. Vielleicht sollte ich mir das mit der Heirat doch noch mal überlegen", neckte er sie.

„Ich warne dich!"

Es stank ihm gewaltig, jetzt noch zu Megan zu traben, das musste er ehrlich zugeben. Viel lieber hätte er sich mit Caro ins Bett gekuschelt, aber das würde er eben etwas aufschieben müssen. Daher war seine Laune nicht die beste, als er sein Cottage betrat.

Megan war nicht dumm und sah ihm seinen Unmut an.

„Mit Strom habe ich einfach Angst", versuchte sie, ihr Anliegen zu begründen.

„Ach, Megan! Im Sicherungskasten ist außen kein Strom, an den kommst du gar nicht dran. Komm mit und pass auf, damit du beim nächsten Mal weißt, wie es geht."

Er zog sie am Handgelenk mit in den hinteren Teil des Flurs, wo er vor dem Bezug des Hauses den Sicherungskasten hatte anbringen lassen. Sowie die Sicherung wieder eingerastet war, brannte das Licht im Wohnzimmer, wie nicht anders zu erwarten.

„Was hast du an Elektrogeräten mitgebracht, die im Wohnzimmer sind und die du vor dem Stromausfall benutzt hast?"

Sie überlegte einen Moment.

„Eine Stehlampe. Die habe ich vorhin angemacht, weil ich noch etwas lesen wollte."

„Dann wird die das Ganze ausgelöst haben. Wenn du ins Bett gehst, zieh auf jeden Fall den Stecker raus. Ich sehe mir die Lampe morgen mal an."

„Kannst du das nicht gleich machen?"

Er drehte sich zu ihr um, die Hand schon an der Haustür.

„Nein. Ich habe nämlich noch eine Lebensgefährtin, mit der ich Zeit verbringen möchte. Die sehe ich in den letzten Tagen ohnehin schon kaum. Schlaf gut."

Einen derart kurzen Besuch ihres Bruders hatte Megan noch nicht erlebt. Sie überlegte, ob sie sich vielleicht zu sehr auf ihn verließ. Natürlich brauchte sie Hilfe, um sich auf eigene Beine zu stellen. Überstrapazieren wollte sie jedoch auch niemanden. Sein barscher Ton hatte ihr zu verstehen gegeben, dass sie nahe dran war.

Schnell schlüpfte Damian zu Caro unter die Bettdecke und barg seinen Kopf in ihrer Halsbeuge.

„Du musst zugeben, ich war schnell. Aber ich muss mir morgen mal ihre Stehlampe ansehen. Vermutlich war die der Auslöser."

Wohlig streckte sie sich, bevor sie sich an ihn schmiegte.

„Okay, zugegeben, du warst fix. Wie war das vorhin mit der Heirat?"

Er grinste.

„Ich sagte, wir müssen unbedingt einen Termin und eine Gästeliste festlegen, im Frühjahr. Das passt gut, weil du dann ein Jahr hier bist. Der Herbst wäre zwar ein toller Zeitpunkt, aber das kriegen wir nicht mehr hin."

Erstaunt sah sie ihn an.

„Was hat es mit dem Herbst für dich auf sich?"

„Wenn man im Herbst heiratet, bleibt man ein Leben lang zusammen. Ist ein alter Brauch, ebenso wie nicht an einem Samstag zu heiraten. Das bringt nämlich Unglück."

„Herrje, glaubst du an so was?"

Er zuckte die Schultern.

„Nicht direkt, aber es kann ja nicht schaden, es zu berücksichtigen."

Nun war ihr Interesse geweckt.

„Gibt es noch mehr von solchen Bräuchen?"

„Ja, ein paar. Zum Beispiel wird beim Empfang Honigwein getrunken. Daher kommt der Begriff Honeymoon, weil früher die Paare vier Wochen lang Honigwein getrunken haben. Dafür gibt es einen speziellen Kelch, damit die Feen die Braut nicht verschwinden lassen. Das könnte ich auf gar keinen Fall zulassen", grinste er. „Ein Hufeisen an der Braut, ein magisches Taschentuch, Wildblumen im Haar der Braut... sieht bei dir garantiert klasse aus! Ein Kuckucksruf am Hochzeitsmorgen bringt Glück..."

„Hör auf, das kann sich ja kein Schwein alles merken", unterbrach sie ihn lachend.

„Och, da gibt es noch mehr. Aber das musst du auch nicht alles wissen. Es gibt genügend Leute, die dafür sorgen, dass nichts vergessen wird. Mum, Gran, Megan, Stacy..."

Plötzlich wurde Caro rührselig.

„Es ist so schade, dass Tante Molly diese Hochzeit nicht mehr miterleben kann. Durch sie findet sie überhaupt erst statt. Hätte sie mir nicht ihr Cottage vererbt, hätte ich nicht dein Auto ramponiert."

„Da ist was dran. Aber glaub einfach daran, dass sie weiß, was sie angerichtet hat mit ihrem Testament."

Wohlweißlich erzählte er ihr nichts von dem Brauch des Claddagh Rings. Das würde seine Überraschung werden.

Kapitel 20

Erin Namara zog ihren Sohn wie einen nassen Sack den Flur des Polizeireviers entlang. Sie hatte die Nase gestrichen voll! Nichts tat sich, aber auch gar nichts. Die Überprüfung der Häuser, wo Finn Susan gesehen hatte, war ohne Ergebnis verlaufen. Da gab es diesen Mann, mit dem sich Susan hatte treffen wollen und keiner machte Anstalten, den einzu-sperren und ihm ein Geständnis zu entlocken, was er mit ihr angestellt hatte. Finn bemühte sich, Schritt zu halten, aber seine rasende Mutter machte es ihm nicht leicht.

Ohne anzuklopfen betrat sie das Büro von O'Neill, fand aber nur einen leeren Schreibtisch vor. Also machte sie auf dem Hacken kehrt und stürmte in den Raum rechts daneben, wo sie Breen antraf. Erschrocken hob er den runden Kopf.

„Mrs Namara! Kann ich ihnen helfen?"

„Ja, können Sie", bestätigte Erin und stemmte sich mit den zu Fäusten geballten Händen auf die Tischkante. Ihr Gesicht rückte seinem gefährlich nahe und er wich langsam zurück.

„Verhaften Sie endlich das Schwein, das meine Tochter an dem Sonntag getroffen hat und finden Sie sie!"

Breen war ein erfahrener Beamter, der zwar gern etwas Trägheit an den Tag legte, aber doch effizient seine Arbeit ausführte. Mit wildgewordenen Müttern hatte er jedoch eher selten Umgang.

„Sie sollten Ihr Anliegen lieber mit Mr O'Neill besprechen", setzte er vorsichtig an.

Das war es aber nicht, was Erin hören wollte.

„Es ist mir völlig egal, wer hier was macht. Hauptsache, es passiert endlich was. Was machen Sie alle eigentlich den ganzen Tag? Es gibt einen Verdächtigen, warum sitzt der nicht im Gefängnis bis er gesagt hat, wo er sie versteckt hat?"

Breen hob die Hände in dem Versuch, sie zu beschwichtigen.

„Wir tun wirklich alles und versuchen Zeugen zu finden, die sie in dem Café oder danach noch gesehen haben. Bisher ist noch nicht mal klar, ob sie überhaupt dort gewesen ist. Niemand kann sich an sie erinnern. Und es gibt momentan keinen Grund, die Aussage des jungen Mannes anzuzweifeln, dass er sie nicht getroffen hat."

Gleichermaßen entrüstet wie hilflos drosch Erin mit den Fäusten auf den Tisch ein. Die Kugelschreiber in einer Sammelbox bebten und schlitterten ein paar Zentimeter zur Seite. Der Beamte packte rasch zu, um ein Hinunterstürzen zu verhindern. Ihrer Meinung nach sollten sie anfangen zu fliegen und das direkt in die Augen von Breen.

„Kommen Sie mir doch nicht mit solchen blöden Aus-reden!"

Breen erhob sich, ging auf sie zu und nahm sie vorsichtig am Ellenbogen.

„Kommen Sie, ich bringe Sie zu meinem Kollegen."

Sie ließ sich von ihm mitziehen und ergriff im Vorbeigehen Finns Hand. Der trottete wieder ergeben hinter ihr her, es blieb ihm auch gar nichts anderes übrig. Kaum auf dem Flur angelangt, trafen Sie auf O'Neill, der in Begleitung daherkam.

„Was machen Sie hier eigentlich den ganzen Tag?" griff sie ihn sofort verbal an. Breen befürchtete, sie würde es bald körperlich tun. Die Frau stand derartig unter Strom, dass sie zu platzen drohte. Er nahm sie fester am Arm und ver-suchte, sie zu beruhigen.

„Mr O'Neill wird Ihnen gleich zur Verfügung stehen, Mrs Namara. Bitte gedulden Sie sich nur einen Moment, ich bringe Sie in einen Raum, wo sie beide dann ungestört reden können."

In dem Augenblick passierte Daniel die zwei, als er O'Neill folgte und vernahm den Namen der Frau. Hatte der Beamte nicht bei seinem ersten Besuch erwähnt, dass Susan mit Nachnamen Namara hieß? Er irrte sich nicht, denn Erin zog ebenfalls ihre Schlüsse aus der Begleitung, in der sich Daniel befand.

„Ist er das? Ist das der Kerl aus dem Internet?"

Sie riss sich von Breen los und stürmte auf Daniel zu. Der war viel zu verdutzt, um auszuweichen. Ihre Faust traf ihn mitten auf die Unterlippe und das Blut schoss sofort heraus. Hastig zog er ein Papiertaschentuch aus der Jeanstasche, um es auf die Wunde zu drücken. Es war gebraucht, aber das konnte er nicht ändern. Große Auswahl hatte er gerade nicht. Aus dem Augenwinkel sah er, wie Erin zu einem weiteren Schlag ausholte. Diesmal konnte er einen Zusammenstoß verhindern und endlich war auch Breen zur Stelle, der die Frau wieder einfing. Er machte ein betretenes Gesicht.

„Das tut mir sehr leid, Mr O'K…" brach er ab. Rechtzeitig genug hatte er erkannt, dass die Nennung von Daniels Namen in Erins Gegenwart nicht so angebracht wäre.

„Mir tut es überhaupt nicht leid", schrie sie völlig außer sich. „Das war viel zu wenig, lassen Sie mich gefälligst los!"

Natürlich tat er das nicht, sondern zog sie mit sanfter Gewalt in einen kleinen Besucherraum, während O'Neill mit Daniel weiterzog. O'Neill war die Sache ebenfalls peinlich und er brachte sein Bedauern zum Ausdruck.

„Schon in Ordnung", murmelte Daniel. „Sie können nichts dazu und die Frau kann ich verstehen, wenn das Susans Mutter ist. Und das nehme ich mal an, dem Namen nach zu urteilen."

„Dem Namen nach zu urteilen?" hakte O'Neill nach.

„Ja. Sie haben bei Ihrem ersten Besuch bei mir erwähnt, dass Susan mit Nachnamen Namara heißt und Ihr Kollege hat die Frau gerade mit diesem Namen angesprochen."

O'Neill nickte, es stimmte, was Daniel sagte. Er selbst hatte das nicht bewusst wahrgenommen. So langsam ging ihm ohnehin die Puste aus. Daniels Version der Geschichte ließ sich einfach nicht widerlegen und je weiter die Zeit voranschritt, desto unwahrscheinlicher würde es sein, noch irgendeinen Zeugen zu finden. Mittlerweile begann er sogar an der vermeintlich richtigen Spur zu zweifeln. Nun war O'Neill aber ein Mensch, der nur ungern einen Fehler zugab oder dass er sich einfach verrannt hatte. Bislang hatte sich noch immer alles so entwickelt, wie er es vermutet hatte. Das würde bei Daniel nicht anders sein. Sie würden jemanden finden, der ihn mit Susan gesehen hatte oder zumindest, der mit seiner Beobachtung bestätigen konnte, wie er sich nach dem Besuch in dem Café noch dort herumgedrückt hatte. Das konnte doch nicht so unmöglich sein!

Er führte Daniel wieder in das Vernehmungszimmer, das er auch beim letzten Mal genutzt hatte und bat ihn, Platz zu nehmen. Dieser tat ihm den Gefallen, stellte aber sofort klar, ohne seinen Anwalt keinen Ton zu sagen. Dadurch blieb O'Neill nichts anderes übrig, als auf Pashley zu warten. Er beschloss, Daniel allein zu lassen und die Zeit zu nutzen, indem er Erin Namara beruhigte. Sofern ihm das gelang, er hatte da so seine Zweifel.

Daniel fand sich also erneut allein in diesem spartanisch eingerichteten Raum wieder und konnte nur hoffen, dass sich sein Anwalt beeilte. Am Telefon zumindest hatte er versichert, schnellstmöglich zu kommen.

Finn auf einem Stuhl geparkt, marschierte Erin wie eine Löwin um ihn herum, als O'Neill eintrat. Offensichtlich hatte sie sich keineswegs beruhigt, wie er ihrem verzerrten Gesichtsausdruck entnehmen konnte. Sie ging auch direkt zum Frontalangriff über.

„Mr O'Neill, haben Sie Kinder?"

Der Beamte, überrascht von dieser Frage, schüttelte den Kopf.

„Dann können Sie sich wohl kaum vorstellen, was man durchmacht, wenn man nicht weiß, was aus dem eigen Fleisch und Blut geworden ist. Und dass man verrückt wird, wenn niemand ernsthaft versucht, das rauszufinden. Wieso sind eigentlich Leute damit beschäftigt, die selber keine Kinder haben?"

Sie stierte ihn wütend an, während er nach einer Formulierung für seine Antwort suchte.

„Mrs Namara, glauben Sie mir, wir tun alles, was wir können. Wir sind speziell für solche Fälle ausgebildet worden, dafür ist es ganz unerheblich, ob wir selbst Kinder haben. Es geht darum, Susan zu finden. Das ist die Hauptsache. Wir versuchen immer noch, Zeugen zu finden, die sie gesehen haben. Damit wir wissen, ob sie überhaupt zu dem Café gegangen ist."

„Warum sollte sie nicht? Sie war da schließlich verabredet. Und man kann Susan viel nachsagen, aber nicht, dass sie jemals zu spät irgendwohin gekommen wäre."

„Das glaube ich Ihnen gern. Dennoch könnte sie unsicher geworden sein, weil sie den Mann nicht kannte. Oder vielleicht hatte sie einfach nur keine Lust mehr. Eventuell hat auch eine Freundin angerufen und sie hat ihre Pläne geändert. Es gibt so viele Möglichkeiten."

Sie starrt mich an, als ob sie mir auch gleich eine auf die Zwölf haut, dachte er bei sich. Finn jedoch saß ganz unbeeindruckt auf seinem Stuhl und verfolgte die Szene interessiert. Seine Mutter fiel nun in sich zusammen und rutschte an der Wand hinunter in die Knie. Sofort trat O'Neill zu ihr, reichte ihr die Hand und half ihr wieder hoch. Er rückte einen der anderen Stühle zurecht und bugsierte sie dorthin. Dann setzte er sich ebenfalls.

„Mrs Namara, glauben Sie mir bitte. Auch wenn ich selbst keine Kinder habe, gibt es doch Neffen und Nichten, die mir ebenfalls viel bedeuten. Ich weiß, dass es nicht ganz vergleichbar ist und niemand kann wirklich nachvollziehen, was Sie gerade durchmachen. Aber ich habe zumindest eine Ahnung. Meine Schwestern würden ganz ähnlich reagieren wie Sie. Und ich bewundere es, wie Sie sich bisher gehalten haben. Zusätzlich zu Susan kommt noch die Trennung von Ihrem Mann, da haben Sie mehr zu ertragen als man sich vorstellen kann."

Seine sanfte Stimme beruhigte Erin endgültig. Sie wollte nicht mehr kämpfen, sich nicht mehr gegen das Schicksal auflehnen. Am besten, sie würde es akzeptieren wie es ist, alles andere kostete zu viel Kraft. Diese konnte sie nicht mehr aufbringen. Ihre Augen wirkten stumpf, als sie zu dem Beamten aufsah.

„Sie sind sicher, dass Susan…" Sie stockte, weil sie das Wort nicht auszusprechen vermochte. „Dass Susan nicht mehr wiederkommt, oder?" vollendete sie den Satz.

Er seufzte. Zumindest wusste er, dass die Wahrscheinlichkeit sie lebend zu finden, mit jedem Tag geringer wurde.

„Nein, das bin ich nicht, Mrs Namara. Ich weiß, wir haben noch eine Chance. Was geschehen sein könnte, können wir nicht ändern. Aber ich habe immer noch Hoffnung, dass ihr nichts Schlimmes passiert ist. Trotzdem: Wir müssen auch mit der anderen Variante rechnen."

Sie nickte, denn das war ihr klar. Dennoch hatte sie darauf gehofft, dass er ihr einen Strohhalm geben würde, mehr als das, was er zu sagen bereit war. Obwohl sie genau gewusst hatte, er konnte es nicht. Nicht, wenn er sie nicht belügen wollte.

Sie erhob sich und reichte ihm die Hand.

„Es tut mir leid, Mr O'Neill. Ich hätte mich nicht so verhalten dürfen. Aber ich kann langsam nicht mehr. Inzwischen bin ich sogar krankgeschrieben, weil ich meine Arbeit nicht mehr schaffe. Nicht mal die paar Stunden."

„Das verstehe ich absolut. Auch der junge Mann in meiner Begleitung nimmt Ihren Ausraster nicht übel. Sogar er kann sich bis zu einem gewissen Punkt in Ihre Lage versetzen."

„Der ist mir egal", stellte sie klar. „Er ist schuld und hätte noch mehr verdient als nur eine blutige Lippe."

„Eben das wissen wir noch nicht, Mrs Namara. Und selbst wenn es so wäre, haben wir für solche Fälle Gerichte."

Sie nahm den Tadel ruhig entgegen, winkte Finn und verließ mit ihm den Raum.

O'Neill blieb etwas ratlos zurück. Was sollten sie tun, um der Frau zu helfen? Jeder seiner Fälle, die er zu bearbeiten hatte, war ihm wichtig. Aber dieser ging ihm aus unerfindlichen Gründen mehr als alle anderen unter die Haut. Er straffte die Schultern und machte sich auf den Weg zum Vernehmungszimmer. Vielleicht war der Anwalt inzwischen eingetroffen.

Er wurde nicht enttäuscht, vielmehr lief er ihm bereits im Flur direkt vor die Füße.

„Haben Sie etwas Neues gegen meinen Mandanten vorzuweisen oder warum haben Sie ihn schon wieder einbestellt?" fragte der auch sofort.

„Nein, wir haben einfach noch weitere Fragen."

„Etwa solche, die Sie bisher noch nicht gestellt haben? Die kann es kaum geben, denn an der Tatsache, dass mein Mandant das verschwundene Mädchen nie getroffen hat, hat sich nicht das Geringste geändert."

O'Neill hatte keine Lust mehr. Keine neuen Erkenntnisse, ein widerspenstiger Rechtsverdreher und er würde doch nur wieder dieselben Fragen stellen in der Hoffnung, dass Daniel mal etwas anderes erzählte. Er war es leid und wollte seinen Feierabend zuhause mit einem Glas Whisky verbringen. Und den würde er sich jetzt gönnen.

„In Ordnung, nehmen Sie ihren Mandanten wieder mit. Aber ich kriege ihn noch, verlassen Sie sich drauf."

Pashley verzog spöttisch das Gesicht.

„Dazu müsste er erst mal was verbrochen haben. Selbst Sie können nichts heraufbeschwören, was es nicht gegeben hat."

Damit ließ er O'Neill stehen und betrat das Vernehmungszimmer, in dem Daniel ihm gespannt entgegen sah.

„Was wollen die jetzt schon wieder von mir? Ich habe doch schon alles mehrmals erzählt."

„Deshalb können Sie auch wieder nach Hause gehen."

Das ließ sich Daniel nicht zweimal sagen. Fast fluchtartig verließ er das Revier, Pashley hatte Mühe, ihm zu folgen. Draußen blieb er endlich stehen, wartete auf seinen Anwalt und bedankte sich für sein promptes Eingreifen.

„Dafür werde ich bezahlt, Mr O'Keefe. Ich denke, die werden Sie jetzt in Ruhe lassen, solange es keine neuen Erkenntnisse gibt. Falls nicht, rufen Sie mich an."

Er verabschiedete sich, stieg in einen schwarzen Oberklassewagen und fuhr davon. Daniel überlegte, wie er weiter vorgehen sollte. In seinem Kopf hatte sich seit der schlagkräftigen Begegnung der Gedanke festgesetzt, Susans Mutter ausfindig zu machen und mit ihr zu sprechen. Ganz allein, ohne die Polizei im Hintergrund. Sie musste ihm einfach glauben, dass er mit dem Verschwinden ihrer Tochter nichts zu tun hatte. Für ihn persönlich empfand er das als sehr wichtig.

Er würde wohl mal wieder den Gang zum Meldeamt antreten müssen, um ihre Adresse herauszufinden. Da er ihren Vornamen nicht kannte, musste er nach Susan Namara fragen. Diesen Plan setzte er sogleich in die Tat um und bekam eine Anschrift genannt, die er aufsuchte. Eine Reihenhaussiedlung am Stadtrand, aber er brauchte ohnehin frische Luft. Gegen Abend kam er dort an und sah sich in dem Bestreben um, das richtige Haus zu finden. Es dämmerte inzwischen und so erkannte er auf den ersten Blick, dass jemand zu Hause war. Hinter zwei Fenstern brannte Licht. Sollte er oder sollte er nicht? Mehr, als dass sie ihm auch noch auf die Nase schlug, konnte wohl nicht passieren. Das Risiko ging er gern ein.

Also läutete er und zuckte etwas zurück, als ihm ein angetrunkener Mann öffnete. Damit hatte er nicht gerechnet, aber er versuchte das Beste daraus zu machen.

„Ich hätte gern kurz Ihre Frau gesprochen. Sie hat vorhin etwas verloren, das ich ihr gern zurückgeben würde."

Was war er bloß für ein Vollidiot! Eine dümmere Ausrede hatte ihm nicht einfallen können. Wenn der Mann nun die Herausgabe dieses angeblichen Fundstücks verlangte, um es seiner Frau zu geben, was dann? Aber der dachte gar nicht daran.

„Da bist du falsch. Erin wohnt nicht mehr hier."

Und schon knallte er Daniel die Tür vor der Nase zu. Er atmete kräftig aus, erleichtert, dass er mit seiner Ausrede so glimpflich davongekommen war. Das nächste Mal musste er wirklich erst überlegen und dann reden!

Er machte sich wieder auf den Rückweg. Zumindest kannte er jetzt ihren Vornamen, Erin. So konnte er am nächsten Tag wieder bei der Meldebehörde erscheinen und nach der neuen Adresse fragen.

Gleich am Morgen machte er sich wieder auf den Weg. Nur am Rande kamen ihm Zweifel, ob er richtig handelte. Er wusste, ein solches Vorgehen müsste er zumindest mit seinem Anwalt besprechen. Da er aber sicher war, dieser würde ihm abraten, unterließ er es einfach. Daniel setzte nicht oft seinen Kopf durch, aber diesmal würde ihn niemand davon abhalten.

Er bekam die gewünschte Auskunft und begab sich zu der angegebenen Anschrift. Hier sah es schon anders aus als in dem Vorort, indem er sie erst gesucht hatte. Er glaubte, dass gerade Herbstferien waren und das veranlasste ihn zu der Hoffnung, die Anwesenheit des kleinen Jungen könnte die Situation entschärfen. Wobei er ahnte, einem Trugschluss aufzusitzen. Am Tag zuvor im Revier hatte der Kleine seine Mutter auch nicht bremsen können. Zumindest schluss-folgerte er, dass es sich bei ihrer Begleitung um den Sohn und Susans Bruder handelte.

Wieder einmal atmete er tief durch und klingelte dort, wo er den Namen Namara fand. Es dauerte eine Weile, bis ihm geöffnet wurde und Erin starrte ihn fassungslos an. Wie konnte er es wagen, hier bei ihr aufzukreuzen? Daniel sah kommen, dass die Tür gleich wieder ins Schloss fallen würde und rief viel zu laut: „Bitte, hören Sie mir nur einen Moment zu!"

Angeekelt schaute sie ihn an.

„Warum sollte ich das tun? Sagen Sie der Polizei endlich, was Sie mit Susan gemacht haben. Dann können Sie vor Gericht erklären, warum."

Im Gegensatz zu ihrer Begegnung am Vortag war ihre Stimme jetzt heiser und monoton. Aber sie blieb in der offenen Tür stehen, was er schon als kleinen Erfolg verbuchte. Seine kleine Rede war ebenso leise wie eindringlich.

„Sie hat mich in dem Glauben gelassen, sie wäre erwachsen. Und ich war da, habe das Café aber vor der vereinbarten Uhrzeit wieder verlassen, weil ich es einfach mit der Angst gekriegt habe. Bis die Polizei bei mir war, wusste ich noch nicht mal, dass sie erst fünfzehn ist. Das ist die Wahrheit, Mrs Namara. Ich möchte genauso wie Sie, dass sie wieder nach Hause kommt, damit dieser Albtraum für mich ein Ende hat. Ich habe meinen ganz eigenen, unabhängig von Ihrem."

Erstarrt schaute sie ihn an, aber in ihrem Gesicht glaubte er mehr Friedfertigkeit zu erkennen. Erin erinnerte sich sehr wohl, dass auch O'Neill gesagt hatte, Daniel hätte Susans Alter nicht gekannt. Das ging aus den Chatprotokollen hervor. Sie neigte dazu, seine Erklärung zu akzeptieren. Aber irgendjemand musste doch Schuld sein und er war der einzig Verfügbare derzeit! Sie musste ihre Verzweiflung auf jemanden projizieren, sonst stünde sie kurz vorm Platzen. Als diesen Jemand erkor sie Daniel aus, der war gerade da und derjenige, der am ehesten infrage kam.

„Sie haben einen Albtraum, Sie?" spie sie aus und Tröpfchen ihres Speichels landeten in Daniels Gesicht. Er widerstand dem Bedürfnis, sie abzuwischen.

„Sie sind doch Schuld an allem!"

Daniel schüttelte den Kopf.

„Nein, das bin ich nicht, Mrs Namara. Und es wäre mir sehr wichtig, dass Sie mir das glauben. Bitte entschuldigen Sie, dass ich Sie aufgesucht habe. Es hat wohl keinen Sinn."

Er drehte sich um und entfernte sich. Nach ein paar Schritten jedoch rief sie ihn zurück. Erstaunt wandte er sich ihr wieder zu und sah sie fragend an.

„Wie heißen Sie?"

„Ich bin Daniel O'Keefe, Mrs Namara."

Sie zögerte, dann fasste sie sich ein Herz.

„Ich möchte Ihnen gern glauben, aber ich weiß nicht, ob ich es kann. Ich möchte auch nur, dass sie wieder gesund nach Hause kommt."

Er nickte und setzte seinen Heimweg fort, ohne sich noch einmal umzudrehen.

Das kurze Gespräch beschäftigte ihn noch während des ganzen Fußmarschs. Irgendetwas an Erin Namara berührte ihn. Ihm tat die Frau leid, aber das war es nicht. Ihre Verzweiflung war greifbar, doch das war es auch nicht. Nachdenklich versuchte er herauszufinden, was ihn an ihr anzog.

Zurück in seiner Wohnung zog er die Jacke aus, schob eine Tiefkühlpizza in den Ofen und schaltete den PC an. In den Chat brauchte er nicht zu schauen, schließlich hatte er gerade aus erster Hand erfahren, dass sie immer noch verschwunden war. Und die ganzen Diskussionen dort interessierten ihn momentan so wenig wie das Wetter in Südamerika oder sonst wo auf der Welt. Mit den von Tim empfohlenen Spielen konnte er sich die Zeit vertreiben und wurde abgelenkt. Das war die Hauptsache.

Diesmal gelang es ihm nicht. Nach wie vor spukte Erin in seinem Kopf herum, deshalb stellte er sich immer wieder die Frage, warum. Man konnte doch nicht für eine Frau außergewöhnliche Sympathie empfinden, die einem bei der ersten Begegnung eine blutige Lippe schlug, oder? Vorsichtig strich er über den Schorf, der sich an seinem Mund gebildet hatte. Sie hatte Temperament, das musste man ihr lassen. Was war es aber noch? Eine Schönheit sah anders aus, je-doch wirkte sie auf ihn schon attraktiv. Nicht vom Äußeren, es war die Ausstrahlung. Sein Impuls ging dahin, sie tröstend in die Arme zu nehmen. Das war doch verrückt!

Genervt schaltete er den PC wieder aus, schnappte sich seine Jacke und verließ die Wohnung. Es war inzwischen dunkel und kalt geworden, aber er brauchte frische Luft. Nichts fand er gerade schlimmer, als in seinen vier Wänden eingesperrt zu sein. Hatte sie ihm geglaubt? Und was brachte ihm das überhaupt? Die Polizei würde ihn trotzdem nicht in Ruhe lassen, solange sie sich auf ihn eingeschossen hatte. Darum ging es jedoch auch nicht, erkannte er ganz deutlich. Es war tatsächlich sie, die ihm glauben sollte. Seit dem Moment, in dem sie zugeschlagen hatte. Eigentlich war es doch sehr viel besser gelaufen, als er befürchtet hatte. Eine blutige Nase war ihm nicht von ihr verpasst worden.

Wenn das alles vorbei war, würde er noch mal versuchen, Kontakt zu ihr aufzunehmen.

Mit diesem Plan im Kopf trabte er wieder nach Hause, entkleidete sich und ging zu Bett. Erst nach langer Zeit fand er Schlaf, aber diesmal traumlos.

Kapitel 21

In Affordshire steckten Caro und Damian die Köpfe zusammen. Eine Gästeliste entstand, die viele Nachbarn aus dem Dorf beinhaltete. Dazu kamen noch einige wenige Bekannte und Freunde von Außerhalb. Zu diesen gehörten auch Ruth, Jack und Daniel. Das zukünftige Ehepaar hatte sein Versprechen zur Einladung nicht vergessen. Damian merkte jedoch, dass seine Lebensgefährtin nicht ganz bei der Sache war.

„Woran denkst du?"

Schelmisch blicke sie auf.

„Diese Frage stellen normalerweise die Frauen und gehen damit den Männern tierisch auf den Geist."

Er sah hinunter zu den Hunden, die zu ihren Füßen halb unter dem Tisch lagen.

„Ist das so? Ihr seid doch auch männlich", versuchte er Auskunft zu bekommen. Achselzuckend musste er akzeptieren, dass beide tief und fest schliefen.

„Ja", beharrte Caro und wurde ernst. „Aber bevor du noch mal fragst: Mir geht Noah nicht aus dem Kopf. Was machen wir mit ihm?"

„Gar nichts. Das ist eigentlich Sache der Mutter. Ich mag mich da nicht ungefragt einmischen."

„Das ist doch Blödsinn, Damian. Wenn der Junge dir vertraut, redet er mit dir. Und wenn nicht, dann lässt er es. Da er es dir erzählt hat, solltest du dir auch Gedanken machen, was wir tun können."

Fast beleidigt sah er sie an.

„Meinst du, das mache ich nicht? Aber ich kann das Mädchen auch nicht herzaubern."

„Nein, aber ihn ablenken und ihm das Gefühl geben, hier willkommen zu sein. Ich glaube, Megan hat im Moment einfach zu viel mit sich selbst zu tun, als dass sie auf die Jungs eingehen kann. David kommt ja ganz gut klar, aber Noah eben wegen dieser Geschichte nicht."

„Womit soll ich ihn denn deiner Meinung nach ablenken?"

„Wenn er über Megan ähnliche Gene wie du mitbekommen hat, interessiert er sich vielleicht auch für Holz. Oder Autos, da stehen viele Jungs drauf. Vielleicht kannst du dann was mit Ian arrangieren."

„Ich denke mal drüber nach. Was ist denn nun mit Leuten aus Deutschland? Gibt es da jemanden, den du einladen möchtest?"

„Nein, außer meinen Eltern niemanden."

Diese Antwort erstaunte ihn nicht. Inzwischen wusste er genug über ihr vorheriges Leben, dass ihm die Tatsache ihrer selbstgewählten Einsamkeit bekannt war. Nach einigen Enttäuschungen mit vorgeblichen Freundinnen hatte sie es schon viele Jahre vor ihrem Umzug nach Irland vorgezogen, keine engen Freundschaften mehr zu knüpfen. Erst hier und mit Stacy hatte sich diese Bereitschaft wieder ergeben.

Damit sollte die Liste fertig sein, aber sicherlich würde ihnen im Nachhinein noch der eine oder andere Gast einfallen, den sie vergessen hatten. Die Frage nach der Örtlichkeit der Feier stellte sich erst gar nicht. Für das Grundstück der Schreinerei würden sie ein großes Zelt mieten, das alle Gäste aufnehmen konnte. Einen Termin hatten sie bereits gefunden, wo auch ein entsprechend großes verfügbar sein würde. Beide wollten die Hochzeit so schnell wie möglich feiern, um endlich ihre Beziehung offiziell zu gestalten. Auch wenn es für Caro die zweite Ehe war, fieberte sie dem Ereignis ebenso entgegen wie

Damian. Schließlich war er es, den sie heiraten würde und das war für sie etwas ganz besonderes. Er war etwas Besonderes. Dennoch übten sie sich in Geduld, die Planung reichte ihnen zunächst aus.

Müde legte sie den Stift beiseite.

„Wer ruft bei den Dublinern an? Machst du das?"

Er schüttelte amüsiert den Kopf.

„Nein. Wir lassen Einladungskarten drucken, die wir hier verteilen und nach Dublin schicken."

„Oder wir fahren mal für einen Nachmittag hin und überreichen sie persönlich."

Damian hob den Daumen als Zeichen seiner Zustimmung. Schnell holte er den Laptop und suchte sich eine Druckerei, die sie mit den Einladungskarten beauftragen konnten. Daraufhin brüteten sie wieder, diesmal über dem Text.

„Das wird mir alles zu doof", sagte Caro schließlich. „Wir sagen allen so Bescheid und fragen Ruth, ob wir sie am Samstag besuchen kommen können. Dann überbringen wir die Einladung mündlich. Basta!"

Das hatte sich Damian schon etwas anders vorgestellt, aber auch mit dieser Vorgehensweise konnte er sich durchaus anfreunden. Man musste nichts komplizierter machen als nötig. Also schaltete er den Laptop wieder aus, brachte ihn weg und an seiner Stelle das Telefon mit. Wortlos hielt er es ihr entgegen.

Caro nahm es, wählte Ruths und Jacks Nummer aus und wartete mit wippendem Fuß darauf, dass jemand abnahm. Es war Ruth, die ans Telefon kam.

Sie vereinbarten einen Besuch für den kommenden Samstag, wie Caro es vorgesehen hatte. Bevor sie auflegten, fiel ihr noch etwas ein.

„Sag mal, wäre es euch recht, wenn wir Damians Neffen mitbringen? Er ist im selben Alter wie Tim, erst aus Dublin hierher gezogen. Ich denke mir, er würde ganz gern mal wieder Stadtluft schnuppern und vielleicht kennen sich die beiden sogar."

„Gerne, ich kann dir nur nicht garantieren, dass Tim dann zuhause ist. Aber wenn der Bursche bis vor kurzem hier gewohnt hat, will er vielleicht sowieso lieber Freunde besuchen. Kann er dann ja entscheiden, bringt ihn ruhig mit."

Das machte gar nichts. Wichtig für Caro war lediglich, dass sie Noah mit nach Dublin nehmen konnten. Sie beendete das Gespräch und wurde von Damians erstauntem Blick durchbohrt. Einem Kommentar enthielt er sich. Manche Dinge akzeptierte man besser und vermied es damit, einer Frau zu widersprechen.

Noah war von Caros Idee nicht begeistert und maulte, als sie ihm den Vorschlag unterbreitete. Es stellte sich heraus, dass er Tim nicht kannte. Aber war das ein Hindernis? Nach ihrer Meinung nicht. Auch halbwüchsige Jungs konnten sich kennenlernen.

Aufgeben war kein Wort, das zu Caros Sprachschatz gehörte. So setzte sie alles daran, ihn von einem Mitkommen zu überzeugen und schließlich hatte sie Erfolg. Die Aussicht, seine alte Clique wiederzusehen, stimmte ihn friedlich. Seine zukünftige Tante würde wohl kaum darauf bestehen, dass er mit den Erwachsenen Kaffeekränzchen abhielt.

Mission erfolgreich abgeschlossen, freute sie sich und beschloss, noch einen Abstecher zu Megan ins Wohnzimmer zu machen. Diese hatte sie recht erstaunt über ihr Bügelbrett hinweg angesehen, als sie zu Noah gewollt hatte. Dort stand sie auch immer noch, aber der Berg Wäsche war erheblich kleiner geworden. Fragend sah sie zu Caro hinüber, die zunächst im Türrahmen stehenblieb.

Betont lässig schlenderte sie nach einem kurzen Schweigen hinein und ließ sich in einem Sessel nieder, der noch von Damian stammte.

„Ich habe Noah überredet, mit uns am Samstag mit nach Dublin zu Bekannten zu kommen. Wir dachten, vielleicht kommt er so ein bisschen auf andere Gedanken und wird etwas zugänglicher."

Megans Blick wirkte nicht sehr freundlich.

„Und das konntest du nicht vorher mit mir absprechen? Wer sagt dir denn, dass ich das erlaube?"

„Mein gesunder Menschenverstand, Megan. Du willst doch auch, dass es deinen Kindern gut geht."

Caro erkannte, dass der Einwand von Damians Schwester berechtigt war. Sie hätte es vorher mit ihr besprechen sollen.

„Du hast Recht, ich hätte mit dir reden sollen."

Megan stellte das Bügeleisen ab, zog den Stecker und setzte sich zu Caro. Zum ersten Mal, seit sie sich kennengelernt hatten, kamen sich die beiden Frauen etwas näher.

„Ich bin im Moment etwas überfordert, das gebe ich gern zu. Bei der kleinsten Kleinigkeit stehe ich da und weiß nicht, was ich machen soll. Damian hat mir letztens schon den Kopf zurechtgestutzt, dass ich lernen muss, auf eigenen Beinen zu stehen. Es stimmt ja, aber fällt verdammt schwer, wenn man sich lange um nichts kümmern musste und einem fast alles abgenommen wurde. Bei den Jungs bin ich am Ende mit meinem Latein. Schon der Widerstand hierherzuziehen, hat mich fast umgehauen."

„Das ist wohl eine Sache, die du vorher mit ihnen hättest besprechen sollen. Ihnen wird es ähnlich gehen wie dir eben. Sie wollten einbezogen werden in eine solche Entscheidung. Immerhin hat sie ihr ganzes Leben umgekrempelt. Mal von eurer Trennung abgesehen."

Megan nickte und strich sich die dunklen Haare aus dem Gesicht. Ein paar Strähnen hatten sich aus der Klammer gelöst und hingen nun wirr an den Seiten ihres Kopfes. Caro erkannte, dass sie tatsächlich müde und kraftlos wirkte. Auch wenn sie keinen guten Start hatten, so sollte diese Frau in Kürze ihre Schwägerin werden. Eine Schwester von Damian konnte doch nicht so verkehrt sein, oder? Trotz dem Status „Prinzessin auf der Erbse", den er ihr verpasst hatte und den sie im Grunde amüsant fand.

„Du schläfst nicht genug, oder?" hakte Caro nach.

„Ich würde gern, aber es funktioniert nicht. Obwohl das alles hier ein Neuanfang ist und ich mir keine Sorgen machen müsste, komme ich nicht zur Ruhe. Wenn ich dann gegen Morgen einschlafe, muss ich bald wieder aufstehen. Es ist noch nicht mal, dass mir viel im Kopf rumgeht, ich kann nur einfach nicht einschlafen. Es ist wie verhext."

Das kannte Caro zur Genüge. Immerhin hatte sie auch bereits eine Scheidung hinter sich.

„Es dauert seine Zeit, bis du das alles abgearbeitet hast. Geh deinen Rhythmus, Megan. Was nicht geht, wozu du keine Lust hast, das lässt du einfach, sofern das möglich ist. Sonst machst du dich nur noch kaputter, als du ohnehin schon bist. Mach alles Schritt für Schritt, so wie du dich dazu in der Lage fühlst."

Megan hob den Kopf, denn ihr fiel wieder ein, dass ihr Gegenüber dieselbe Erfahrung gemacht hatte.

„Wer von euch beiden wollte die Trennung?"

„Ich", beantwortete Caro die Frage. „Trotzdem hat man Trennungsschmerz, denn man gibt sein ganzes bisheriges Leben auf. Alles, was einem vertraut war und Sicherheit gab. Außerdem fragt man sich immer wieder, ob man richtig gehandelt hat. Stimmt's?" Bei der Frage zwinkerte sie Megan verschwörerisch zu.

Ein Lächeln zeigte sich auf deren Gesicht, als sie bestätigend nickte.

„Du hast es erfasst. Das ist ziemlich verwirrend. Eigentlich will man durchstarten und hindert sich selbst daran."

Impulsiv legte Caro ihre Hand auf Megans.

„Das Durchstarten kommt noch, du darfst es nur nicht erzwingen. Verarbeite erst mal selber alles und vor allem, hab ein Auge auf deine Kinder. Die haben gerade ganz ähnliche Probleme. Wenn das Seelische wieder auf der Reihe ist, kannst du dich um alles andere kümmern."

Forschend ruhten Megans Augen auf ihr.

„Vielleicht bist du doch nicht so übel für meinen Bruder. Aber das musst du erst noch beweisen."

Spontan lachte Caro und auch Megan konnte sich ein Grinsen nicht verkneifen.

„Beweisen muss ich dir gar nichts. Aber ich kann dir versichern, dass ich deinen Bruder von ganzem Herzen liebe."

„Ich habe so was gehört…"

Auf dem Weg nach Hause legte Caro einen Stopp bei Damians Schreinerei ein. Sie betrat direkt die Werkstatt und umging damit Stacys Büro. Von dem Gespräch mit Megan musste sie Damian unbedingt sofort berichten!

Der hörte ihr ruhig zu und lachte ebenfalls leise, als sie ihm von Megans vorletztem Satz in der Unterhaltung erzählte. Die Antwort, die sie gegeben hatte, belustigte ihn dann richtig. Das war typisch seine Caro.

Es sah ganz so aus, als ob sich die beiden Frauen doch noch annähern würden. Ihm wäre es nur recht, er mochte keine Spannungen. In seinem Umfeld nicht und innerhalb der Familie schon gar nicht. Seine Schwester war manchmal etwas schwierig, das konnte und würde er nicht abstreiten. Dennoch wusste er auch, dass man sie steuern und so ihre guten Eigenschaften ans

Tageslicht befördern konnte. Das würde schon noch werden, dessen war er sicher.

Noah ließ sich am Samstag nicht anmerken, wie sehr er sich doch auf Dublin freute. Mürrisch saß er auf dem Rücksitz von Damians Geländewagen und tat so, als müsse er das alles über sich ergehen lassen. Aber endlich wieder seine Heimatstadt! Die eigentlich kurze Zeit in Affordshire kam ihm bereits vor wie die Unendlichkeit.

Das Haus von Ruth und Jack entlockte ihm einen abschätzenden Blick. Nicht übel, der Kasten. Neugierig spähte er in den Garten, um sich auch davon ein Bild zu machen. Er war groß und liebevoll bepflanzt, wahrscheinlich von Ruth, schloss er. Die stand ihm auch gleich gegenüber, als sie die Tür öffnete. Hinter Caro und Damian betrat er das Haus und wurde ins Wohnzimmer komplimentiert, wo er Jack das erste Mal begegnete. Die beiden machten auf ihn einen guten Eindruck, was in seinem Alter einem Ritterschlag gleichkam. Fehlte nur noch der Sprössling namens Tim. Fragend sah er sich um und Ruth fing seinen Blick auf.

„Tim ist oben, er wird aber bestimmt gleich runterkommen. Die Gelegenheit eures Besuchs lässt er sich nicht entgehen."

Dann wandte sie sich an Caro und Damian.

„Daniel kommt auch bald dazu. Wir dachten, es wäre ganz nett, wenn wir euch zusammen hier haben. So könnt ihr ihm auch gleich selber die Einladung zur Hochzeit überbringen."

Bei dem Gedanken an die Eheschließung bekam sie das Grinsen nicht mehr aus dem Gesicht. Sie liebte solche Veranstaltungen, insbesondere dann, wenn Menschen den Bund fürs Leben schlossen, die sie mochte.

„Was für ein Daniel?"

Den Namen hörte Noah zum ersten Mal, bislang war immer nur von Ruth, Jack und Tim die Rede gewesen.

„Daniel O'Keefe, ein ehemaliger Kollege von Jack und Freund der Familie. Er war vor einiger Zeit sogar zu Besuch bei euch im Dorf", erklärte ihm Ruth arglos.

„Was habt ihr mit dem Typen zu tun?" schrie Noah entsetzt auf.

Verblüfft starrten die Erwachsenen ihn an.

„Wie bitte?" fragte Damian nach.

„Er ist schuld an Susans Verschwinden, wer weiß, was er mit ihr gemacht hat."

Verwirrt schüttelte Caro den Kopf.

„Das ist doch Blödsinn, wie kommst du denn darauf?"

„Ein Kumpel hat mir das geschrieben, der weiß es von Susans Mum."

Ratlos schauten alle Noah an. Stimmte es, was der Junge da behauptete? Natürlich hatten Ruth und Jack für sich entschieden, dass sie Daniel glaubten. Aber wenn Noah die Information von Susans Mutter hatte, inwieweit steckte dann doch Wahrheit darin?

Diese Gedankengänge waren Caro und Damian völlig fern, denn sie hörten zum ersten Mal von dem Zusammenhang.

„Würde uns mal jemand aufklären?" forderte Damian.

Ruth übernahm das, betonte aber auch Daniels Unschuld.

„Er hat wegen dieser haltlosen Beschuldigung sogar seine Arbeit verloren. Angeblich ist er den Kunden gegenüber nicht mehr tragbar", schloss sie spöttisch. Noah war immer noch fassungslos.

„Den könnt ihr doch nicht zu eurer Hochzeit einladen!"

Damian konnte die Reaktion des Jungen sehr gut verstehen, dennoch hielt er nichts von Vorverurteilungen.

„Natürlich können wir das, denn wir haben ihn als lieben Menschen kennengelernt, der versucht, was aus seinem Leben zu machen. Obwohl er dafür ziemlich schlechte Voraussetzungen hatte. Wenn Daniel sagt, er hat nichts damit zu tun, dann ist das so. Und mal davon abgesehen: Er wird verdächtigt, weil er Kontakt zu ihr hatte. Nachweisen konnte ihm bisher keiner was und das wird schon seinen Grund haben."

Noahs Miene verschloss sich. Er wandte sich ab und starrte durch die breite Terrassentür in den Garten hinaus. So gern er seinen Onkel mochte, aber er würde nicht mit diesem Kerl zusammen auf einer Feier sein. Das konnte er sich abschminken!

„Was ist mit Daniel?" fragte Tim von der Tür her.

„Noah hält ihn für schuldig wegen des Mädchens. Er kennt sie", erklärte Jack kurz und knapp.

Tim zuckte nur die Schultern.

„Das werden die Bullen schon rausfinden." Dann wandte er sich an Noah. „Hast du Bock, ein bisschen zu zocken?"

Die Begrüßung der Gäste vergaß er völlig aufgrund der angespannten Situation und Damian lächelte still in sich hinein. Teenager!

Das Gespräch drehte sich zwangsläufig weiter um Daniel, Caro und Damian erfuhren nun alle Einzelheiten. Ihrerseits klärten sie ihre Gastgeber über die enge Freundschaft zwischen Noah und Susan auf.

„Kein Wunder, wenn der Junge am Rad dreht. Susan verschwindet und er wird aus seiner gewohnten Umgebung gerissen. Da muss man ja durchdrehen", murmelte Ruth mitleidig.

„Ich dachte immer, bei Teenies ist das generell so", warf Damian ein.

„Ja", lachte Ruth. „Aber in einem solchen Fall wohl noch extremer. Da hat sich deine Schwester ganz schön eingebrockt mit der Entscheidung zu diesem Zeitpunkt."

An diesem Punkt der Unterhaltung kam Daniel dazu. Er freute sich aufrichtig, Caro und Damian zu sehen und das beruhte durchaus auf Gegenseitigkeit. Ruth warnte ihn jedoch gleich.

„Oben bei Tim ist ein Halbstarker namens Noah, der ein guter Freund von Susan und Damians Neffe ist. Er hat so seine Meinung und ist nicht gut auf dich zu sprechen. Nur, damit du nicht überrascht bist, falls er hier unten auftaucht."

Verwirrt fragte Daniel: „Woher kennt er mich?"

„Deinen Namen hat er wohl von der Mutter des Mädchens."

Daniel ließ sich in einen Sessel sinken. Das hatte er nun davon, dass er Mrs Namara einen Besuch abgestattet und auf Nachfrage seinen Namen genannt hatte. Jetzt war er der Verdächtige oder Täter schlechthin, vorher hatte er sich zumindest noch in der Anonymität verstecken können.

Er erzählte von seinem Besuch und der Neigung Mrs Namaras, ihm zu glauben.

„Was sie nicht daran gehindert hat, deinen Namen auszuplaudern", bemerkte Jack trocken.

Das hätte sie sich seiner Meinung nach sparen können, um Daniel keine Ungelegenheiten zu bereiten. Dem war es jedoch egal, ändern konnte er es ohnehin nicht mehr. Krampfhaft versuchte er, das Gespräch in eine andere Richtung zu lenken.

„Habt ihr es nun so gemacht, dass deine Schwester in dein Haus zieht?" wandte er sich an Caro und Damian.

„Ja", nickte der. „Ich bin offiziell zu Caro umgezogen und da wir nun einen gemeinsamen Wohnsitz haben, wollen wir im April heiraten. Ihr seid alle herzlich dazu eingeladen."

Daniel strahlte. Sie machten ihr Versprechen tatsächlich wahr und wollten ihn dabeihaben! Die praktische Ruth übernahm sofort die Planung.

„Du kannst dann mit uns fahren und wir nehmen uns einfach Zimmer im Pub. Da scheint es ja recht gemütlich mit gutem

Essen zu sein. Zumindest für eine Nacht oder sogar für zwei. Ich war noch nie in der Ecke und würde mir auch gern ein wenig die Umgebung umsehen."

Jack war einverstanden, aber Daniel zögerte. Eine Übernachtung konnte er sich nicht mehr leisten. Jetzt hieß es wieder, das Geld zusammenzuhalten. Diesmal hatte er keine Skrupel, dies auch offen zu sagen.

„Kein Problem", beruhigte ihn Caro. „Wir haben auch in diesem Cottage ein Gästezimmer, wo du bleiben kannst, so lange du willst. Und satt kriegen wir dich auch", zwinkerte sie.

„Wenn das ginge, wäre das super", freute sich Daniel.

Ihm fiel ein, dass er Caros Haus bei seinem Besuch nur von außen gesehen hatte und er sich dann nicht mehr in den bereits bekannten Räumlichkeiten von Damians aufhalten würde. Der verwilderte Garten bei Caro gefiel ihm außer-ordentlich, leider sollte der jedoch im nächsten Frühjahr in Ordnung gebracht werden. Das hatten beide bereits angekündigt.

„Naja, ich kenne ja beide Häuser von innen", scherzte Jack.

„Aber nur die unteren Etagen", lachte Caro im Rückblick auf vergangene Geschehnisse, die alle zusammengeführt hatten.

„Apropos Heirat, das wollte ich schon lange fragen", bemerkte Caro an Jack gewandt. „Wieso heißt ihr eigentlich Bergman mit Familiennamen? Das ist doch nicht der Name deines Vaters und Großvaters."

Ein süffisantes Grinsen erschien auf Jacks Gesicht.

„Ganz einfach. Ich habe Ruths Namen angenommen, als wir geheiratet haben."

Innerlich schlug sich Caro gegen die Stirn. Auf diese einfachste aller Erklärungen hätte sie von allein kommen können.

„Ungewöhnlich zu der Zeit damals", wunderte sich Damian.

„Ich war auch der Exot unter allen Frischvermählten. Wie wollt ihr es halten?"

Caro und Damian tauschten verdutzt einen Blick. Darauf hatten sie bisher keinen einzigen Gedanken verschwendet.

„Es ist für mich völlig selbstverständlich, dass ich Damians Namen annehme", erklärte sie und wandte sich dann an ihren zukünftigen Mann. „Eigentlich möchte ich das auch gar nicht anders. Du?"

Der so Befragte schüttelte den Kopf. Somit war auch das geklärt und bedurfte keiner weiteren Debatte.

Daniels Gedanken waren schon ein Stück weiter. Was schenkte man zur Hochzeit, insbesondere dann, wenn man knapp bei Kasse war? Scott wollte sich zwar um eine neue Stelle für Daniel kümmern, aber bevor er nicht wieder regelmäßig Geld verdiente, ging er vorsichtig mit seinem knappen Budget um. Nur die vage Hoffnung auf ein späteres, gesichertes Einkommen reichte ihm nicht. Und wie schnell das wie eine Seifenblase zerplatzen konnte, hatte er gerade zum zweiten Mal erlebt.

Erst am späten Nachmittag lösten sie ihr Beisammensein auf. Zur Überraschung aller hatte Noah kein Interesse bekundet, seine alten Freunde aufzusuchen und die Jungen hatten die ganze Zeit in Tims Zimmer an der Spielkonsole verbracht. Sie verstanden sich offensichtlich recht gut. Auch war Noah etwas friedfertiger, als er auf Daniel traf. Was die Erwachsenen nicht wussten: Tim hatte ihm etwas den Kopf zurechtgerückt mit der Begründung, er würde Daniel immerhin schon etwas länger kennen und könne deshalb beurteilen, was ihm zuzutrauen war und was nicht. Da Noah nicht dumm und außerdem vernünftigen Argumenten zugänglich war, versteifte er sich nicht mehr ganz so auf Daniel als Schuldigen. Der Abschied wurde deshalb recht locker und winkend fuhren Caro, Damian und Noah davon.

Daniel blieb noch und packte das Thema an, das ihm Kopfzerbrechen machte.

„Irgendwas muss ich zur Hochzeit als Geschenk mitbringen. Habt ihr eine Idee? Es sollte möglichst günstig sein, aber nicht billig wirken."

Ruth überlegte kurz, dann hatte sie die Lösung.

„Wir schenken ihnen einfach zusammen was und du beteiligst dich mit dem Betrag, den du dir leisten kannst."

Daniels Gesicht hellte sich auf. Wie er Ruth kannte, brauchte er sich dabei keine Sorgen zu machen, dass sie etwas zu Kostspieliges auswählte.

Damians Wagen passierte einige Zeit später die ersten Häuser, die zu Affordshire gehörten. Noah ließ er vor seinem Haus nur aussteigen, um dann gleich weiter nach Hause zu fahren. Sie hatten einen langen Tag hinter sich und ihm gelüstete es nach ihrer gemütlichen Küche und einem Abend auf dem Sofa. Der Zeichenblock rief, denn er hatte zwei neue Aufträge in Aussicht, für die er Vorschläge unterbreiten musste. Die bevorstehende Möglichkeit, sich am heutigen Tag noch kreativ austoben zu können, machte ihn kribbelig.

Als sie jedoch das Haus betraten und mehr zufällig nach rechts ins Wohnzimmer schauten, blieben sie wie angewurzelt stehen. Damian löste sich zuerst aus seiner Erstarrung und ging ganz hinein, um sich das Chaos vollständig anzusehen.

Die Kissen lagen auf dem Boden verteilt, teilweise zerfetzt und ihres Innenlebens beraubt, das sich in alle Richtungen zerstreut hatte. Die kleine Lampe auf dem Beistelltisch neben dem Sofa hatte sich in ihre Einzelteile zerlegt. Drei zerkaute Schuhe befanden sich im Stadium „nicht mehr zu retten". Die Aufmerksamkeit, die dazu geführt hatte, war drei verschiedenen Paaren zuteil geworden. Einer war von Damians Turnschuhen, einer von Caros Gesundheitslatschen und einer von ihren Pumps.

Hoffentlich hatte der Absatz ordentlich gepiekt! dachte sich Damian. Mitten in dem Stillleben auf dem Teppich lag Oscar auf dem Rücken, die Pfoten gen Himmel gestreckt. Goliath hing wie ein Sack Kartoffeln quer über dessen Bauch. Dass sie ein schlechtes Gewissen plagte, war mehr als deutlich. Schließlich blieb die übliche, lautstarke Begrüßung aus. Oder spielten sie beleidigte Leberwurst, weil sie den ganzen Tag allein gelassen worden waren? Immerhin war das vorher noch nicht vorgekommen.

Caro schob sich hinter Damian in den Raum und ließ ihre Augen verblüfft umherwandern.

„Tja, dann wissen wir wohl, was wir erst mal zu tun haben."

Böse sah sie zu dem Hundeknäuel und Goliath, der unvorsichtigerweise ein Auge geöffnet hatte, schloss es sofort wieder.

„Okay", beschloss Damian. „Kümmere du dich um das Essen, ich schimpfe mit den Hunden und räume hier auf."

Während er lospolterte, flüchtete sie in die Küche.

Als erster kam Goliath angeprescht, ihm folgte Oscar. Sie drängten sich an ihre Beine und suchten Schutz, als ob es um ihr Leben ginge.

„Ihr habt selber Schuld", schalt sie.

Es kostete sie alle Anstrengung, ein Lachen zu unterdrücken. Als Damian ebenfalls die Küche betrat, erkannte sie, dass sie nicht die Einzige war.

Kapitel 22

Erin Namara sah Susan, auftauchend aus einem See, das blonde Haar mit Seetang behangen. In dem blassen Gesicht starrten die Augen aus den Höhlen. Sie richtete sich auf und kam mit ausgestreckten Armen auf Erin zu. Die jedoch konnte nur an Flucht denken. Flucht vor der eigenen Tochter.

Schreiend erwachte Erin aus ihrem Traum. Sie zitterte am ganzen Körper, ihr Herz raste. Im Unterbewusstsein nahm sie wahr, wie sich ihre Schlafzimmertür öffnete. Die angstgeweiteten Augen Finns sahen sie an.

„Mum, was ist passiert? Tut dir was weh?"

Ihm zuliebe musste sie sich zusammenreißen, durfte ihrem Brechreiz nicht nachgeben. Krampfhaft schluckte sie und versuchte, ruhig durchzuatmen.

„Nein, ich habe nur was ganz Blödes geträumt. Magst du ein bisschen zu mir unter die Decke kommen?"

Einladend klopfte sie auf die Matratze neben sich und der Junge ließ sich nicht lange bitten. Im Grunde nahm sie ihn zum Trost, nicht dass sie ihm welchen spenden wollte. Sein kleiner Körper schmiegte sich an sie und half ihr, sich zu entspannen. Langsam strich sie mit der Hand über seinem Rücken auf und ab.

„Auch Erwachsene träumen manchmal was Gruseliges, weißt du?" erklärte sie ihm. „Und wenn man sich dann erschreckt, ruft man auch mal, ohne es zu merken."

„Was hast du denn geträumt?"

Erin dachte sich blitzschnell eine kindgerechte Geschichte aus, keinesfalls durfte Susan darin vorkommen.

„Dass ich spazieren gegangen bin und mich im Wald verlaufen habe. Das ist aber total dumm, denn jeder Wald hat irgendwo auch wieder ein Ende."

Er nickte ernst.

„Du musst nur immer lauschen, wo du was hörst wie Autos oder so. Und in die Richtung laufen", gab er seines Erachtens nützliche Tipps für den Wiederholungsfall.

„Daran werde ich das nächste Mal denken, wenn ich mich mal wieder im Schlaf verlaufe."

Sie war nun wieder ganz ruhig, das Gespräch mit Finn und seine Ernsthaftigkeit hatten den Schreck abflauen lassen. Er blieb noch eine Weile bei ihr liegen, dann fragte er zaghaft: „Kann ich dich nun wieder allein lassen?"

Erin musste sich ein Lachen verkneifen.

„Natürlich, geh nur wieder in dein Bett. Wenn was sein sollte, rufe ich, okay?"

„Mach das."

Er rollte sich unter ihrer Bettdecke weg, ging aus dem Zimmer und schloss leise die Tür hinter sich. Erin kuschelte sich wieder zusammen, denn immer noch fror sie erbärmlich. Der Schweiß auf ihrer Haut, der sich während des Traums gebildet hatte, war abgekühlt und bewirkte, dass ihr kalt war. Sie legte sich auf die Seite, zog die Seite der Decke in ihrem Rücken dicht an sich heran und die eine Ecke bis unter das Kinn. Von Susan wanderten ihre Gedanken zu Daniel O'Keefe. Warum schien es ihm so wichtig zu sein, dass sie an seine Unschuld glaubte? Maßgeblich war doch für ihn nur, dass die Polizei von seiner Unschuld überzeugt wäre. Welche Rolle spielte sie dabei?

Sie gab sich selbst gegenüber zu, wie er ihr imponiert hatte, als er da vor ihrer Tür stand. Entweder war es Dickfelligkeit, die ihn dazu veranlasst hatte oder es gab kaum jemanden, der ihm zur Seite stand. Sie kannten sich nicht, daher war es völlig gleichgültig, ob sie ihm Glauben schenkte oder nicht. Er sah das offenbar anders.

Erin zählte noch einmal die Fakten auf und benutzte im Dunkeln ihre Finger dazu.

Er hatte Susan im Internet kennengelernt.

Sie hatten sich, auf wessen Initiative auch immer, verabredet.

Susan war zu diesem Treffen gegangen, zumindest hatte sie das Haus dazu verlassen.

O'Keefe traf in dem Café, in dem sie sich verabredet hatten, ein und trank einen Kaffee.

Er verließ das Café wieder, bevor sie kam.

Gerade der letzte Punkt ergab für Erin keinen Sinn. Er hatte bis zum Besuch der Polizei angeblich nicht Susans Alter gekannt und sie bis dahin für eine Erwachsene gehalten. Warum ging er dann vor der vereinbarten Zeit wieder? Für Erin gab es dafür nur eine Erklärung: Er musste sie gesehen und die Lüge über ihr Alter erkannt haben. Das stritt er aber ab und behauptete, sie gar nicht gesehen zu haben. Aber selbst wenn ihre Theorie stimmte, bewies das nur, dass er aufgrund ihres Alters Abstand zu ihr nehmen wollte. Was absolut für ihn sprach!

Sie spürte, sie würde keine Ruhe finden. Also stand sie auf, ging in die Küche und nahm sich eine Flasche Mineralwasser aus dem Kühlschrank. Eigentlich müsste sie sich heiße Milch oder Kakao machen, aber mit dem Herd war ihr das zu mühsam. Eine Mikrowelle besaß sie nicht, die die Prozedur hätte beschleunigen können.

Die Flasche in der Hand nahm sie am Küchentisch Platz. Dort lag noch die Tageszeitung, die sie über den Tag nicht interessiert hatte. Momentan lebte sie wie in einem Kokon, von außen drang nicht viel zu ihr durch. Es interessierte sie einfach nicht. Dennoch zog sie die Zeitung zu sich heran, breitete sie aus und überflog die Titelzeilen der ersten Seite. Mit dem Inneren der

Zeitung verfuhr sie ebenso, kein Thema konnte ihre Aufmerksamkeit erregen. Erst bei den Anzeigen stutzte sie, durch Zufall fiel ihr Blick auf ein Inserat. Rhys hatte ihr Haus zum Verkauf angeboten.

Wütend schlug sie mit der Hand auf den Tisch, bereute es aber sogleich. Nicht nur, weil ihre Handfläche schmerzte, sondern auch, weil sie vielleicht Finn dadurch wieder ge-weckt hatte. Atemlos lauschte sie, aber es blieb alles ruhig. Sie nahm noch einen Schluck aus der Flasche und lehnte sich auf ihrem Stuhl zurück. Wie konnte der Mistkerl es wagen, das Haus ohne ihre Zustimmung einfach zu verkaufen? Es gehörte auch ihr, sie hatte zwar wegen der Kinder immer nur stundenweise gearbeitet, aber sich ebenso dafür krummgelegt. Insbesondere, weil sie am Haushaltsgeld ständig hatte sparen müssen. Die Kinder mussten auf manches verzichten, von ihren eigenen Bedürfnissen erst gar nicht zu reden.

Erin wurde klar, dass ihre Schwester Recht hatte. Sie musste sich einen Anwalt nehmen, um die Trennung entsprechend der Regeln abzuwickeln. Andernfalls würde sie eine klare Verliererin sein.

Sie seufzte, erhob sich, stellte das Mineralwasser wieder in den Kühlschrank und tappte in ihr Zimmer. Gleich morgen würde sie Rebecca anrufen und sich jemanden empfehlen lassen, der ihre Interessen vertreten könnte.

Nachdem Finn das Haus verlassen hatte, setzte sie ihr Vorhaben in die Tat um. Rebecca als Frühaufsteherin hätte kein Problem damit, wenn sie so zeitig anrief. Sie nahm auch bereits nach dem vierten Klingeln ab, klang allerdings etwas undeutlich.

„Was ist denn mit dir los?" fragte Erin verwundert.

„Ich in grade eim Schähnebutschen" versuchte sie sich verständlich zu machen.

„Ich melde mich in ein paar Minuten wieder."

Das wurde nicht nötig, denn Rebecca selbst rief zurück. Der morgendliche Anruf um diese Zeit hatte sie nervös gemacht und sie brannte darauf zu erfahren, was der Anlass dafür war. Erin kam gleich zum Punkt und erzählte, dass Rhys das Reihenhaus zum Verkauf inseriert hatte.

„Das kann er doch nicht einfach machen hinter meinem Rücken", ereiferte sie sich.

„Nein", bestätigte Rebecca. „Ich suche dir einen Rechtsbeistand raus, der sich darum kümmern wird. Auch um die spätere Scheidung. Aber das mache ich dann im Büro und melde mich später noch mal."

Erin spürte, dass Rebecca nicht besonders gut aufgelegt war. Natürlich fragte sie nach, aber ihre Schwester wiegelte ab.

„Kevin und ich hatten gestern einen kleinen Streit und das macht mich immer fertig. Ich hasse Unstimmigkeiten zwischen uns. Das legt sich aber heute wieder, ist immer so. Bei uns dauert so was nie lange."

Nun konnte sie das Lächeln Rebeccas durch das Telefon hören.

„Ganz sicher harmlos?"

„Mehr als sicher. Um mich und Kevin brauchst du dir keine Sorgen zu machen. Ich muss mich jetzt aber sputen. Bis später, Süße!"

Bevor Erin noch etwas erwidern konnte, war die Verbindung unterbrochen. Sie ahnte, dass der Streit mit ihr in Zusammenhang gestanden hatte. Aber sie kannte die beiden auch gut genug um zu wissen, dass sie sich gern heftig fetzten, dies aber nie wirklich ernsthafte Folgen hatte.

Daniel überlegte indessen, wie er den Tag herumbekommen sollte. Er konnte nicht schon wieder bei Charlie oder Jack aufkreuzen, denn ihm war bewusst, dass man alles überstrapazieren konnte. Das wollte er keinesfalls. Aber Erin ging ihm nicht mehr aus dem Kopf. Sollte er noch einmal versuchen, mit ihr ins Gespräch zu kommen? Doch was würde es ihm bringen? Dass er ihre Anwesenheit genießen konnte, schoss es ihm in den Sinn. Ob er wollte oder nicht, er musste sich selbst eingestehen, dass er sich bei den beiden kurzen Begegnungen ein wenig in sie verschossen hatte. Wie bekloppt war er eigentlich? Erstens kannte er sie überhaupt nicht und zweitens war sie die Mutter des Mädchens, für dessen Verschwinden er verantwortlich gemacht wurde. Auch von ihr. Ein drittens gab es außerdem: Sie war deutlich älter als er. Er rief sich ihr Aussehen ins Gedächtnis. Wieviel Jahre mochte der Unterschied wohl betragen? Er konnte es beim besten Willen nicht einschätzen. Aber ein paar Jahre würden es nach seinem Gefühl schon sein. War das ein Hindernis? Nein!

Er schwankte immer wieder, ob er gehen sollte oder nicht. Schließlich entschied er sich dafür. Selbst unwissend darüber, was er erwartete, machte er sich auf den Weg. Und zögerte keinen Augenblick, als er vor ihrer Tür stand.

Erin öffnete ihm wieder und wirkte sogar auf ihn, der sie nicht kannte, übernächtigt. Mitleid schwoll in ihm an. Wie mochte es sein, wenn das Schicksal des eigenen Kindes derart im Ungewissen lag? Jetzt doch verlegen, trat er mit gesenktem Kopf von einen Fuß auf den anderen.

„Was wollen Sie denn schon wieder?" fragte sie erstaunt.

So ganz genau wusste er das auch nicht und bemerkte selbst, dass er wie ein Pferd mit den Hufen scharrte. So langsam musste er reagieren, sonst würde sie ihm die Tür vor der Nase zuschlagen. Also hob er den Kopf und sah ihr geradewegs in die Augen.

„Ich möchte mich nur erkundigen, wie es Ihnen geht und dachte, ich gebe Ihnen vielleicht meine Handynummer. Nur so für alle Fälle, falls Sie Fragen an mich haben. Den Chat betreffend zum Beispiel. Oder sonstiges."

Er ärgerte sich über sein Stammeln, aber das war nicht zu ändern. Wenn er vor ihr stand, konnte er keinen klaren Gedanken fassen. Erin sah ihn entsprechend verständnislos an.

„Was sollte ich Sie fragen wollen?"

„Im Moment vielleicht nichts, aber es kann ja sein, dass Sie später mal das Bedürfnis haben. Wenn Sie mir Zettel und Stift geben, notiere ich eben schnell meine Nummer."

Erin überlegte kurz und beschloss dann, seiner Bitte nachzukommen. Sie argwöhnte, ihn damit am ehesten wieder loszuwerden. Mit einer Geste ihrer Hand gab sie ihm zu verstehen, dass er kurz warten solle.

Daniel wandte sich halb vom Eingang ab und sah sich angelegentlich die Umgebung an, bis sie mit dem Ge-wünschten zurückkam. Er schrieb seine Nummer auf und reichte ihr die Utensilien zurück. Eine peinliche Stille entstand, bis er sich zum Rückzug entschloss.

„Ich wünsche Ihnen dann noch den Umständen entsprechend einen schönen Tag. Vielleicht können wir mal zusammen einen Kaffee trinken, wenn das alles geklärt ist."

Völlig perplex über seine eigenen Worte ergriff Daniel die Flucht. War er denn von allen guten Geistern verlassen? Die Verabredung mit Susan hatte in einem Café stattgefunden und er sprach bei seiner Mutter eine ähnliche Einladung aus? Wie bescheuert konnte man sein?

Mal wieder wütend über sich selbst stapfte er zurück nach Hause. Dort warf er seine Jacke auf das noch ungemachte Bett und begann in der Küche, etwas zu essen vorzubereiten. Sehr lautstark. Seine Aktivitäten dröhnten derartig in seinen Ohren, dass er sich selbst zur Ordnung rief. Mittlerweile war er sich darüber klar, dass diese ganze Unternehmung eben nichts gebracht hatte. Erin würde seine Telefonnummer einfach wegwerfen und weiter glauben, er wäre ein Verbrecher. Ob er wütender auf sich oder Susan sein sollte oder auch den Unbekannten, der vermutlich an ihrem Verschwinden Schuld hatte, fand er nicht heraus. Fakt war aber, er musste sich irgendwie beschäftigen und aus dem Haus, sonst würde er verrückt werden.

So verließ er nach seiner einfachen Mahlzeit wieder die Wohnung und wanderte in den Straßen herum. Im St. Stephen's Green Park machte er halt, setzte sich auf eine einsame Bank und holte sein Handy heraus. Mit irgend-jemandem musste er jetzt reden und da er Charlie und Jack eine Ruhepause vor seiner Anwesenheit verschaffen wollte, wählte er die Nummer seines Vaters. Erzeugers, verbesserte er sich im Stillen.

Robert Fitzpatrick nahm schnell ab und klang gehetzt.

„Störe ich gerade?" erkundigte sich Daniel vorsichtshalber.

„Ich bin bei der Arbeit", erklärte Robert. „Aber warte kurz, ich melde mich hier ab. Meine Pause ist sowieso dran."

Eine Weile wurde es still in der Leitung, dann erklang seine Stimme wieder.

„So", meinte er etwas ruhiger. „Wie geht es dir, mein Junge?"

Daniel war überrascht über diese Anrede, empfand sie aber durchaus als angenehm.

„Ganz gut soweit. Ich dachte, ich frage mal nach, ob du deiner Familie schon was erzählen konntest. Ich würde sie wirklich alle gern mal kennenlernen, wenn sie dazu bereit sind."

Robert seufzte. Das gestaltete sich nicht so einfach, wie Daniel offenbar dachte.

„Bisher hat sich noch nicht der richtige Moment ergeben und ich befürchte, das wird auch noch einige Zeit dauern. Meine Frau ist, sagen wir mal, ziemlich eifersüchtig. Da ist es ihr egal, ob die Geschichte mit Alice gestern oder vor über dreißig Jahren war, als wir uns noch gar nicht kannten."

Daniel konnte eine solche Einstellung nicht nachvollziehen, begriff jedoch, dass Robert deshalb sehr sorgsam vorgehen musste.

„Kein Problem. Wenn du mit ihr und deinen Kindern gesprochen hast, sagst du mir einfach Bescheid. Auch, ob sie zu einem Treffen bereit wären. Hast du was zu schreiben? Dann gebe ich dir mal eben meine Nummer."

Nachdem er diese heruntergerasselt hatte, spürte er, dass ihnen mit Beendigung dieses Themas bereits der Gesprächsstoff ausging. Am Telefon konnte man sich nicht mal eben so Einzelheiten aus dem vergangenen Leben erzählen, um die Fremdartigkeit aufzulösen. Das merkte er gerade ganz deutlich.

Robert schien ähnlich zu empfinden, denn er versuchte, das Gespräch zu beenden.

„Daniel, ich muss gleich wieder los. Meine Pause ist nicht lang und ich wollte noch schnell eine Kleinigkeit essen. Bis zum Feierabend und dem Abendessen dauert es ja noch eine Weile. Ich habe mich gefreut, dass du angerufen hast. Und sowie sich hier was getan hat, melde ich mich. Versprochen! Es wäre wirklich toll, wenn ihr euch alle kennenlernen würdet."

„Ja", bestätigte Daniel. „Dann bis bald und lass dir den Tag nicht mehr so lang werden."

Beim Auflegen sah er auf die Uhr des Handys, lediglich ein paar Minuten hatte er mit dem Telefonat schinden können. Gerade wollte er es in die Hosentasche stecken, als es klingelte. Auf dem Display erschien Charlies Name.

Mit einer ruckartigen Bewegung drückte Daniel auf den grünen Hörer und hielt es wieder ans Ohr.

„Hallo Charlie! Alles gut bei dir?"

„Na klar", lachte sie. „Und bei dir auch bald wieder, wenigstens halbwegs. Scott möchte, dass du zu ihm in die Firma kommst, am besten noch heute. Er hatte deine Nummer nicht, sonst hätte er dir selbst Bescheid gesagt."

Daniel traute seinen Ohren nicht.

„Du meinst, er hat einen Job für mich?" hakte er ungläubig nach.

Charlie kicherte ausgelassen.

„Natürlich, was wohl sonst?"

Sie gab ihm die Adresse durch und versicherte Daniel, dass er keinen Umweg in seine Wohnung machen müsste, um sich in Schale zu werfen.

„Scott kennt dich doch in Alltagsklamotten, warum solltest du dich ausgerechnet jetzt umziehen? Also, mach dich auf die Socken!"

Das brauchte sie ihm nicht zweimal sagen. Daniel legte auf und würgte Charlie damit ab, was ihm völlig gleichgültig war. Noch während er das Handy in die Tasche schob, verfiel er in einen Laufschritt. Doch dieses Tempo bereute er, als er an dem Gebäude ankam, in dem sich Scotts Büro befand. Das Gesicht vor Anstrengung gerötet, lief ihm der Schweiß über den Rücken. Atemlos trat er in den kleinen, fast quadratischen Raum. Seine Umgebung nahm er nicht wahr, nur die ältliche Dame mit praktischem Kurzhaarschnitt hinter dem Schreibtisch, die ihn fragend ansah.

„Ich möchte zu Scott Masters. Er hat mich telefonisch herbestellt."

Freundliche Augen blickten ihn an.

„Dann sind Sie sicher sein Neffe, Mr O'Keefe?"

Erfreut nickte Daniel aufgrund der Tatsache, dass Scott sogar mit ihrem verwandtschaftlichen Verhältnis offen umging.

Sie beschrieb ihm den Weg zu Scotts Büro, dem er durch einen langen Flur mit praktischen Steinfliesen folgte. Seine Turnschuhe hinterließen nur ab und zu ein leises Quietschen, bis er an die angegebene Tür klopfte. Dahinter forderte ihn Scotts sonorer Bariton zum Eintreten auf.

Neugierig öffnete Daniel die Tür und trat ein. Der Raum war nicht vergleichbar mit der Residenz von Mr McFlaherty, bemerkte er sofort. Aber dieses Büro strahlte sehr viel mehr Menschlichkeit und Wärme aus. Scotts Schreibtisch war nicht so aufgeräumt und wies eindeutig einen daran arbeitenden Menschen aus. Dieser schaute jedoch nicht auf, sondern sagte mit nach unten geneigtem Kopf: „Setz dich, Daniel. Ich bin gleich soweit."

Er tippte noch einige Minuten auf der Tastatur seines Computers, lehnte sich dann zurück und sah seinen angeheirateten Neffen belustigt an.

„Kann es sein, dass du es sehr eilig hattest, herzukommen?"

Zu dem Rot durch den Fußmarsch gesellte sich nun eins der Beschämung in Daniels Gesicht. Scott lachte lauthals.

„Du bist mir so einer! Ich hätte den Job auch nicht jemand anderem gegeben, wenn du erst in einer halben Stunde oder später gekommen wärst", versicherte er.

„Sorry", murmelte Daniel. „Mich hat es einfach nicht gehalten, als Charlie anrief."

Scott nickte, genau das hatte er auch von Daniel erwartet. Als seine Frau versprochen hatte, Daniel zu informieren, hatte er gewusst, dass sein Neffe auf seinem Weg zu ihm keine Sekunde mehr als unbedingt notwendig verstreichen lassen würde.

„Daniel, es ist nicht so toll wie in der Wachfirma, wo du vorher gearbeitet hast. Eher ähnlich wie im Straßenbau."

„Das macht überhaupt nichts", beeilte sich Daniel zu versichern. „Ich habe kein Problem mit körperlicher Arbeit. Den Wachposten habe ich angenommen, weil er sich gerade bot, nicht, weil ich was Bequemeres gesucht habe."

„Das weiß ich doch. Ich wollte es nur vorausschicken. Ich brauche jemanden für die Grundstück- und Gartengestaltung. Aufräumarbeiten, baggern, planieren, pflastern oder auch mal was pflanzen. Bis auf letzteres sind das ja Arbeiten, mit denen du dich schon recht gut aus-kennst, oder?"

Daniels Gesicht glühte nun vor Eifer.

„Ja, das haben wir im Straßenbau ständig gemacht. Ich kann auch Raupe fahren und so was. Und Blumen und Bäume kriege ich mit Sicherheit auch in die Erde, wenn mir jemand sagt, wie und wohin."

Scott lächelte ihm zu.

„Das denke ich mir. Scheint also, als ob wir sogar was Passendes für dich gefunden haben und nicht nur eine Not-lösung. Wenn du magst, kannst du am Montag anfangen."

Unsicher rang Daniel die Hände. Warum erst Montag?

„Geht es nicht auch gleich morgen?" platzte er heraus.

Scott hob verwundert die Augenbrauen.

„Willst du nicht vorher erst noch ein paar Tage freimachen und dich an den Gedanken gewöhnen?"

Entschlossen schüttelte Daniel den Kopf.

„Nein, ich möchte lieber so schnell wie möglich wieder arbeiten. Und es hört sich so klasse an, dass ich mich wirklich drauf freue."

Nachdenklich sah ihn sein Onkel an. In der Mimik seines Gegenübers konnte er lesen wie in einem offenen Buch und selten hatte er so eine Begeisterung bei jemandem gesehen.

„In Ordnung, dann morgen früh. Geh vorn zu Kate und gib ihr deine Kleidergrößen. Sie wird dir Arbeitskleidung geben. Wir haben hier firmeneigene mit unserem Logo, weil wir direkt bei den Kunden arbeiten. Ich hole dich morgen früh um acht Uhr ab und bringe dich dann zu deinem ersten Arbeitsbereich. Da wirst du auch einige von deinen Kollegen kennenlernen."

Daniel nickte. Aber eine Sache rumorte noch in seinem Kopf. „Wissen die, dass wir miteinander verwandt sind? Ich meine, nicht, dass die mich dann anders behandeln wie andere... Ich möchte keine Extrawurst bei der Arbeit."

„Wenn du es nicht möchtest, sage ich ihnen das morgen nicht. Dass ich dich bringe, wird sie nicht irritieren. Das mache ich immer, wenn jemand neu anfängt. Sag aber Kate gleich Bescheid, dass sie dichthält", zwinkerte Scott ihm zu.

„Mache ich", erwiderte Daniel schon im Aufstehen. Entgegen seiner sonstigen Schüchternheit trat er spontan um den Schreibtisch herum und reichte Scott die Hand.

„Ihr wisst gar nicht, wie sehr ihr mir helft. Danke dafür!"

Scott spürte sehr genau, wie tief aus Daniels Herzen dieser Dank kam.

Wieder bei Kate, brachte er als Allererstes sein Anliegen vor, über die Verwandtschaft mit Scott nichts verlauten zu lassen. Sie versicherte ihm, zu schweigen wie ein Grab und begab sich dann in einen angrenzenden Raum, um seine Arbeitskleidung zu holen. Diese Zeit nutzte Daniel, um sich einige Faltprospekte in die Innentasche seiner Jacke zu stecken, die neben dem Schreibtisch an der Wand in einer Halterung angeboten wurden. Er zog soeben den Reiß-verschluss zu, als sie zurückkam. Hose, T-Shirt, Sweatshirt und Jacke stapelten sich auf ihrem Arm, alles in zweifacher Ausfertigung. Obenauf thronte ein Karton mit Sicherheitsschuhen. Suchend schaute sie sich um.

„Irgendwo muss ich doch noch eine Tüte haben", murmelte sie. „Oder sind Sie mit dem Auto da?" fragte sie ihn lauter.

Er schüttelte bedauernd den Kopf. „Leider nein."

„Wir finden schon was. Sie können ja mit diesem Berg schlecht durch halb Dublin laufen oder mit dem Bus fahren."

Mit einem dumpfen Laut ließ sie die Kleidung auf ihren Tisch fallen und zog mehrere Schubladen auf. Triumphierend hielt sie bald darauf eine riesige Tasche in die Höhe. Rasch schob sie Daniels neue Habseligkeiten hinein, so gut es ging. Das Volumen der Kleidung harmonierte nicht ganz so mit dem Behältnis, in das sie hinein sollte. Zum Schluss blieben Daniel nur die oberen Zipfel der Griffe, in die er seine Finger zwängen konnte. Er bedankte sich bei Kate und stolzierte wie ein Gockel aus der Tür.

Zuhause breitete er die Mitbringsel auf dem noch immer ungemachten Bett aus und probierte sie der Reihe nach an. Entweder hatte er ein wenig abgenommen oder die Sachen fielen größer aus. Auf jeden Fall war alles etwas weiter und schlabberte leicht um seinen Körper. Das wäre aber kein Problem, so hatte er wenigstens ausreichend Bewegungsfreiheit. Für die Hose gab es schließlich Gürtel. Sofort öffnete er seinen Kleiderschrank, um nach einem zu suchen und wurde schnell fündig. Bei der Übersichtlichkeit des Schrankinhalts ging nichts verloren, dachte er selbstironisch. Er fädelte ihn in die Schlaufen der Hose ein und legte sich für den nächsten Morgen seine Ausstattung zurecht.

Immer noch aufgeregt wählte er Charlies Nummer.

„Er hat mich eingestellt, ich kann morgen schon anfangen!" sabbelte er direkt drauflos. Das löste einen Lachanfall bei seiner Tante aus.

Verwundert fragte er: „Was hast du?"

Als sie sich wieder beruhigt hatte, gab sie ihm eine Erklärung.

„Natürlich hat er dich eingestellt. Warum sonst solltest du wohl hinkommen, du Schaf?" Es gluckste erneut verräterisch in ihrer Kehle.

Daniel druckste etwas herum, bevor er einen deutlichen Satz formulieren konnte.

„Ich dachte, vielleicht will er sich erst mal mit mir unterhalten. So wie bei einem Vorstellungsgespräch."

„Wozu hätte er das tun sollen?" bemerkte sie ganz richtig. „Er hat sich schon so oft mit dir unterhalten, was Neues kannst du ihm ohnehin nicht mehr erzählen."

Daniel erkannte, dass sie Recht hatte und schlug sich innerlich mal wieder für seine Unüberlegtheit vor den Kopf.

Charlie war indes bereits mit praktischeren Dingen beschäftigt.

„Ich würde vorschlagen, du gehst noch einkaufen, damit du morgen Verpflegung mitnehmen kannst. Falls du nicht noch genug da hast. Und dann kannst du ja am Wochenende zum Mittagessen kommen und uns erzählen, wie es dir so gefällt. Was hältst du davon?"

„Sehr viel, Charlie. Wir telefonieren dann noch mal wegen dem Wochenende, ja?"

„Das machen wir!"

Daniel breitete die Arme aus und drehte sich im Kreis. Sollte seine Pechsträhne wieder zu Ende sein? Nun fehlte nur noch, dass Susan wieder auftauchte, dann wäre alles perfekt. Nein, vielleicht nicht perfekt, aber zumindest wäre er wieder am Ausgangspunkt angelangt, an dem er sich Anfang September bereits befunden hatte.

Er ging in den kleinen Flur und zog die Prospekte aus der Innentasche seiner Jacke. Auf dem Küchentisch legte er sie auf einen Stapel, setzte sich und sah sich eins nach dem anderen an.

Nun wusste er, was Scott beruflich machte. Er unterhielt einen Gartenbaubetrieb.

Kapitel 23

In seinem Auto sitzend glaubte O'Neill, seinen Ohren nicht zu trauen. Sein Gesprächspartner teilte ihm doch tatsächlich gerade mit, dass eine Frau gefunden worden war, die Susan an besagtem Sonntag in Begleitung eines Mannes gesehen hatte. Sein Blutdruck dankte es nicht, als er daraufhin in die Luft ging.

„Warum habt ihr diese Frau erst jetzt gefunden? Ihr solltet doch die ganze Gegend abklappern!"

„Weil sie an dem Montag ins Krankenhaus musste, anschließend in Kurzzeitpflege und gestern erst entlassen wurde. Wir haben sie vorher nie angetroffen und kein Nach-bar wusste etwas über ihren Verbleib", erklärte sein Kollege.

„Ach so", murmelte O'Neill kleinlaut. Das konnte wirklich nicht wahr sein! Wochenlang liefen sie Zeugen hinterher, die es nicht gab. Drehten einen Stein nach dem anderen um, sofern sie welche fanden. Wendeten und kippten Daniels Aussage in sämtliche Richtungen. Kein Fortkommen bei den Ermittlungen. Und nun kam einfach eine Frau daher, die möglicherweise die Information hatte, die sie so dringend brauchten. Im Stillen beglückwünschte er sich für seine Anweisung, alle Wohnungen zum jetzigen Zeitpunkt nochmals aufsuchen zu lassen, bei denen sie bislang vergeblich geklingelt hatten.

Er ließ sich Namen und Adresse durchgeben, um die Sache selbst in die Hand zu nehmen.

Es öffnete ihm eine gebrechliche Frau Ende fünfzig. Ihr Anblick ließ erahnen, dass sie gesundheitlich nicht ganz auf dem Damm zu sein schien. Die Haut wirkte durchsichtig, die Lippen bläulich verfärbt und sie bewegte sich kraftlos. O'Neill zeigte seinen Ausweis vor und wurde hereingebeten. In dem vollgestopften Wohnzimmer nahm er vorsichtig in einem grazilen Sesselchen Platz. Zuvor hatte er sich mit einem Blick aus dem Fenster vergewissert, dass die Aussicht entsprechend der Aussage sein würde. Die Zeugin wohnte Parterre, was vorteilhaft für Beobachtungen war. Zudem trug sie keine Brille, was O'Neill dazu veranlasste, von einer guten Sehfähigkeit auszugehen.

Behutsam erfragte er, was sie gesehen hatte und zeigte ihr erneut das Foto von Susan.

„Sie trug an dem Sonntag eine rote Jacke", fügte er hinzu.

„Ich habe wie so oft aus dem Fenster gesehen", erzählte sie. „Ich lebe allein und da sind die Menschen, die hier so vorbeigehen, ein schöner Zeitvertreib. Das Mädchen ging an dem Sonntagnachmittag auch hier vorbei. Ich weiß das deshalb noch so genau, weil ich am nächsten Tag ins Krankenhaus musste. Das Herz, wissen Sie…"

Sie machte eine kurze Pause und der Beamte brachte sein Bedauern sowie Genesungswünsche zum Ausdruck.

„Als mir Ihr Kollege das Foto gezeigt hat, habe ich sie sofort erkannt. Ich habe ein gutes Gedächtnis für Gesichter und die rote Jacke war sehr auffällig. So knallig rot. Bei ihr war ein viel älterer Mann. Sie blieben ein Stück links von meinem Fenster stehen und unterhielten sich angeregt, stritten schon fast. So konnte ich beide eine ganze Weile beobachten."

Bessere Voraussetzungen gab es wohl kaum! Er zog ein Foto von Daniel aus der Innentasche seiner Jacke und reichte es ihr. Sie nahm es, inspizierte es sehr genau, schüttelte dann aber den Kopf.

„Der war es nicht, wenn Sie das meinen. Den habe ich einige Zeit vorher gesehen, glaube ich. Er kam aus dem Café gegenüber und ging die Straße hinunter."

Im Stillen dankte der Beamte dem Himmel für die Beobachtungsgabe und das Gedächtnis dieser Frau. Auch wenn er jetzt das Problem hatte, Daniel fast völlig als Ver-dächtigen ausschließen zu müssen – er ahnte, dass sie nun ein gutes Stück vorwärts kommen würden.

„Mit diesem Mann haben Sie das Mädchen gar nicht gesehen?"

„Nein, der war ja schon weg, als sie hier auftauchte. Bei ihr war ein anderer Mann. Beide gingen dann nach einer Weile weiter in Richtung der Kreuzung."

„Also entgegengesetzt der Richtung, die der Mann hier auf dem Foto nahm?" präzisierte O'Neill.

„Genau", bestätigte sie.

„Konnten Sie verstehen, was gesprochen wurde?"

Bedauernd schüttelte sie den Kopf.

„Sie haben leise geredet, aber trotzdem hatte ich den Eindruck, dass es manchmal etwas hitzig wurde."

Er überlegte kurz.

„Könnten Sie sich vorstellen, mit einem meiner Kollegen ein Bild des Mannes zu erstellen, der mit ihr gesprochen hat? Haben sie ihn deutlich genug gesehen?"

Ihre Augen blitzten auf.

„Sie meinen ein Phantombild wie im Fernsehen? Natürlich, ich habe die beiden ja eine ganze Zeit lang beobachtet."

O'Neill nickte und steckte die Fotos wieder ein. Er würde am Nachmittag einen Wagen schicken, um die Zeugin abholen zu lassen. Zuvor würde sie sich noch etwas hinlegen, damit sich die Prozedur nicht zu anstrengend für sie gestaltete.

Ihre detaillierten Beschreibungen machten es dem Beamten, der mit ihr vor dem Computer saß, leicht. Sie wusste ganz genau, wie sie eine Kleinigkeit geändert haben wollte und so entstand schnell ein Bild, das O'Neill schockierte. Damit hatte er nicht gerechnet!

Daniel hatte von dieser Entwicklung keine Ahnung. Er versuchte krampfhaft, sich die Namen seiner neuen Kollegen zu merken. Fünf waren es an der Zahl, außer ihm, die auf diesem Grundstück außerhalb Dublins arbeiteten. Bereits als er mit Scott am Morgen eingetroffen war, weiteten sich seine Augen staunend. Tante und Onkel besaßen schon ein Haus, das Daniel bewunderte und seiner Meinung nach den oberen Zehntausend zugerechnet werden musste. Aber dieser Kasten hier war der Wahnsinn! Ein riesiger Bungalow, weit zurückgesetzt von der Straße mit einem parkähnlichen Garten. Wobei dieser Eindruck mit Hilfe von Scotts Firma erst noch vervollständigt werden sollte. Einige alte Bäume standen noch dort und er vermutete, dass diese in die Planung des Gartens einbezogen worden waren. Er selbst fände es sehr schade, wenn sie gefällt werden würden. Alles war durch einen hohen Zaun eingefriedet, der noch durch Grünpflanzen verschönert werden sollte. Daniel hatte einen kurzen Blick auf die Pläne werfen können, als Scott ihm das zukünftige Aussehen erklärte. Wie es im Endeffekt wirken würde, dafür reichte jedoch seine Fantasie nicht aus. Das erzeugte bei ihm aber nur Spannung auf das endgültige Ergebnis.

Jeder arbeitete an der ihm zugewiesenen Aufgabe, vier Männer und eine Frau. Ihre Anwesenheit überraschte Daniel, denn eine weibliche Angestellte hatte er nicht erwartet. Nicht bei diesen manchmal doch sehr schweren Arbeiten. Sie hielt sich jedoch gut, soweit er das beurteilen konnte. Trotz der stämmigen Figur war sie nicht allzu groß, hatte aber Kraft. Hin und wieder warf er ihr einen schrägen Blick zu, während er Steine aus dem Boden sammelte.

Plötzlich richtete sie sich auf und kam auf ihn zu. Daniel rutschte das Herz in die Hose. Immer, wenn sich jemand an ihn wandte, suchte er sofort nach einem Fehler, den er gemacht haben könnte. Vorsichtig sah er ihr entgegen, aber als er ihr freundliches Lächeln erkannte, entspannte er sich wieder. Wie hieß sie noch gleich?

„Wie sieht es aus, kommst du gut klar?" fragte sie.

Er richtete sich auf und streckte kurz den Rücken, nickte dann.

„Ja, ich bin ein Mensch, der was um die Finger haben muss. Ist erst mal wieder etwas ungewohnt und gibt Muskelkater, aber das legt sich in ein paar Tagen."

„Das stimmt", bestätigte sie. „Als ich angefangen habe, konnte ich drei Tage nicht aufrecht gehen." Ihr Lachen klang hell und fröhlich.

„Und jetzt?" bohrte er nach.

„Och, jetzt ist das kein Problem mehr. Wobei man natürlich immer mal Tage hat, die anstrengend sind."

Daniel bückte sich wieder und arbeitete weiter. Von unten herauf warf er ihr zu: „Wie ist denn das Arbeiten hier so? In der Firma, meine ich."

Sie griff an ihren Hinterkopf, um den Gummireif um den dunklen Pferdeschwanz festzuziehen. Dann hob sie das hübsche, braungebrannte Gesicht in die Herbstsonne und blinzelte.

„Ganz okay. Die Bezahlung stimmt und wir haben alles, was wir brauchen, damit die Arbeit so gut wie möglich von der Hand geht. Da ist der Boss nicht knauserig. Aber er verlangt halt auch, dass man dafür gute Ergebnisse abliefert."

„Hey ihr beiden! Könnt ihr mal eben mit anpacken?" rief ein hochgewachsener, schlaksiger Kollege aus der anderen Ecke des Gartens.

Sie beendeten ihre kleine Plauderei und gingen zu ihm, um mit ihm gemeinsam einen kompletten Busch aus dem Erdreich zu befördern.

„Warum holst du dir nicht den Bagger?" erkundigte sie sich.

„Bis wir den hierher gebracht haben, ist das Ding zu dritt schon längst raus", begründete er seinen Entschluss.

Sie packten alle an und mit vereinten Kräften hatte das Grünzeug keine Chance. Der schon ältere Mann salutierte zum Dank scherzhaft und alle begaben sich wieder an ihre angestammten Plätze. Daniel zermarterte sich das Hirn nach dem Namen der jungen Frau, aber er wollte ihm nicht einfallen. So stellte er seine Ohren auf Empfang, um hin und wieder eine Anrede aufzuschnappen.

Ganz auf seine Aufgabe und die Wortfetzen der anderen konzentriert, bekam er nicht mit, als die Hausherrin in den Garten trat. Erst als ein lauter Pfiff mit seinem Namen ertönte, sah er hoch und registrierte, dass er zu den Kollegen kommen sollte. Diese hatten sich auf der bislang nur festgestampften Terrasse eingefunden und umringten ein Tablett mit Kaffee nebst Keksen. Ein kleiner Obolus der Auftraggeberin teilte man ihm mit. Schüchtern bediente er sich und lauschte der Unterhaltung.

„Tara, du kannst dann Daniel helfen mit den Steinen. Wenn ihr durch seid, können wir da schon mal planieren."

Diese Anordnung kam von dem Älteren, der sie zuvor um Hilfe gebeten hatte. Er fungierte als Vorarbeiter an dieser Baustelle.

Tara war ihr Name! Daniel speicherte ihn ab und beschwor sich, ihn nicht wieder zu vergessen. Zusammen gingen sie nach dem kleinen Imbiss zurück an die Stelle, an der er zuletzt gearbeitet hatte.

„Sind alle Kunden so nett und bringen was raus?" wollte er wissen.

Sie prustete entrüstet.

„Bei den Geldleuten ist das nicht üblich. Es ist komisch, aber normale Auftraggeber, die nicht so viel Kohle an den Füßen haben, sind großzügiger. Die stellen dir ein paar Flaschen Wasser hin oder auch Kannen mit Kaffee, manchmal einen Kuchen oder sogar belegte Brote. Aber die, die richtig Asche haben, behandeln einen meistens von oben herab. Die hier", sie wies mit dem Kopf auf das Haus, „ist eine echte Ausnahme." Der Unterschied von arm und reich, Daniel kannte ihn zur Genüge. Selbst immer am unteren Ende der Leiter angesiedelt, hatte er selten mit diesen Leuten zu tun gehabt. Aber wenn, hatte er die Überheblichkeit oft deutlich zu spüren bekommen. Verstohlen beobachtete er Tara, während sie weiter im Erdreich herumwühlten.

Zum Feierabend beschwor er Rücken und Beine, nicht ihren Dienst zu versagen. Nur von mäßigem Erfolg gekrönt und mehr humpelnd als gehend, erreichte er den Kastenwagen, der sie alle wieder nach Hause befördern sollte. Der Vorarbeiter saß am Steuer und Daniel ließ sich ächzend auf seinen Sitz fallen. Im Moment war es für ihn schleierhaft, wie er von Scotts Firma noch den Weg zu seiner Wohnung schaffen sollte. Aber damit würde er sich beschäftigen, wenn sie ankamen. Das erste Ziel wäre dann, das Auto nicht kriechend zu verlassen.

Bald erkannte er jedoch, dass er sich deshalb gar keine Sorgen machen brauchte. Stephen setzte den ersten von ihnen direkt vor der Haustür ab und fuhr dann weiter zur nächsten Adresse. Was soll's, dachte sich Daniel, dann sehen sie eben, wo ich wohne. Ihm war alles egal, Hauptsache, er kam noch irgendwie die Treppen zu seiner Wohnung hinauf und in die heiße Badewanne.

Die Frage Stephens nach seiner Adresse riss ihn aus seinen Gedanken und er nannte ihm Straße und Hausnummer. Dabei beobachtete er sehr genau dessen Gesichtsausdruck und stellte keine Regung fest. Auch bei Tara ließen sich keine Gedanken ablesen – weder positiv noch negativ. Sie stieg vor ihm aus und so erkannte er den Grund. Ihre Wohngegend war zwar etwas besser als seine, aber nicht viel.

Als Stephen vor seiner Haustür stoppte, stützte sich Daniel an der Karosserie hinter seinem Rücken und dem Sitz ab, um sich in eine stehende Position zu bringen. Ein leises Stöhnen entfuhr ihm.

„Keine Sorge", beruhigte ihn Stephen, „das wird in den nächsten Tagen besser. Ist ganz normal!"

Daniel nickte kläglich, bedankte sich für das Heimbringen, wünschte einen schönen Feierabend und humpelte aus dem Wagen. Mühsam zog er sich am Geländer die Treppen hinauf, schloss seine Wohnungstür auf und widerstand der Versuchung, sich sofort wieder hinzusetzen. Würde er das jetzt tun, käme er nicht wieder hoch!

Er überwand sich, ließ seine Tasche fallen, schleppte sich ins Badezimmer und begann in Zeitlupe, sich zu entkleiden. Zuvor hatte er bereits die Wasserhähne aufgedreht, damit er möglichst bald in die Wanne eintauchen konnte. Das war leichter gesagt als getan. Seine Glieder waren derart steif, dass er das erste Bein mit den Händen über den Wannen-rand heben musste. Als er sicher stand, wiederholte er diese Prozedur mit dem anderen, bevor er sich ins heiße Wasser sinken ließ. Aufstöhnend schloss er die Augen, als er endlich lag. Jeder Muskel seines Körpers schien ein Eigenleben zu entwickeln, das nicht mit seinen Bedürfnissen harmonierte.

Über eine Stunde blieb er dort liegen und füllte immer wieder heißes Wasser nach. Dann signalisierte ihm sein Magen, Nahrung zu brauchen und knurrte vernehmlich. Vorsichtig bewegte Daniel nacheinander seine Beine, richtete sich zum Sitzen auf. Es schien wieder einigermaßen zu funktionieren. Er stieg langsam aus der Wanne, rubbelte sich mit einem Duschtuch ab und fand nur noch die Energie, sich den alten, verschlissenen Bademantel überzuwerfen. So schlappte er in die Küche und entschied sich für ein paar belegte Brote, zu mehr befand er sich nicht mehr für fähig.

Zusammen mit den Broten ging er in sein Wohn- und Schlafzimmer, ließ sich dort auf das Bett fallen und schwor sich, dieses nicht mehr zu verlassen, bis am nächsten Morgen der Wecker klingeln würde.

Das klappte nur teilweise. Nachdem Daniel aufgegessen hatte, war er schnell eingeschlafen. Aber einige Stunden später musste er doch die Toilette aufsuchen. Resigniert merkte er, dass er sich noch immer nicht schmerzfrei bewe-gen konnte und Bedenken bezüglich des nächsten Arbeitstages holten ihn ein. Er beruhigte sich, indem er einfach annahm, nach weiteren Stunden Schlaf würde es viel besser sein.

Auch darin hatte er sich getäuscht. Zähneknirschend schlich er Stufe für Stufe die Treppe hinunter vor die Tür, wo Stephen ihn heute wieder einsammeln würde. Aufgeben war nicht seine Natur und diesen Tag würde er ebenfalls überstehen! Um sich abzulenken nahm er sich vor, am Abend erneut Robert anzurufen, während er müde in den Kleintransporter kletterte. Stephen bedachte ihn mit einem amüsierten Blick. Wenigstens war der Kerl pünktlich, obwohl er aussah, als hätte ihn ein Zug überrollt.

Sie fuhren die Wohnungen der Kollegen an, nach und nach tröpfelten sie in das Innere des Blechkastens. Daniel schlummerte immer wieder weg und erschrak, wenn jemand fröhlich „Guten Morgen!" rief. Die belustigten Mienen bekam er so nicht mit, sie hätten ihn auch nicht gestört. Die Truppe war gutmütig und alle kannten die ersten, harten Tage.

Tara tippte Daniel an die Schulter, als sie ihr Ziel erreicht hatten. Gerade als er aufstehen wollte, klingelte jedoch sein Handy. Hastig zog er es aus der Tasche und noch bevor er den Anrufer wegdrücken konnte, wedelte Stephen mit der Hand.

„Kannst ruhig rangehen. Solange es nur ab und zu und kurz ist, hat niemand was dagegen."

Dankbar drückte Daniel auf den grünen Hörer und nahm Roberts Anruf entgegen.

„Daniel, nur kurz: Ich habe mit meiner Familie gesprochen. Sie waren natürlich überrascht und ich glaube, auch ein wenig beleidigt. Weil wir alle bisher nichts von dir gewusst haben. Aber meine Frau und auch die Kinder", er stockte kurz und berichtigte sich dann. „Deine Halbgeschwister möchten gern, dass du uns besuchen kommst. Wollen wir noch mal telefonieren und dann ein Adventswochenende ausmachen?"

Daniel schluckte, so schnell kam er heute Morgen noch nicht mit. Besuchen? Adventswochenende? Robert? Frau? Halbgeschwister? Er ließ diese Informationen so gut es ging durch sein Gehirn rattern und formte sie zu einem Ganzen. Dann leuchtete sein rundes Gesicht auf.

„Natürlich, gerne! Ich bin gerade auf dem Weg zur Arbeit, wollen wir heute Abend telefonieren?"

„Ich rufe dich im Laufe des Abends von zuhause aus an. Bis dann, Daniel!"

Er legte auf und folgte den Kollegen auf die Baustelle. Merkwürdig, seine Muskeln funktionierten plötzlich sehr viel besser.

Während der Aufgabeverteilung schaute ihn Tara prüfend von der Seite an. Erst später wagte sie es, ihn auf das Telefonat anzusprechen.

„Eine gute Nachricht?"

306

Glücklich nickte Daniel und erzählte ihr in kurzen Worten, dass er kürzlich erst seinen Vater kennengelernt hatte.

„Das ist doch super", freute sie sich. „Dann hast du bald, wenn du dort warst, eine richtige Familie und ihr seid euch nähergekommen. Muss komisch sein, wenn man die nicht kennt."

Daniel zuckte gleichgültig die Schultern.

„Bis vor ein paar Monaten wusste ich ja noch nicht mal, dass meine Eltern nicht meine Eltern sind. Da habe ich auch nichts vermisst. Aber als ich es erfuhr, war ich schon neu-gierig. Mit meinem echten Vater jedenfalls scheine ich Glück zu haben."

Sie richtete sich auf und ihre grünen Augen bohrten sich in seine.

„Magst du heute nach Feierabend noch mit auf ein Guiness kommen? Oder was anderes? Ich würde wahnsinnig gern die ganze Geschichte hören."

Daniel wurde es mulmig zumute. Nicht, dass er ein Problem damit hatte, ihr alles im Detail zu erzählen. Aber das klang ein wenig nach einer Verabredung und in so etwas hatte er doch keine Übung! Forschend erwiderte er ihren Blick, der immer noch freundlich auf ihm lag.

„Klar", sagte er zu seiner eigenen Überraschung. „Vorausgesetzt, ich kann mich heute Nachmittag besser vom Fleck bewegen als gestern."

„Notfalls nehmen wir eine Schiebekarre mit, in die ich dich reinsetze", versprach sie.

Er schaffte es, einen Fuß vor den anderen zu setzen. Das ging sogar im Gegensatz zum Vortag schon erstaunlich gut. Sie ließen sich von Stephen vor einem Lokal absetzen, das Tara öfters besuchte und deshalb vorgeschlagen hatte. Daniel war alles recht. Es musste nur ein kühles Bier und eine bequeme Sitzgelegenheit geben.

Beides war gewährleistet und als sie mit ihrem Guiness an einem Tisch etwas abseits Platz genommen hatten, kam Tara gleich zur Sache.

„Nun erzähl mal von Anfang an. Möglichst angefangen bei deiner Kindheit", forderte sie ihn auf.

Er breitete sein ganzes Leben vor ihr aus. Ungeschminkt, mit allen Höhen und Tiefen. Selbst den Verdacht der Polizei und seine unglückliche Verabredung mit Susan kehrte er nicht unter den Teppich.

Tara zog die Augenbrauen hoch und vergewisserte sich: „Weiß der Chef das? Ich meine, da wir bei Kunden arbeiten, wäre das sicher besser. Du wärst dann abgesichert, damit du deinen Job nicht wieder verlierst, wenn es rauskommt."

In dieser Hinsicht konnte er sie beruhigen, denn Scott wusste schließlich Bescheid. Sein verwandtschaftliches Verhältnis zu ihm blieb das einzige, was er ihr verschwieg.

Tara stützte das Kinn in die Handfläche und sah Daniel nachdenklich an.

„Ist schon verrückt. Da schaffst du es, nach der Schule aus dieser Tretmühle rauszukommen. Kurze Zeit später fällst du ins Loch, weil deine Firma Pleite geht. Nach vielen Jahren kommt wieder ein Sprung nach oben, der kurz darauf durch so eine blöde Geschichte zunichte gemacht wird. Aber nun scheint die Kurve wieder nach oben zu zeigen." Sie grinste ihn an. „Das lässt doch hoffen!"

Verwundert starrte er sie an.

„Zweifelst du gar nicht, ob ich nicht doch was mit Susans Sache zu tun habe?"

Sie zuckte nur die Schultern.

„Warum sollte ich? Wenn du was zu verbergen hättest, würdest du es doch nicht erzählen. Jetzt könnte man sagen, du machst das, weil du darauf hoffst, dass ich genau deshalb denke, du warst es nicht. Um davon abzulenken, dass du es doch warst.

Aber so kompliziert denke ich nicht und außerdem glaube ich, ich habe eine ganz gute Menschen-kenntnis. Du bist keiner, der was Unrechtes macht. Sonst wäre dein Leben nicht so verlaufen."

Seine Anspannung löste sich, das klang so verdammt einfach.

„Jetzt erzähl mal was von dir."

Er erfuhr, dass sie ebenfalls mit zwei älteren Geschwistern aufgewachsen war. Ihre Eltern waren gutbürgerliche, arbeitsame Leute und die Verhältnisse konnte man durchaus als geordnet beschreiben. Abwertend würde man es wohl als Spießigkeit bezeichnen, nicht so Daniel. Für ihn klang es nach einer normalen, behüteten Kindheit. In der waren keine großen Sprünge möglich gewesen, aber ein geregeltes Familienleben. Nach ihrem Schulabschluss hatte Tara in einem Gartenbaubetrieb gelernt, sie liebte ihren Beruf. Wie Daniel hielt sie sich gern im Freien auf und scheute keine körperliche Arbeit. Für Scott arbeitete sie bereits seit mehreren Jahren, Daniel schätzte sie auf Ende zwanzig.

„Müsste ich von morgens bis abends in einem Büro sitzen – ich würde wahnsinnig werden", beendete sie den kurzen Überblick.

Sie hatten ausgetrunken und orderten noch zwei Gläser nach. Tara gab Daniel Einblicke in ihre Arbeit und berichtete von kleinen Anekdoten, die sie bei Kunden erlebt hatte. Ehe sie sich versahen, war es spät geworden.

Aus einer plötzlichen Eingebung heraus fragte Daniel: „Ich fahre im nächsten Frühjahr zu einer Hochzeit nach Affordshire. Es ist ein bisschen früh für die Frage, aber magst du mich vielleicht begleiten? Dann würde ich nicht immer allein in der Gegend rumstehen, die anderen kommen alle paarweise, die ich kenne. Nur als Seitendeckung", präzisierte er seine Absicht.

Zu spät zog er die Möglichkeit in Betracht, dass sie in festen Händen und damit nicht an einer Kurzreise mit ihm interessiert sein könnte. Aber sie überraschte ihn.

„Klingt gut, warum nicht? Es kann nie schaden, mal rauszukommen und einfach was anderes zu sehen. Das Kaff kenne ich nicht, also sehe ich mal was Neues. Können wir da irgendwo übernachten?"

„Es gibt da einen Pub, wo wir uns einmieten können. Ich war schon mal da, das Essen ist gut und die Zimmer gemütlich." Er verdiente wieder Geld und würde sich das einfach leisten. So käme er auch nicht in die Verlegenheit, Caro und Damian einen weiteren Übernachtungsgast aufzuzwingen. Schlimm genug, sie um Erlaubnis für eine Begleitung fragen zu müssen.

Völlig perplex registrierte Daniel ihre Zusage. Da hatte er sich was eingebrockt!

Beschwingt ging er nach Hause, als sie sich voneinander verabschiedet hatten. Nun hatte er es eilig, denn Robert konnte jeden Moment anrufen. Den hatte er mit Tara völlig vergessen.

Der Anruf kam, als er aus der Dusche stieg. Schnell warf er sich sein Duschtuch über und stürzte zum Handy.

„Hallo Robert! Schön, dass du wieder anrufst."

„Hallo Daniel! Wir haben uns überlegt, ein Adventswochenende wäre doch toll für deinen Besuch. Wie wäre es Samstag in drei Wochen?"

„In drei Wochen wäre perfekt", bestätigte Daniel strahlend.

Im Geiste notierte er sich den Termin. So langsam musste er seine Verabredungen im Kalender eintragen, um sie nicht zu vergessen, stellte er erstaunt fest.

„Wie kommst du dann her, mit dem Bus oder hast du ein Auto?" erkundigte sich Robert.

„Ich habe zwar einen Führerschein, aber kein Auto. Ich komme mit dem Bus oder der Bahn, mal sehen."

„Dann sag rechtzeitig Bescheid, damit wir dich abholen können", bat sein Vater.

Daniel versprach das nur zu gern, so brauchte er nicht in einer fremden Stadt seine Zieladresse suchen.

Nach dem Telefonat zog er Resümee. Er hatte wieder eine Stelle, bei der er nicht von Arbeitslosigkeit bedroht war. Es sei denn, Scott würde die Firma an die Wand fahren, aber das konnte er sich beim besten Willen nicht vorstellen. Sein leiblicher Vater erwies sich als netter Kerl, er konnte einen engeren Kontakt zu ihm und seiner Familie aufbauen. Tara mochte ihn, sie würde sogar mit ihm zur Hochzeit von Caro und Damian fahren. Die Hochzeit!

Hastig wählte er Damians Handynummer und pochte ungeduldig mit dem Fuß auf, bis er abnahm.

„Daniel, wenn du jetzt die Hochzeit absagen willst, brauchst du dich bei Caro nicht mehr blicken lassen! Und ich überlege mir das dann auch noch", stichelte Damian sofort.

„Nein, keine Sorge", lachte Daniel. „Aber es geht schon darum... Würde es euch was ausmachen, wenn ich eine Begleitung mitbrächte? Wir würden im Pub übernachten."

Einen Moment war Damian sprachlos. Dann stellte er glucksend fest: „Du hast eine Freundin!"

„Nein", wehrte Daniel ab. „Ich habe bei meinem Onkel in der Firma angefangen zu arbeiten und da eine wirklich sehr nette Kollegin kennengelernt, mit der ich mich gut verstehe. Ich würde sie gern mitbringen, dann wäre ich nicht der einzige, der allein da auftaucht. Mehr ist es nicht."

„Das haben Caro und ich auch immer behauptet", lachte Damian. „Aber klar kannst du sie mitbringen. Ich muss gestehen, ich bin schon neugierig. Übernachten könnt ihr trotzdem bei uns."

„Nein, nein", widersprach Daniel. „Da ich wieder Geld verdiene, mieten wir uns im Pub ein. Das ist auch für euch einfacher. Aber danke für das Angebot."

„Wie du meinst", gab Damian nach. „Vielleicht sehen wir uns vorher noch mal. Wir freuen uns auf euch."

Erleichtert verabschiedete sich Daniel. Widerstand hatte er ohnehin nicht erwartet, aber man wusste nie. Er legte den Daumen wieder auf die Tasten und wählte Jacks Nummer. Schließlich wollten sie gemeinsam in Jacks Auto zur Feier fahren und nun wäre ein Passagier mehr an Bord. Er zweifelte nicht daran, dass Ruth und Jack ebenso gespannt auf Tara wären wie Damian. Dennoch musste er wenigstens fragen, ob sie bereit waren, auch sie mitzunehmen. Andernfalls wäre eine Absage kein Problem, dann würden sie eben mit dem Bus fahren. Noch bevor das Freizeichen erklang, unterbrach er die Verbindung wieder. Wer sagte denn, dass Tara kein Auto hatte? Vielleicht würde sie viel lieber selber fahren, um unabhängig zu sein? Das würde er morgen zunächst mit ihr abklären müssen, bevor er Jack wegen der Mitfahrgelegenheit anrief.

Kapitel 24

Erin starrte den Polizeibeamten an. Keine Faser, kein Härchen rührte sich an ihrem Körper. Dann fiel sie wie ein nasser Sack zu Boden. O'Neill sprang ihr bei und konnte gerade noch ihren Kopf abfangen, bevor er aufprallte. Hektisch zog er sein Handy heraus und rief einen Notarzt. Anschließend legte er einige Kissen unter ihre Füße, eilte ins Badezimmer, befeuchtete einen Waschlappen von Finn und legte ihn Erin auf die Stirn. Was tat man in solchen Fällen?

Er hatte schon häufiger schlechte Nachrichten überbracht, aber umgekippt war in seinem langen Berufsleben noch niemand. Zu allem Überfluss befand er sich auch noch mit der Frau allein in der Wohnung und fühlte sich völlig hilflos. Ungeduldig wechselte er den Lappen von der Stirn in den Nacken und wieder zurück. Natürlich wusste er, dass die Zeit bis zum Eintreffen des Arztes einem Betroffenen immer endlos erschien. Beruhigen konnte ihn diese Erkenntnis jedoch nicht.

Als er endlich die Sirene hörte, stürzte er zur Tür und riss sie auf. Vorsichtshalber deutete er dem Arzt nur den Weg an, trat selbst aber vor die Tür hinaus. Er brauchte frische Luft. Nun ruhiger, wartete er auf eine Rückmeldung.

Eine junge Frau, die eine der Begleitpersonen gebildet hatte, sprach ihn bald darauf an.

„Sie ist wieder bei Bewusstsein und ihr Kreislauf stabilisiert sich langsam. Aber sie hat einen Schock und wir mussten ihr etwas zur Beruhigung geben. Was um Himmels Willen ist denn passiert?"

O'Neill schilderte ihr, was er Erin hatte berichten müssen. Sie verzog die Lippen zu einer Grimasse, das Entsetzen sah er ihr mehr als deutlich an.

„Kein Wunder, dass die so durch den Wind ist. Bei so was sollten Sie gleich einen Mediziner mitnehmen. Hat sie jemanden, der sich um sie kümmern kann? Sonst wäre es vielleicht besser, wir nehmen sie mit."

Er überlegte kurz, dann fiel ihm Rebecca ein.

„Sie hat eine Schwester, zu der sie ein sehr enges Verhältnis hat. Die kommt bestimmt sofort her."

Er ging wieder hinein und betrachtete Erin mitleidig. Ihre Augen lagen tief in den Höhlen, dunkle Ringe darunter. Die Haut wirkte wächsern und ein leichtes Zittern durchlief ihren ganzen Körper. Zerbrechlich lag sie auf dem Sofa im Wohnzimmer. Ihr Blick suchte den seinen mit einem stummen Flehen, seine Aussage von eben zu berichtigen. Leider konnte er ihr den Gefallen nicht tun.

Er kniete sich vor sie und fragte behutsam: „Wie erreiche ich Ihre Schwester?"

„Eingespeichert, Telefon", stammelte sie.

Er griff sich ihr Handy, das auf dem Tischchen neben ihr lag, suchte Rebecca im Telefonbuch und ließ das Gerät wählen. Als sie schon nach dem zweiten Klingeln ranging, atmete er erleichtert auf. Kurz erläuterte er die Situation und sie versprach, sofort zu kommen.

Unbehaglich verabschiedete er den Notdienst, nicht ohne zu versprechen, Erin bei neuen Problemen direkt ins Krankenhaus zu bringen. Glücklicherweise brauchte er nicht lange zu warten, bis Rebecca erschien. Sie stürmte durch die noch offene Tür und warf sich auf Erin. Tränen liefen über ihr Gesicht, obwohl sie noch nicht die ganze Wahrheit kannte. Ihre Information bestand lediglich aus der unausweichlichen Tatsache, dass Susans Leiche gefunden worden war.

Rebecca ahnte, es steckte noch mehr dahinter. Ihre schlimmsten Befürchtungen hatten sich bestätigt, unvor-stellbar genug. Aber das war nicht alles, sie spürte es ganz deutlich.

„Laut dem Arzt wird Ihre Schwester durch das Beruhigungsmittel erst mal schlafen", raunte O'Neill ihr zu.

Rebecca wischte sich die Tränen ab und wandte sich an Erin, der immer wieder die Augen zufielen.

„Versuch, ein bisschen zur Ruhe zu kommen. Ich bin nebenan in der Küche. Wenn du mich brauchst, brauchst du nur zu rufen, okay?"

Erin nickte fast unmerklich, bevor sie die Augen endgültig schloss.

Rebecca winkte O'Neill, er solle ihr in die Küche folgen.

„Finn kommt bald nach Hause. Ich muss genau wissen, was mit Susan passiert ist", verlangte sie von dem Beamten.

„Dasselbe, was Sie Erin gesagt haben. Oder haben Sie ihr was verschwiegen?"

„Die Einzelheiten habe ich ihr noch nicht gesagt. Wenn Sie sich stark genug fühlen dafür, berichte ich Ihnen alles."

Rebecca nahm an dem zerkratzten Küchentisch Platz und bedeutete O'Neill, dasselbe zu tun.

„Ich höre."

Er setzte sich und erinnerte sich zurück, um kein Detail in seinem Bericht auszulassen.

Die Anwohnerin hatte mit ihrer Beschreibung des Mannes ganze Arbeit geleistet, O'Neill erkannte ihn sofort. Schnurstracks steuerte er sein Büro an, um die Akte zur Hand zu nehmen. Gab es von ihm ein Foto, dass er der alten Dame zum Abgleich zeigen konnte? Er suchte alle Papiere durch, wurde aber enttäuscht. Spontan fasste er den Entschluss, einen Beamten loszuschicken, der den nunmehr Verdächtigen heimlich fotografieren sollte. Bevor er irgendetwas unternahm, wollte er sichergehen. Aber er musste sich auch bremsen. Denn nur das Zusammentreffen mit Susan bedeutete nicht gleichzeitig, dass er auch etwas mit ihrem Verschwinden zu tun hatte. Es sprach dafür, ohne Zweifel. Vor allem, wenn man Daniels Aussage dagegen hielt, der beteuerte, sie nicht mehr gesehen zu haben. Zudem wurde das von der Zeugin bestätigt. O'Neill versuchte, seine Erwartungen in Schach zu halten. Ein Verdächtiger, mehr nicht. Aber er brauchte ein verdammtes Bild von ihm!

Aufgeregt lief er in das Büro seines Kollegen Breen und schickte ihn mit der Anweisung los, den Verdächtigen zu fotografieren. Den packte ebenfalls eine Energie, wie sie sie bei diesem Fall noch nicht gekannt hatten. Während sich Breen auf Kamerapirsch begab, tigerte O'Neill zurück zu der alten Dame. Er ließ sie nach Hause bringen mit der Ankündigung, er werde später nochmals mit einem Bild zu ihr kommen. Nun begann das Warten.

Als Breen zurückkam, fühlte sich O'Neill wie ein Nervenbündel. Fast auf Tuchfühlung stand er hinter seinem Kollegen, als der die gemachten Aufnahmen auf den PC kopierte und eine gut getroffene davon ausdruckte. O'Neill riss sie aus dem Drucker und verließ im Laufschritt das Polizeirevier. Hupend versuchte er sich einen Weg durch den Verkehr zu bahnen, neugierig auf das Urteil der Zeugin. Er spürte, dass sie sich kurz vor einem Durchbruch befanden. Das ließ ihn auf seinem Sitz umherrutschen und über die anderen Autofahrer fluchen, die seiner Meinung nach nicht schnell genug über die Kreuzungen kamen.

Endlich kam er an, sprang aus dem Auto und klingelte. Die alte Frau hatte kaum die Tür geöffnet, als er ihr schon das Foto unter die Nase hielt mit der Frage, ob das der Mann bei Susan gewesen wäre. Sie nahm es bedächtig, warf nur einen kurzen Blick darauf und bestätigte es. Dieser Mann hatte sich mit Susan an jenem Sonntagnachmittag unterhalten und war mit ihr gemeinsam die Straße entlang gegangen.

O'Neil schickte ein Stoßgebet zum Himmel, dass dies die Auflösung beinhalten würde. So widerwärtig der Gedanke auch war, hier ein Bild des Täters in der Hand zu halten, so sehr wünschte er sich, das Schicksal des Mädchens aufklären zu können. Er sprintete zurück zum Auto, fuhr in halsbrecherischem Tempo zurück zum Revier und holte Breen unsanft aus seinem Büro.

„Er ist es. Wir fahren sofort hin und holen den Kerl her."

Breen folgte ihm eilig zum Auto. Noch bevor er die Tür der Beifahrerseite geschlossen hatte, legte O'Neill einen Kavalierstart hin. Wieder schlängelte er sich durch den Verkehr, bis er an der Meldeadresse hielt. Die Beamten stiegen aus dem Wagen und verharrten einen Moment. Würden sie gleich dem Mann gegenüberstehen, der dafür gesorgt hatte, dass Susan seit vielen Wochen nicht nach Hause gekommen war? O'Neill atmete tief durch und setzte sich in Richtung Haustür in Bewegung, um zu läuten.

Sie mussten warten, bis sich etwas tat. Schon glaubten sie, es wäre niemand daheim, als sie doch noch ein Schlurfen vernahmen. Langsam öffnete sich die Tür und sie wurden mit den Worten empfangen: „Was wollen Sie?"

Breen reagierte als Erster, um das Schließen der Haustür zu verhindern. Er trat kurzerhand in den Flur und drängte den Mann dabei zur Seite. Das war in dessen angetrunkenem Zustand nicht schwer, ihm mangelte es erheblich an Gleich-gewicht.

„Bitte ziehen Sie sich etwas an, wir möchten Sie mit auf das Revier nehmen", verlangte O'Neill mit einem Blick auf den fleckigen Bademantel.

„Warum?"

„Weil wir einige Fragen haben und in Ruhe mit Ihnen ein Gespräch führen möchten. Sie können gern einen Anwalt hinzuziehen."

„Wozu?"

Der Wortschatz des Mannes schien sich im Gegensatz zu seinem Alkoholspiegel verringert zu haben.

„Weil wir Sie als Verdächtigen vernehmen werden. Und nun ziehen Sie sich bitte was über, damit wir fahren können."

Stumpf schaute Rhys Namara den Beamten an. Wenn der das so wollte, dann bitte!

Die fast saubere Kleidung änderte nichts an seinem benebelten Zustand, als sie im Revier eintrafen. Rhys wurde in denselben Raum gebracht, den auch Daniel bereits kennengelernt hatte und dort ließ man ihn schmoren. Zum einen, damit er etwas nüchterner wurde. Dazu hatte man ihm sogar einen Kaffee serviert. Zum anderen aber auch, um ihn nervös zu machen.

Jetzt, da der Verdächtige sicher im Vernehmungszimmer saß und nicht mehr verschwinden konnte, wurde O'Neill etwas ruhiger. Wie sollte er vorgehen? Die direkte Konfrontation mit dem Wissen, dass er aller Wahrscheinlichkeit derjenige war, der Susan zuletzt gesehen hatte und nicht Daniel O'Keefe? Oder sollte er besser vortäuschen, unwissend zu sein und wieder einmal nachhaken, wie Rhys den entscheidenden Sonntag verbracht hatte? Seine bisherige Aussage kannte er. Angeblich hatte er sich zu einem langen Spaziergang aufgemacht. Erin hatte lediglich bestätigen können, dass er das Haus für den Nachmittag ohne Zielangabe verlassen hatte und erst gegen Abend zurückgekehrt war. Niemand hatte bislang an seiner Aussage gezweifelt. Ein Fehler.

Breen spielte mit den Büroklammern, die er in einem Gefäß auf dem Schreibtisch sammelte. Mittlerweile hielt er eine Kette von mehr als zwanzig in der Hand, die er nun langsam wieder auseinanderpflückte. Genervt riss O'Neill ihm diese Spielerei aus der Hand.

„Sag mir mal, wie ich den am besten zum Reden bringe", verlangte er.

Breen zuckte nur mit den Schultern.

„Ich würde ihm auf den Kopf zusagen, dass er mit Susan gesehen worden ist. Nutz es aus, so lange er keinen Anwalt will. Wenn er seine Meinung erst mal ändert, wird es schwieriger."

Hiermit hatte der Kollege unbestreitbar Recht, räumte O'Neill ein. Genau so würde er es versuchen. Wenn es schief ging – wie man es machte, war es ohnehin verkehrt und hinterher würde man immer schlauer sein.

Als er das Vernehmungszimmer betrat, klammerte sich Rhys an den geleerten Kaffeebecher. Wortlos hielt er ihn hoch, um einen Nachschlag zu erbitten. O'Neill kam dem gern nach, denn umso schneller wurde der Mann wieder klar im Kopf. Hoffte er zumindest.

Die Vernehmung begann dann mit den üblichen Formalitäten, bevor der Beamte zum Angriff überging.

„Warum haben Sie uns nicht erzählt, dass sie Susan an dem Sonntagnachmittag ihres Verschwindens in der Stadt getroffen haben?"

Rhys zeigte keine Regung. Seine Hände lagen schlaff auf dem geschundenen Tisch, den Kopf hielt er gesenkt. So konnte O'Neill nichts in seinen Augen erkennen.

„Habe ich nicht. Ich habe Ihnen gesagt, dass ich spazieren war."

„Und wir wissen, dass Sie sie getroffen haben, Mr Namara. Eine Zeugin hat Sie beide gesehen und eindeutig identifiziert. Also erzählen Sie mir keinen Müll!"

Rhys schwieg.

„Sie haben uns nichts davon gesagt, weil Sie was mit ihrem Verschwinden zu tun haben, habe ich Recht?" setzte O'Neill nach.

Immer noch schaute Rhys nach unten und vermied es, ihm in die Augen zu sehen.

„Habe ich nicht", nuschelte er an die Tischkante.

Der Beamte spürte, dass der Mann nicht mehr lange standhalten konnte. Fast ohne sein Zutun knickte er ein, ganz langsam, fast unmerklich. Er bräuchte nur noch etwas bohren. Namara wollte sein Gewissen erleichtern, schreckte aber vor den Folgen zurück.

„Mr Namara, geben Sie es doch zu", munterte er ihn mit sanfter Stimme auf. „Werden Sie Susan gerecht und machen Sie sie nicht zu einer Verschollenen, über die niemand etwas weiß. Das hat sie nicht verdient."

Plötzlich schluchzte Rhys auf und warf den Kopf auf die auf dem Tisch verschränkten Arme. Seine Schultern bebten und O'Neill ließ ihn. Vermutlich brauchte er das, bevor er die ganze Geschichte erzählen konnte. Geduldig wartete er in entspannter Haltung an die Wand gelehnt ab, bis die Tränen versiegt waren.

Dann fragte er leise nach: „Was ist passiert, Mr Namara?"

Rhys wischte sich mit dem Ärmel seines hellblauen Hemds quer über das Gesicht und hing auf dem Stuhl wie ein Häufchen Elend. Stockend begann er zu berichten.

„Sie wollte sich mit jemandem treffen und das ging doch nicht. Sie war meine Susan! Niemand anders hatte irgendein Recht auf sie."

O'Neill runzelte die Stirn. Er konnte dieser Behauptung nicht ganz folgen.

„Wie meinen Sie das, niemand hatte ein Recht auf sie? Ihre Tochter war ein eigenständiger Mensch, nicht Ihr Eigentum."

„Sie gehörte zu mir, keiner durfte Hand an sie legen."

Langsam begann es bei O'Neill zu dämmern, eine Gänsehaut überzog seinen Rücken.

„Sie hatten eine sexuelle Beziehung zu Susan?"

Lieber Himmel, lass es nicht wahr sein!

Rhys zerstörte die Hoffnung. „Sie war so süß und wir hatten so unsere kleinen Begegnungen. Sie konnte mir das geben, was meine Frau nicht mehr hatte. Sehen Sie sich Erin doch mal an!"

O'Neill spürte eine Übelkeitswelle in sich aufsteigen. Schon oft hatte er von solchen Fällen gelesen oder auch von Kollegen gehört. Er selbst wurde jetzt zum ersten Mal direkt damit konfrontiert und erkannte den Segen, mit solchen Fällen bislang nichts zu tun gehabt zu haben.

„Sie haben Susan also missbraucht", brachte er es auf den Punkt. „Wie lange schon? Wie alt war Susan, als das anfing?"

Rhys musste überlegen, kam dann auf ein Alter von etwa sechs Jahren. Über neun Jahre lang hatte er sich an seiner Tochter vergangen! O'Neill ballte die Fäuste, um jetzt keinen Fehler zu begehen. Eigentlich müsste er dringend vor die Tür, frische Luft schnappen und zur Beruhigung eine Ziga-rette rauchen. Aber er verbot es sich selbst. Er musste weitermachen, koste es, was es wolle.

„Sind Sie ihr an dem Sonntag nachgelaufen?"

„Ja. Ich habe gemerkt, dass was anders war als sonst. Sie hat sich aufgedonnert, noch mehr als üblich. Also bin ich ihr nach um zu sehen, was sie vorhat. Sie steuerte ein Café an und vorher habe ich sie abgefangen, um zu fragen. Sie meinte nur, sie wäre verabredet und ich solle verschwinden. Ich habe auf sie eingeredet, dass sie es lassen soll. Aber sie wollte nicht auf mich hören. Deshalb habe ich ihr mit wochenlangem Hausarrest gedroht, wenn sie mich nicht begleitet. Das tat sie dann, denn Hausarrest war das Schlimmste für sie."

Er rang die Hände, schaute aber immer noch auf seine Füße. Auf seiner Stirn hatte sich ein dünner Schweißfilm gebildet, erkannte O'Neill.

„Wollten Sie mit ihr wieder nach Hause?"

„Nein, ich hatte mit ihr was ganz anderes vor. Schon allein der Gedanke, dass sich jemand das nehmen könnte, was nur mir zustand... Ich wollte das selber haben. Wir gingen nach Hause, stiegen aber da ins Auto und fuhren weiter auf das Land hinaus."

„Ihre Frau hat nichts gemerkt?"

„Wenn sie im hinteren Teil des Hauses war, nein."

„Was passierte dann?"

„Ich fuhr in den Wald hinein, soweit es ging. Im Wald oder auf einer Waldwiese hatte ich noch nie mit ihr, wissen Sie?"

Jetzt sah er den Beamten an wie ein Kind, das sich auf den Heiligen Abend freute. Du perverses Schwein, dachte dieser nur angewidert. Mühsam beherrscht schaute er Rhys an, bis dieser fortfuhr.

„Sie stieg auch aus und ging mit mir ein paar Schritte. Um zu reden, hatte ich ihr gesagt. Ich wusste, dass sie sich gern im Grünen aufhielt. Als ich dann aber etwas Nähe wollte, wehrte sie mich ab. Sie wusste, dass ich das mochte. Aber diesmal übertrieb sie und ich musste sie härter anfassen. Sie kam ins Stolpern und fiel hin. Das war gut, denn so konnte ich mich zu ihr legen. Aber dann merkte ich, dass sie sich nicht mehr bewegte und so komisch guckte."

Plötzlich füllten sich seine Augen wieder mit Tränen, fassungslos sah er O'Neill an.

„Sie war mit dem Kopf oder Hals auf einen dämlichen Stein geknallt! Ich hatte mir bei dem komischen Knacken, als sie fiel, nichts gedacht. Aber das war der blöde Stein an ihrem Kopf. So ein großer. Ich habe sie geschüttelt, geschlagen, damit sie aufwacht. Aber ihre Augen blieben starr und sie blutete. Also habe ich meinen Kopf auf ihre Brust gelegt und nichts gehört. Da war mir klar, dass sie tot war. Mein Baby war tot!"

Erneut fing er an zu weinen und O'Neill ließ ihn. Das verschaffte ihm Zeit, seine eigenen Gedanken zu ordnen. Glaubte dieser Mensch tatsächlich, schuldlos an dem Ganzen zu sein? Aus dem Hintergrund schob sich aber noch eine andere Frage in sein Hirn: Was war mit Finn? Hatte er ihn ebenfalls missbraucht?

„Was taten Sie dann?" hakte er nach, als Rhys sich wieder beruhigt hatte.

„Ich ließ sie liegen und fuhr nach Hause. Da habe ich aus dem Gartenhaus Schaufel und Spaten geholt, bin zurückgefahren. Dann habe ich sie ein Stück in den Wald gebracht, beides aus dem Auto geholt und sie vergraben."

O'Neill erkannte das Versäumnis, die Nachbarn der Namaras befragt zu haben. Möglicherweise hatte jemand gesehen, als Rhys den Wagen holte, nachdem er die Garten-geräte in den Kofferraum geladen hatte. Aber wer hätte darauf auch kommen sollen?

„Was ist mit Finn? Wollten Sie von ihm auch öfters mal Nähe?"

Entrüstet riss Rhys die Augen auf.

„Ich bin doch nicht abartig! Finn ist ein Junge!"

Der Mann hat nicht alle Latten am Zaun, schoss es O'Neill durch den Kopf. Wenn er nicht abartig war, wer denn dann? Er schluckte hart und forderte Rhys mit einer Handbewegung auf, sich zu erheben.

„Sie bringen uns jetzt zu der Stelle, an der Sie Susan vergraben haben."

Er legte ihm Handschellen an, verfrachtete ihn zusammen mit Breen in sein Auto und fuhr los. Unterwegs erzählte er dem Kollegen in Kurzfassung, was er erfahren hatte. Zu seiner Genugtuung wurde auch der grün im Gesicht.

Als Rhys ihnen sagte, sie wären angekommen, stoppten sie und zogen ihn aus dem Wagen. Er ging voraus und die Beamten folgten ihm bis zu der Stelle, an der er gegraben hatte. Die Erde war lockerer, ein deutlich sichtbares Grab. Nur eben weit abseits von den üblichen Pfaden, sodass es niemand hatte entdecken können. Über sein Handy beorderte O'Neill die Kollegen vor Ort, die sich mit dem Ausgraben und der Sicherung der Spuren beschäftigen sollten. Er selbst ließ sich den Stein zeigen, auf den das Mädchen aufgeschlagen war und wartete dann mit Rhys und Breen ab, bis die Kollegen kamen. Die Sicherung aller Spuren musste nun an erster Stelle stehen, nachdem es als sicher galt, am Ort eines Verbrechens zu stehen.

Es gab keinen Zweifel: Unter der lockeren, feuchten Erde lag ein Mensch und dieser war Susan. Sie trug noch die rote Jacke, die sie als Erkennungszeichen Daniel gegenüber angegeben und die auch die Zeugin als Kleidungsstück bestätigt hatte. Die Jeans war zur Hälfte heruntergezogen, sie hing in den Knien. Der Kerl hatte sich noch nicht mal die Mühe gemacht, ihr im Tod etwas Würde zu bewahren. Angeekelt und erschüttert wandte sich O'Neill ab und sammelte sowohl Breen als auch Rhys wieder ein, um zum Revier zurückzufahren. Die Obduktion würde schnellst-möglich erfolgen. Aber er hatte keinen Zweifel am Wahrheitsgehalt von Rhys' Geständnis.

Rebecca hielt beide Hände vor das Gesicht, darunter am Kinn rannen Tränen und tropften auf den Tisch.

„Finn hat er ganz sicher nicht angefasst?"

O'Neill schüttelte den Kopf.

„Aber vorsichtshalber sollten Sie mit ihm zu einem Kinderpsychologen gehen, um das noch mal überprüfen zu lassen. Außerdem kann er so wohl besser den Tod seiner

Schwester verarbeiten. Zur Identifizierung muss niemand von Ihnen, die haben wir von Ihrem Schwager."

Sie nickte, im Moment fühlte sie sich komplett überfordert und hatte das Gefühl, sämtliche Eingeweide schmerzten. Immer wieder schüttelte sie die Gedanken an Susan ab, verdrängte ihr Gesicht aus ihrem Kopf. Niemand hatte auch nur im Geringsten etwas geahnt, wie war das nur möglich? Wie in Trance sprach sie die Gedanken schließlich auch aus.

„Wieso hat Erin nichts gemerkt? Sie hatte keinen besonders guten Draht zu Susan, aber wir dachten, das war die Pubertät. Sie war schwierig. Aber das sind sie doch alle in dem Alter. Mir hätte doch auch was auffallen müssen."

Fassungslos sah sie den Beamten an. Sie machte sich schlimme Vorwürfe, denn plötzlich ergab alles einen Sinn. Das übertriebene Schminken sollte ein höheres Alter vortäuschen, um Rhys abzuwehren. Die oft aggressive Art von Susan passte ebenso in das Gesamtbild wie ihre direkte Anmache Daniel gegenüber. Sie hatte ihrem Vater suggerieren wollen: Ich bin eine Frau und für dich nicht mehr von Interesse.

„Das kann ich Ihnen nicht beantworten. Wenn ich Ihre Schwester richtig verstanden habe, gab es zwischen ihr und ihrem Mann kaum noch Gemeinsamkeiten. Wahrscheinlich hat sie einfach nicht darauf geachtet, was er macht. Und bei Susan dasselbe, eben weil das Verhältnis eher angespannt war. Und Sie selbst haben sie ja nicht tagtäglich gesehen. Ich denke mal, darauf werden weder wir noch Sie oder Mrs Namara jemals eine Antwort erhalten."

Langsam erhob er sich und ging zur Tür. Dort wandte er sich noch einmal um.

„Sie können Ihrer Schwester natürlich die Einzelheiten erzählen. Ich hoffe, sie kann sie verkraften. Bisher weiß sie nur, dass wir Susan gefunden haben und sie nicht mehr am Leben ist."

Niedergeschlagen verließ er die Wohnung.

Rebecca saß noch eine Weile am Küchentisch, bis sie ihren Muskeln den Befehl geben konnte, ihre Arbeit zu tun. Aus dem Wohnzimmer drang kein Laut, vermutlich schlief Erin. Das Beste, was ihr passieren konnte.

Sie schleppte sich zu ihrer Schwester und ließ sich in einem der Sessel nieder. Dort rollte sie sich zusammen wie ein Embryo, zog das Handy aus der Tasche und rief Kevin an. Flüsternd berichtete sie, was passiert war. Dann schlummerte sie trotz der fürchterlichen Bilder in ihrem Kopf ein und erwachte erst, als sie ihren Namen hörte.

Erin hatte sich aufgerichtet, leere Augen starrten Rebecca an.

„Ist das die Rache, Rebecca? Ich wollte Susan nicht mehr haben, wollte sie bei Rhys lassen. Deshalb ist sie jetzt tot, weil ich sie nicht mehr haben wollte."

Rebecca sprang auf, setzte sich neben sie und legte einen Arm um Erins zitternde Schultern.

„Das ist doch absoluter Blödsinn, Erin. Wenn sie zu dir gewollt hätte, hättest du sofort dein Schlafzimmer für sie geräumt, das hast du selber gesagt. Das eine hat doch mit dem anderen gar nichts zu tun."

Sie zerrte an der Wolldecke, legte sie um ihre Schwester. Die zitterte jetzt wie Espenlaub, aber wohl nicht vor Kälte, wie sie sich eingestehen musste. Zunächst sagte sie nichts weiter, bis Erin wieder das Wort ergriff.

„Was ist genau passiert, hat er dir das erzählt?"

Flehend wandte sie Rebecca den Blick zu in der Hoffnung, es käme nicht noch viel schlimmer. Zumindest könnte sie ihr sagen, dass der Tod innerhalb von Sekunden eingetreten war. Aber der Rest?

Behutsam begann sie, alles zu erzählen. Es gab keine schonende Art und Weise, das wusste sie. Die Wahrheit konnte man nicht verzerren, indem man andere Worte wählte. Sie blieb so, wie sie war.

Zu ihrem Erstaunen blieb Erin gefasst. Zweifel formten sich in Rebeccas Kopf, ob sie nicht doch etwas geahnt hatte. Diese zerstreute Erin jedoch sofort wieder.

„Warum habe ich nie was gemerkt? Beide haben ihr eigenes Leben ohne mich gelebt und ich dachte immer, sie hat zu ihrem Vater einfach ein besseres Verhältnis als zu mir, trotzdem er sich eigentlich nicht um sie gekümmert hat. Soll ja öfters vorkommen, dass sich Töchter eher zum Vater ziehen. Ich hätte nie gedacht, dass da auch nur im Entferntesten so was dahinterstecken könnte."

Traurig wandte sie Rebecca den Kopf zu.

„Ich hätte es verhindern können. Und ich wollte sie sogar noch bei ihm lassen, dann hätte er freie Bahn gehabt."

„Im Gegenteil, deine Trennung wäre ihre Rettung gewesen. Denn dann hätte sie zu dir ziehen können und wäre ihm entkommen, ein für alle Mal. Sie wäre zu dir gekommen, da bin ich ganz sicher. Und wenn sie als Ausrede Finn benutzt hätte, aber sie wäre nicht bei ihm geblieben. Nur gab es leider keine Gelegenheit mehr dazu."

„Weil ich es vorher nicht auf die Reihe gekriegt habe, auszuziehen. Ich hätte viel eher auf euch hören sollen", stellte Erin tonlos fest.

„Unsinn. Du hast die Zeit eben gebraucht, um dich zu lösen. So was soll man ja auch nicht übereilt entscheiden. Der Zeitablauf war halt... zu Ungunsten von Susan. Ich verstehe genauso nicht, warum sie sich nicht mir anvertraut hat. Ich war mir immer sicher, dass sie mir vertraut. So kann man sich täuschen."

Sie nagte nachdenklich an ihrer Unterlippe. Auch sie hatte nichts bemerkt an ihrer Nichte. Keine Wesens-veränderung, gar nichts. Ein Armutszeugnis.

Plötzlich sagte Erin: „Ich gehe mal davon aus, dass Rhys nun im Knast landet. Damit hat sich die Frage nach dem Haus wohl auch geklärt. Ich muss den Anwalt, den du mir empfohlen hattest, über die geänderten Bedingungen informieren. Bevor der sich unnötig Arbeit macht."

Rebecca wusste, dass sich Menschen in Schock und Trauer oft an Belanglosigkeiten festhielten und ließ Erin ihre Pläne schmieden.

„Außerdem muss ich diesen jungen Mann anrufen, dem ich die Lippe blutig geschlagen habe. Der mit ihr verabredet war."

„Du hast was?" rief Rebecca.

Erin erzählte ihr von der Begegnung auf dem Revier und dass Daniel zweimal vor ihrer Tür gestanden hatte.

„Beim zweiten Mal wollte er sich nur nach mir erkundigen und hat mir seine Handynummer aufgeschrieben. Er hat die Wahrheit gesagt, Rebecca. Ich wollte ihm damals glauben, aber konnte nicht. Ich muss ihn anrufen. Er muss es wissen."

Dieses Bestreben konnte Rebecca verstehen und zudem hatte der zu Unrecht Verdächtigte es verdient, aufgeklärt zu werden. Die Polizei würde das sicherlich nicht übernehmen.

„Lass mich mit ihm sprechen, Erin. Du schaffst das im Moment noch nicht. Wenn die Formalitäten erledigt sind und Susan beigesetzt ist, du etwas zur Ruhe gekommen bist, kannst du immer noch mit ihm telefonieren."

Der Vorschlag gefiel Erin und sie schickte Rebecca zum Sideboard, wo in der obersten Schublade Daniels Telefonnummer lag. Eigentlich hatte sie sie wegwerfen wollen, zum Glück hatte sie es nicht getan.

Rebecca stand auf, holte den Zettel und wählte. Eine recht sympathische Stimme meldete sich zögernd.

„Ich bin Rebecca, die Schwester von Erin Namara."

Sie spürte förmlich, wie ihr Gesprächspartner stutzte.

„Ist was passiert?" fragte er vorsichtig.

Rebecca richtete die Entschuldigung ihrer Schwester für den Vorfall im Polizeirevier aus und erzählte im Groben, was sich ergeben hatte.

„Jetzt steht zweifelsfrei fest, dass Sie unschuldig sind. Aber meine Schwester war sowieso geneigt, Ihnen zu glauben, vorher schon."

Daniel saß auf seinem Bett und starrte die vergilbte Gardine vor dem Fenster an. Hatte dieser Albtraum für ihn nun tatsächlich ein Ende? Er würde sich gern freuen, weil es so war. Aber da ein Mensch sein Leben verloren hatte, gab es keinen Grund zur Freude. Es war verrückt, wie der Tod für den Einen eine Katastrophe, für den Anderen aber eine gute Nachricht sein konnte. Denn jetzt gab es Gewissheit, was passiert und zugleich auch, wer der Schuldige war. Er hatte zwar seine Arbeit eingebüßt, jedoch eine neue gefunden. Insofern war kein bleibender Schaden entstanden.

Noch völlig perplex bedankte er sich bei Rebecca für die Information und bekundete seine Freude auf ein späteres Telefonat mit Erin. Sie solle ihrer Schwester doch bitte sein herzlichstes Beileid ausrichten.

Nachdenklich legte er auf. Den Jubelschrei verbot er sich, aber dennoch musste er diese guten Nachrichten mit jemandem teilen. Nicht nur mit einer Person, nein! Er würde alle anrufen: Charlie, Jack, Damian und auch Tara. Robert fiel aus, denn der wusste noch gar nichts von der ganzen Sache. Ihm würde er bei seinem Besuch an Advent alles erzählen.

Die ersten drei Telefonate erledigte er unverzüglich. Bei allen registrierte er große Erleichterung, dass sich die Angelegenheit nun geklärt hatte. Wenn auch natürlich Bedauern über Susans Schicksal herrschte. Bei Tara überlegte er. Sie würde er zwar anrufen, aber um ein Treffen zu vereinbaren. Ihr wollte er es persönlich sagen.

Spontan wie sie war, stimmte sie zu, sich mit ihm in einer halben Stunde im Lokal ihres ersten gemeinsamen Guiness zu treffen. Er hatte es nicht weit, aber zuhause hielt ihn nichts. So schnappte er sich seine Jacke und machte sich zu früh auf den Weg.

Er erwartete sie bereits an einem Tisch. Vor ihm standen zwei Gläser Bier, das eine wartete auf sie. Aufgeregt nahm sie ihm gegenüber Platz und forderte ihn auf, sie nicht auf die Folter zu spannen.

„Was gibt es so Wichtiges?"

„Erst mal, bevor ich es vergesse: Hast du ein Auto und willst selber zur Hochzeit fahren? Freunde von mir würden uns sonst mitnehmen."

„Nein, wir fahren selber. Dann können wir überall hin, wann wir wollen. Deshalb sind wir aber nicht hier, oder? Was ist los?"

Daniel genoss es, ihre Spannung noch ein wenig zu schüren. Aber dann hielt er es nicht mehr aus. „Susan wurde gefunden, ihr Vater war es."

Tara riss die Augen auf.

„Das kann doch wohl nicht wahr sein! Der eigene Vater, ist ja ein Ding."

Dann hellte sich ihr Gesicht plötzlich auf.

„Das heißt doch, deine Unschuld ist erwiesen!"

„Genau!"

Er hob sein Glas und prostete ihr zu. Tara hingegen sprang auf, lief um den Tisch herum, nahm sein Gesicht in beide Hände und drückte ihm einen dicken Schmatz auf den Mund. Danach strahlte sie ihn an, während Daniel die Farbe eines Feuermelders annahm. Schnell trank er noch einen Schluck und hielt das Guiness wie einen Schutzschild zwischen sie beide. Tara lachte aber nur und setzte sich wieder hin.

„Was ist los, hat es dir die Sprache verschlagen?"

Das hatte es wahrhaftig und eben jene musste er wiederfinden, um ihr antworten zu können. Er räusperte sich heftig.

„Ich hatte jetzt nicht mit einer solchen Reaktion von dir gerechnet. Dass du dich auch freust, ja. Aber so..." Er verstummte wieder verlegen.

Sie schob ihre Hand über den Tisch und legte sie auf seine.

„Du hast noch gar nichts gemerkt, oder?"

Seine Augen weiteten sich vor Erstaunen.

„Was soll ich gemerkt haben?"

Er konnte beobachten, wie sich ihr Gesicht verschloss.

„Naja, ich mag dich eben sehr, vom ersten Tag an schon. Aber scheinbar beruht das nicht auf Gegenseitigkeit."

Sie leerte ihr Glas in einem Zug, stand auf und hob zum Abschied die Hand.

„Bis morgen, Daniel. Ich freu mich wirklich für dich. Und auch sonst ist alles gut."

Noch bevor er etwas erwidern konnte, verschwand sie auf die Straße.

Es dauerte einige Sekunden, bis Daniel aus seiner Starre erwachte. Dann fing es in seinem Gehirn an zu rattern und er realisierte, was sie ihm hatte sagen wollen. Ging es nicht genau um das, was er auch für sie empfand? Warum wohl verbrachte er gern Zeit mit ihr, beobachtete verzückt das Schaukeln ihres Pferdeschwanzes, das Glänzen ihrer grünen Augen? Warum sog er jedes Wort auf, das sie hervorbrachte? Nie hatte er darüber nachgedacht, die ganze Zeit gefangen-genommen von Susan und seinen Eindrücken über Erin. Plötzlich konnte er seine Gefühle konkretisieren. Für Erin empfand er Mitleid und Sympathie, für Tara etwas ganz anderes.

Mit diesen Erkenntnissen aus seiner Verblüffung gerissen sprang er auf, warf im Vorbeilaufen dem Wirt einen Geld-schein auf den Tresen und folgte Tara auf die Straße. Schnell sah er vor der Tür nach links und rechts, aber sie war nirgends mehr zu sehen. Er schlug die Richtung nach rechts ein, denn dorthin würde sie nach Hause gehen. Obwohl er schon nach wenigen Metern schnaufte, verlangsamte er seine Schritte nicht, bis er sie sah. Im Gegensatz zu sonst wirkte ihr Rücken nicht stolz und gerade, sondern leicht nach vorn gebeugt. Das würde sich hoffentlich gleich ändern.

Er rief nach ihr und sah erleichtert, dass sie stoppte und sich umdrehte. Vor ihr angekommen, musste er sich zunächst vornüber beugen und auf die Knie stützen, um wieder zu Atem zu kommen. Er sollte dringend etwas für seine Kondition tun! Tara wartete geduldig ab und wenn er sich nicht täuschte, vernahm er ein leises Glucksen. Argwöhnisch hob er den Blick und bemerkte, dass sie sich tatsächlich das Lachen verbiss. Bei seinem Anblick wohl kein Wunder, gestand er sich ein.

Er richtete sich wieder gerade auf und wusste nicht, wohin mit seinen Händen. Deshalb steckte er sie vorsichtshalber in die Hosentaschen, dort störten sie nicht. Wie sollte er jetzt anfangen?

„Was du da eben gesagt hast: Das beruht auf Gegen-seitigkeit."

Er benahm sich aber auch wirklich wie ein Elefant im Porzellanladen! Frauen wollten eine romantische Liebes-erklärung und was veranstaltete er hier?

„Tut mir leid, ich bin kein Wortakrobat", verteidigte er sich. „Aber ich mag dich auch sehr, mehr als normal. Aber ich kann das nicht so ausdrücken und vor allem hätte ich nie gewagt zu glauben, dass du…"

Weiter kam er nicht, denn sie hatte die Arme um seinen Hals geschlungen und drückte ihre Lippen auf seine. Daniel blieb gar nichts anderes übrig, als ihren kräftigen Körper zu umfangen.

Lange standen sie eng umschlungen auf dem Gehweg und blockierten den Durchgang. Die amüsierten Blicke vorbeieilender Passanten nahmen sie nicht wahr. Endlich lösten sie sich doch voneinander, Tara ließ keinen Raum für Verlegenheit.

„Ich finde es ist an der Zeit, dass du mir deine Wohnung zeigst", forderte sie ihn auf.

Dabei war ihm gar nicht wohl in seiner Haut, aber andererseits wusste sie bereits, dass er nicht in einer Luxusherberge lebte. Eins wurde ihm deutlich bewusst. Sie musste und würde ihn nehmen, wie er war. Und nur so und nicht anders hatte ihre beginnende Beziehung eine Basis.

Übermütig sprangen sie die Straße entlang, neugierige Aufmerksamkeit auf sich ziehend. Daniel traute sich, Tara an der Hand zu nehmen, es fühlte sich richtig und gut an.

Kapitel 25

Bei ihren Kollegen waren Tara und Daniel gutmütigen Sticheleien ausgesetzt, das störte sie jedoch nicht im Geringsten. Während der Arbeit benahmen sie sich nach wie vor wie Kollegen, wenn man von gelegentlichen schmachtenden und liebevollen Blicken absah. Bald erwarben sie sich damit den Respekt der anderen, die ungemütliche Tendenzen auf der Baustelle befürchtet hatten. Für Daniel eine Selbstverständlichkeit, plante er Tara für seinen Wochenendbesuch bei Charlie und Scott ein. Stolz auf seine Freundin wollte er unbedingt, dass sich die wichtigsten Menschen in seinem Leben kennenlernten. Typisch Daniel, machte er sich Gedanken, ob sie sich mögen würden. Dann beruhigte er sich jedoch selbst. Immerhin hatte Scott Tara vor langer Zeit eingestellt, also definierte er seine Einstellung ihr gegenüber als positiv. Überrascht nahm er die Nervosität seiner Freundin wahr, als sie sich auf dem Weg befanden. Grinsend fragte er nach, was denn los sei.

„Das fragst du noch? Ich bin dabei, meinen Chef zuhause zu besuchen! Als du mir gestern gesagt hast, dass der dein Onkel ist - das hat mich schon fast umgehauen. Und jetzt schleppst du mich da auch noch mit hin. Nicht, dass ich nicht gern deine Verwandtschaft kennenlernen würde, aber er ist mein Boss! Wie soll ich mich denn ihm gegenüber verhalten?"

Liebevoll schaute Daniel ihr Profil an, die gerade Nase, den wie üblich wippenden Pferdeschwanz. Mittlerweile wusste er, wie seidig sich ihr Haar anfühlte, wenn sie es offen trug.

„Du bist einfach Tara, wie ich sie kenne und jeder andere, der Kontakt zu dir hat. Scott kann Beruf und Privates sehr gut trennen und wird nichts miteinander vermischen. Vergiss einfach, dass er unser Chef ist. Mache ich doch auch."

„Bei dir ist das was anderes", murmelte sie.

Ihr Griff wurde fester, als sie am Gartentor klingelten. Daniel erwiderte den Druck ihrer Hand und hoffte, er könne sie damit etwas beruhigen. Ohne Kommentar ertönte der Summer und er stieß das Tor auf. Der gepflasterte Weg zur Haustür bewirkte, dass Tara langsamer wurde. Er konnte sich des Gefühls nicht erwehren, sie dachte an Flucht. Das verhinderte jedoch nicht zuletzt Charlie, die sie bereits erwartete. Herzlich umarmte sie Tara.

„Ich glaube, ich habe Sie schon mal gesehen, als ich mit meinem Mann unterwegs war. Schön, dass Sie und Daniel sich gefunden haben."

Sie trat zur Seite und ließ das Paar eintreten. Daniel ließ sich ebenfalls drücken, zudem einen lauten Schmatz von Charlie aufdrücken.

„Gut, dass du vorher angekündigt hast, dass du Tara mitbringst. Sonst hätte es mich glatt aus den Socken gehauen, dich in Gesellschaft zu sehen. Ich habe Kekse gebacken, der Turm ist gut gefüllt", verkündete sie stolz.

Daniel fing Taras fragenden Blick auf.

„Den Keksturm habe ich ihr gebaut, als ich da zu Besuch war, wo wir nächstes Frühjahr zur Hochzeit hinfahren. Und Charlie kann überhaupt nicht backen, die Kekse sind also mit Vorsicht zu genießen", erklärte er ihr lachend.

Charlie zog gespielt entrüstet die Augenbrauen hoch.

„Lassen Sie sich nichts erzählen, Tara! Seit Daniel mit mir gebacken und einige Rezepte hiergelassen hat, klappt das zumindest so gut, dass man sie in Kaffee stippen kann. Oder Tee oder Milch oder was auch immer. Auf jeden Fall sehen sie auf dem Turm gut aus!"

Sie schritt voraus ins Wohnzimmer, wo Scott sich bereits erhoben hatte und auf sie zukam. Er begrüßte Tara und stellte sogleich klar: „Hier bin ich einfach Scott, nicht Ihr Chef."

Schüchtern lächelte Tara ihn an und nickte. Diese ruhige Seite kannte Daniel an ihr noch gar nicht. Es gab noch viel an ihr zu entdecken, er freute sich darauf.

Charlie hatte bereits den Tisch gedeckt, der Keksturm befand sich als Mittelpunkt darauf. Tara nahm die etwas eckigen Kanten an den eigentlich runden Ebenen wahr, hier und da eine Kerbe, die dort sicher nicht hingehörte. Dennoch gefiel ihr das Bauwerk außerordentlich gut. Einfach weil es von Daniel stammte.

Kritisch nahm Daniel einen der Kekse und besah ihn sich von allen Seiten.

„Zumindest vom Aussehen her hat es geklappt", ärgerte er seine Tante liebevoll.

Die schlug ihm auf die Finger, als er das Gebäck in den Mund stopfte. Kauend wandte er sich an Tara.

„Kannschu eschen", nuschelte er, schluckte und schob hinterher: „Sie schmecken sogar ganz gut."

Scott beugte sich verschwörerisch zu Tara und Daniel, um zu flüstern: „Das ist der dritte Versuch, die ersten beiden sind im Müll gelandet. Ihr ahnt gar nicht, was ich leiden musste beim Probieren."

Charlie drehte sich um und beobachtete ihren Mann forschend. Der machte ein unschuldiges Gesicht.

Als alle saßen, verlangte Charlie Aufklärung.

„Was ist nun genau mit dieser Susan?"

Sachlich erzählte Daniel, was er von Rebecca erfahren hatte. Tante und Onkel starrten ihn fassungslos an und blieben einige Sekunden lang stumm, bevor Scott wieder Worte fand.

„Wie kann ein Mann so was machen? Die eigene Tochter, das ist echt unglaublich. Es soll ja Männer geben, die auf Teenager stehen. Aber dazu die eigene Tochter? Das ist noch mal widerlicher als mit einem fremden Mädchen."

Damit sprach er das aus, was alle am Tisch dachten. Niemand hatte Interesse, diese traurige Angelegenheit weiter zu vertiefen und so wandte sich das Gespräch anderen Themen zu. Anfänglich hielt sich Tara sehr zurück, aber mit der Zeit begann sie sich zunehmend wohler zu fühlen und ihr Temperament kam zum Vorschein. Wie sich Daniel erhofft hatte, verstand sie sich auch mit Charlie gut. Die sah in der jungen Frau schnell eine Verbündete gegen die beiden Männer, sodass es ein sehr lebhafter Abend wurde.

Erst spät begaben sich Tara und Daniel auf den Heimweg. Mehr oder weniger abwechselnd hielten sie sich in seiner und ihrer Wohnung auf. Dabei bevorzugten sie die von Tara, da diese ein Zimmer mehr und damit ein separates Schlafzimmer hatte. Obwohl sie für seinen Geschmack recht weiblich eingerichtet war, fühlte er sich dort ausnehmend wohl. All der ganze Nippeskram, die Zierkissen, die leuchtenden Farben gehörten zu Tara wie ihr Pferdeschwanz.

Gerade hatten sie sich auf dem dunkelbraunen Cordsofa niedergelassen, klingelte Daniels Handy. Die angezeigte Nummer kannte er nicht und riss überrascht den Mund auf, als sich Erin meldete.

„Mr O'Keefe, Sie haben ja schon mit meiner Schwester gesprochen und wissen, was passiert ist. Ich möchte mich nochmals in aller Form für meinen Angriff bei Ihnen entschuldigen. Auch, dass ich Sie so behandelt habe, als Sie vor meiner Tür standen."

Ihre Stimme klang leise und monoton, Daniel vermutete Beruhigungsmittel.

„Mrs Namara, das ist nicht nötig. Niemand hätte anders reagiert als Sie, machen Sie sich bitte keine Gedanken."

Kurze Stille am anderen Ende der Leitung.

„Susan wurde schon freigegeben zur Beerdigung, die Obduktion hat einen Genickbruch ergeben. Wir bestatten sie am Donnerstag. Ich dachte, ich sage es Ihnen, falls Sie kommen möchten."

Daniel schluckte. Er hasste Beerdigungen, aber das ging wohl den meisten Menschen so. Im Grunde hatte er Susan gar nicht gekannt, warum also sollte er ihr die letzte Ehre erweisen? Die Antwort lag bei Erin. Er wurde das Gefühl nicht los, für sie wäre es wichtig. Vielleicht auch für ihn selbst? Das würde er für sich hinterfragen müssen. Mit dem letzten Geleit könnte er diese furchtbare Sache womöglich auch für sich abschließen.

Er ließ sich Uhrzeit sowie Kirche sagen und versprach spontan, zu kommen. Nicht am Abend vor der Beisetzung, aber am Morgen beim Gang zum Friedhof. Tara schaute ihn fragend an, als er aufgelegt hatte.

„Warum willst du da hin?" erkundigte sie sich, nachdem er berichtet hatte.

„Ich weiß nicht, ich habe einfach das Gefühl, ich müsste es machen. Wirklich erklären kann ich es dir nicht."

Ruhig nickte sie. Ihrem Standpunkt nach musste man nicht alles verstehen, konnte es aber trotzdem akzeptieren.

„Erzähl mir von den Leuten, die im Frühjahr heiraten", lenkte sie ab.

Dazu kuschelte sie sich in seine Arme, zog die Beine an und lauschte, wie er das zukünftige Ehepaar beschrieb.

Am Donnerstagmorgen machte sich Daniel mit sehr gemischten Gefühlen auf den Weg zur Kirche. Seine Bitte auf einen unbezahlten Tag Urlaub fand bei Scott sofort Gehör, nachdem er erklärt hatte, was er zu tun beabsichtigte.

Vor dem großen Gotteshaus stand eine kleine Ansammlung Menschen, er erkannte Erin sofort wieder. Sie ihn ebenso, denn sie kam zielsicher auf ihn zu. Daniel unterdrückte den Impuls, sich hinter einer Mauer zu verstecken. Eigentlich hatte er sich völlig im Hintergrund halten wollen, als graue Maus mit den Kirchenmauern verschmelzen. Das klappte nun nicht mehr.

„Danke, dass Sie gekommen sind", sprach Erin Daniel an. Sie war abgemagert, ihr Haar ebenso stumpf wie ihr Blick. Eine Frau legte stützend die Hand unter ihren Ellbogen und Daniel vermutete in ihr völlig richtig Rebecca. Er nickte beiden zu, bevor er auf Erins Bemerkung einging.

„Das ist eine Selbstverständlichkeit, Mrs Namara. Ich habe sie nicht persönlich gekannt, aber wir waren auf dem besten Weg dahin und kannten uns immerhin aus dem Internet. Sie war ein tolles Mädchen." Eine Floskel, aber man sagte sie eben.

„Ja", bestätigte Erin dann auch. „Bitte kommen Sie, die Messe beginnt gleich."

Sie drehte sich um, nahm den kleinen Jungen an der Hand, der im Hintergrund gewartet hatte, und betrat die Kirche. Daniel folgte ihr, seine Augen suchten einen Platz in einer der hinteren Reihen. Zu seiner Erleichterung wurde er fündig, sank auf dem Sitz in sich zusammen und ließ die Lesungen an sich vorbeiplätschern. Er wollte so wenig wie irgend möglich über das Mädchen wissen, um alles nicht noch näher an sich heranzulassen. Ganz am Schluss folgte er der Prozession, die Susan zum Friedhof brachte.

Auch dort bemühte er sich, die Ohren vor dem Gesagten zu verschließen. Die Augen halb geschlossen, den Blick gesenkt, vernahm er gelegentliches Schluchzen. Viele Schulkameraden Susans waren erschienen, plötzlich entdeckte er ein bekanntes Gesicht. Zuerst konnte er es nicht zuordnen, dann fiel es ihm wieder ein: Damians Neffe, der ihn in Jacks Haus als Schuldigen abgelehnt hatte. Sie würden sich sicher im Frühjahr wieder begegnen. Schon jetzt beschwor sich Daniel, den Jungen nicht auf den heutigen Tag anzusprechen, sollten sie sich über den Weg laufen.

Er war einer der ersten, die gingen. Um jeden Preis wollte er vermeiden, von Erin noch zum Essen gebeten zu werden. Sie sah ihm nach, hatte aber keine Chance, ihn einzuholen.

Als wäre eine schwere Last von seinen Schultern gefallen, steuerte er seine Wohnung an und riss sich die Kleidung vom Leib. Dann drehte er die Wasserhähne der Badewanne auf und ließ sich bereits hineinfallen, als der Pegel noch auf der Hälfte war. Die Augen geschlossen, sehnte er sich auf die Baustelle, wo Tara und die Kollegen einen ganz normalen Tagesablauf hatten. Daniel verstand nicht, warum sich die Menschen das ganze Ritual der Beisetzung antaten. Natürlich zog er in Erwägung, dass es für die Trauernden manchmal hilfreich, ein Abschluss sein könnte. Dennoch konnte er sich damit gar nicht anfreunden. Ihm machte das alles umso mehr bewusst, dass nichts mehr so sein würde wie vorher.

Aufstöhnend raffte er sich auf, um aus der Wanne zu steigen. Schluss mit den trüben Gedanken. Susan hatte ihm nicht nahegestanden und in absehbarer Zeit gab es keine Veranlassung, in seinem Umfeld etwas Ähnliches zu befürchten. Deshalb sollte er zufrieden und dankbar sein.

Er trocknete sich ab und überlegte, welche Schicht Jack diese Woche hatte. Der Rhythmus war ihm nicht mehr geläufig und ungeachtet seiner Unkenntnis zog er sein Handy heraus, um Ruth anzurufen. Sie wäre auf jeden Fall bereits zuhause, sein Anruf würde nicht bei der Arbeit stören.

Er informierte sie darüber, dass Tara und er selbst nach Affordshire fahren würden. Außerdem erkundigte er sich, ob sie bereits ein Hochzeitsgeschenk besorgt hatte und wie hoch sein Anteil wäre.

„Wir haben ein ganz tolles Essservice entdeckt, das wir spontan für die beiden mitgenommen haben. Caro hatte mal erwähnt, dass ihr Geschirr aus einem Sammelsurium besteht und Damian hat wohl alles für seine Schwester im Haus gelassen. Da passt das ganz gut, denke ich. Und wie abgesprochen ist dein Anteil so hoch, wie du ihn festlegst."

Er ließ sich den Kaufpreis sagen und versprach Ruth die Hälfte. Immerhin hatte er wieder Arbeit und musste sich keine Gedanken machen, ob er am Monatsende noch etwas essen konnte. Sie tauschten noch ein paar Belanglosigkeiten aus und freuten sich übereinstimmend auf die Hochzeits-feier. Doch erst stand das Treffen mit seinem Vater und dessen Familie an.

Wie vereinbart, machte sich Daniel an einem Samstagmorgen vor Weihnachten auf den Weg nach Galway. Beim nächsten Mal würde er Tara mitnehmen, nahm er sich vor. Ihre Beziehung entwickelte sich sehr gut und sie gehörte zu seinem Leben, ebenso wie er zu ihrem.

Er nahm den Zug, hatte Robert ein paar Tage zuvor seine Ankunftszeit durchgegeben. Voller Spannung suchte er sich einen Platz am Fenster und musste während der Fahrt mehr-mals vor Aufregung die Toilette aufsuchen. Aufgrund dessen beglückwünschte er sich zu der Entscheidung, nicht den Bus genommen zu haben.

Als der Zug im Bahnhof einfuhr, reckte er den Hals und suchte die Wartenden nach Robert ab. Eigentlich besaß er kein sehr gutes Gedächtnis für Gesichter, aber bei der Ähnlichkeit brauchte er nur nach einem Abbild seiner selbst Ausschau halten. Bis der Zug ruckend hielt, hatte er ihn noch nicht ausfindig machen können. So stieg er aus, seine Reisetasche in der Hand. Robert hatte ihn in ein Bed and Breakfast bringen wollen, in dem er übernachten würde. Beide waren sich einig, dass eine Übernachtung dem Besuch den Zeitdruck nehmen würde.

Auf dem Bahnsteig schaute sich Daniel erneut um und schließlich entdeckte er ihn im selben Moment, in dem auch Robert den Arm hob, um ihm zuzuwinken. Er war allein, doch das war Daniel nur recht. Den Rest der Familie würde er lieber in homöopathischen Dosierungen kennenlernen und vielleicht konnte ihm sein Vater zuvor etwas über sie erzählen. Schnell schritt er auf ihn zu und streckte ihm schüchtern die Hand zur Begrüßung hin. Robert nahm sie, zog ihn aber dann an sich und schlang einen Arm um ihn. Seine Stimme war ein wenig kratzig, als er ihn willkommen hieß.

„Ich bringe dich erst mal zu deinem Zimmer, das wir reserviert haben. Es ist nicht weit von unserem Zuhause entfernt. Wenn du ausgepackt hast und bereit bist, fahren wir zu uns. Die anderen sind schon ganz gespannt auf dich."

„Und ich erst auf sie", grunzte Daniel. „Wie sind sie? Ich weiß gar nichts über sie."

Robert wiegte den Kopf.

„Du hast Recht, diesbezüglich haben sie dir gegenüber einen Vorsprung. Ich habe ihnen alles erzählt, was ich über dich weiß."

Während sie sprachen, kamen sie zu einem Mittelklassewagen an, den Robert aufschloss. Er nahm Daniel die Tasche ab und verfrachtete sie in den Kofferraum. Das Auto in den Verkehr einfädelnd, begann er mit seinem Bericht.

„Abigail ist eine sanfte Person, ruhig und sie mag dir anfangs etwas abweisend vorkommen. Das liegt aber nur daran, dass sie nicht so auf Fremde zugehen kann. Das wird sich relativ schnell geben. Sie freut sich wirklich auf dich."

Daniel nickte verstehend.

„Da bin ich ganz ähnlich, ich kann auch am Anfang nicht so aus mir heraus, wenn ich jemanden nicht kenne."

Sein Vater lächelte versonnen.

„Dann weißt du ja, wovon ich rede. Sie ist wirklich ein herzensguter Mensch und wird dich vermutlich gedanklich adoptieren. Brooke ist die ältere unserer Kinder, sie hat selbst Familie und uns zu Großeltern von zwei wunderbaren Mädchen gemacht. Sie sind zwei und fünf. Du hast also demnach sogar zwei Nichten."

Unbeschwert lachte er Daniel an, sichtlich stolz auf den Nachwuchs, bevor er fortfuhr.

„Brooke kommt heute allein, wir wollen dich ja nicht überfordern. Aber wenn du magst, kommen morgen dann auch die Kinder und mein Schwiegersohn mit. Sie hat studiert und arbeitet seit der ersten Geburt als freie Journalistin. So kann sie sich die Zeit einteilen und schreibt für unterschiedliche Zeitungen, wenn sie Zeit dafür hat. Thomas ist drei Jahre jünger und hat es immer gehasst, der kleine Bruder zu sein. Er lebt mit seiner Freundin zusammen und arbeitet bei einer Versicherungsgesellschaft. Brooke und Thomas sind ziemlich munter, zoffen sich gern, aber das ist nie ernst gemeint. Zusammen gehen sie durch alle Höhen und Tiefen, wenn es sein muss. Auch sie brennen darauf, dich kennenzulernen."

Daniel versuchte noch, diese Fülle von Informationen in seinem Gehirn zu speichern, als sie anhielten. Die Männer stiegen aus, ließen sich den Zimmerschlüssel geben und gingen gemeinsam nach oben. Dort stellte Daniel nur seine Tasche ab und winkte Robert mit sich wieder hinaus.

„Ich kann jetzt nicht seelenruhig auspacken, sonst platze ich vor Nervosität. Lass uns gleich weiterfahren, wenn es dir nichts ausmacht."

Gleichmütig zuckte Robert die Schultern.

„Von mir aus gern! Ich könnte wetten, dass die anderen zuhause auch schon Amok laufen."

Zügig verließen sie das Bed and Breakfast, stiegen ins Auto und fuhren die kurze Strecke bis zum Haus der Familie. Es war nicht riesig, aber gepflegt und befand sich mitten in einem üppigen Garten.

Robert hatte Daniels Blick auf die bunte Pracht der vielen Blumenbeete bemerkt.

„Abigail liebt Gartenarbeit, sie kann dabei so gut abschalten, sagt sie immer."

„Das merkt man. Ich glaube, so einen Garten könnte keiner gestalten, der keine Freude daran hat."

Er folgte Robert ins Haus und verlangsamte dort seinen Schritt. Jetzt kam es darauf an! Der erste Eindruck war immer der wichtigste und er konnte nur hoffen, bei Roberts Familie nicht gleich auf Ablehnung zu stoßen. Während er kurz die Augen schloss, um sich zu sammeln, betrat sein Vater bereits das Wohnzimmer.

„Hier ist er und erschreckt ihn nicht, er muss erst mal ein bisschen mit euch warm werden", hörte Daniel ihn zu den anwesenden Personen sprechen.

Mit gestrafften Schultern überschritt er die Schwelle.

Der Raum war nicht riesig, aber groß genug für eine gemütliche Sitzecke, ein großes Sideboard sowie einen Esstisch. Um diesen saßen drei Personen, die ihn neugierig anblickten. Daniel verfluchte sich für die Röte, die er im Gesicht spürte. Abigail, eine patent wirkende, mittelgroße Frau, erhob sich als Erste. Sie kam auf ihn zu, streckte ihm die Hand entgegen und verkündete strahlend: „Ich freue mich wirklich, dass du hier bist. Wir waren erst mal ziemlich geschockt, als wir von deiner Existenz erfahren haben. Aber nach dem, was Robert uns so erzählt hat, ging es dir wohl vor einer Weile nicht viel anders."

„Das stimmt", bestätigte er und lächelte Abigail erleichtert an. Der Auftakt schien schon recht vielversprechend.

Ihr folgten nun Thomas und Brooke, die ihn ebenfalls freundlich begrüßten.

„Ist schon ein komisches Gefühl, plötzlich noch einen Bruder zu haben. Aber nicht unbedingt das Schlechteste", grinste sie. „Geht mir so ähnlich", versetzte er. „Nur, dass ich gleich eine ganze Familie dazu

kriege."

Allgemeines Gelächter kam als Antwort auf diese Feststellung und er wurde gebeten, Platz zu nehmen. Abigail und Brooke eilten in die Küche, um dem gedeckten Tisch eine riesige Schüssel zuzufügen.

„Heute gibt es zur Feier des Tages Irish Stew", verkündete die Hausherrin. „Du hast doch sicher Hunger nach der Fahrt."

Wie auf Kommando gab sein Magen ein lautes Knurren von sich. Erschrocken schlug er die Hand auf den Bereich des Bauchs, wo er den Übeltäter vermutete.

„Ich glaube, die Antwort haben wir gerade alle gehört", murmelte er und schaute dabei in lachende Gesichter.

Er bediente sich und begann, sich heimisch zu fühlen. Das Tischgespräch drehte sich vorerst nicht nur um ihn, sondern beinhaltete harmloses Geplänkel mit den von Robert erwähnten Wortgefechten zwischen Brooke und Thomas. Daniel brauchte einfach nur zuzuhören und sich im Stillen daran zu erfreuen. Ab und zu wurde er angesprochen, um für eins der Geschwister scherzhaft Partei zu ergreifen. Nach und nach wurde er so in die Gemeinschaft hineingezogen. Langsam lernte er Roberts – und zum Teil auch seine Familie – einzuschätzen und beteiligte sich im Verlauf des Nachmittags immer mehr am Gespräch. Die Chemie stimmte, stellte er fest. Deshalb ermunterte er Brooke und Thomas, am Sonntag die ihnen wichtigen Menschen ebenfalls mitzubringen. Voller Stolz hatte ihm Brooke bereits Fotos ihrer Mädchen gezeigt und kleine Anekdoten erzählt. Daniel seinerseits berichtete von seiner Arbeitslosigkeit, dem Job als Wachmann und warum er ihn verloren hatte. Schließlich endete er bei Scott, dessen Firma und seiner Beziehung zu Tara. „Bring sie das nächste Mal mit, wenn du kommst", forderte Thomas sofort. Natürlich bedurfte es dazu keiner Überredungskunst, da Daniel dies ohnehin ins Auge gefasst hatte. Gerne versprach er, bei seinem nächsten Besuch Tara im Gepäck zu haben. Kurz schweiften seine Gedanken ab. Sie würde zuhause sitzen und gespannt auf seinen Anruf warten, wie die Begegnung hier verlaufen war. Er würde sofort telefonieren, wenn er in seinem Zimmer ankam.

Gegen Abend merkte Daniel, wie er müde wurde. So sehr ihm die Gesellschaft auch gefiel, in der er sich befand, wurde das ganze Unternehmen doch zunehmend anstrengend. Er argwöhnte, dass es nicht nur ihm so ging und verkündete gegen 18 Uhr, er wolle sich nun verabschieden. Am nächsten Tag würde er nachmittags nochmals vorbeikommen, bevor er gegen Abend die Heimfahrt antreten wolle. Leises Bedauern schlug ihm entgegen, aber Brooke verkündete auch ungerührt, sie müsse sich nun mal wieder um ihre „Brut" kümmern.

„Alex ist ein wundervoller Vater, aber das Haus sieht immer fürchterlich aus, wenn die drei allein sind. Vor lauter Spielen vergessen sie alles andere", lachte sie.

Zum Abschied nahm sie Daniel kurz in den Arm und winkte ihnen nochmals zu, als sie das Wohnzimmer verließ. Sofort schloss sich Daniel an und ging den kurzen Weg zu seinem Bed and Breakfast zu Fuß. Sein Schritt war schnell, denn er brannte darauf, Tara von diesem fabelhaften Tag zu erzählen. Sie ging tatsächlich sofort ans Telefon, als er anrief.

„Und? Wie war es, wie sind sie?" sprudelte sie hervor.

Daniel lachte, aus Erleichterung über den Tagesablauf und vor Freude, ihre muntere Stimme zu hören.

„Es war klasse. Sie waren total aufgeschlossen und nett, keine Spur von irgendwelchen Vorurteilen."

„Warum sollten sie auch? Du kannst doch für deine Herkunft nichts."

„Schon, aber du weißt doch: Manche reagieren etwas merkwürdig, wenn sich ein Fremder in ihre Familie drängen will. Morgen lerne ich auch Mann und Kinder von Brooke kennen. Thomas bringt seine Freundin mit. Wenn ich wieder herkomme, sollst du dabei sein."

Einige Sekunden sagte sie nichts und Daniel argwöhnte bereits, dass sie die Idee nicht so prickelnd fand.

„Ist zwar ein komischer Gedanke, aber klar komme ich mit. Ich möchte ja auch wissen, mit wem du dich da rumtreibst."

Das würde sich machen lassen, grinste er in sich hinein. Er berichtete über den Verlauf des Tages und bald drifteten sie in liebevolles Geplänkel ab, bevor sie sich gegenseitig versicherten, einander zu vermissen und auflegten.

Daniel beschloss, seine Tasche nicht für diese eine Nacht auszupacken. Er wühlte darin herum, um das Erforderliche zu finden, das er bis zum nächsten Morgen brauchte. Nachdem er es auf das Bett und ins Badezimmer verteilt hatte, begab er sich nach unten, um nach einem Coffee Shop in der Nähe zu fragen. Dort gedachte er, sein Abendessen einzunehmen und anschließend würde er todmüde ins Bett fallen.

Am nächsten Morgen erwachte er ausgeschlafen und mit guter Laune. Er ging in das kleine Badezimmer, um danach den Frühstücksraum aufzusuchen. Bereits wieder ungeduldig auf die Begegnung mit Robert und den anderen, schlang er alles in sich hinein. Schon kurz nach zehn stand er entgegen der Vereinbarung wieder Abigail gegenüber. Sie bat ihn herein und komplimentierte ihn in die Küche, wo sie mit Robert selbst noch am Tisch saß. Daniel erzählte von seinem Telefonat mit Tara, sie würde ihn das nächste Mal begleiten. Zu mehr kam er nicht, denn Brooke kam mit ihrer Gefolgschaft zur Tür herein.

Die Mädchen zogen sich schüchtern hinter ihre Mutter zurück, während Alex den Gast herzlich begrüßte. Brooke löste sich von Sarah und Lucy, um ihn kurz in die Arme zu nehmen. Misstrauisch beäugten die Kleinen den fremden Mann, sodass Daniel die Initiative ergriff. Er stand auf und hockte sich vor Brooke, die für die zwei erneut als Schutzschild herhalten musste. Erst beugte er sich rechts um deren Beine in Sarahs Richtung, dann links herum zu Lucy. Jeder von ihnen sagte er, wie hübsch sie sei und dass er stolz wäre, sie kennenzulernen. Die Komplimente trugen dazu bei, sie etwas aufzutauen und sich vorsichtig hinter Brooke hervorzuwagen.

Nachdem das Eis gebrochen und auch Thomas mit seiner Freundin Caitlin dazu gestoßen war, wurde es eine muntere und fröhliche Gesellschaft. Nur ungern verabschiedete sich Daniel am späten Nachmittag, nicht ohne das Versprechen abgeben zu müssen, sie bald wieder zu besuchen.

Robert fuhr ihn zum Bahnhof und geradezu euphorisch bestieg er den Zug, der ihn zurück nach Dublin bringen würde.

Erin Namara zerknüllte unterdessen das feuchte Papiertaschentuch und strich mit dem Daumen über das Foto. Darauf lachte Susan während eines Grillabends im Garten, fröhlich und unbeschwert. Nichts deutete darauf hin, was Rhys mit ihr angestellt hatte. Immer und immer wieder.

Fast alle Nächte seit dieser Gewissheit verbrachte sie schlaflos und nahm jede Kleinigkeit im gemeinsamen Tagesablauf auseinander. Sie suchte nach Zeichen, Hinweisen, an denen sie das Geschehen hätte erkennen können. Dennoch fand sie nichts, was sie hätte stutzig machen müssen. Noch nicht einmal im Nachhinein.

Langsam, wie einen kostbaren Schatz, legte sie die Aufnahme zu den anderen zurück in den Schuhkarton. Eine unkonventionelle Art, Erinnerungen aufzubewahren. Sie besaß jedoch noch zwei davon, je einen für Susan und Finn. In jedem waren Basteleien und Zeichnungen aufgehoben, die ihre Kinder ihr geschenkt hatten, als sie noch klein waren. Das eine oder andere hing sichtbar an der Wand oder stand als Zierde im Wohnzimmer, vieles jedoch lag in diesen Behältnissen.

Erin schloss das Relikt der Vergangenheit mit dem dazugehörenden Deckel, stand ruckartig auf und schob es ganz zuhinterst in den Schrank. Sie musste abschließen, wenn sie weiterleben wollte. Und das musste sie sowohl für Finn als auch für sich selbst. Nie würde sie Susan vergessen können, ihr eigen Fleisch und Blut. Das Leben musste jedoch weitergehen, auch ohne sie.

Sie dachte an das Telefonat mit dem Anwalt am gestrigen Nachmittag. Für sie stand fest: sie würde das Haus nicht behalten. Einmal ganz davon abgesehen, dass sie sich die Raten niemals leisten könnte, wollte sie nicht mehr darin leben. Es würde sie immer an die Schmach erinnern, an ihr Versagen gegenüber Susan. Sie würde mit Finn eine Weile in dieser kleinen Wohnung bleiben und wenn die Scheidung und der Verkauf geregelt waren, neu anfangen. Vielleicht sogar ganz weg aus Dublin, das konnte sie sich immer noch überlegen.

Erneut ging ein Ruck durch ihren Körper. Es wurde Zeit, sich ihren täglichen Aufgaben zuzuwenden. Dazu gehörte auch, Finn endlich reinen Wein einzuschenken. Sie erhob sich schwerfällig, straffte die Schultern und ging zu seinem kleinen Zimmer. Bevor sie anklopfte, holte sie tief Luft.

Ihr Sohn saß am Schreibtisch und beschäftigte sich mit einem Malbuch. Neugierig schaute Erin über seine schmale Schulter und bewunderte gebührend seine Leistung. Im Begriff, seine friedliche Welt zu zerstören, schloss sie kurz die Augen. Es gab keinen passenden Zeitpunkt dafür, sie konnte es jetzt genauso gut wie irgendwann anders machen. Umso länger sie wartete, desto höher wurde das Risiko, dass Finn es von Schulkameraden erfuhr. Das musste auf jeden Fall verhindert werden.

Sie nahm auf seinem Bett Platz und klopfte neben sich auf die Bettdecke.

„Setz dich mal bitte zu mir. Ich möchte dir erzählen, warum Susan nicht mehr bei uns ist."

Finn wandte ihr nur halb sein Gesicht zu, rührte sich aber nicht von Fleck.

„Das weiß ich doch, sie ist weggelaufen."

Erin erkannte, dass er die Beerdigung und die damit verbundene Konsequenz verdrängte.

„Nein, das ist sie nicht. Deshalb möchte ich gern, dass du zu mir kommst."

Die Miene des Jungen verschloss sich, aber er kam ihrem Wunsch nach. Mit weit aufgerissenen Augen sah er sie erwartungsvoll an. Vorsichtig nahm sie seine Hand in ihre, bevor sie begann. Er musste die Wahrheit erfahren, aber nicht in ihrer ganzen Härte. Nur, wie änderte man die grausame Realität in eine kindgerechte?

„Finn, Susan ist nicht freiwillig weggelaufen. Eigentlich hatte sie das noch nicht mal vor. An dem Sonntag wollte sie sich mit jemandem treffen, den sie noch nicht lange kannte. Dad hat das mitbekommen und ist ihr gefolgt. Er wollte, dass sie mit ihm geht, anstatt sich mit dem Fremden zu treffen. Schließlich hat sie das auch getan und die beiden sind zu einem Spaziergang in den Wald gefahren. Da wollte Dad deine Schwester in die Arme nehmen, sie ist gestolpert und hingefallen. Davon hat sie nichts mehr gemerkt, es hat ihr nichts weh getan oder so. Aber sie ist so unglücklich gefallen, dass sie nicht mehr weiterleben konnte. Dad wusste nicht, was er tun sollte, weil er sich so erschrocken hat. Deshalb hat er lange Zeit nichts gesagt. Wahrscheinlich muss er aus diesem Grund jetzt auch im Gefängnis bleiben. Aber Susan geht es gut, sie ist jetzt an einem Ort, wo sie fröhlich sein kann und viele Freunde hat."

Ungläubigkeit lag in Finns Blick.

„Wie kann sie fröhlich sein, wenn sie nicht mehr bei uns ist?" Erin schluckte hart. Mit einem solchen Einwand hätte sie rechnen müssen.

„Sie hat sich bei uns nicht mehr so wohl gefühlt, bei Mädchen in dem Alter ist das oft so."

Sein kleiner, magerer Körper spannte sich an und plötzlich platzte er heraus: „Sie liegt in der Erde begraben, da kann man nicht fröhlich sein."

Sie schlang beide Arme um ihn und hoffte, dass nicht nur er ihr Trost gab, sondern auch sie ihm.

„Der Körper ist begraben, das stimmt. Aber ein Mensch hat auch eine Seele. Das, was ihn ausgemacht hat. Die wird nicht begraben, sondern löst sich und lebt an einem schönen Ort weiter. Alles das, was du an Susan gemocht hast oder auch nicht, bleibt nicht in ihrem Leib."

Deutlich konnte sie sehen, wie er überlegte und versuchte, sich sein eigenes Bild zu gestalten.

„Ist schon in Ordnung, Mum. Wir kommen damit klar, wir haben ja immer noch uns."

Mit diesen Worten kuschelte er sich an sie. Erin war froh, dass er dadurch ihre Tränen nicht sah. Es würde eine sehr traurige Advents- und Weihnachtszeit werden.

Kapitel 26

Die Fahrt nach Affordshire stand unter keinem guten Stern. Tara und Daniel hatten die Nächte ausnahmsweise jeder in der eigenen Wohnung verbracht. Dieser Umstand gefiel Daniel nicht. Er hatte sich so an ihre Anwesenheit gewöhnt, dass er sich ohne sie wie ein halber Mensch vorkam. So langsam wurde es wirklich Zeit, sich eine gemeinsame Bleibe zu suchen. Ungeduldig stand er am Fenster und raste sofort aus der Wohnung, als ihr roter Kleinwagen um die Ecke bog. Sie bremste schon am Straßenrand, während er das Haus verließ. Abrupt blieb er staunend stehen. Nun gut, Taras Auto war nicht mehr das jüngste und schmückte sich mit einigen Kratzern und Beulen. Das Auto besaß anstelle von Schönheit eher Charakter, verteidigte sie ihre Reisschüssel immer wieder. Aber auch ein Gefährt mit Charakter sollte Wert auf intakte Scheiben legen, oder lag er da falsch?

Tara öffnete von innen die Beifahrertür und winkte ihn zu sich.

„Setz dich, besser wird es nicht. Irgend so ein Idiot hat mir in der Nacht die Scheibe eingeschlagen."

Daniel betrachtete die Plastikplane, die anstelle des Glases die Tür zierte. Scherben brachten Glück, war es nicht so?

Irritiert von der fast nicht vorhandenen Aussicht an der Seite stieg er ein, krampfhaft bemüht, immer nur nach vorne zu sehen. Bald lehnte er sich zurück und genoss die Fahrt sowie Taras Geplauder. Sie erzählte Anekdoten aus ihrer Familie, insbesondere von der Hochzeit ihres Bruders. Daniel hatte Taras Familie bereits kennengelernt, aber einen engeren Kontakt gab es nicht. Immer wieder schaute er sie verträumt an und erkannte, dass er mit dem Internet den falschen Weg gewählt hatte. Partnersuche ergab sich ganz von selbst, sofern man es nicht mit dem Holzhammer versuchte. Von Chaträumen war er ohnehin für alle Zeiten geheilt.

Am frühen Nachmittag trafen sie in Affordshire ein. Tara blickte sich entzückt um, als sie in das Dorf einfuhren. „Das ist ja wie im Märchen hier. Genauso, wie man sich die schönsten Flecken in unserem Land immer vorstellt. Wahnsinn!"

Um ein Haar hätte sie vor Begeisterung einen Findling gerammt, der am Straßenrand prangte. Aber auf eine Beule mehr oder weniger kam es sowieso nicht an. Ihrer Auf-fassung nach taugte ein Auto als Gebrauchsgegenstand, da gab es eben Kratzer und Beulen.

Sie stellte den Wagen an einer günstigen Stelle ab und betrat mit Daniel den Pub. Er hatte im Vorfeld ein Doppelzimmer für sie reserviert und freute sich, als er das dunkle Mobiliar mit den fröhlichen, orangefarbenen Tischdecken sah. Da er niemanden antraf, rief er nach Brian.

An seiner Stelle tauchte Jim hinter der Theke auf. Die Haare klebten an seiner Stirn und zeigten, dass er sich im täglichen Kampf mit dem Herd befand.

„Oh, Daniel! Wir hatten euch erst gegen Abend erwartet. Schön, dich wiederzusehen."

Er schüttelte ihm kräftig die Hand und schaute Tara fragend an.

„Das ist meine Freundin, Tara McKinnon", stellte Daniel stolz vor.

Jims Blick glitt anerkennend über die kräftige Gestalt Taras.

„Dann auch für dich herzlich Willkommen. Ich gebe euch eben den Zimmerschlüssel, dann muss ich mich wieder um die

Bohnen kümmern. Mein Vater müsste aber auch gleich zurück sein."

Er verschwand kurz und drückte Daniel nach seiner Rückkehr den Schlüssel in die Hand. Winkend verließ er den Schankraum in Richtung Küche.

Daniel gab den Schlüssel an Tara weiter und bemächtigte sich der Reisetaschen, die sie jeder gepackt hatten. Oben angekommen, betraten sie ein ähnliches Zimmer, wie Daniel es bereits von seinem Aufenthalt ein halbes Jahr zuvor kannte. Tara ließ sich sofort auf das breite Bett fallen, die Arme und Beine weit ausgestreckt, wie ein auf dem Rücken liegender Käfer. Verheißungsvoll klopfte sie auf die Bettdecke, doch Daniel schüttelte den Kopf.

„Mir wäre es lieber, wenn wir kurz bei Caro und Damian vorbeigehen würden. Nur um Bescheid zu sagen, dass wir da sind."

Diese Idee gefiel Tara ausnehmend gut, denn so konnte sie die Hauptpersonen des morgigen Tages ungezwungen kennenlernen und nicht in der Starre der Feierlichkeiten. Sie rollte sich wieder vom Bett herunter, strahlte Daniel an und verkündete: „Ich bin soweit!"

Da sie nur die Straße aus dem Dorf hinaus entlanggehen mussten, konnten sie Caros Cottage nicht verfehlen. Daniel überlegte, ob sie zunächst die Werkstatt aufsuchen sollten, entschied sich aber dagegen. Sicherlich würde Damian jetzt nicht mehr arbeiten und bei den Vorbereitungen helfen.

Kein Hund lief ihnen entgegen, als sie das Grundstück betraten. Ein beklemmendes Gefühl für ihn, denn bei seinem Besuch hatte das zum Standard gehört. Er klopfte laut und vernehmlich an die Haustür, besann sich dann eines Besseren und lugte durch das Fenster links daneben. Durch die Scheibe strahlte ihm Caro entgegen, die eben dabei war, vor ihrem Computer aufzustehen. Im nächsten Moment schon riss sie die Tür auf und stürmte auf ihn zu.

„Daniel! Wie schön, dass ihr schon da seid. Und du musst Tara sein."

Sie glich einer blonden Naturgewalt, was nicht zuletzt an ihrer üppigen Figur lag, als sie beide umarmte.

„Kommt rein, ich koche einen Kaffee. Oder lieber Tee? Damian ist bei Ian, keine Ahnung, was die zwei da ausbrüten. Stacy ist verschwiegen wie ein Grab und aus den Damen McIntyre kriege ich auch nichts raus. Die haben sich alle gegen mich verschworen. Du weißt nicht zufällig was? Hat er was erzählt?"

Daniel hob die Hand, um den Wirbelsturm aus ihrem Mund zu stoppen. Eindeutig übernervös wegen morgen, diagnostizierte er und amüsierte sich prächtig darüber. Die sonst eher ruhige, besonnene Caro glich einem Nervenbündel. Dabei war es noch nicht einmal ihre erste Hochzeit. Aber sie hatte ihn neugierig gemacht. Was hatte es mit Damian und Ian auf sich? Das musste er herausfinden.

Sie gruppierten sich um den Tisch in der Küche. Während Caro herumwirbelte, um Kaffee zu kochen, rief er Damian an.

„Wir sind bei deiner zukünftigen Frau und sie ist kurz vorm Hyperventilieren", zog er ihn auf. „Was hast du denn für ein großes Geheimnis mit Ian?"

„Mit Ian?" stutzte Damian. Dann ging ihm ein Licht auf. „Ian gibt mir nur Rückendeckung. Ich bin beim Juwelier und hole den Claddagh-Ring unserer Familie ab. Ich habe seine Größe auf Caro anpassen lassen. Halt bloß die Klappe und sag ihr nichts!"

Das versprach Daniel hoch und heilig. Natürlich würde er nicht ein Wort darüber verlieren und tatsächlich blieb er standhaft, als sich Caro auf ihn stürzte.

„Was hat er gesagt, was machen sie?"

„Er hat gesagt, dass er auch mir nichts verrät, damit ich nicht petzen kann", flunkerte Daniel. Schließlich diente diese Lüge einem guten Zweck.

Sie sah ihn dann auch zweifelnd an, weil sie ahnte, dass er nicht die Wahrheit sagte. Gleichzeitig wusste sie, Männer hielten zusammen und sie hätte keine Chance, etwas herauszubekommen. Nur keine Energie an Dinge verschwenden, für die es sich nicht lohnte. Getreu diesem Motto ließ sie das Thema fallen und unterzog Tara bei einer Kanne Kaffee einer näheren Betrachtung.

Als die Haustür lautstark ins Schloss fiel, drehten sie die Köpfe zur Küchentür. Stacy erschien mit einem Korb, abgedeckt mit einem Handtuch. Sie begrüßte die Gäste und stellte ihre Mitbringsel auf dem Tisch ab.

„Heute Abend widmen wir uns noch solchen Dingen wie Hufeisen, Wildblumenkranz und magischem Taschentuch. Den Honigwein müssen wir auch kaltstellen."

Das sahen Tara und Daniel als geeigneten Zeitpunkt an, sich zu verabschieden. Caro und Stacy gemeinsam in diesem Zustand würden alles plattwalzen, was ihnen in den Weg kam. Damit sollten sich mal lieber Damian und Ian herumschlagen!

Vor Caros Cottage blieb Tara stehen und schaute Daniel vergnügt an.

„Ich glaube, Caro mag ich schon mal. Jetzt bin ich auf den Bräutigam gespannt."

Liebevoll schenkte ihr Daniel ein Lächeln, bevor er ihren Enthusiasmus dämpfte.

„Sieht allerdings nicht so aus, als ob du ihn heute noch kennenlernen kannst. Wer weiß, wann er zurück ist von diesem Juwelier. Da ist er nämlich, Ian diente nur als Ausrede."

Sie zuckte gleichmütig die Schultern.

„Auch nicht schlimm. Dann lass uns einfach ein bisschen umherwandern. So viel Landschaft hatte ich noch nie um mich herum, immer nur Gärten." Sie kicherte leise.

Damit lief sie bei Daniel offene Türen ein. Obwohl er schon in Affordshire gewesen war, hatte er doch immer nur die Strecke zwischen dem Pub und den Häusern sowie der Schreinerei gesehen. Im weiteren Umfeld hatte auch er sich noch nie umgeschaut. Sie nahmen sich an den Händen und liefen zurück in den Ort, wo sie links in eine kleine Nebenstraße abbogen. An deren Ende trafen sie geradewegs auf die Klippen.

Tara breitete die Arme aus, als ob sie die ganze Welt umarmen wolle. So drückte sie deutlich aus, was sie empfand. Freiheit, Glück und Wohlbefinden. Verstohlen schielte sie zu dem Mann an ihrer Seite. Immer hatte sie von einem großen, dunkelhaarigen Adonis geträumt und was stand dort neben ihr? Ein rundlicher, nicht allzu attraktiver Blonder, der trotzdem all das darstellte, was sie sich immer gewünscht hatte. Ein offensichtlicher Beweis dafür, dass das Äußerliche völlig belanglos war. Mit strahlenden Augen wandte sie sich Daniel zu.

„Was meinst du, ob wir einen solchen Tag wie Caro morgen auch erleben werden?"

Erstaunt weiteten sich Daniels Augen. Meinte sie jetzt wirklich das, was er dachte? Sein Herzschlag begann sich zu beschleunigen. Irgendwas lief gerade verkehrt, war es nicht immer der Mann, der solche Dinge ansprach? Schon das zweite Mal ging die Initiative von Tara aus. Dagegen einzuwenden hatte Daniel jedoch nichts. Wäre sie nicht so beschaffen, würde er sie immer noch aus der Ferne anschmachten. Mühsam entfernte er durch mehrmaliges Räuspern einen hartnäckigen Frosch im Hals, bevor er antwortete.

„Wenn es nach mir geht, auf jeden Fall. Allerdings werde ich dir keine allzu prunkvolle Feier bieten können."

Ihr dunkler Pferdeschwanz wippte, als sie heftig den Kopf schüttelte.

„Das ist auch gar nicht nötig. Was Kleines im Familienkreis reicht völlig. Wichtig ist, dass ich irgendwann mal Mrs O'Keefe werde."

Amüsiert zog er eine Augenbraue hoch.

„Was verstehst du unter irgendwann?"

„Vielleicht im Herbst? Was meinst du? Wir könnten uns vorher eine größere, gemeinsame Wohnung suchen. So hätten wir gleich genügend Platz für den geplanten Nachwuchs und bräuchten nicht noch mal umziehen."

Das Thema hatten sie bereits mehrfach erörtert und waren sich einig, Kinder zu wollen. Nur von einer Heirat war bislang keine Rede gewesen.

Daniel nahm sie fest in die Arme.

„Herbst ist super. Lass uns gleich nächste Woche anfangen, nach einer Wohnung Ausschau zu halten. Vielleicht finden wir ja auch ein kleines Haus, das uns gefällt."

Er machte eine lange Pause, Tara sah ihn erwartungsvoll an. Sie spürte, dass Daniel in seinem Kopf etwas formte, das gleich noch ausgesprochen werden würde. Sie behielt Recht.

„Du bist das Beste, was mir passieren konnte. Im Grunde kann ich Susans Vater fast dankbar sein, denn ohne diese ganze Sache hätte ich dich nie kennengelernt. Und ich gebe dich nie wieder her. Um die Tradition zu wahren, möchte ich dich aber was fragen."

Tara wartete ab und wurde nicht enttäuscht.

„Möchtest du mich heiraten und den Rest deines Lebens mit mir gemeinsam verbringen?"

Ein langer Kuss folgte auf das von ihr lauthals gerufene „Ja!".

Sie lösten sich von den Klippen und schworen sich beide unabhängig voneinander, diesen besonderen Moment für immer in ihr Gedächtnis einzubrennen. Unter sich das wild schäumende Meer, ringsherum Affordshire mit Wiesen, Feldern und Wald. Über die Wiesen spazierten sie eine Weile an der Küste entlang, bevor sie die Richtung wieder änderten, um ins Dorf zurückzukehren. Gerade als sie den Pub erreichten, hielt Jacks Wagen hinter Taras ramponierter Reisschüssel.

Strahlend stieg Ruth aus und begrüßte das Paar stürmisch, Jack ließ es etwas langsamer angehen. Sofort packten alle mit an, um das Gepäck sowie das Hochzeitsgeschenk ins Gästezimmer zu bugsieren.

Da auch Ruth die Absicht vermeldet hatte, sich die Umgebung ansehen zu wollen, gingen sie gemeinsam noch einmal zum Meer und wanderten im großen Bogen rund um Affordshire herum. Als Stadtmenschen wurden sie von den Weiten und dem Grün nahezu überwältigt. Ruth bereute, zuvor noch nie einen Gegenbesuch bei Caro und Damian gemacht zu haben.

„Hört ihr diese Stille?" fragte sie begeistert.

„Ja", versetzte Jack. „Vor allem, weil du mal den Schnabel hältst."

Sie gab ihm einen zärtlichen Klaps an die Schulter und kuschelte sich an ihn. Daniel verfolgte das Schauspiel amüsiert und gestikulierte mit Tara, dass er gern ihre Neuigkeiten verraten würde. Sie blieb stehen, breitete die Arme aus und rief: „Wir haben euch was zu sagen!"

Ruth und Jack, die ihnen ein paar Schritte voraus waren, drehten sich erstaunt um. Es dauerte jedoch nicht lange, bis Ruth begriff. Zu sehr Frau, blieben ihr solche Veränderungen nicht verborgen. Sie übte sich aber in Geduld, um Tara und Daniel nicht den Moment zu verderben.

„Wir wollen im Herbst heiraten", platzte Daniel heraus.

Ein lautes Gejohle und Glückwünsche kamen als Antwort. Endlich! Ruth hatte schon von der ersten Begegnung an gewusst, dass Tara eine patente Person war, die Daniel ins Glück führen würde.

Die Freunde begaben sich lachend und scherzend auf den Weg zurück zum Pub, denn inzwischen war es Abend. Beim Betreten des Schankraums blieb Jack, der als erster der Prozession lief, abrupt stehen. Ruth prallte an seinen Rücken und wurde ihrerseits von Tara angeschoben, die nicht mehr abbremsen konnte. Lediglich Daniel konnte einen Zusammenstoß verhindern, denn er war der Letzte in der Schlange. Neugierig reckte er den Kopf um zu sehen, was Jack zum Anhalten bewegt hatte. Ruth schob ihren Mann unterdessen weiter, sodass alle endlich im Pub waren und Daniel die Tür schließen konnte. Wie meistens um diese Zeit waren Theke und Tische gut besetzt. Aber erst, als er Jacks Blick folgte, entdeckte er Damian, der an einem Tisch neben dem Kamin trübsinnig in sein Glas stierte. Die vier Dubliner warfen sich ratlose Blicke zu. Was hatte das zu bedeuten?

Jack fasste sich als Erster, winkte den anderen und steuerte auf Damian zu. Er setzte sich ihm gegenüber, während Ruth und Tara auf den übrigen Stühlen Platz nahmen. Daniel holte sich einen Stuhl vom Nebentisch und zwängte sich dazwischen. Erst jetzt sah Damian auf und bemerkte erstaunt, dass er nicht mehr allein war. Sein Gesicht hellte sich auf.

„Schön, dass ihr hier seid!" Er begrüßte alle herzlich, aber das konnte nicht über seine bedrücke Stimmung hinwegtäuschen.

Jack stützte sich auf die verschränkten Unterarme, um sich zu dem Bräutigam vorzubeugen.

„Was ist los? Hat Caro dir noch den Laufpass gegeben?"

Seufzend nahm Damian einen Schluck.

„Nein. Aber ich glaube, das ist das Problem."

Auf Jacks Stirn erschien eine steile Falte. Der Kerl wollte jetzt doch wohl nicht kneifen?

„Das musst du schon genauer erklären."

Damian stieß die Luft aus den Lungen und atmete dann tief durch. Mit Dackelblick schaute er von einem zum anderen.

„Was ist, wenn es die falsche Entscheidung ist? Wenn ich Caro nicht glücklich machen kann? Wenn sie genauso wie in ihrer ersten Ehe später merkt, dass es ein Fehler war, mich zu heiraten?"

Jack begann laut zu lachen, was ihm einen vorwurfsvollen Blick von Damian einbrachte. Ruth, Tara und Daniel hielten sich heraus und verfolgen das Gespräch gebannt.

„Du kriegst kalte Füße!" prustete Jack immer noch. Dann wurde er wieder ernst.

„Das ist völlig normal am Abend davor, glaub mir. Ich hätte damals am liebsten noch kurz vor der Trauung die Flucht ergriffen."

Ruth bedachte ihn mit einem schrägen Blick, den er jedoch ignorierte.

„Caro liebt dich und gerade weil sie schon mal verheiratet war, macht sie denselben Fehler nicht wieder. Sie hat sich vorher ganz genau überlegt, ob sie ein Leben lang mit dir zusammenbleiben will. Und für mich steht absolut außer Frage, dass sie das will. Außerdem, was ändert sich schon großartig? Ihr habt dann ein Stück Papier und sie trägt deinen Namen. Sonst bleibt doch alles wie gehabt."

Nachdenklich starrte Damian vor sich hin.

„Meinst du?"

„Na klar!" bestätigte Jack und schlug ihm hart auf die Schulter. Damian sackte daraufhin nach vorn und als er sich wieder aufrichtete, erschien ein zwar klägliches, aber immer-hin ein Grinsen auf seinem Gesicht.

„Lasst uns noch ein paar Guiness trinken, dann klappt das schon", entschied Jack.

Spät am Abend brachten sie zu viert einen doch sehr angeheiterten Damian nach Hause. Um dem Donnerwetter von Caro zu entkommen, geleiteten sie ihn bis vor die Haustür, öffneten, schoben ihn in den Flur und machten sich dann schnell aus dem Staub. Ihr Kichern und Lachen war noch zu hören, bis sie das Dorf wieder erreicht hatten.

Daher wusste Caro sehr wohl, wer ihren zukünftigen Gatten abgeliefert und dass er offenbar nicht allein zu tief ins Glas geschaut hatte. Sie nahm ihn am Arm und zog ihn die Treppe hinauf ins Schlafzimmer. Dort ließ er sich anstandslos von ihr auf das Bett drücken und entkleiden. Erst als er lag und von ihr zugedeckt wurde, fand er seine Stimme wieder.

„Caro, ich will dich immer noch heiraten. Ich hoffe, du mich auch."

Sie hatte kein Problem, seine doch eher undeutliche Botschaft zu verstehen und lächelte in sich hinein.

„Keine Sorge, ich werde dir weder morgen noch danach irgendwann davonlaufen", versicherte sie ihm.

Die Antwort war ein lautes Schnarchen.

Kapitel 27

Ruhig stand Daniel in der Ecke und beobachtete voller Stolz Tara, die mit Ian tanzte. Trotzdem sie relativ kräftig war, bewegte sie sich mit einer Anmut, die ihn immer wieder faszinierte. Sein Blick schweifte umher, umfing nach und nach die Gäste der Hochzeitsgesellschaft. Hier im Zelt herrschte Hitze, nicht nur durch die Körperwärme der vielen Menschen und das milde Wetter draußen. Ihr Temperament und ihre Fröhlichkeit taten das Übrige. Er nahm einen Schluck des Weins und fasste Caro ins Auge.

Auf dem Standesamt waren sie nur von den Trauzeugen Stacy und Ian, den Elternpaaren sowie Damians Großmutter begleitet worden. Der Rest der Prozession hatte draußen gewartet. Da lediglich eine rein formelle Trauung stattfand, erschien Damian in einem hellen Anzug und Caro in einem frühlingshaften, aber eleganten Kleid. Es umspielte ihre runde Taille und fiel weit um die Oberschenkel, champagner als Farbe stand ihr ausgezeichnet. Die bunten Wildblumen bildeten einen wunderschönen Kontrast zu dem hellblonden Haar. Immer wieder betrachtete sie verträumt den Claddagh-Ring, den Damian gestern noch abgeholt hatte. Flüsternd hatte er Daniel erzählt, dass er nur mit Tricks und Tücken den Fingerumfang Caros hatte ermitteln können. Die Mühe hatte sich gelohnt, denn der Ring passte wie angegossen. Sie freute sich sehr darüber, aber richtig aufgelöst wurde sie erst, als Damian ihr die Bedeutung der Familientradition und des Rings selbst erklärte. Das eingearbeitete Herz stand für die Liebe. Es wurde von einem Paar

Hände gehalten als Symbol für Freundschaft. Oben befand sich eine Krone zum Zeichen der Treue. Er wurde in Irland innerhalb der Familien von Generation zu Generation weitergegeben und das allein rührte sie sehr. In dem Moment gab es für sie kein Halten mehr, die Tränen liefen über. Sie wirkte immer noch etwas angespannt, aber das würde sich bald geben.

Caro hoffte ebenfalls darauf. Der Grund, dass sie sich nicht entspannen konnte, waren ihre Eltern. Sie waren der Einladung gefolgt, an der Hochzeit ihrer Tochter teilzu-nehmen. Einerseits hatte Caro dies gehofft, andererseits befürchtet. Die gemeinsame Geschichte veranlasste nicht unbedingt zu der Annahme, es könnte reibungslos ablaufen. Bisher lobte sie die Wettmanns jedoch im Stillen. Sie hielten sich zurück und widerstanden der Versuchung, ihren Pessimismus zu verbreiten. Auch machten sie keine An-stalten, Caro mit der Hochzeit einen Fehler zu unterstellen und sie nach Deutschland zurückzubeordern. Eventuell hatten selbst sie inzwischen verstanden, dass sie ihr nicht mehr ihren Willen aufzwingen konnten? Das würde zukünftige Kontakte erheblich erleichtern.

Als sie in das geerbte Cottage nach Irland gezogen war, hatte sie dies im Hinblick auf ein ruhiges Leben getan. Kein Gedanke daran, dass ihr der Mann über den Weg laufen würde, mit dem sie eine zweite Ehe wagen würde. Ganz sicher jedoch wusste sie, dass es die richtige Entscheidung war. Das Dorf hatte sie aufgenommen, sie fühlte sich heimisch. Nicht zuletzt durch die irischen Wurzeln, die tief im Verborgenen durch verwandtschaftliche Verknüpfungen zu Molly bestanden. Die alte Frau, die das in ihr gesehen hatte, was sie selbst niemals wahrgenommen hatte. Ihre Großtante wusste ganz genau, warum sie Caro als Erbin ihres Cottages eingesetzt hatte. Nun konnte sich Caro als glücklich bezeichnen. Caroline McIntyre, das klang in ihren Ohren wundervoll!

Natürlich war dies auch Damian geschuldet. Der ruhige, bodenständige Schreiner hatte ihr Herz im Sturm erobert, ohne dass sie selbst dies zuerst realisiert hatte. Zahlreiche Andeutungen von Ian und Stacy waren vonnöten, um beiden die Augen zu öffnen. Damian war tief in der Familie und seiner Heimat verwurzelt. Er würde es schaffen, Caro auch den Rest der Verbundenheit zu diesem Land zu vermitteln. Obwohl beide keine Kinder mehr wollten, so hatten sie doch am heutigen Tag mit den Hunden ihre eigene, kleine Familie gegründet. Zudem kümmerten sie sich um Megan und ihre Sprösslinge. Durch ein kurzes Gespräch mit Noah hatte Daniel erfahren, dass dieser Susans Tod einigermaßen verarbeitet und begonnen hatte, sich im Dorf einzuleben.

Daniels Blick ging zu Stacy und Ian. Sie waren ähnlich kompliziert an ihre Beziehung herangegangen wie das Brautpaar. Eine Sandkastenliebe, die durch Unreife und andere Partner unterbrochen worden war. Erst jetzt verstanden beide, dass sie viele Jahre zusammen verschenkt hatten. Durch Sturheit und Zurückhaltung. Keiner von beiden hatte den Schritt gewagt, dem anderen seine wahren Gefühle zu gestehen. Stacys Tochter Belinda war inzwischen erwachsen, aber auch sie hatte einen Hinderungsgrund dargestellt. Mit einem Kind wandte man sich nicht einfach so einem anderen Mann zu. Die Gefahr, dass es schiefging, bestand immer. Zumal, wenn genau das mit eben diesem Mann schon passiert war.

Stacy hatte deshalb speziell gegenüber Ian eine Mauer errichtet, die weder er noch sie durchbrechen konnten. Erst als sich Caro und Damian mit ihrem letzten Schritt zu einer Beziehung schwertaten, wachten auch Stacy und Ian auf. Mittlerweile gab es Überlegungen, vielleicht doch zu heiraten.

Daniel dachte zurück, als er vor einer Stunde das Zelt verlassen hatte, um die reine, abendliche Luft unter klarem Himmel zu genießen. Unfreiwillig wurde er Zeuge eines Gesprächs zwischen Stacy und Ian.

„Was willst du mir denn sagen?" hatte Ian verwundert gefragt.

„Fall mir aber nicht um, wenn ich dir das jetzt sage."

„Von dir bin ich einiges gewöhnt, das wird so schnell nicht passieren."

Er hatte Ians leises Lachen gehört und dann, wie Stacy tief Luft holte. Schließlich war sie herausgeplatzt: „Ich möchte doch heiraten. Wenn du noch willst."

„Und ob!" hatte Ian bestätigt und an diesem Punkt hatte Daniel seinen Lauschplatz verlassen. Noch mehr wollte er wirklich nicht mitbekommen.

Er steuerte auf die aufgebaute Bar zu und bat um ein Guiness. Er wollte sich nicht betrinken, aber ein wenig Alkohol gehörte zu so einer Feier für ihn dazu. Nachdenklich ließ er den Blick weiter über die Gäste wandern. Er erblickte Ruth und Jack, die sich lachend in einer Ecke miteinander unterhielten.

Auch wenn Daniel den Job verloren hatte, bei dem er Jack kennengelernt hatte, als Freunde waren ihm beide geblieben. Ruth in ihrer unverwechselbaren, munteren Art und Jack als ruhender Gegenpol. Bei zwei halbwüchsigen Kindern musste man wahrscheinlich Nerven wie Drahtseile haben, dachte sich Daniel. Die hatten die Bergmans auch bewiesen, als Daniel in Schwierigkeiten steckte. Vor allem aber, als Jack selbst erfahren musste, dass er den väterlichen Teil seiner Familie nie würde zurückverfolgen können. Ihn störte das nicht besonders, denn bei Vater und Mutter war er bei Menschen aufgewachsen, die ihn behütet und geliebt hatten. Die beiden würden seine Freunde bleiben, dessen war sich Daniel gewiss. Zu viel hatten sie bereits miteinander durchgestanden, als dass es sich ändern könnte.

Das brachte seine Gedanken zu Charlie und Scott. Dank der Überprüfung seines früheren Arbeitgebers hatte er erst erfahren, nicht bei seinen leiblichen Eltern großgeworden zu sein. Nur an Charlie hatte er sich noch erinnern können, als er seine Verwandtschaft Revue passieren ließ. Zu seinem Glück führte seine Tante eine gute Ehe und diese hatte nach wie vor Bestand, sodass sie noch den ihm bekannten Nachnamen trug, als er sie suchte. Keine Scheidung und Wiederheirat, sie liebte immer noch ihren Scott. Daniel konnte das verstehen, denn er war ein zuverlässiger, humorvoller Mann, der mit den Marotten Charlies sehr gut umzugehen wusste. Daniel dachte daran, wie chaotisch Charlie sein konnte, insbesondere, wenn sie ihre Backkünste erprobte. Ein leises Lachen stahl sich in seine Kehle. Sie würden noch viele Nachmittage und Abende in der gemütlichen Küche verbringen, in denen er versuchte ihr beizubringen, wie sie etwas Genießbares im Backofen herstellen konnte. Ihre unkomplizierte Art mochte er nicht mehr missen, sie stellte für ihn ein Stück Heimat dar.

Tante und Onkel hatten ihn auch überredet, die finanzielle Seite der Suche nach Daniels leiblichem Vater regeln zu dürfen. Nachdem Robert Fitzpatrick gefunden worden war, erwies sich dies als gute Entscheidung. Langsam, aber sicher, baute Daniel ein normales Verhältnis zu ihm und seinen Halbgeschwistern auf, indem er sie von Zeit zu Zeit besuchte. Das war mehr, als er jemals zu hoffen gewagt hatte.

Seine Augen glitten zu Tara zurück. Sie verbeugte sich scherzhaft vor Ian und schlug Daniels Richtung ein. Ein Lächeln umspielte seine Lippen. Viele Umwege hatten ihn zu ihr gebracht. Oder sie zu ihm. Wie man es auch drehte, er wollte mit ihr alt werden. Um so weit zu kommen, bedurfte es eines verschwundenen Mädchens, polizeilicher Ermittlungen, Verzweiflung und eines

Neuanfangs. Susans Tod war der Wehrmutstropfen in dieser Entwicklung. Niemals sollte das Glück des einen auf der Tragödie eines anderen aufgebaut sein. Das aber hatte nicht in Daniels Hand gelegen. Susan würde Tage wie diese nicht mehr erleben, weil ihr junges Leben vom eigenen Vater erst zur Hölle gemacht und dann beendet worden war.

Er schüttelte die trüben Gedanken ab und sah Tara entgegen. Sie war seine Zukunft.

Nachwort

Alle Namen, Orte und Personen sind frei erfunden. Ähnlichkeiten mit lebenden oder bereits verstorbenen Personen sind rein zufällig und nicht beabsichtigt.

Ich hoffe, mein Roman hat Ihnen gefallen.

Ich freue mich über jede Bewertung und Rezension, auch wenn sie noch so kurz ist, egal, auf welcher Plattform Sie dieses Buch gefunden haben.

Besuchen Sie mich gern auf Facebook: https://www.facebook.com/ricarda.konrad.autorin oder auf meiner Homepage: http://ricarda-konrad.jimdo.com/